山宗水源

梅卓 等 著

青海人民出版社

图书在版编目（CIP）数据

山宗水源 / 梅卓等著 . -- 西宁 : 青海人民出版社 ,
2024. 1
ISBN 978-7-225-06304-1

Ⅰ . ①山… Ⅱ . ①梅… Ⅲ . ①散文集 —中国—当代
Ⅳ . ① I267

中国国家版本馆 CIP 数据核字（2023）第 072279 号

选题策划：王绍玉

执行策划：梁建强　马　婧

责任编辑：马　婧

责任校对：田梅秀

责任印制：刘　倩　卡杰当周

装帧设计：闫冬雨

山宗水源

梅卓　等著

出 版 人　樊原成

出版发行　青海人民出版社有限责任公司

西宁市五四西路 71 号　邮政编码：810023　电话：（0971）6143426（总编室）

发行热线　（0971）6143516 / 6137730

网　　址　http://www.qhrmcbs.com

印　　刷　西安五星印刷有限公司

经　　销　新华书店

开　　本　890mm × 1240mm　1/32

印　　张　14.375

字　　数　300 千

版　　次　2024 年 1 月第 1 版　2024 年 1 月第 1 次印刷

书　　号　ISBN 978-7-225-06304-1

定　　价　88.00 元

目录

乘愿而来

一 梅 卓 一

宗曲（湟水河）和玛曲（黄河）、治曲（长江）、扎曲（澜沧江）均发源于青海，在境内绵延逶迤数百公里，形成众多的峡谷和盆地。相对气势磅礴的青藏高原来说，河谷的海拔都较低，气候也较温和，肥沃的土地、丰富的物产，吸引着人类稠密的目光，形成青海最早开发农业的地区。同世界上其他河流一样，这些河谷地带也汇集了人类最初的文明，从旧石器、新石器直至青铜器时代，土著人民都在这里繁衍生息。我们可以想见当时繁荣的畜牧生产和狩猎生活，男子们手持刀剑，在丛林中闪过矫健的身姿；女子们佩戴着骨制的项饰，在蓝天下呈现出天然的美丽；孩子们嬉戏于湖光山色中。如今，陶罐上依然保留着他们的舞蹈；田野里依然种植着诱人的庄稼，就是马牛羊狗，也依然游走在这片丰沃的土地上。在本土文化积淀、发展的同时，青海也张开宽厚的臂膀，迎接了外来文化的传入：佛教、道教、伊斯兰教、基督教先后从千山万水之外乘愿而来，为这片古老的土地注入了新鲜的血液，各个宗教代表着的文化也相继在这里开放出精神的花朵。尤其是藏传佛教的传播浸润，在三江源头漫长的河岸上，珍贵地保留下了宗教传统和文化遗存，高僧大德历代辈出，锦绣文章恣意汪洋，就像源远流长的三江之水，栉风沐雨而来，沉沙留金而去，记录了俗世的爱恨情仇和佛界的苦乐因果，也考验了青海人民的智慧与能力。

一、拈花微笑：翻越雪山的佛教

莲花初绽到高原

距今大约 4000 年前，中亚的游牧民族雅利安人进入印度西北部，经过 1000 多年的征服，最终成为恒河流域的主人，以婆罗门的种姓制度管理着印度次大陆的 16 个国家。随着社会经济的发展，后三种种姓刹帝利（武士和贵族）、吠舍（手工业和商人）和首陀罗（农民、仆役）都对掌握特权的世袭祭司婆罗门（僧侣和学者）表示出不满，自由思想家们思潮涌流，出现"三百六十见""九十六外道"等主张，反对婆罗门的精神独裁统治。释迦牟尼脱颖而出，成为那个时代的挞伐者。

2500 多年前，古印度迦毗罗卫国的太子悉达多·乔达摩由于出离心，抛弃高贵的地位和奢华的生活，离开父亲净饭王的宫殿和钟爱的妻儿，走上了寻找真理的艰辛道路。经过不断观察和思索，最终在普提迦耶城一株华冠如盖的大树下完成证悟：首先他将人生的痛苦分门别类（生老病死苦、爱别离苦、怨憎会苦、求不得苦、五蕴炽苦，等等）；其次总结出痛苦的根源都是业与烦恼造成，由于人们的无明产生了贪、瞋、痴、我、慢的五毒恶业，得出十二种因缘的果报。如何将人类从生死轮回的苦海中解救出来？这位觉悟者告诉后来的众多追随者们：坚持正确地理解生死无常、四大皆空，通过正确的修行方法断灭五毒，摆脱轮回，最终就能达到寂静永恒的涅槃境界。

他因创立了佛教而被尊称为释迦牟尼（释迦族的圣人）。佛教在以后的千年岁月中，沿着恒河溯源而上，翻越高耸入云的喜马拉雅山脉，来到恒河的源头——西藏高原深深地扎下根来，并从印度次大陆辐射至整个亚洲，发展到今天，我们甚至在欧洲和美洲大陆都能看到佛教的身影。

大约公元 7 世纪时，佛教开始由天竺和中原传播到青藏高原这片雪域大地上。在高原明亮的阳光和吐蕃王室虔诚的供养下，佛教的种子开始慢慢生长。莲花生大师带着他那根驱魔除妖的禅杖，从喜马拉雅南麓的莲花谷地来到北方，他认定雪域是块传法的吉祥宝地，把佛教基本的十善律传给了吐蕃国王和他的臣民。从此，佛陀的教诲叩开了雪域人民的心扉，时至今日，他们的心头仍然时刻响彻着悠悠梵音。

那个时代的吐蕃大地上，悉补野家族已经缔造了一个强大的政权，这个政权的精神领袖是一代代苯教祭司，被称作国师，传说中他们骑在法鼓上，飞行在吐蕃的上空，日夜巡视着雪域大地的安危，尽职尽责于"下方做镇压鬼怪、上方做供祀天神、中间做兴旺人家"的法事，扶持着吐蕃走向繁荣和强盛。

原始苯教约产生于旧石器时代的西藏西部象雄地区，是一种着眼于现实，以驱病禳灾，祈求五谷丰登、家畜兴旺为己任的入世宗教。传说中苯教始祖辛绕·米沃且（也称作丹巴辛绕）是公元前五六世纪人，他是苯教史上一位重要人物，《白琉璃经》记载了辛绕一生的业绩"为欲化象雄，变现辛饶身，示十二苯行，说九乘教法，为生开天门，为亡断死门，度生雍中道"，他在融合、吸收了当时种种原始崇拜的基础上，建立了系统、完整的苯教仪轨。到公元前 2 世纪左右，苯教开始兴旺发达，在象雄王宫顶上辉煌的朝阳中，这个代表着古代高度发达的精神文明之花，就在这里绚丽地绽放了。

据苯教文献记载，辛绕·米沃且是天神之子降临人世，以王子的身份完成传播苯教的大任，他的一生成就了十二件功业，概括了他 82 年生涯中为苯教发展兴旺所作出的贡献。他在传道授业的过程中，弟子众多，门徒如云，据称受其教诲的苯教徒有外之信徒十数亿，中层之信徒二百万，内之信徒一万六千，秘密信徒三千五百，随侍之森巴信徒五百五十，叶率信徒三百六十，可见苯教传播在当时已蔚然成风，以至后来到吐蕃时期，不仅扶持国政，甚至左右着王室的重大决策。

在苯教传说中，冈底斯山和玛旁雍措湖就是苯教发源的圣地，它占据了世界的三分之一，地上具有八瓣莲花的形状，天空呈现八个辐柄的轮形，九叠雍仲山耸峙在它的中央，山脚下涌出四条江河，向四个不同的方向流去。这块圣地虽是世界的一部分，但它永远也不会消亡，因为当这个世界毁灭于大火的时候，它将升到天上，和天国里的另一个苯教圣地合二为一，被称为什巴叶桑。

如今的冈错圣地依然呈现着一幅瑰丽的画面：成千上万只黄鸭、白鹅在湖面飞翔，微风吹拂，送来它们清凉的歌声，午后的阳光倾泻在湖水中，反射出星星点点的光斑，那么耀眼，水色在阳光下变幻莫测，一会儿青绿一会儿深蓝，岸畔茂密的冬草也变成了金色，天空依然那么蓝，远远飘着几朵白云，仿佛远道而来的问候。北岸的冈仁波切雪峰、南岸的那木那尼雪峰，在碧绿幽蓝的湖面投射下庄严的身影。

时至今日，朝拜冈底斯山仍然是广大信徒的最高愿望，据说不仅可以得到神的保护，获得勇气和力量，而且还可以洗清罪孽，超度亡灵，来世降生神界，因而每年都有许多的信徒不远万里来此朝拜，尤其保留了马年朝山的传统。在马年，在终年积雪的冈仁波切周围，在闪烁着七彩奇异光芒的神山脚下，蜂拥而至的信徒们会深深拜伏下去，在自己的额头上印上一个圆满的印迹。

冈错圣地流出的四条主要河流之一的孔雀河，流过喜马拉雅山麓，流向古代印度，成为恒河，因此玛旁雍错在佛经中还是佛母的沐浴池，相传一天夜里，佛陀之母摩耶夫人梦见众神把她送到玛旁雍错进行沐浴，此时佛陀就出现在冈底斯山方向，他乘骑一头大象化作一道金光投入母胎，摩耶夫人因此受孕，并于十个月后诞下令十方八面拜伏的佛陀。

佛陀释迦牟尼的教义重新翻越这座世界最高的山脉回到原点，在这里与苯教相遇了。

初入藏地的佛教以席卷之势顺利进驻，祭司们在佛、苯斗争中纷纷败北，苯教"凡二十六代治理王政"的局面渐渐日薄西山，衰落于公元 8 世纪以后的吐蕃强盛时期。但苯教的传承至今还在延续，尤其对自然的崇拜使藏族人民保留了生态的最初样貌，藏地至今仍然是动物们的乐园。苯教目前虽然在形式上、内容上都有了很大变化，不过它仍然代表着高原文明的最初曙光，是高原人民的启蒙文化，苯教延续下来的本地历史，是一个没有断裂的历史，虽然她的声音有些微弱，但仍然是本真的，她更完整，更绵长，更能代表高原人民血脉里对宇宙自然的根本认知和敬畏，是非常珍贵的精神文化遗产。

藏传佛教前弘期

吐蕃王统世系在富饶美丽的雅砻河谷地区日渐壮大，在经过天墀七王、上丁一王、地上六贤王、水中八德王、赞字五王之后，到第二十七代赞普拉托托日年赞时，发生了一个关于佛教传入藏地的故事：这位赞普有一天看到王宫雍布拉康宫殿顶上从天降下经典、法器、真言、轨则等佛教物品，虽不解其意，但仍然当作宝物供奉在王宫中，每天以黄金和蓝宝石供养。传说这位赞普因为这项功德而寿至六十六岁时再生新牙，白发变黑，皱纹消失，容颜柔嫩如同少年，他一直活到了一百二十岁。

史称"天降四宝"的四件佛教法物代表着佛教传入信教地区的早期记忆。

公元 7 世纪时，吐蕃第三十二代赞普松赞干布统一西藏高原后，先后从尼泊尔和唐朝迎娶尺尊公主和文成公主，同时引进的佛教开始正式在今西藏地区传播。

青海是藏传佛教的重要传播区。早在东汉末年，青海东部宗曲（湟水）河谷地区已有僧侣活动，并建有佛塔。尤其是当松赞干布迎娶唐朝宗室女文成公主时，汉地佛教也随着文成公主的脚步正式传到了青海。

文成公主于公元 641 年从长安城启程，带着她那尊著名的释迦佛像的嫁妆，取道青海远赴拉萨。途经治曲（长江）上游地区，

贝纳沟文成公主庙　葛建中 摄

在玉树巴塘地方的贝纳沟,停下日夜兼程的脚步,休整了一段时间。相传年轻的公主看到贝纳沟四周幽静,风景如画,就命随行的比丘译师智敏负责监工,由工匠仁泽、杰桑、华旦等在当地丹玛岩崖上雕刻出 9 尊大型摩崖佛像,南巴囊则(大日如来)和八大近侍弟子从此陪伴着三江源头的人民,直至 1400 多年后的今天,这些庄严肃穆、古朴大方的彩色佛像依然屹立治曲河岸,保佑着源头人民风调雨顺的生活。

文成公主一路撒下了佛教西进的种子,三江源头保留了许多那时候凿刻的佛像、佛塔、经文、六字真言,在山上、在水中,到处都能看到人们向往美好世界的期盼,微风拂过山上的经文,流水淌过水中的经文,就像大自然也在帮助人们时刻唱诵,正如源头信众所说,山嘛呢、水嘛呢,代表着他们最初信仰佛教时开启的花朵。

当地还传说,文成公主进藏时,在今巴塘乡东扎隆沟的仁钦楞寺下方 3 公里处,曾建造佛塔一座,取名"文巴塔",又名"嘉斯塔"。在今巴塘乡境内禅古河对岸的邦同滩上也建造了一座佛塔,名为"格则塔"。

传说玉树还有一座嘛呢石城与文成公主进藏有关,这就是吉曲嘉玛嘛呢,吉曲是扎曲(澜沧江)的一条支流,流经囊谦县吉曲乡政府所在地。"嘉玛"意为彩虹。当地有个传说,文成公主进藏路过此地,有一户叫"朝嘉"的人家刻了三块嘛呢石供养给公主带来的释迦牟尼像。当时,公主让人把嘛呢石放在吉曲河对岸的一块石头上，河东一座名为觉强拉日嘎宝的山神（一说是千手千眼菩萨的化身）胸放光芒，反射到嘛呢石，嘛呢石上竟出现了光芒四射的七彩长虹。于是，公主将之命名为"嘉日玛"，所献嘛呢石为"嘉玛"，献石者为"嘉玛朝嘉仓"，并赠给茶叶和一头骡子。

唐中宗景龙四年（公元710年），唐蕃再次联姻，传说进藏完婚的金城公主沿着唐蕃古道经过玉树巴塘，看到文成公主一行留下的佛像已被风雨剥蚀，就令随从在佛像上修建起殿堂。二十年后又派人摹刻佛像、修缮殿堂，并在殿门旁立碑："为祝愿万民众生及赤德祖赞父子福安昌盛，依原刻佛像精雕，修盖此殿。"经过千余年的岁月，这座保存完好的大日如来佛堂因此也被称作"文成公主庙"，是青海最早建造的佛殿。

随着佛教在吐蕃不断传播，到了公元8世纪赤松德赞时期，吐蕃王室大力推崇佛教，迎请寂护大师和莲花生大师。公元779年，西藏历史上的第一座佛教寺院桑耶寺在寂护和莲花生的主持下建成，贵族子弟中"七觉士"出家为僧，正式出现了僧伽组织。

莲花生大师的到来，在藏传佛教史上具有重要的意义。在青海，到处流传着莲花生降妖除魔的故事。几乎每一位山神都是由莲花生降伏后为佛教服务的护法神，凡是莲花生停留过的地方，无不成为圣地，受到信徒们的膜拜。还有学者认为藏族英雄史诗中的雄狮大王岭·格萨尔就是莲花生的化身。

例如玉树安冲地区就有莲花生曾经活动过的传说，他在此地修建了格少拉唐佛堂和邬金佛塔。后来经过数代人修缮扩建，成为信奉噶玛噶举派的拉康寺。囊谦扎曲（澜沧江）岸边也有一座神山名作内根玛，据说莲花生大师途经此处时见有妖魔横行乡里，就变幻出一座黑塔镇压。

青海同仁地区传说，吐蕃时期，吐蕃军队来到吾屯一带驻扎戍边，曾建一小寺，因其是这一带最古老的寺院，人们称之为"玛贡娘哇"，意为"古老的母寺"。

吐蕃时期留在青海至今尚存的珍贵历史文化见证，还有一座"乜那宝塔"。玛曲（黄河）流至贵德境内，清澈的河水滋润着这座古称溪哥的小城，这里麦田成片，梨花似锦，高大的白杨和垂柳恍若江南。矗立在黄河南岸的乜那塔，通体洁白，威严肃穆，仿佛守卫在河岸的将军。《安多政教史》根据当地口述历史记载道，吐蕃第四十一代赞普赤热巴巾曾带领军队亲征北方，于汉藏交界处建成此塔，并把自己的发辫藏进塔内。这座塔高约 30 米，基座呈方形，塔正身如倒立的大腹瓮，南面正中有拱形佛龛，周围以雕刻花纹的青砖修饰，内塑千眼千手佛一座，通身白色。往上是十三层略呈梯形的柱状建筑物，高高托起鎏金日月宝顶。据说，最初建塔时鎏金顶就用去赤金 50 两。

乜那塔因拥有赞普的头发已是珍贵无比，传说还有一颗避水宝珠深藏其中。千百年来滔滔玛曲东流，日夜冲刷，经过溪哥古城时形成了一个巨大的弓形，夏秋季节暴雨连天、河水猛涨之时，水流到乜那塔地段就突然转向北去，据说这就是避水神珠的威力。

我们从这些佛殿、佛塔、小型寺院以及民间口述历史中，已能大体了解到青海早期佛教传播的轮廓。佛教传入吐蕃并有所发展的前弘期，同时也传入了青海，为青海成为藏传佛教后弘期发祥地奠定了基础。

下路弘法时的安多

公元 842 年发生了一件震动朝野的大事件：吐蕃末代赞普达磨被佛教徒拉隆·贝吉多吉刺杀身亡。达磨赞普于 838 年继位，当时崇信苯教的大臣势力强大，他倚重他们开始打击佛教。译经机构被迫解散，藏地译师和印度班智达们的译经工作停止，上代赞普——坚定的佛教支持者赤祖德赞所建九层本尊佛殿的落成仪式也被搁置。达磨赞普及其大臣禁佛态度坚决，强令关闭寺院，僧侣还俗，藏传佛教史上的前弘期在佛教徒们悲伤的目光中宣告结束。

三年后，曾任武将的僧侣拉隆·贝吉多吉正在叶尔巴查拉山洞闭关修行，忽然收到猎官和鱼官的密信，才知赞普禁佛的事，信中声称受到大昭寺吉祥天女护法的指使，鼓励他弑君。贝吉多吉肩负拯救佛教的重任，用炭灰涂黑了所骑的白马，身穿外黑里白的大氅，挟着铁弓铁箭下山来到拉萨。当时达磨赞普正在麝香园下棋，听到臣民们哭号道："大王不应如此对待佛法，请看先王留下的文书和碑文！"心烦意乱的赞普扔下棋子，来到会盟碑前念诵碑文。贝吉多吉趁此时机前来向赞普行礼，第一拜时在袖筒中按下箭舌，第二拜时搭起弓箭，迅疾扣弦射去，弦声呼啸处，箭镞从赞普眉心穿到脑后，达磨双手握箭而亡。贝吉多吉瞬间射杀了上任短短数年的赞普。这位熟稔弓箭的僧侣完成使命后，在河里洗去了马身上的炭黑，把大氅的白里反穿在外面，由黑人黑马变成白人白马，顺利逃出卫藏来到安多。

达磨赞普及以后的近百年时间里，雅鲁藏布江宽阔的河水中容纳了被迫丢弃的佛像和经典。当时，在它的一条支流曲水河边，有三位僧侣肴格迥、藏饶赛、玛尔·释迦牟尼还在曲卧山精舍里闭关静修，他们还不知佛教蒙难，一日见一位僧侣在追猎野兽，大天白日竟然犯下杀生根本戒律，惊问其故，方知雪域大地上已经禁止了佛法的传承。三人一商量，立即驮起珍贵经卷，取道阿里、尕洛，昼伏夜出、日夜兼程，经今新疆南部，辗转来到安多，在玛曲（黄河）和宗曲（湟水河）下游谷地、山林、岩洞间活动，后来三人来到玛曲北岸的丹斗寺定居下来。丹斗的崇山峻岭遮蔽了他们的身影，却逐渐点燃了藏传佛教恢复传承的星星之火，后世尊称他们为"三贤哲"。此时，弑君的拉隆·贝吉多吉也经过玉树龙喜滩等地来到安多，在丹斗寺东面登日山的一处岩洞中修行。藏传佛教的后弘期就从这里拉开了恢宏的序幕。

丹斗寺位于玛曲（黄河）北岸的小积石山中，寺周悬崖峭立，石壁高耸，佛殿或建于峭壁之中，或建于悬崖之下，或依天然岩洞而成，各具一格。丹斗寺虽然地处偏僻，交通闭塞，但因是藏传佛教后弘期的发祥地，一直是各派信徒向往的佛教圣地，朝圣者每年络绎不绝，历史上许多藏地佛教的重要人物都曾慕名前来。

明清以后，陆续建有大经堂、弥勒殿、释迦殿、叶东佛塔、阿尼鲁加殿、热杂帕殿、阿吉达修行殿、三世达赖喇嘛修行殿、"三贤哲"及喇钦殿、才旦夏茸喇嘛行宫等。西藏各派僧侣到内地朝贡、路经青海时，多来此朝圣，有的还长期住修。创建了拉加寺的清代格鲁派高僧阿柔格西晚年遁世专修，就曾在丹斗寺修行多年。寺院东侧，沿着险峰林立的崎岖山径东行少许，有著名的央斗静房，是明朝万历年间第三世达赖喇嘛开辟的道场，历史上一直是僧侣们的闭关静修地。清末以来，由才旦夏茸喇嘛管辖丹斗寺，至今还藏有才旦夏茸灵塔。

与丹斗寺隔河相望，玛曲对岸加吾村一名叫穆苏萨拔的苯教徒之子，对佛法有着热烈的向往，他得知丹斗寺有高僧居住，便慕名而来请求传法。于是，藏饶赛作为亲教师、肴格迥作为规范师为他授了沙弥戒，取法名贡巴饶赛（智力聪慧者）。此后不久，贡巴饶赛又请求授予比丘戒，由于佛教仪式规定，须有五位僧侣以上才能授予，他们只好邀请拉隆·贝吉多吉加入，但拉隆因犯杀生戒坚决不从。此时，另外两位汉僧果旺和基班成为五位僧侣中的成员，为贡巴饶赛受戒的仪式才得以完成。贡巴饶赛勤奋拜师，精通佛教教义，获得了佛法的宝贵传承，并将传承再传回卫藏，起到了关键作用，就像中断了的佛法链条，因为他的链接，得以完整地保存并延续下来，他这朵微弱的火苗最终燎原在广阔的雪域大地上，为藏传佛教后弘期的下路传承作出了巨大贡献，因此后人尊称他为"喇钦"（大师）。

　　三贤哲在完成佛法传承的大业后，最终在青唐城（西宁市）圆寂，留下了存放遗骨的土塔，元代时以此为址初建了寺院。公元1390年（明朝洪武二十三年），经过土官李南哥重建，一座高峻的三层阁楼拔地而起，环绕有经堂、僧舍、茶房等，成为当时青唐城的精美建筑之一。1922年，第七世夏茸尕布活佛格敦丹增诺布曾扩建维修，修葺一新的大佛寺供奉着三贤哲的巨大身像。日月如梭、周而复始，每到开春，院内栽种着的柳树、沙枣、樱桃、楸树就会重披绿装，花园里丁香、芍药竞相开放，见证着这座古殿的生机勃勃。

　　当年佛法在卫藏的式微让佛教徒痛惜不已。吐蕃王室云丹后裔意希坚赞是山南地方的首领，也是吐蕃第一座寺院桑耶寺主，他是位坚定的佛教徒，志在重振昔日辉煌，重现佛法光芒。当他得知尚存有佛法传承时，便资助鲁梅·楚臣喜饶等十位佛家弟子前往安多学习律藏，以期延续佛法传承。公元970年左右，鲁梅等人历经千辛万苦，奔赴玛曲岸边深藏在大山之中的丹斗寺，在喇钦座下接受了200多条比丘戒律，五年后回到卫藏，开始建寺收徒传法，佛教复兴。这之后寺宇如雨后春笋，法门龙象辈出，教化之盛，远远超过前弘期。公元1024年，阿底峡尊者来到西藏传教时曾赞叹："如此兴盛，必圣僧所建树，绝非凡夫所能做到。"

　　鲁梅高足很多，历史上有四柱、八梁、三十三椽之说，从安多的下路传承和阿里的上路传承汇聚到卫藏的佛教大厦，就这样在鲁梅及其弟子的建设中，得以高高矗立在世界屋脊之上。

喇钦·贡巴饶赛住持丹斗寺长达三十五年之后，晚年来到宗曲北岸建寺立塔，藏语称作"玛尔藏观"（白马寺），这也是三贤哲曾经修行过的圣地。他收徒讲经，并在此圆寂，享寿八十四岁。信徒为不使喇钦大师的遗体朽坏，将他安葬在一尊泥塑佛像中，供在岩洞里。白马寺仿佛一座悬空的建筑，悬挂在陡峭的山壁上。山下塑有一座金刚雕像，背依险峰，南临宗曲湟水，他左臂微屈，作托钵态，右手前伸，作推举状。寺前平地，建有梵塔，周围榆柳成荫，与石雕金刚相映成趣。

三贤哲和喇钦大师的到来，使青海的许多地方披上了佛教的神圣色彩，阿琼南宗、普拉央宗、夏哇日宗和智格赛宗是史称"安

白马寺 葛建中摄

多四宗"的著名静修之地,直至今日仍然是佛家弟子们朝拜的圣地。

阿琼南宗位于坎布拉的群峰之中,这里林木苍翠、泉水淙淙的景色为三贤哲提供了幽静的修行环境。清康熙年间,宁玛派活佛班玛仁增在巍峨陡峭的南宗峰下主持修建了寺院。因峰北有一座状如藏文字母"阿"的石山,故名"阿琼南宗"。作为佛教圣地,这里成为 1000 多年来香火不绝、信徒们远近必拜的圣山之一。相传寺内还藏有释迦牟尼大舍利、莲花生大师头发、米拉日巴禅带和曾在此修行的知名活佛们的衣物及念珠等百余种。现在仍是附近宁玛派教徒集中活动的重要场所。

普拉央宗位于现今海东市乐都区中坝乡偏西的央宗沟中,三贤哲来到安多后曾在这景色优美的峡谷中修行。明朝后,央宗也成为瞿昙寺、药草台寺僧侣闭关修行的静地。清道光年间,瞿昙寺第三世智仓格桑丹增嘉措喇嘛建成央宗寺。

夏哇日宗意为"鹿寨",坐落在现今海东市平安区平安镇西南阿尼吉利山下,寺院周围环境幽静,林木茂盛,是藏传佛教修行的著名阿兰若静地。据说早在东晋安帝隆安三年(公元 399 年),僧人法显等赴印度求经,曾到这里活动,留有遗迹。宋代时这里已经建有静房。公元 1359 年,西藏噶玛噶举黑帽派第四世活佛若比多杰应元惠宗之邀远赴北京,途经青海,一度留居夏宗,给刚满三岁的宗喀巴授了近事戒,若比多杰去世后,在此建有纪念灵塔并殿堂一座。清初五世达赖喇嘛时期,罕达隆活佛修建行院,五世达赖喇嘛赐名"具喜园"。公元 1779 年,塔尔寺的

夏宗寺　葛建中摄

第二世当采活佛益喜噶桑主持夏宗扩建工程，塑立佛像，此后三世当采·罗桑克珠尼玛活佛建成经堂，夏宗寺从早期修行静房发展成为一座较大规模的格鲁派寺院。

智格赛宗位于现今兴海县境内，玛曲由南向北纵向穿越海南藏族自治州地界时，一条重要的支流大河坝河汇入急流，它的南岸屹立着著名神山赛宗山，山中沟壑纵横，洞窟遍布，苍松古柏，葱茏秀丽，传说宁玛派祖师莲花生大师、格鲁派创始人宗喀巴大师以及隆务寺高僧第一世夏日仓噶当嘉措喇嘛等都先后在此修行，留下众多遗迹。公元 1923 年，隆务寺第三世阿柔仓活佛在山下创建了赛宗寺，意为"白岩猴寨"，以后逐步发展为安多重要的格鲁派寺院。每逢藏历猴年，省内外数以万计的信徒们都会来此朝拜、转山。

　　藏传佛教后弘期时还有许多大师到过青海，留下了宝贵的足迹，比如古印度大学者弥底就是一例。治曲（长江）发源后，蜿蜒向东南方向前进，流经玉树县仲达乡地方时，有一比较宽阔的拐弯处，那里的河岸地势开阔平坦，干净的白色地面之上，坐落着一方古老的白塔，这就是玉树人引以为傲的佐娘"巴吉楞"宝塔。距今970多年前，弥底大师来到玉树时，传说此处长出了一尊水晶塔，弥底大师认为是个吉祥的征兆，就在水晶塔上修建成了巴吉楞。这座塔高四十米，周长二百米，是康地当时最大的佛塔之一。佐娘古塔的修建标志着佛教在康区后弘期的开始。弥底大师在佐娘一带弘扬佛法、修建佛塔的同时，还传授了与热贡艺术相媲美的绘制唐卡和雕塑的技艺。弥底大师亲手雕刻制造的微型塔至今还保存在桑周寺内或珍藏于民间。微型佛塔做工精致，造型逼真，世所罕见。

　　佛教翻越巍峨的喜马拉雅大雪山来到藏地，其过程本身就艰难，更代表着一种文明的高度，出于虔诚的心灵和执着的信念，对智慧的渴求和精神的向往，藏族热情地接纳了来自远方佛陀的教义法脉。佛教慈悲、善良、利他的价值观迅速普及到这方古朴的土地上，与藏族古老的传统意识不谋而合，最终融为了一体。千百年来，生存于高山大川中的人们对大自然充满了无限敬畏和感激，甚至赋予哺育了人类生命的山水以神圣色彩，用最美的语言赞颂这些人性化了的神灵，大大小小的神山和圣水遍布藏地，人们爱惜森林草场、飞禽走兽，使这里成为动植物的乐园。佛教之所以很快融入藏族人的血脉之中，正是由于藏族在与自然长期相处的过程中，逐渐形成乐天知命的民族性格，与自然和谐相处、相知、相敬、相惜，是藏族人民朴素的生存观。在这种利生观念的指导下，佛教融入藏地后起到了保护环境、爱惜生命、促进生态平衡的客观作用，佛教的十善律等道德规范也对社会家庭的稳定、人际关系的和谐起到了积极的影响。

二、般若丛林：吉祥宝树上的分枝

　　藏传佛教后弘复兴以后，印度和雪域大喇嘛、大译师等许多著名僧侣各树一帜，招徒弘法，因不同的传承、不同的教理理解、不同的修证方法以及侧重不同的密法，大约从公元 11 世纪开始，逐渐形成各种教派，就像一株枝繁叶茂的大树，从同一个根部延伸出枝条，形成各具特点的佛学思想体系。藏传佛教早期形成的较大教派有宁玛派、噶当派、萨迦派、噶举派，较小的有觉囊、希解、觉宇、夏鲁、郭扎、珀东等派。各派以自己独特的教义教法吸引接纳着信徒们，众多的派别如同一根根枝条、一片片树叶，根根相接，叶叶连心，共同维护着佛法大树顽强的生命力。

圆满大法宁玛派

　　莲花生大师的到来，彻底改变了雪域原有神祇系统的性质，诸多山神水圣甘愿成为莲花生的弟子，为护持佛教事业尽心尽力地扮演着自己的角色。虽然我们今天依然能够看到苯教色彩浓厚的仪式仪轨，但莲师的努力使雪域 1000 多年来从未间断过密法的传承。延续他的教法的传承称作"宁玛派"，意思是遵古、古旧派，是印度密宗传播到雪域后吸收苯教部分内容而形成的最早教派。

吐蕃时代，印度密宗源源不断地输入雪域高原，形成父子兄弟之间单独教授的特殊传承方法。到了达磨赞普禁佛的时候，寺院和僧侣首当其冲受到打击，但密宗因其隐蔽的传承方式幸免于难。密宗教徒们长期散居民间，当时虽然没有寺院和僧伽制度，但在不曾间断的传播过程中，珍贵地保留下最初的密宗样貌。

直到公元 11 世纪初，杰出的大素尔·释迦迥乃浮出茫茫人海，成为密宗教法的集大成者，他整理密宗经典，组织仪轨系统，创建第一座道场——乌巴垅寺，据说他一身轻功，能够自如翻越山林，最终亲证了独有法门"大圆满"法。他将衣钵传给养子——俗称小素尔的喜饶扎巴，小素尔的儿子释迦僧格传承了父亲的教法，广泛学习，融会贯通，创建卓浦寺，成为一代名师，被尊称为"秘密教主"。三素尔在推动宁玛派形成、发展、壮大方面起到了卓越的贡献。

宁玛派的传承分为经典传承和伏藏传承两个系统。经典传承即传共、外、内三乘教法为主，侧重内三乘的经、幻、心三部分经典。宁玛派最有特色的传承是伏藏传承。藏传佛教前弘期时，莲花生、无垢友、毗鲁遮那等大师认为传法时机未到，便将一些经典、法器埋藏于山岩石洞中，称作"伏藏"，待到传法时机成熟时由有缘的掘藏师前来发掘。历史上最有名的掘藏事件是距今约 700 年前上部、下部掘藏师大量发掘经典的事件，到 15 世纪、16 世纪时形成南藏、北藏的重大汇集，经过这样的汇集，宁玛派重要典籍已经蔚为大观，形成了严谨的传承系统。

宁玛派教法在雪域弘扬至今已有 1200 多年的历史，它的法脉传承形成六大金刚道场并延续至今，成为宁玛派法统的母寺和源泉。这六大道场分别是卫藏的土登多杰扎寺、俄金敏珠林寺，康区的协庆丹尼达吉林寺、佐钦俄金禅林寺、吉祥噶陀金刚座寺、白玉殊胜菩提法洲寺。

青海的山山水水之间，到处都能听到关于莲花生大师的传说。走在乡村道旁，还能看见头结发辫、身着深红法衣和白色僧裙的金刚咒师，人们远远看到他们就要下马致意。宁玛派传承在青海的影响非常深远，早期时青海多为此派寺院，后来随着其他教派的传播发展，特别是明清以来格鲁派的崛起，宁玛派才大量减少下来。即便如此，如今青海尚有 189 座宁玛派寺院以及近万名僧侣，主要集中在玛曲（黄河）上游的果洛地区，另外宗曲（湟水）、治曲（长江）、扎曲（澜沧江）上游地区也有传承。

治曲的支流玛柯河北岸，气候温润的达日塘在这条狭长的谷地中间，白玉寺的金顶闪耀在灌木丛生的石山前方，面朝流淌不息的河水，静静地矗立了 140 多年。这里夏季雨量充足，气候温暖，花草茂盛，景色宜人。想来当年康地白玉寺拉智活佛也是被眼前的景色所感染吧，停下云游的脚步，创建寺院，广招弟子，讲经

白玉寺　葛建中 摄

　　传教。此后白玉寺迅速发展起来，成为川、甘、青交界地带规模最大的宁玛派寺院，在四方目光汇集之中，如玛柯河的流水，滋润着三省交界地带信徒们的心灵。曾有属寺 70 多座，鼎盛时有寺僧 1200 人、活佛 40 余位，其规模和影响远远超出其母寺西康白玉寺。1937 年，九世班禅来到青海时，授予白玉寺主拉智活佛"墨尔根堪布"名号，并赐金印，位及三品。

　　玛曲上游直康拉卡地方出了一位非常著名的僧侣——白玛仁增，他是宁玛六大道场之一西康佐钦寺的创建者，在当时享有很高的声誉。晚年他回到家乡传法，玛曲南岸山势峭拔、群峰林立，原始森林古木参天、林荫蔽日，特有的丹霞地貌和苍翠森林渲染出一片世外桃源。白玛仁增在这秀丽的景色中先后创建了阿琼南宗寺、南宗比丘尼寺和南宗扎寺，继承了吐蕃时期"三觉士"的传法大业。到他的第三世古浪仓时，更是受封"宁海红教总佛长呼图克图大喇嘛"，统管青海地区的宁玛派寺院，势力达到顶峰。

扎曲（澜沧江）上游囊谦县境内寺院林立，各种教派都在这里扎下根来，形成梵音阵阵、檀香袅袅的佛教圣地。扎曲沿青藏高原东部横断山脉纵向流出国境，称作湄公河，经过缅甸、老挝、泰国、柬埔寨、越南等国后，汇入太平洋，成为东南亚第一大河。这条被美誉为东方多瑙河的中下游两岸，南传佛教的传播早已深入人心，公元前3世纪，印度阿育王派僧侣前往斯里兰卡传教，佛教的火种随之蔓延在这条大河流经的所有国家。

扎曲河岸的改加寺，位居青海宁玛派比丘尼寺院之首，拥有最大的规模和最多的比丘尼，又因其地处偏远，常人不容易见到，更增添了神秘性。

改加寺藏语称为"改贡贴钦松却林"，它的建成与一位僧人息息相关：改加·仓央嘉措出生于1846年，他是改加家族的继承者，自幼聪明好学，渴望出家，但遭到家人的强烈反对。二十五岁时竟抛弃妻小，离家出走，远赴他乡求经朝佛，过上了云游僧的生活，直到四十七岁时，家人不幸亡故，他才返回家乡，用全部家资筹建改加寺，还将自家的六柱厨房改建成经堂，这座经堂后来一直被信徒们视作是招徕福运的吉祥之地。改加·仓央嘉措一心为佛的精神获得了当地信徒们的热烈拥戴，许多信徒纷纷在他的座下剃度出家，成为佛门虔诚的追随者。改加·仓央嘉措于公元1911年圆寂后，当时的囊谦千户扎西才旺多杰的兄弟囊文求帐加措被认定为转世灵童，迎进寺院，改加寺由此得到很大发展，最盛时管辖20多座属寺，比丘尼达到上千人，活佛数位，其中囊求活佛曾获得达赖喇嘛授予的"呼图克图"名号，并特准他有头戴金冠的权力。

佛语教授噶当派

噶当派是藏传佛教早期的派别之一。"噶当"指包括经、律、论三藏在内的一切佛语。

1000多年前，阿里三围中的古格王宫笼罩在夕阳的余晖中，散发着橘黄色的光芒。刚刚读完史书的国王益西沃仰天长叹：佛法式微，可惜可悲，自己作为国王，负有发扬光大的责任。他毅然把王位禅让给兄弟，带领儿子剃度出家，在自己创建的托林寺过起了青灯古卷的僧侣生活。此时，喜马拉雅的另一面，印度萨霍尔国王子阿底峡尊者在佛学造诣上的卓著声誉已经闻名遐迩，益西沃闻之，立刻派人带着黄金前去迎请，尊者说道："要我去只能有两个理由，一是黄金，但黄金对我来说是多余的；二是被你们的精神所促使，但现在我还没有这个想法。"

尊者的拒绝令益西沃倍感绝望。然而更严重的事情接踵而至——信仰别教的邻国葛逻禄入侵古格，益西沃急忙率兵亲征，然而却兵败被擒，葛逻禄王提出两个保他性命的条件：一是改信别教；二是用等身重量的黄金赎命。舍弃佛教三宝对于益西沃来说等于失去了生命，他断然拒绝了第一个条件，于是他的家人立刻到处寻找黄金，可是限期到时，筹措到的黄金还差一个头颅那么多。益西沃说："我已年迈，没有多大用处了，不如带着这些黄金迎请阿底峡尊者来雪域弘法。"留下遗嘱的益西沃就这样死在了异国他乡的狱中。

阿底峡听闻益西沃的遗言后，为其坚定的信仰流下了感动的泪水。公元 1042 年，阿底峡尊者抵达阿里托林寺，并创作了著名的《菩提道灯论》，奠定了噶当派产生的基础。十一年后，他的弟子仲敦巴·杰维迥尼在拉萨附近创建热振寺，从此开始了噶当派的传承。

噶当派以显宗学习为主，兼修密宗，强调先显后密的学修次第。藏传佛教中一切大论的讲说，全都导源于噶当派。它的形成早于其他各派，因此对各宗派都有过重大影响，各派的初祖几乎都受教于噶当派，格鲁派就是直接在噶当派的基础上建立的，因而有"新噶当派"之称。格鲁派创立后，在青海传承的夏琼寺、夏卜浪寺和昂拉赛康寺等原噶当派寺院均改宗，成为格鲁派寺院。

夏琼的形状就像展翅欲飞之大鹏，左倚尕吾山，右靠多尔福山，后托八宝山，雄踞于玛曲北岸，俯瞰滔滔流水，远眺千山万壑，有一段赞词赞颂了它的山势："青龙游于前，黄龟伏于后，灰虎卧于左，红鸟翔于右。"东、西、北三面峰峦重叠，而南面临河山壁如刀劈斧削，陡峭险峻。就在这座山顶上，古刹夏琼寺闪耀着绛红色的光芒。

曲结·顿珠仁钦是当地最著名的佛教大师，他学经于卫藏，担任过临洮寺法台，先后建夏卜浪寺、尖扎昂拉塞康等寺院。公元 1349 年，他在这片吉祥宝地上创建了夏琼寺。这座噶当派寺院至今藏有祖师阿底峡尊者灵骨装藏的洛洛夏惹观音像、以释迦佛舍利子装藏的檀香木古塔、金书大藏经等珍贵文物。

曲结·顿珠仁钦喇嘛在建寺十五年后，主持了一位七岁男童的正式出家仪式，并且收为弟子，开始长达近十年的严格教育。这位年轻的出家人后来远赴卫藏，创立了藏传佛教格鲁派，他就是名震雪域的宗喀巴大师，他就像一只神圣的大鹏，从夏琼的群山中腾空而起，翱翔在雪域大地上，成为一代宗师，信徒们亲切地称他为"宝贝佛爷"。

夏琼寺也因为培养了这位杰出的佛教领袖而被称作"格鲁派之源"，不仅受到历代达赖、班禅的尊崇，也受到青海、西藏以及中央王朝各级政府的重视，乾隆帝曾向夏琼寺敕赐"法净寺"的汉名，并命每年拨专款供养。三世、七世、十三世达赖喇嘛都曾赐金数千两，供夏琼寺修饰殿堂，使这座特殊的寺院更加金碧辉煌，光彩四溢。夏琼寺还以戒律严格、高僧辈出而闻名。七世、八世、九世和十世达赖喇嘛的经师，九世班禅和三世章嘉活佛的经师，第四十六任甘丹赤巴等著名学者都是初在夏琼寺学经后成名的重要人物。可以说，没有夏琼寺，就没有后来的塔尔寺，夏琼寺为噶当派和格鲁派在青海的传播立下了汗马功劳。

三色道果萨迦派

在雅鲁藏布江北岸萨迦一带，当朝阳升起，我们第一眼看到的是一座雄伟的寺院群落，院墙上的红、白、黑三色条纹，在阳光下格外醒目，这就是藏传佛教萨迦派的主寺——萨迦寺。

当年吐蕃第一批削发为僧的七位贵族青年中，有一位名叫昆·鲁旺布的男子，他脱去缀着宝石的衣饰，立下志愿要为佛教献身。他的决心感染了他的家族，此后昆氏家族世代虔诚信仰佛教，许多子弟都成为佛门中人。这个家族早期主要信奉宁玛派，到昆·贡却杰布时，改学新派密乘教法，他向当时的大译师卓弥·释迦益希学习"道果法"，并在三十九岁正当盛年时创建了辉煌一时的萨迦派。道果法成为萨迦派见修方面的根本法门。

象征文殊、观音和金刚手菩萨的红、白、黑三色图案成为萨迦派寺院的标志，因此萨迦派也俗称为"花教"。

贡却杰布传法给儿子贡嘎杰布，贡嘎杰布继承父亲的衣钵，向当时许多著名的大师学习密诀和修法，建立了一套完整而系统的"道果法"。在他主持萨迦寺的48年中，萨迦派日益强盛起来，寺院扩大，门徒众多，他因此被称为"萨钦"（萨迦派大师），并位列"萨迦五祖"之首。其后，他的儿子索南孜摩掌管萨迦大权，索南孜摩以注重密宗和恪守戒律著称，是为萨迦二祖。三祖是索南孜摩之弟扎巴坚赞，他十三岁便坐上萨迦法王的宝座。三祖之侄衮噶坚赞继承法统成为四祖，因佛学造诣深厚、著述甚丰而深得信徒们的崇敬，被赞誉为"萨迦班智达"。萨班的衣钵弟子是其侄萨迦五祖罗追坚赞——三岁诵咒、九岁讲经的八思巴，八思巴二十五岁时即被忽必烈尊为国师，授玉印，统领天下释教，元帝及后妃、子女拜其为上师，接受密教灌顶，从此，"法王""帝师"的名号与他如影随形。八思巴圆寂后，元仁宗下诏各郡为他建殿塑像，"其制视孔子庙有加"。

盛极一时的萨迦派不仅传播到卫藏、康巴、安多，而且在蒙古和中原地区也有不少寺院和信徒。萨迦派在青海的传承主要来自八思巴大师两度进京时都曾驻锡青海，受到三江源地区信众的敬仰，其间许多寺院改宗为萨迦派。八思巴大师还将许多法螺、跳神面具、佛像、佛塔、钹、鼓、金书大藏经等法器和经典赐封给青海信徒和属地长官。萨迦派高僧们的到来，给青海带来了三色道果密法，至今在玉树地区留下宝贵的传承，如今玉树的三十座萨迦派寺院中，仍然盛行着这样的信念：有朝一日，到后藏萨迦主寺去接受喇嘛的授戒和教诲。

当年，八思巴大师返藏途经玉树地区，在治曲（长江）北岸的嘎哇隆巴受到信众的热烈拥戴，时年三十岁的大师讲经灌顶，一时间竟聚集了信徒一万余众。由此，嘎哇隆巴更名为"称多"（聚万人之意），以后"称多"成为地名沿用至今。

八思巴大师亲自剃度接受了一名当地弟子，授名阿尼当巴。

三年后，阿尼当巴遵照八思巴在称多修建一座寺院的旨意，创建尕藏寺，藏语意为"善缘富乐洲"，并在八思巴讲经的地方修建"百玛嘎宝"座台，以示纪念。尕藏寺受到八思巴大师的特殊关照，他赐赠的释迦佛像、以金银汁写于黑纸上的全套大藏经、合金梵塔和九尖摇玲等，被信徒视为珍物，至今仍然供奉在寺内。八思巴大师还向该寺颁赐锦缎命书，以蒙古、汉、藏三种文字要求当地居民向寺院贡纳酥油、黄金、青稞、牲畜等，规定任何人不得侵犯寺院，并向阿尼当巴赐给主管当地政教事务权力的象征——象牙章和白檀木章各一枚。在八思巴大师的扶植下，尕藏寺发展很快，传说最盛时寺院建筑铺满了山坡，寺僧多达 1900 人。此外，八思巴亲授的弟子、称多人阿尼当巴还担任过元朝帝师，云游汉藏两地，声名显赫一时。

八思巴大师在治曲上游沿岸留下了诸多足迹，沿着治曲顺流而下，位于南岸的结古寺，是青海萨迦派法统传承的代表之一。

这座结古镇最耀眼的建筑，坐落在镇北木它梅玛山上。无论从哪个角度望去，它都展现出宏伟、壮观的一面，也象征着结古人的精神高度。

这块风水宝地伴随着结古人已有千年，最初它是一座苯教寺院，当佛教的传播席卷而来时，它改宗为噶玛噶举派的小寺。直到公元 1398 年，明洪武年间，一位著名的僧侣——西藏萨迦派大喇嘛当钦哇·嘉昂喜饶坚赞，莅临治曲南岸这片富饶的集散地，给结古的信徒带来了新的传承。扎武头人是位热情的东道主，他不仅招待周到，也成为萨迦派的忠实信徒，积极支持当钦哇在原来噶举派小寺的基础上大兴土木，扩建成了直至今天我们仍然能够瞻仰到的结古寺。

结古寺是玉树北部地区的萨迦派主寺，它以建筑宏伟、寺僧众多、文物丰富、多出学者而著名。整个寺院依山势而建，殿堂僧舍错落有致，远望似多层楼阁耸立，主体建筑"都文桑舟嘉措"经堂由萨迦寺大堪布巴德秋君和嘉那活佛第一世多项松却帕文设计，在德格佐钦寺支持下，扎武迈根活佛主持修建，可容纳 1000 多人诵经。

结古寺历史上出过许多有学识的比丘，他们中有的担任讲经院的堪布，被尊为"喇嘛"（上师），有的则深通佛学，著有《般若波罗蜜多释》等享誉佛教界的著作。寺院还珍藏着嘎·阿尼当巴的舍利、八思巴所赠释迦牟尼唐卡、护法面具和檀香度母、古

结古寺 葛建中 摄

印度铃杵、传为格萨尔用过的镲钹和扎武部落从故居象雄带来的宝刀等。由于结古寺盛名遐迩，加之地处交通要道的结古镇，许多高僧大德都曾往来驻锡。1937年藏历十二月一日，第九世班禅大师却吉尼玛于返藏途中在结古寺圆寂。

历史上，玉树地区的藏传佛教有"三大政教合一寺院"和"四大坚贡（救世主）"之说。结古寺既是玉树地区最大的政教合一寺院，是结古地区及附近几个部落的政治、宗教、文化中心，也出了位"坚贡"——文波坚贡活佛，"坚贡"是过去西藏政府赐封给具有很高佛学造诣、掌握着当地政教权力的大活佛的名号。

无上瑜珈噶举派

"噶举"意为佛语或师长言教口传的传承方法。噶举派尤其注重密法的修习，而这些密法主要靠师长的口授，通过师徒的口耳相传来继承，故名噶举派。又因该派祖师玛尔巴、米拉日巴等在修法时效法古印度习俗，身着白布僧裙，后来修噶举派密法者亦多循此，因而被俗称为"白教"。

噶举派的主要密法相传是由龙树师徒传给帝洛巴的"四大教敕"。公元11世纪时，玛尔巴大师三进印度、四赴尼泊尔，学得这些密法后返回雪域，并由此发展出塔波噶举和香巴噶举两大派系，佛教史上统称为噶举派。

玛尔巴收取弟子无数，其中最著名的有四位，即"四柱弟子"，其中又以米拉日巴最为传奇。今天我们进入任何一座噶举派寺院，都能看到长发垂肩、身披褴褛白衣、瘦骨嶙峋的尊者形象，他以苦修著称，曾连续九年在深山岩洞里闭关，饮露食草为生，以致身体发肤都变成了绿色。他以道歌形式，通俗易懂地传法授徒。米拉日巴有一位高足名为塔波拉杰，他深得尊者垂青，将上师所传密法与噶当派的道次第有机结合起来，形成了塔波噶举派的根本法门——大手印法的系统。公元 1121 年，塔波拉杰在雅鲁藏布江北岸创建岗布寺，正式开辟了塔波噶举派的传承。

塔波拉杰的弟子很多，最出名的有多杰加波、都松钦巴、达磨旺秋等，他们分别发展出帕竹、噶玛、巴绒、蔡巴四大噶举支派。其中帕竹噶举又发展出直贡、达垅、周巴、雅桑、绰浦、玛仓、修赛、叶巴等八个小支，总称为塔波噶举的"四大八小支派"。其中，四大支派中的噶玛噶举、巴绒噶举、帕竹噶举以及八小支派中的直贡、周巴、叶巴三个小支都曾先后传入青海。青海目前仍有 30 多座噶举派寺院，主要分布在巴颜喀拉山脉以南的大片区域。

尤其值得一提的是，噶玛噶举派在玉树地区传播过程中，又独创出两个教派：苏莽噶举和乃多噶举，这两个支系是三江源上游地区人民佛学传承的智慧结晶。

苏莽噶举派是噶玛噶举派黑帽系的一个分支，创始人帐玛赛·罗舟仁钦出生头人世家，青年时代远赴卫藏求法，在噶玛噶举派黑帽系第五世活佛得银协巴大师座下，得到"帝洛巴四大教敕"的传承，学成后回到家乡，于公元 1414 年创建了苏莽噶举的根本道场——苏莽囊杰则寺。他的弟子仲扎哇·贡噶坚赞又建了一座苏莽德子堤寺，与苏莽囊杰则寺合称为"苏莽寺"。扎曲上游支流子曲由北向南浩浩荡荡注入这条著名的河流，分别矗立在两岸的苏莽寺像一对光芒四射的星辰，照耀着这一带朴实的信徒，他们得以在独有的苏莽传承中满足寄托于宗教的愿望。苏莽寺也是玉树地区著名的三大政教合一的寺院之一，最盛时僧侣达千人。帐玛赛·罗舟仁钦的历辈转达世称嘎文活佛，既是寺主，又是当地苏莽部落的酋长，管理着当地的政教事务。

乃多噶举派是噶玛噶举派红帽系的一个分支，创始人噶玛强美青年时期进入卫藏楚布寺削发为僧，成为噶玛派红帽系第六世活佛却吉旺秋的座下弟子。他学习勤奋，注重实修，学成后返回家乡，在扎曲河岸的乃多山上潜心修持。在悉心钻研噶玛噶举派教义的基础上，噶玛强美创新发展出一个新的体系，称作乃多噶举派，并在昌都萨贡地方修建了巴日则寺，开始正式传法。噶玛强美有不少传法弟子，他们先后建立了当卡乃多寺、代巴寺、仲贡乃多寺、夏桑寺等数座寺院，还建有乃多噶举派唯一一座比丘尼寺院——秋吉改寺，成为扎曲上游一道独特的文化风景。

治曲南岸的结古镇及广大的玉树地区寺院林立，文物丰富，噶举派多个支系在玉树传承过程中留下了宝贵的人文景观。在结古镇南的禅古山坡上，放眼望去，一座座白塔沿坡而上，环绕着金碧辉煌的禅古寺，经幡在风中猎猎作响，长号声低沉地从大经堂中传出，人在山脚下都可隐隐听闻,晴天下的禅古胜地分外庄严。

"禅古"，直译为"花石头"，得名于寺院附近一块花色磐石。

12世纪时，塔波噶举派创始人塔波拉杰的心传弟子、噶玛噶举派的鼻祖都松钦巴来到这里，治曲的支流巴曲河从禅古山下潺潺北流，仿佛也迎接着这位远道而来的贵客。巴曲谷地的人们蜂拥而至，为的是能够亲眼见到大师，聆听他的法音，祈求他的祝福。都松钦巴东游的脚步停留下来，在这虔诚的宝地上创建了禅古寺。从此，禅古寺成为玉树地区著名的噶玛噶举派寺院。

禅古寺主要建筑有大经堂、协札、闭关静修所、护法神殿等。寺中供奉有十粒佛舍利，据说能够呈现出五彩缤纷的虹光，非常稀有珍贵。寺院还藏有《甘珠尔》《丹珠尔》等佛经千余部。此外，著名的"大日如来佛堂"（俗称"文成公主庙"），由该寺和附近的卓玛邦杂寺共同管辖。历史上，禅古寺主禅来坚贡活佛也是玉树地区"四大坚贡"之一，每次出行都有特定待遇的坚贡仪仗随行，地位非常尊贵。

禅古寺　葛建中摄

禅古寺曾经存有八十柱大经堂一座，名曰"江伊扎梅德勒囊江"，是原来扎武、拉达、布庆、拉秀四个百户共同供养修建的，相传在一次地震中，其他建筑皆毁，唯此经堂无损，人们据此推测其设计之独特、建造之坚固。

传说吐蕃古老的"吉然"姓氏家族中的一支迁徙到治曲南岸的结古地区后，在那里繁衍生息了下来。公元1143年，吉然家族中又诞生了一名男丁，这位名叫仁青贝的男孩从小智慧过人，年长一些时就到卫藏帕竹噶举创始人帕摩竹巴大师座下学法，然后带着渊博的学识和高强的法力回到家乡，创建了吉然寺，开始了直贡噶举的传承。

吉然寺坐落在巴塘的度母崖根之下，因此又名"卓玛邦杂寺"。寺院南侧石崖上有二十一尊天然度母石像和经堂，左侧峭壁上有护法神阿斯秋吉卓玛的自然显像。阿斯秋吉卓玛是仁青贝美丽的祖母，在仁青贝弘法时起到了重要作用，作为直贡噶举的护法，玉树一些寺院有专门为她举办的节日。卓玛邦杂寺经过历代传承，形成了规模宏大的道场，建有很多分寺，仅玉树境内就有十五座分寺，僧侣达十几万人。后来直贡噶举派因与萨迦派发生教派之争，加之元朝势力的介入，致使吉然寺被焚毁，僧侣被遣散，仁青贝带着随从迁往卫藏，创建直贡梯寺。仁青贝也被后世尊称为"直贡巴"，吉然寺也被称作"直贡派源头之寺"。

扎曲（澜沧江）流经囊谦地界时，清澈的吉曲河水由西北方向奔涌汇入，两岸沟壑纵横、雨量充沛，草原林木植被非常茂盛。

崇山峻岭之间，有一座状似马耳的山峰，山势极其险峻，山腰间茂密的松柏林中掩映着千年古刹"达那僧格南宗"，汉译为"马耳狮子天堡"。远远望去，达那寺犹如悬挂半空，令人仰止。

达那寺最初是苯教寺院，始建于公元 3-4 世纪，现存最古老的建筑是一座叫尕乌拉康的修行宫殿。据说，尕乌拉康当年与藏族历史上第一座宫殿雍布拉康齐名。

公元 1171 年，帕摩竹巴弟子桑结叶巴·伊西则在昌都地区建成叶巴寺，发展出竹巴噶举的小支——叶巴噶举派。十七年后，伊西则来到原始古朴、风光秀丽的囊谦腹地，改建达那寺为叶巴噶举派寺院。有着 800 多年历史的达那僧格南宗，曾经有过辉煌的鼎盛时期，建筑规模之宏大，仅一座称为"嘎嘉玛"的大经堂就有 100 根柱子。

达那寺是目前藏族地区仅存的一座叶巴噶举派寺院，也被称作"岭国寺"，与藏族古代英雄格萨尔大王英勇事迹的发生地岭国之名密切呼应。寺院经堂里至今供奉着九米高的英雄格萨尔王及其部将的塑像，还收藏着相传他们用过的战刀、盔甲和衣物等文物。此外，达那寺还陈列着数万卷极其珍贵的藏族早期经卷。在离达那寺不远的达那山岩洞中，保存有传说中的岭国三十员大将的噶当式灵塔，塔内的 30 多种宋代擦擦精美无比。

保存如此良好的早期藏式灵塔群，不仅在青藏地区独此一处，在全国也极为罕见。作为青藏地区藏式灵塔中规模最大的一种"群组式灵塔"，达那寺的灵塔群在建筑形式上保留了吐蕃时期藏式灵塔营造艺术的精华，也传承了印度佛塔的建筑风格。

达那寺还因与印度达那寺同名，使信徒们认为朝拜了囊谦达那寺，犹如亲临印度佛教圣地一样殊胜。如今，这匹骏马依然奔波在传承佛法的长路上，马耳在云雾中时隐时现，仿佛静心聆听着那来自圣地的梵音。

宁玛、噶当、萨迦、噶举等重要教派在公元 11-15 世纪之间得到了空前的发展，各教派不断出现高僧大德，他们建寺弘法、广传弟子，著书立说、编史修志，这一时期可谓藏传佛教的百家争鸣，犹如奔涌的江河，每一朵浪花里都闪耀着思想的精华。各个教派和睦相处、平等发展，正如宗喀巴大师在《菩提道次第广论》中说："一切教承并行不悖，一切佛号均属教诲。"各个教派在各自发展壮大时期对藏族社会、政治、经济、文化都起到过深远的影响，各派所开创并延续下来的佛学思想体系、实证体系以及文学、艺术成果，在藏族文明史上占据着非常重要的地位。

三、十万瓣叶：第二佛陀宗喀巴和格鲁派

善律善规格鲁派

公元 1357 年藏历十月十日，一个平凡的冬日里，宗曲南岸的莲花山谷地降下一场大雪。黎明时分，十月怀胎的香萨阿切顺利诞下一名男婴。他是这位母亲的第五个孩子。传说当时天空出现了瑞雨香花，远方传来阵阵悦耳的佛乐，大地微微颤动，冬草散发出奇异的芳香。沉浸在喜悦中的母亲想起十个月前的梦境：五彩缤纷的牧场上，许多僧俗手中高擎宝幢，吹奏佛乐，说是在迎接观音菩萨的到来。她突然看见空中云隙间显现出一尊金光四射的金身，随着悠扬美妙的佛乐，在仙子天女们的环绕中缓缓而降，金身越来越小，最后竟然不偏不倚地进入了她的头顶……梦醒后的母亲感觉身心愉悦，还能闻得到梦境里的余香。她剪断脐带时流下的滴血仿佛一粒种子，长出了一棵旃檀大树。伴随着这个吉祥传说降临人世的男童，就是著名的宗喀巴。

　　不久，一位不寻常的僧侣登门拜访，他端详着婴孩的模样，只见男孩相貌俊美，肌肤洁白，仿佛睡莲，头圆耳阔，眉长眼大，鼻高丰隆，双耳垂肩，身圆膀宽，唇红齿白，凡圣者三十二瑞相、佛身八十种随形好无不具备。于是僧人取出带来的礼物：用糌粑和甘露丸做成的食子、用丝绸编织的护身金刚结、一轴加持过的怖畏金刚画像、护理圣童方法说明书等。原来，他是宗喀地区声名卓著的藏传佛教高僧顿珠仁钦大师。他告诉婴孩的父母："你们要仔细看护这个孩子，将来要与我缔结法缘，交给我培养。"

　　男孩长到三岁时，正值噶玛噶举派第四世法王噶玛巴·若必多吉活佛应元顺帝之召进京，途经宗喀地区，驻锡夏宗寺传法。男孩在顿珠仁钦大师指导下前往觐见，法王亲自为他授了近事戒，并赐名贡噶宁布（普喜藏）。传说男孩接受剃度时，落在夏宗山崖上的头发处后来长出几株高大的柏树，方圆百里唯有这几株古柏长在山崖之上，枝杆粗壮挺拔，茂密的树冠散发着柏枝特有的芳香，有一句诗歌赞美这处奇景："脐血滴处旃檀香，落发噶当翠柏芳。"

　　贡噶宁布七岁时，在夏琼寺顿珠仁钦大师座下受沙弥戒，取法名洛桑扎巴（善慧称），正式出家，开始了他漫长的求法学佛的僧侣生涯。他天性聪慧，佛缘深厚，仅仅十年间就熟稔了显教经论、密教仪轨的基本知识，打下了坚实的佛学基础。十七岁时，在上师的鼓励下，他踏上了通往拉萨的道路，也踏上了成长为佛学大师的阶梯。

　　洛桑扎巴在卫藏广参名师，反复研习藏传佛教重要理论和各个教派的教程，不持门户之见，博采各家之长，能够熟练讲解大乘诸派代表著作，讲解精确，次第有序，以他渊博的佛学知识和规范的僧侣行持，深得时人爱戴。不久，他名声日隆，美誉鹊起，三十一岁时，他抛弃了当时僧侣所戴的红帽，改戴黄帽，开始了名垂藏传佛教史的宗教改革。在当时帕竹政权阐化王扎巴坚赞的

支持下，他整饬僧团，严格戒律，提出显密结合、讲究修习次第和方法的修行理论，著作达 170 多卷。最终于公元 1409 年藏历正月在拉萨发起规模宏大的传召大法会，参加的僧众达万余人，可见他当时的崇高声望和强大号召力。此后，拉萨东面旺古尔山坡上屹立起了他的根本道场——甘丹寺，由此格鲁派正式创立。

洛桑扎巴弟子无数，最著名的有八大弟子，其中尤为杰出者克珠杰和贾曹杰与他并称"师徒三尊"。后来克珠杰和贾曹杰二人分别延伸出达赖喇嘛和班禅喇嘛活佛转世系统。洛桑扎巴的弟子们继承上师法统，在甘丹寺之后相继建立了哲蚌寺、色拉寺、扎什伦布寺、塔尔寺和拉卜楞寺，合称为格鲁派"六大丛林"，格鲁派从此不断发展壮大，最终取得西藏政教大权。

一代宗师洛桑扎巴因为出生在宗喀地方而被后人尊称为"宗喀巴"，藏传佛教史上给予他极高的赞誉，认为他是继释迦牟尼之后的"第二佛陀"。

宗喀巴大师再也没有返回过故乡。那棵出生地长出的白旃檀树也已枝叶繁茂，据说树上有十万片叶子，每片上自然显现出一尊狮子吼佛像（释迦牟尼化身之一）。陪伴着大树的母亲香萨阿切晚年思儿心切，让人给宗喀巴大师捎去一束白发，意在告诉他老母已白发苍苍，希望他回来一晤。宗喀巴为了佛教事业决意不返，

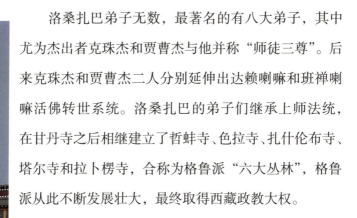

塔尔寺　葛建中 摄

让人给母亲捎去了一幅用自己的鼻血画成的自画像和狮子吼佛像，并在信中写道："若能在我出生地点用十万狮子吼佛像和菩提树为胎藏，修建一座佛塔，就如同与我见面一样。"公元 1379 年，香萨阿切与信徒们遵嘱在宗喀巴诞生之处，含裹宝树建成一座莲聚塔。脐血生养的白旃檀，不甘宝塔的包藏，根脉衍生，穿塔而出，茁壮成长，十万片充满活力的瓣叶向世人诉说着信念的传奇故事。以后陆续有高僧大德扩建修缮寺院，终使这座藏语称作"衮本贤巴林"的塔尔寺，拥有了今天的规模。

塔尔寺深藏在莲花山中，这座体现着母子情深的寺院闪烁着人性的光辉，母亲的牵挂，儿子的孝心，世代传为美谈。如今花殿里依然供奉着母亲背水时休息过的石头，信徒们把钱币贴上去，寄托了对伟大母亲的热爱和赞美，也寄托了对至真至善至爱的向往。

在这锦衣绸带的梵天佛地、浓妆重彩的庄严城中，宗喀巴大师趺坐于圣坛，身披祥瑞，冠戴柏香，瞻仰他时仿佛能够感觉到他衣袂的飘动。古人一直以来认为这片土地是"天呈八辐轮、地如八瓣莲、法轮常转、妙谛永存"的吉祥圣地，更因宗喀巴大师的诞生而增添了神圣和威严。塔尔寺依山而建，由众多殿宇、经堂、佛塔、僧舍组成，布局严谨，建筑巍峨，金碧辉煌，气势恢宏。主要建筑有大金瓦殿、小金瓦殿、花殿、大经堂、九间殿、大拉浪、如意塔、太平塔、菩提塔、过门塔等。全寺共有 1000 多座院落，4500 多间殿宇僧舍，宫殿、佛堂、习经堂、寝宫、僧舍以及庭院交相辉映，规模宏大，浑然一体。寺庙的建筑融合了汉式宫殿与藏式平顶建筑的风格，独具匠心地把汉式三檐歇山式与藏族檐下巧砌鞭麻墙、中镶金刚时轮梵文咒和铜镜、底层镶砖的形式融为一体，完美地组成了一座汉藏艺术风格相结合的建筑群。塔尔寺不仅是藏传佛教圣地，还是造就大批知识分子的高级学府之一，在保存、交流和发展佛教文化方面作出了重要贡献。此外，它还以酥油花、壁画和堆绣艺术闻名于世，号称"塔尔寺三绝"。

格鲁派吸纳各派所长，是改革者，更是新秩序的建设者。它视戒律为佛教之根本，严格比丘僧伽制度，吸收其他各派法要，综合大小乘教法，建立起一套完整的佛教思想体系。在宗喀巴大师及其追随者们的不懈努力下，格鲁派日渐壮大。公元1653年，第五世达赖喇嘛阿旺罗桑嘉措在京晋见顺治皇帝，受封为"西天大善自在佛所领天下释教普通瓦赤喇怛喇达赖喇嘛"（意为圣识一切持金刚海上师），被尊为藏传佛教领袖，从此，格鲁派跃居各派之首。公元18世纪中叶，确立了以七世达赖喇嘛噶桑嘉措为首的格鲁派政教合一的统治制度，以法王而兼人王，形成这一特殊区域的人间佛国。

格鲁派在青海地区的传播大约有500年的历史。宗喀巴大师的弟子东宗喜饶坚赞、大慈法王释迦耶失等，曾先后莅临宗曲流域建寺弘法，播下了格鲁巴智慧的种子。公元16世纪时，第三世达赖喇嘛索南嘉措两次东游青康，进一步将格鲁派教义传播到宗曲（湟水河）、玛曲（黄河）、治曲（长江）、扎曲（澜沧江）流域，许多寺院纷纷改宗供养。五世达赖喇嘛担任政教领袖之后，青海出现大批格鲁派寺院，格鲁派进入全盛时期，成为青海藏传佛教传播最广、人数最多的教派，青海驻京的七位"呼图克图"全部都是格鲁派的大德。如今，仍有343座格鲁派寺院分布青海各地，上万名僧侣的绛红色袈裟飘扬在梵音和佛号之间。夏琼寺作为宗喀巴最初出家为僧的寺院，被后人称作"格鲁派之源"。如今，格鲁派就像宗喀巴大师诞生之地的十万片旃檀瓣叶，飘落在雪域的各个地方，生根开花，结出了丰硕的果实。

宗曲两岸的格鲁派寺院

宗曲进入湟源县城后，在松柏成荫、白杨挺拔的北岸，坐落着一座白海螺般吉祥的寺院——东科具善法轮洲。

东科寺佛塔 葛建中 摄

广惠寺　葛建中 摄

公元 1648 年（清顺治五年），由四世东科活佛多杰嘉措创建。七年后，这位住持奉召入京，被康熙帝敕封为"文殊禅师"，驻锡京师，给予了很高的荣誉。从此，历代东科尔活佛成为青海驻京七大呼图克图之一，名噪雪域。《丹噶尔厅志》记载道："土地之广，田租之多，遍丹邑皆是也。且毗接于西宁县迤西各庄。"

宗曲进入大通县后，北川河自北向南奔流汇入。北川河有一条美丽的支流称作东峡河，藏语名为"郭莽楞"的广惠寺就掩映在河畔绿树丛林之中。清初，来自卫藏哲蚌寺郭莽扎仓的僧侣赞布·顿珠嘉措抵达安多，先后在塔尔寺、佑宁寺、仙米寺担任法台，曾主持修建珠固寺。公元 1650 年，他在东峡河畔连绵起伏的山峰下发起宏愿，并初建了这座寺院。寺院真正形成规模是在一世敏珠尔活佛时期。敏珠尔·赤列伦珠曾在哲蚌寺郭莽扎仓担任堪布十三年，公元 1665 年（清康熙四年）时，由于佛学知识广博，五世达赖喇嘛封他为"敏珠尔诺门汗"，派驻青海郭莽寺。敏珠尔回到家乡，在自东向西连绵起伏的黄伯垭山麓，面对郁郁葱葱、四季常青的鹞子沟松林，开始了浩大的扩建工程，将郭莽寺建成显密兼备的寺院。后来，此寺更因雍正帝赐题"广惠寺"而广为人知，在青海、甘肃、内蒙古等地颇有影响。

互助县的沙塘川河也是宗曲的一条支流，河岸有一座史称"湟水北岸诸寺之母"的重要寺院——佑宁寺，藏语称为"郭隆寺"。它背依雄伟壮观、林木茂密的山峦，面朝地势平坦、土壤肥沃的河谷地带，融合在这一片幽美的自然风光之中。

由三世达赖喇嘛授记，四世达赖喇嘛和四世班禅喇嘛指派卫藏第七世嘉色活佛来到青海。在当地群众协助下，第七世嘉色活佛于公元 1604 年（明万历三十二年）修建了佑宁寺。到清康熙年间，寺院规模已经极为宏大，包括大小经堂、僧舍等 2000 多个院落，寺僧 7700 多人，属寺多达 49 座，成为青海湟水以北地区最大寺院。恰如它的历史美称一样，它的法统就像母亲的血液般传承给了无数子寺。

这座由雍正帝赐额"佑宁寺"的古老寺院因为拥有 20 多位活佛而名噪一时，其中土观、章嘉、松布、却藏、王佛等五大活佛，精通藏、汉、蒙、满文和佛学典籍，著作颇丰，声誉卓著，清朝时均被敕封为呼图克图，尤其章嘉活佛曾任清朝大国师，位居青海七大驻京呼图克图之首，与达赖喇嘛、班禅喇嘛和哲布尊丹巴喇嘛并称为"黄教四圣",地位甚高。

佑宁寺历史上数次毁于兵燹,遭受重创。而在明、清政府支持下,佑宁寺成为安定中国西陲的宗教要塞,不费朝廷一兵一卒,就收到安定人心、保护边疆的效果。它正像涅槃后的凤凰,经过血的洗礼、火的煅烧,更加坚定地展翅盘旋于绵长的宗曲河畔。

宗曲进入乐都后,在南岸瞿昙地方有一座恢宏的寺院,藏语称作"卓仓多杰羌",意为"卓仓持金刚佛寺"。这座宝寺的创建者是来自卫藏洛扎的三罗喇嘛、一位法号为桑杰扎西的噶玛噶举派高僧。约在明初,三罗喇嘛游方来到青海,曾长住青海湖海心山静修,因此他也得到一个俗号——海喇嘛。三罗喇嘛被明太祖朱元璋请到京城,尊为上师,敕封为"西宁僧纲司都纲",成为西宁卫的宗教首领。公元 1392 年,三罗喇嘛建成寺院,明太祖赐"瞿

瞿昙寺 葛建中摄

昙寺"匾额，并赐予了大片土地作为供养。

瞿昙寺建筑以汉式皇家宫殿布局，中轴对称，雄浑气派，此后数位明代皇帝都对瞿昙寺情有独钟，屡次下旨扩建、加封、赏赐，使这座辉煌的寺院得到"青海故宫"的美誉，对明朝安定西部疆域起到了重要的作用。瞿昙寺是目前西北地区保存最完整的明代建筑群。瞿昙寺的壁画是非常珍贵的文物，78 间回廊里布满了巨幅彩色壁画，面积在 360 平方米以上，内容为释迦牟尼佛生平事迹画，形象奇巧，层次分明，栩栩如生。画面用矿石颜料绘制，设色牢固，虽经历 500 余年的沧桑，仍然色彩鲜艳、光彩夺目，令人赞叹。

在宗曲北方绿草如茵的祁连草原深处，有一座独特的帐篷寺院——阿柔大寺。这顶高 4 米、占地面积超过 1000 平方米的帐篷，顶柱多达 34 根，共用去牦牛毛近 1000 公斤、绳子 2500 米，由 50 人共同缝制而成。以帐篷寺院著称的阿柔大寺是祁连地区规模最大的格鲁派寺院。据说历史上的帐篷比现在的还要大得多，当初 30 多头满载着经书、法器的牦牛可以一次性直接进入帐篷而无逼仄之感。帐篷寺院是游牧部落特有的宗教供奉形式。

玛曲两岸的格鲁派寺院

拉加寺是黄河源头第一大寺，它位于玛曲北岸的拉加乡阿尼琼贡山下，这座山峰好似一只飞临人间的鲲鹏大鸟，展开巨大的翅膀护佑着寺院。寺院坐东向西，面临滔滔玛曲，日夜陪伴着一方人民。

出生于公元 1726 年的阿柔格西·坚赞鄂色十七岁时离开故土入藏，在格鲁派六大道场之一的色拉寺学经，寒来暑往，十三年后功成名就，成为博通显密的一代名僧。七世达赖喇嘛非常欣赏他的才能，指示他回到家乡建寺授法。公元 1769 年，阿柔格西在气候温和的拉加峡谷建成拉加寺，并亲自主

拉加寺　葛建中摄

持寺务达二十四年之久。由于出色的学识和严谨的戒律，六世班禅喇嘛曾授予他"额尔德尼墨尔根堪布"的名号。

公元 1793 年（清乾隆五十八年），阿柔格西把寺主之位供养给了香萨二世罗桑达吉嘉措喇嘛，此后历代香萨活佛成为拉加寺寺主。光绪年间，香萨活佛接受了清廷授予的"香萨班智达"名号，民国初年又被国民政府封为"普济法师"，是青海很有影响的活佛。

穿过二十多公里长的隆务峡，经过开阔的隆务峡谷地带，在玛曲支流隆务河中游河畔，矗立着安多四大格鲁派寺院之一——"隆务衮德钦曲廓林"，意为隆务大乐法轮洲。

隆务河谷气候宜人，两岸开垦着大片良田。这片以农耕文化为主的藏族聚居区，早在 700 年前就建有萨迦派小寺，后来由当

地名僧三木旦仁钦兄弟二人维修并扩建成了隆务寺。此后三木旦家族中陆续又有五人得到国师封号，声名大振，在隆务河流域行使区域性的政教合一权利。公元 1607 年，夏日仓·噶当嘉措诞生于隆务家族，被认定为三木旦仁钦的转世，从而形成了夏日仓活佛系统。寺院最盛时僧人达到 2300 人，下辖有数十座属寺，发展成为显密双修的格鲁派大寺。

隆务寺犹如一座佛教艺术博物馆，收藏着众多精美的佛像、壁画、堆绣、唐卡等艺术品，浩瀚的佛教经卷典籍，成为隆务地区极具代表性的文化中心。

隆务河东岸的吾屯村是遐迩闻名的"热贡艺术"发祥地，被誉为"热贡艺术之乡"，吾屯寺（分上下两寺）与年都乎寺、郭麻日寺、卧科寺并称"隆务四寺"，这里是收藏热贡艺术品最集中、最典型的寺院，收藏有大量精美的唐卡、堆绣、雕塑等精品，造型生动，工笔精细，色彩艳丽，充分表现了线条的流畅和节奏感、画面的立体和动态感，有很强的艺术感染力，在海内外享有极高的声誉。吾屯上下寺是青海省留存珍贵文物较多的寺院之一。已有 600 多年历史的吾屯下寺殿堂众多，装饰华丽，具有较高的文物和艺术价值。

治曲两岸的格鲁派寺院

治曲发源后大致沿着治多县域的北界向东南方向流淌，支流聂恰曲的清流加入了它的行列。聂恰曲西岸的嘉吉阿尼噶宝山坡上，远远就能望见一座高耸的佛殿，这就是长江源头第一大寺也是治多县唯一的寺院——贡萨寺。

约在公元 12 世纪，达绒噶举派创始人达磨旺秋的心传弟子秋吉次成帮巴喇嘛，在这海拔 4300 米的高处创建了贡萨寺。第二世秋吉·索南扎巴扩建寺院并改宗为直贡噶举派。到了公元 15 世纪，五世达赖喇嘛昂旺洛桑嘉措又将该寺改宗为格鲁派寺院。贡萨寺在 20 世纪发展规模空前，第十九世秋吉强巴土丁格来嘉措是位考取拉让巴格西学位、学识渊博的活佛，在他的主持下，修建了大经堂、弥勒佛殿、密宗和护法神殿及活佛寝宫等建筑。尤其值得一提的是，33 米高的宗喀巴佛殿在他的主持下拔地而起，气势恢宏地占据着寺院的中心，其中供养的宗喀巴持寿铜制镀金巨像高达 27 米，无论从任何角度瞻仰，都能看到宗喀巴慈祥、威严的眼神直视着信徒的内心，充分显示了这座格鲁派寺院对"第二佛陀"的景仰和崇拜，这座铜像的规模、高度，是当时室内铜像的世界之最。

治曲河离开治多继续向东奔流，成为称多县和玉树县的天然界河。在北岸称多的腹地，两座神山叶热公嘉山和玛嘉山，时时刻刻护卫着位于拉莎梅朵塘的圣地——拉布寺。

拉布寺是玉树地区的格鲁派大寺之一，也是玉树三大政教合一寺院之一。当初宗喀巴大师的弟子代玛堪钦来到这山清水秀、风景宜人的地区，在拉布头人尼玛本的资助下，于公元 1419 年（明永乐十七年）扩建原有萨迦派小寺的经堂僧舍，改宗格鲁派，形成具有一定规模的拉布寺。传说宗喀巴大师曾赐赠自己的头发、

拉布寺　葛建中 摄

衣饰等作为泥塑佛像的装藏物，并赐度母像一尊。拉布寺不仅得到格鲁派鼻祖的大力支持，还获得明王朝的垂青，寺院很快发展起来，辖有子寺十八座。该寺活佛吉热多杰学识渊博、精通佛理，尤以天文、医学、佛学而名扬藏传佛教界，成为玉树"四大坚贡"之一，享有乘骑进出拉萨三大寺院的特权，时人尊称他为"拉坚贡"。

　　隔着治曲河，与拉布寺遥遥相望着的是"让娘圆满大乘洲"——让娘寺，它坐落在仲达地方。700年前，由直贡噶举派的创始人仁钦贝的弟子康觉·多杰宁保创建，初奉直贡噶举。明朝万历年间，三世达赖喇嘛索南嘉措来青海传教，让娘寺由此改宗为格鲁派，不过这座寺的经堂内始终供有玉树地区直贡噶举派寺院的护法神阿斯秋吉卓玛的塑像。

　　关于让娘寺的创建还有一个吉祥的传说：康觉喇嘛在选址时，念诵着《文殊称赞》里的"建造美好法宝幢"，到达一个称为让娘的洼地，遇到施主格仓乐吉贝提着装满优质乳酪的桶，也正在念诵《文殊称赞》，当两人同时念到"建造美好法宝幢"时，他们撞到了一起。康觉喇嘛认为这是个好征兆，于是在这位施主的帮助下，开始在这里修建让娘寺。

　　让娘寺是玉树地区历史较为悠久、影响又较为重要的寺院之一，据说从前玉树地区改宗格鲁派的十八座原直贡噶举派寺院，每年于农历十月燃灯节时，都会派代表到让娘寺参加佛事活动。让娘寺有九位活佛系统，其中茸塔坚贡为玉树地区"四大坚贡"之一，享有崇高的地位。

　　治曲南岸的群山环抱中，"龙喜具喜法轮洲"——龙喜寺坐落在龙曲河谷的静谧之中，呈现出清静祥和的佛家气氛。这里最初是一座苯教帐房寺院，教徒百人，称之为"本嘉玛"。约在公元842年，吐蕃赞普达磨禁佛，卫藏僧侣拉隆·贝吉多吉刺杀达磨，逃来安多，途经下拉秀龙喜滩，在此曾一度停留活动。寺院附近的"拉隆沟"和"拉隆蒙郭山"的名称就由此而来。藏传佛教后弘期后，昌都直贡噶举派名僧雄蚌扩建龙喜寺并改宗为直贡噶举派。公元18世纪中叶，格鲁派兴起，第七世达赖喇嘛格桑嘉措应拉秀百户晋美衮却才太的请求，将该寺改宗为格鲁派寺院。龙喜寺最盛时有活佛十三位，僧侣千人，成为玉树地区十八座格鲁派寺院中最大的寺院。寺主木萨坚贡是玉树地区的"四大坚贡"之一。

　　遍布三江源各地的红楼古寺弥漫着宁静平和的氛围，无论多么偏僻的深山，信众们都能找到净化心灵、安定精神的寄托之所。高原大江大河的枝丫上，信仰就这样结出了独特神秘的花果，花的芬芳、果的香甜，滋润着三江源人的向善、向美之心，滋润着博施济众、利益天下、普度众生的菩提种子。这种依教安民、依民兴教的智慧既有其历史负载，更有现实意义。作为政治清明、百姓安乐的可贵屏障，藏传佛教也与时俱进，向着更高更新的层面上继续发展，犹如一条永不封冻的河流，奔涌着智慧的浪花，流向未来。

四、佛门中人：智慧因你而延续

生生世世为救度

在藏传佛教寺院的正式场合中，我们经常能够看到身穿金黄色袈裟的僧侣，他们头顶华丽的伞盖，身边有随从的陪伴，坐在显要的位置上。有青藏高原旅行经验的人一下子就能够判断出来，这位僧侣肯定是寺院的某位活佛。

藏传佛教把修行有成就、能够根据自己的意愿而转世的人称为"朱古"，意为转世者或化身，汉语统称他们为活佛。

佛教中的佛菩萨多有法身、报身、化身"三身"之说，藏传佛教认为法身不显，报身时隐时现，化身则随机显现。所以，一位有成就的正觉者，活着的时候在各地利济众生，当他圆寂后，还要化身于世，继续其弘法利生的事业。因而许多成就者如同地藏菩萨一样立下了誓言，只要众生还有苦难，就誓不成佛。

灵魂可以自由转寄的成就是匪夷所思的，传闻一些大师曾经实证过这样的成就，噶举派祖师玛尔巴就是著名的一例。传说他从印度学法归来后，在弟子们的恳求下，展示了"那若六法"中殊胜的传承——"夺舍大法"：他的修行屋旁的树上有一个鸟巢，某天鸟巢的主人外出时遭遇鹞鹰的袭击，飞回来不久即气绝身亡，玛尔巴大师见状，当即把自己的灵识"转"到鸟的身体里。弟子们看到那只死去的鸟儿突然腾空而起，飞上了枝头，而上师的身体却渐渐冰凉，了无生机，弟子们吓得恸哭起来，抚着上师的身体大声呼唤。这时，玛尔巴大师的灵识回到自己身体里，当他睁开眼睛的一瞬，那只鸟儿同时跌落在了地上。玛尔巴后来将这神秘之法传给了儿子达玛多德。达玛多德一次不慎从马上摔下来，头颅碎裂为八瓣，他临终前采用"夺舍法"转生时，却没有遇到合适的躯体，只得转生到一只鸽子身上，又从鸽子转移到一位年轻人身上，才得以继续完成他利益众生的事业。

灵魂可以寄托、灵魂可以转世的传统观念，是藏传佛教形成活佛转世制度的基础。这是藏传佛教解决传承问题的重要方法，也是藏传佛教不同于佛教其他宗派的重要特点之一。它以"灵魂转世说"为根据，初创于噶举派的噶玛支派。公元 13 世纪时，楚布寺的寺主噶玛拔希喇嘛坚持勤苦修行，十年不断，密法功力高深，享有很高的声望，后来他被元宪宗蒙哥封为国师，赐予他金边黑帽。他临终时，将金边黑帽亲手戴在弟子邬坚巴的头上，口授遗言：在远方的拉堆，将会出现一名继承黑帽密法的传人。公元 1288 年，邬坚巴在后藏贡塘地方寻找到噶玛拔希的转世灵童，取法名让迥多吉，这就是藏传佛教历史上第一位转世活佛。如今，噶玛巴活佛已经传承到十七世，那顶著名的黑帽也传承了 700 多年。

活佛转世制度得到了许多教派的接受和效法。将这一制度推而广之的，应属公元 15 世纪由宗喀巴大师创立的格鲁派。该派所有的大小寺院都实行活佛转世相承，废除了过去家族传承和师徒传承的做法，从而使活佛转世制度进一步完善，不仅形成了历史惯例，并且形成了一整套活佛转世理论和传统仪轨，沿袭至今。格鲁派最具代表性的转世活佛系统，就是宗喀巴大师两大弟子传承下来的达赖、班禅两大活佛系统。

400 多年前，碧波荡漾的青海湖见证了达赖喇嘛名号的来历：明嘉靖年间，成吉思汗的后裔、蒙古土默特首领俺达汗与藏传佛教格鲁派领袖索南嘉措在此会面，前者赠与后者"圣识一切瓦齐尔达喇达赖喇嘛"称号，意为"超凡入圣学问渊博犹如大海一般的大师"。75 年后的公元 1653 年，清朝政府册封第五世达赖喇嘛罗桑嘉措为"西天大善自在佛所领天下释教普通瓦赤喇怛喇达赖喇嘛"尊号。

藏传佛教在青海这块厚土上绵延不绝，目前各教派还有大小活佛约 500 人，历史上地位最高的有七大驻京呼图克图：佑宁寺章嘉、土观活佛，广惠寺敏珠尔活佛，东科寺东科尔活佛，塔尔寺赛赤、阿嘉、拉科活佛。另外如却藏寺却藏活佛，佑宁寺松布活佛，塔尔寺赛朵、却西、西纳活佛，拉莫德钦寺夏茸尕布活佛，夏宗寺当彩活佛，隆务寺夏日仓活佛等，都在信徒的心目中享有

法会　葛建中 摄

很高的名望。

活佛的转世都有神秘的传统程序，前世生前有关转世的预言、逝世前后异常现象的征兆、护法神师的神谕等，都是寻访灵童的依据。寻访灵童要秘密进行，被选派的有声望的活佛或近侍弟子，在闭关静修后，化装分赴各地，对初选的候选灵童进行遗物验证。清朝乾隆时期中央政府又设立了金瓶掣签制度，在一系列验证和考验后，通过金瓶掣签的候选人才能成为正式灵童。紧接着寺院要为他举办盛大的坐床典礼，转世灵童依法升登前世的法床，正式继承前世的法统。自此以后，灵童即以新活佛的身份开始宗教活动，接受信徒朝拜。

清苦的修行生活

小活佛也和普通僧侣一样，从此开始严格而辛苦的学习生活。在专职经师的教育下，起早贪黑，青灯古卷，不知要经过多么漫长的岁月，才能掌握学经习礼的规矩、显宗密宗的教义。僧侣们清苦的生活使他们失去了快乐自由的童年，却得到了别的孩子所没有的荣耀：这就是在继承前辈活佛的禀性和气质的基础上，经过上师不断的加持和灌顶，经过自己不懈的努力和跋涉，最终完成"前世"的遗愿，开拓新的气象，再把自己一生所学传承到"下一世"去。他们的最终目的不仅仅是个人证得菩提，还要生生世世帮助广大信众一起解脱苦难。

萨迦派结古寺的僧侣早晨六点起床后即开始修习，从前闭关修行的法都要修一遍，这个过程一般需要三四个小时，然后才吃早餐，食品是糌粑、奶茶或清茶。九点多到经堂，大家一起集体诵经。如果是夏天，就要早一个小时，如果有法会，就修习法会要求的佛经，一般会有人要求念什么经，集体诵经到十二点结束。如果遇到信徒为亲人去世举办的重要法会，念经就会持续到下午三四点，午餐也是糌粑和清茶，晚餐有时会吃上一顿面片，有时会有煮牛肉或羊肉。

下午如果没有集体活动，僧侣们会在自己房间里修习，学问高的僧侣会被人请去家中念经。一般下午是自由的时间，晚餐时间也不是很固定，晚餐后寺院没有法会的话，可以个人修行。但是一般情况下要修完严格的法门，恐怕要到夜里两点左右。

在常人看来，僧侣们的生活是单调而清苦的，但他们修习时进入境界的情景又是令人羡慕的。

宁玛派改加寺是青海最大的比丘尼寺院，在这里，每位比丘尼的一天都是这样开始的：早晨五点集体在大经堂诵经，这也是发电机开始工作的时候（实际上这之前诵经已经开始了，她们都有自己每天必须要念的经文，因此起床、洗漱的过程中，早已朗朗上口）。集体诵经后开始早餐。然后管理者要到各个经堂察看，清点人数，检查纪律。早餐后再念经，直到中餐。中餐后比丘尼们可以回到自己的房间里，温习功课，各自诵经，这项工作持续到晚上七点，太阳落山以后，到九点左右才开始晚餐。

比丘尼们有时一天也用五次餐，早茶、晌午餐、午餐、下午茶和晚餐,有时遇到严格的法会时,会用七次餐,即两次粥、五次茶。通常的食品只有干肉、糌粑、面糊、清茶之类,一年到头都难以改变食谱的寺院里,待客的最好食物是一顿面片,放着几粒干肉、几片白菜。由于海拔高,面片在煮熟之前就已经粘在一起,形成半生不熟的面团。调味品只有盐,白菜则是从几十公里之外的地方运来,她们自己平时是舍不得吃的。

法会是比丘尼们的必修课。改加寺平均每年有大大小小二十次左右的法会,一般七天为期,有些需要八天,也有个别的法会需要十天之久。早晨的阳光中,比丘尼们准备着法会的仪式。经堂前点起篝火,比丘尼们在院子里坐成两排,上方是供桌,供桌上摆满了青稞、酥油灯、净水、花、香、切玛等各式供品。众多比丘尼手持法鼓、铜钹、长号、短号、海螺,伴着虔诚的祈祷,法乐在空旷而辽阔的山野里响起,她们肃穆的表情令人感动。领诵师是法会的主持,她的座前放一只宝瓶,里面插着的几根孔雀翎,正在阳光下闪着蓝色的神秘色彩。在她的带领下,法会持续了将近五个小时,接近尾声时,只见比丘尼们形成一条长队,手持香炉,缓缓而行,在各种法器庄严的奏鸣声中,法会圆满结束。所有旁观了法会的俗人们都会获得一掬经过比丘尼们加持的净水。

格鲁派寺院学经制度的共同特点是要严格遵循宗喀巴大师制定的学制,即先显后密的学修次第和循序渐进的学习程序。格鲁派显宗学制大体可分为十三级和十五级两种,然后视学习情况再深入密宗学习。

　　格鲁派六大寺院之一的塔尔寺，是青海佛学的最高学府，设有显宗、密宗、时轮、医明四大学院，藏语分别称为"参尼札仓""居巴札仓""丁科札仓""曼巴札仓"。显宗学院设在大经堂，是塔尔寺最早的一所学府，主要学习佛学显宗理论，寺院认为显宗是佛教的根本。学员在10—15年内学完《释量论》《现观庄严论》《入中论》《戒律本论》《俱舍论》等五大论，成绩优异者可获得"噶然巴"格西（博士）称号。密宗学院传授"三密大法"，经过3—5年的学习，成绩优异者授予"欧然巴"格西学位。医明学院是研究藏医学的学府，经过长期而系统的学习藏医学理论体系，优秀生可授予"曼然巴"学位。时轮学院是研习天文历算的学府，经考试成绩优秀者，可授予"泽然巴"格西学位。

　　辩经是许多寺院考验僧人学习程度的一种仪式，类似于今天高等学府的学位论文答辩。主考官由多位高僧担任，分别坐于考场两侧，身后是众多的参与者。考生通常只有一人，坐在主席上，由主考官提出问题，然后解答。然而气氛的热烈并非由主考官的问题引起，一般情况下，所有参与辩经的僧侣都是考官，拥有向考生提问的权力，往往他们的问题尖锐且不留情面，他们可以自由地穿行在考场之中，腕挂念珠，双手击出响亮的掌声，用声势来驳斥考生的意见。有时诘难者甚至可以居高临下地站在考生的面前，以嘲笑、轻视的态度挑衅考生，而考生只能坐着，对一切问题必须对答如流，稍稍迟滞都会引来一片嘘声。

　　这是对一个人的知识和口才的挑战，古往今来，多少大师经

辩经　葛建中 摄

过这样的辩经，赢得"班智达"的荣誉，赢得了信徒们的崇敬，又有多少考生辩经败北，在一片嘲笑声中重新埋头学习浩如烟海的典籍。每次只有少数几位僧侣获得哈达，坐到后排，表示通过了一轮辩经，等待他们的，又将是一场新的挑战。经过重重口才、意志和智慧的考验，少数优秀的学生脱颖而出，获得博士学位，这些僧侣深受僧俗尊敬，在寺院享有很高的地位。

与神共欢的时刻

佛、法、僧三位一体构成了藏传佛教寺院的精神传承，僧侣在其中起着关键作用。这些传承着佛法精髓也传承着人类智慧的佛门中人，在宗教节日和活动中，把一生所学汇集成信徒能够直观感受到的形式，展现出人神共欢的人间盛景。那是酥油花芬芳的时刻，骨号音乐低沉地回响在大山深处，震撼着信徒们的心灵。

塔尔寺一年中有四次大的宗教佛事活动，即"四大祈愿法会"，分别在正月、四月、六月和九月举行。在持续 7-10 天的活动中，僧侣们跳法舞、转金佛，还有规模盛大的展佛仪式和酥油花灯展。

法舞藏语称作"羌姆"，据说是 1200 多年前，莲花生大师在桑耶寺落成开光典礼上创编出的舞蹈。大师在印度大乘佛教密宗金刚舞的基础上，吸收了西藏苯教的拟兽面具舞和鼓舞汇集而成，经过千余年的发展，形成僧侣专有的大型系列性宗教舞蹈，具有特定内容和规范的艺术形式。塔尔寺主要的法舞有怖畏金刚护法舞、马头明王护法舞等。每当长达三米多的同钦长号吹起时，莲花山中就回响着音色雄浑厚重的余音。僧侣云集、万众争观的法舞场面非常壮观，表演者头戴立体式的大型面具，有的重达十几公斤。表演中，只见犄角绽出花瓣，唇内闪现粼光，各位"神祇"身着色彩各异的法衣，手持不同法器，以显示法力和身份的区别。伴奏乐队中的加林小号尤其夺人眼目，它们大都制作精美，有的加林管身上还装饰有金银环及珊瑚、松耳石，喇叭口及哨管用纯银镀金，十分璀璨。在庄严的音乐和舞蹈中，可以深深感受到驱魔镇邪的正义力量。

萨迦派寺院结古寺在正月法会上也会上演一出场面恢弘的"羌姆"法舞。天蒙蒙亮时，结古寺前的柏香已经燃起，香烟缭绕的经堂前已经挤满了人，大家耐心地等待着神舞的开始。经堂里庄严的诵经声和锣鼓声"隆隆"响起，跳神舞的僧人也穿戴上法衣面具——吉祥的时刻就要到来。

当鼓点节奏明显加快时，一声悠扬的长号声后，神舞法会拉开了序幕。首先出场的是乐队，二十位僧人手执单鼓和弯曲的鼓槌，身着盛装的袈裟，头戴红色鸡冠帽，腰间长长地垂挂着水袋，织锦的披风在结古清晨的清风中微微扬起，鼓声紧凑。

接着三十位僧人敲着单钹出场，他们披着白绸披风飘然而至，戴着橘红帽，挂着水袋，钹击响应着鼓声。两位僧人吹着长号慢悠悠走出经堂，长号将近三米的样子，必须有两位小沙弥在前面提着号口才能行进。他们的身后跟着两位吹着短骨号的僧侣，还有两位持香者，他们披着金黄色斗篷，形象非常魁梧。

一位活佛站在宝幢下，四位领诵师相伴左右。接着出场的是四位僧侣，他们身着袈裟，头戴鸡冠帽，脸庞上蒙着轻薄的黄绢，看不到神秘的面容，四人围着一张四方桌，手持净水瓶，静静地等待着。这时，鼓与号齐鸣，响彻了结古寺的上空。庞大的乐队团在经堂前院依次排好后，神舞者开始上场。

第一场上场的是两位僧侣舞者，左手持嘎拉碗，右手持剑，在经堂门口跳了很久，舞步激越，动作幅度很大，依次向经堂内鞠躬，再向经堂外鞠躬。这时，站在四方桌前的黄绢蒙脸者向四周洒着净水，音乐歇，舞者退下。

第二场有十三位身披黄纱的僧侣逐次上场，头戴忿怒相面具，手持不同法器，在一牛头面具的带领下鱼贯而入，他们跳起了圆圈舞，时而高举双臂，显示威力无比的法器，时而抬起双足，展现法裙上怒目圆视的护法神的猛厉。鼓号时快时慢，他们随着节奏渐渐围紧，又渐渐松开，牛头面具者舞步持重而庄严，他扮演的是结古寺的护法神格居公保。是这次法会的主角。他们退场时，那四位捧着净水瓶的黄绢蒙面者也抬起四方桌，退了场。

第三场时两位童子上场，他们身着白色骷髅衣，胸部画着红色的肋骨，一手持碗，一手紧握骨号，跳跃而上，舞步急速，双脚腾挪轻灵，玉树人把他们称作"格日"，是阎王的使者，负责接送人们将死之时的灵魂。

第四场有两位持香者、两位敲钹者、两位吹号者相继上场，他们带领八位头戴圆形平顶小帽、象征女神的僧侣上场，他们身着彩衣，面蒙白纱，长发披肩，手持彩虹状布帘，轻蹈慢舞，转着柔曼的彩裙，飘来一阵阵清香。

第五场开始时，女神们还未退场，八位跳夏那舞的僧侣已全部登场，他们头戴彩帽，手持金刚橛和金刚铃，急速地跳着舞步，依次亮相。

第六场是玉树地区著名的查羌舞，所谓查羌，即武士舞，八位武士手持弯弓与长剑，威风凛凛地一字儿排开，他们头戴铜盔，顶戴彩翎，身穿铁甲，长发披肩，着俗人装，缓缓起舞，一位鼓手和四位钹手为他们的舞步伴奏出震如雷鸣的音乐。

第七场又有八位僧侣上场，他们穿着金色的百衲衣，脚蹬白色毡靴，左手捧钵，右手紧握禅杖，在场中形成一个圆圈，亦步亦趋，左转右绕，缓步退场。

第八场出现在人们面前的是两位持骨号者、四位敲钹者，引出纪律监督人，三位趾高气扬的监督人穿着俗装，手执粗大的仿豹皮毡棒，头戴黑色流苏帽，巡视一番。玉树人称之为"阿查热"舞，他们起着维持现场纪律、保证法会正常进行的作用。

在他们巡视现场时，一位头戴黑色大鸟面具的舞者出场，同时有两位僧侣相伴左右，只见大鸟的巨喙一张一合，左啄右咬，引得观众大笑起来，气氛立刻活跃了，凝重、庄严的法会也在快乐的笑声中结束了。

玉树人对任何寺院的法会都趋之若鹜，老老少少不辞辛苦赶到陡峭山坡上的寺院，因为观看法会，不仅能获得感观上的愉悦，更能获得护法神的加持力，保佑一生的平安和健康。

流传在玉树噶举派寺院的"羌姆"舞有一个独特的内容，就是以女性护法神阿斯为主题的法舞。

阿斯的名字叫作秋吉卓玛，她原是直贡噶举派的护法神，如今也受噶玛噶举派系统寺院的供养。例如高高地坐落在云端的当卡寺，每年就有一天是专门为阿斯举办的法会。年复一年，阿斯秋吉卓玛都要在这一天降临人间，为她护佑的信徒展现尊容。

羌姆舞将在阿斯秋吉卓玛神殿前举行。殿前的广场上早已用白灰绘了莲花、宝瓶等供养物，并用白线勾勒出一方神舞的圈地。有用红毯铺就的观礼台，并在廊下设有活佛宝座，供奉有食品。廊檐以华丽的橘色织锦缎垂成流苏，在清晨的微风里轻灵地飘动。

经号已经吹响，香烟弥漫。僧侣们从大经堂鱼贯而出，乐手拿着各种法器，锣鼓声顿时肃穆地响彻了当卡。在活佛的法幢引领下，他们走下楼梯，走向广场，形成一个半圆。

这样，称作加如的乐队已经拉开了序幕。

早晨的法舞称作加尕那。三个人上场，代表中原的武术、尼泊尔的法术、藏地的僧侣，蓝色长袍马褂，明显是清朝服饰。清朝人将哈达遥遥献给坐在廊下高座上的喇嘛，喇嘛于是诵经赐福。尼泊尔人身穿白衣，戴着白胡子的面具，同样将哈达遥遥扔向坐在廊下高座上的喇嘛，喇嘛赞美了尼泊尔，并诵经赐福。接着藏族人向前，只见他身穿红色僧衣，头戴红色金丝智者帽，斜披黄色袈裟，向高坐着的喇嘛祈祷，喇嘛为他祝福。

雪狮上场。在震耳欲聋的鼓钹声中，雪狮头披蓝色鬃毛，全身雪白，舞步欢快，跳跃而出。看得出，是两个人在狮子的腹中做着和谐如一的动作，这两位狮舞者一定练了很久，配合之默契、动作之和谐，皆在举头动足、左跳右跃中完美体现出来，尽情地表演出了雪山雄狮威武的王者风范。

狮子下场后，身穿长袍马褂的乐队复上，两架短号，两架长号，两架鼓，徐徐而出，脚步滞重，他们先是对着天空吹出悠悠长音，而后对着大地奏响漫漫长鸣，一俯一仰之间，肃穆、神圣的宗教气氛已经感染了全部在场的观众。身着红色僧装、头戴黄色鸡冠帽的乐队奏出轻快的音乐，伴随着号鼓声，八位穿着清朝服装的小僧手执长长的香束，舞蹈着上场，他们穿着白色的宽松长裤，各式各样的彩绸系在肩上，飘动在风中，飘动在音乐里……

　　正午，才是阿斯女神降临之时。信徒们听到号鼓一声声越来越紧密，越来越夺人心魄，知道女神就要降临了。在一种神秘的气氛中，阿斯秋吉卓玛出现了。

　　她有着淡黄色的脸庞，面如满月，细眉明眸，红唇丰满，皓齿微启，头戴五莲冠，身着彩衣，隆重登临。只见她右手握一具明镜，左手持一把火焰宝，胸前佩一轮宝镜，缓慢地舞动着威严的脚步，她的长袍上绣着怒相金刚，大鹏式的宽袖展开在已经放晴的蓝天下。

　　在她身后，相随而出的是十几位她的化身神，以各种各样的颜色来区分，从粉色、黄色、绿色、蓝色、白色、肉色、红色到橙色，化身神们的长相都和阿斯秋吉卓玛并无差别，但是法衣颜色与法器大有不同，有的手执蛇、心脏，有的持着颅骨碗、剑、箭、斧、钺或者金刚。众位化身神簇拥着主神，跳着庄严的舞步，在广场中央形成一个圆。

　　此后，又有阿斯秋吉卓玛的四位护法上场，他们的脸孔呈现黑色、藏蓝、墨绿、赭红等浓重的深色，怒相的头顶戴着颅骨冠，舞步明显与前者不同，略微夸张地表现出忿怒、暴躁的威慑力量。

　　这时，乐队静静地退场，诵经声响起，喇嘛们深沉、低郁的集体的声音极富磁性地缭绕在我们耳旁，那么富有穿透力，直接穿透了我们的心房……

　　阿斯秋吉卓玛女神的宝幢迎风飞舞，喇嘛高举着的宝瓶中，七彩的孔雀翎仿佛已经开放，绽放出神秘的香气，四位喇嘛抬着两只巨大的香炉缓缓进场，香炉中冒着缕缕青烟，那香味让阿斯秋吉卓玛披上了一层更加神秘的气息。

受到感染的信徒们纷纷上前，为女神献上纯净的哈达，只一会儿工夫，阿斯秋吉卓玛和其他化身神们的背带上就挂满了哈达，就像堆上了一座座雪山一样，那是祈祷，也是祝福，是敬畏，更是一年只有一次的幸运……

"羌姆"法舞中，僧侣们花样繁多的面具和法器总是让人看得眼花缭乱，这些法器大体可以分为礼敬、称赞、供养、持验、护魔、劝导六大类。袈裟、项珠、哈达等属于礼敬类；钟、鼓、骨笛、海螺、六弦琴、大号等属于称赞类；塔、坛城、八宝、七政、供台、华盖等属于供养类；念珠、木鱼、金刚杵、灌顶壶、嘎巴拉碗等属于持验类；护身佛、秘密符印等属于护魔类；刻有或者写有六字真言的嘛呢轮、转经筒和幢、石等属于劝导类。每件法器都有其不同的宗教含义，有的法器兼有数种用途。藏传佛教寺院里的法器大多以金、银、铜铸造为主，兼有木雕、骨雕、象牙雕、石雕、海贝壳雕以及布、丝织、锦缎等面料制品。

塔尔寺除了显宗具备的法器外，还保留了密宗四部修习的完整形态。凭借坛城、法轮、五方佛冠、嘎巴拉碗等法器，通过错综复杂的宗教仪式，教徒们实践着对佛、菩萨、本尊神像的观想。从这点来说，塔尔寺是青海藏族文化的活态博物馆，不仅拥有质地上乘、工艺讲究的法器文物，还在"羌姆"法舞中传承和体验着各种法器的功能和作用。

在这样的宗教氛围中信徒们熏陶着法舞的气息，敬畏着神灵的神威，遵循着慈悲的信念，父传子，母传女，藏民族的道德观念就这样传承下来。我们看到僧侣们庄重的舞步在鼓声中渐渐激越起来，旋转、旋转出一个个极富感染力的气场，信徒们纷纷奉献出洁白的哈达，虔诚的诵经声不绝于耳。在这样热烈的时刻，很难想象僧侣们日常生活中寂寞、清苦的一面。尤其大多寺院都建设在远离尘嚣的深山僻壤，如果不是佛教博大精深的教义激励和感召着他们，不知今天的雪域大地还能感受到多少佛陀留传下来的甘露。

青藏高原广袤的大地虽然富饶得如同大海，但藏族人民由于信仰佛教的传统观念，保留了对大自然的敬意，人们的取用未尽一滴。僧侣们就是这样一个群体：在极其恶劣的生存条件下，仍然能够拥有追求更高智慧和更深修证的宗教精神，不忘一代代上师传承下来的高贵品格和慈悲信念，在行善、宽容、利他的大目标中，互相鼓励、勤勉学习，他们在救度自己的同时，还与世界上所有的生命共荣共生，创造了一方与天地万物自然和谐的美好愿景。正如改加寺的比丘尼江参曲珍所说，她愿意用自己短暂的一生，为世间三界众生、为凡有生命的生灵祈祷安宁和吉祥，真诚地祝愿大家早日脱离苦难，过上幸福的生活。

天外家园

一 龙仁青 一

人是自然的儿女。正如那个久远的传说中，女娲用水和土捏制出了人类最初的先祖一样，人类很早就懂得人与自然的关系，懂得自己是大地和流水不可分割的组成部分，是大地上的一粒细沙，是流水中的一滴水珠。基于这样一种认识，人类所有的宗教祭祀活动，几乎都是对自然的感恩和崇拜。对于高原民族来说更是如此。这片被誉为"最后的净土"的三江源大地，少有工业文明的浸染，人与自然的关系，更显亲近与和谐。

　　神秘的自然孕育了最初的宗教，怀揣信仰的高原民族，宛若怀揣珍宝一样守护和珍惜着自己的信仰，也守护着三江源这片精神家园。

一、山：高耸的信仰

转山的功德

进入六月，广袤无垠的果洛草原铺上了一层浅绿，苍茫冷寂的大地忽然间平添了一种柔嫩和秀丽。冰雪融化，小溪潺潺流淌，向阳的草坡上，一朵朵蒲公英竞相绽放，耀眼跳跃的金黄色最先宣告了一个新的季节的到来；岸畔的绿草中，间或开放着几朵粉报春，花瓣随风摆动，显得有些羸弱又警觉——它们是来探听季节的消息的，再过几天，等天气渐暖，它们便会整片整片地开放，把大片的草原包裹在一片粉色之中，宛若一片落地的彩云一样篡改草原原本的颜色。

就在这个季节，退休后赋闲在家的贡拉，与几位亲朋相约，一起踏上了阿尼玛卿转山之旅。

转山，即围着青藏高原上林立的群山中那些高大、雄伟、鹤立鸡群的山峰右绕而行，或骑马，或徒步，或者干脆一步一叩首

阿尼玛卿雪山　葛建中摄

地磕着等身长头，遇到山水自然或者人文景观则停步祭拜，他们煨桑、抛撒禄马，口中是对这些山水自然和人文景观极尽夸张的溢美之词。这样的场面，甚是庄严。这是笃信藏传佛教的高原民族对自然、神灵、宗教表达敬畏之情的一种仪式，是他们生活的一部分：旧时，常有一些牧人，他们拖家带口，赶着牛羊，牛羊身上驮着帐篷和一些日用家当，一边放牧，一边转山，把自己游牧的一生就交给了这样的转山仪式，他们被称为"走圈转山者"，他们随季节迁徙，逐水草而居，直至老去，直至终其一生，将信仰和生活交织在一起，生活即是信仰。

阿尼玛卿是雪域传说中的四大神山之一，有着至尊至崇的地位和名目繁多的头衔。俄金索南、阿吾·嘎洛所著《阿尼玛卿雪山圣地志》（藏文）一书中对阿尼玛卿做了这样的介绍：他是开天辟地的九大造化神之一，是雪域藏乡的寄魂山、佛教和苯教的护法、英雄格萨尔王的尊神、无尽宝藏的守护者、一切异教邪说的教敌。与极乐世界、莲花光佛土、杨柳宫（金刚手菩萨与多闻天子居所）、布达拉、度母所居璁叶庄严刹土等圣地毫无二致……的确，有了这样的地位和声誉，在藏族民间，有关他的故事四处传扬，不论寒来暑往春来冬去，围绕着这座大山虔诚转山的人群络绎不绝。

转山，一定是按照顺时针方向右绕而行，这种仪轨的形成，来自佛教右绕佛像的基本规则。所谓右绕，就是在佛像或佛塔旁行走时，要以佛塔或佛像为中心，围绕着佛像或佛塔向右旋转行走。右绕佛像或佛塔，是受印度民间风俗的影响：以右为尊。在印度，右绕是赞叹随顺的意思,左绕则表示反对、对抗。所以说,右绕佛像,是诸佛菩萨表示恭敬之心。释迦牟尼创立佛教以来,认为佛教也应当以右绕佛像或佛塔为尊。印度的佛弟子在佛前经行时便以右绕为准。据说,绕佛不但有驱除邪魔、养神疗病的功效,更重要的是可以消除业障,获得很大的福报。正因为如此,绕佛成为很多信徒修行的一种重要方式,绕佛的时候,一定要放下尘世的牵累,心中只有佛,久而久之自然可以达到身心清净的目的。

右绕有许多功德。《菩萨本行经》中有一则故事:佛陀在世时,佛与阿难入舍卫城乞食。当时城中有一婆罗门从外而来,他见佛出城,光相巍巍。婆罗门便欢喜雀跃,绕佛一匝作礼而去。佛微笑着告诉阿难,此婆罗门见佛欢喜,以清净心右绕佛一匝,以此功德,从是以后二十五劫不堕恶道,天上人中,快乐无极。在这里,佛说绕佛行走一圈,便可以获得二十五劫不堕恶道,只生天上人间的福报。

与右绕佛像一样,转山同样有着许多功德。虔诚笃信佛法的高原民族坚定地认定,一生中只要到神山朝圣一次就算完成一件重要的善功。据说,朝拜阿尼玛卿,转山一圈可洗去一生的罪孽,转十圈可在轮回中免去地狱之苦,如果转上一百圈今生便可升天成佛。每逢马年,朝圣者更是蜂拥而至。据说,佛祖释迦牟尼生于马年,而阿尼玛卿山神也属马,铁马年生辰,所以每逢马年,特别是藏历铁马年来阿尼玛卿神山朝拜,功德无量,转一圈等于十三圈,会额外增加十二倍的功德。

应了这样的说法，转山的人群纷至沓来，他们背着行李，神情安详地行走在右绕的路途中。

阿尼玛卿转山之旅，根据路程、距离等的不同，分外线、内线和中线三条线路。外线，是少数驾车转山者要走的路线。中线和内线尚不能通行车辆，只能通过有公路的地方慢慢绕行，这是转山线路中最长的线路。内线，则是专门留给那些事务繁忙、没有时间的转山者的，只需三两日就可以完成，所祭拜和供奉的圣迹圣址很少。所以，一般而言，转山者大都会选择中线，即可以步行或骑马，包括了所有重要的圣迹圣址的线路。因此，贡拉转山，走的就是中线线路。

磕头与"供石"

转山路上，磕头是每个人必备的功课。贡拉向几位同行的亲朋说起磕头行礼的功德，一边说一边做着示范：双手合十，用手分别触碰额、口、心三个部位，然后跪下，双手分别前推，五体投地。按照藏传佛教的解释，双手合十，空心掌似含苞待放的莲花，表示以莲花供养三宝（佛法僧）；触碰额、口、心三个部位，是为了观想自己身口意的业障消除；五体投地，是祈求三宝的加持。

贡拉说，磕长头，对于克服一个人傲慢的习气，具有很强的针对性，还可以增加人们对上师三宝的信心、恭敬心。也可以增加福报，因为顶礼本身也是一种供养，是行者发愿皈依并以自己的身口意供养上师三宝。另外，这也是一种极好的全身运动，可以锻炼身体，还能振动气脉，打开脉结，达到强身健体的效果。所以说，磕长头的功德是在今世健康长寿安乐，往生极乐世界，圆满成就佛果。

转山者如果从果洛藏族自治州大武镇出发，都是以嚓那卡朵为起始点的，此刻，贡拉一行来到了这里。嚓那卡朵，距大武镇往西约40公里，是多彩垭

磕长头　葛建中 摄

口之意。这里有一处崖畔，细细看去，略呈黑白黄三色，据说是三怙主——身色为黑色的金刚持、身色为白色的大悲观音菩萨和身色为黄色的妙音菩萨三尊神现身的地方，转山者因此将此地视为圣地。贡拉面对三怙主的崖畔，深深地叩首祭拜，他似乎已经忘记了紧跟着他的摄制组，而摄制组此刻正把镜头对准了他。

转山者除了庄严的祭拜，还要向大山敬奉供品。虔诚的转山牧人，将自己身上的饰品——珊瑚、玛瑙、珍珠、松石等毫不吝啬地供奉在大山的某处或者用酥油粘连在大山的岩壁上，以表达自己对大山的敬畏之情。

供奉饰品，看起来有一种挥金如土的潇洒和挥霍，其实，牧

人们以路为家，游牧于天地之间，他们的一生与财富二字没有多大关系，只是因为天生的爱美之心，他们将一些牛羊兑换成了自己喜欢的饰品，因此，他们的所谓财富，除了牛羊，就是饰品——如果置办了其他物品，还需要有个专门存放的地方，而只有饰品，可以缀挂在身上，随身携带。这些饰品，体积硕大，颜色艳丽，牧人将它们缀挂于身体和衣物的各处，突出，显眼。有人认为这是一种炫富行为，其实不然，这些饰品最大的作用，首先是牧人爱美之心的表达；其次，是对清贫的掩盖。

牧人一生清贫，没有多少饰品要供奉给大山，转山路上，只有少数几处在他们看来非常重要的地方，才有可能供奉上一些饰品，而更多的地方，他们把俯拾皆是的石头当成了供品。在他们看来，石头也和那些精美的饰品一样，首先是大山或者自然对人类的赐予，如今只是要心怀虔诚奉还给大山而已，因此，石头也被赋予了和那些饰品一样的精神价值。于是，在一些人供奉了珍贵的珊瑚、玛瑙、珍珠、松石的地方，更多的人把从地上信手捡起的石头恭敬地放在了那里。

对这样的供奉，大山也是愉悦的。那些道行高深的大德高僧替无语的大山这样解释了这种行为：与其供奉价值昂贵的饰品，这些石头更能够表达虔诚之心。因为，但凡供奉了自己心爱之物的，心里总会有不舍，而石头，俯首可得，供奉时心里无私无欲，不会伤及内心的虔诚和笃信。

有了上述的解释和说法，牧民们在向大山供奉石头时，便也心安理得坦然潇洒。而这坚硬的石头，也被赋予了一种柔软的品性：它是牧人对大山的敬意，是那颗虔诚之心的外化表达。

贡拉口中念念有词，恭敬地磕了三个头，起身走到一处堆了无数石堆的地方，朝着石堆将一些小石子放在上面，他对同行的一个年轻人说，这叫"多乔布哇"，是在向阿尼玛卿山神行"祭供石头"之礼。

在贡拉的身前身后，许多转山者口诵六字真言，如贡拉一样把地上的小石子捡起来放在石堆上，而这石堆就是转山者们日积月累堆起来的，在硕大一片沙砾地上，大小不一的石堆不计其数，已经形成相当的规模，堪称壮观。贡拉说，"祭供石头"，并不仅仅是向山神表达崇敬的一种方式，同时也是一种善行，是为了给

石经墙　葛建中 摄

同道者修路——把通道上的石头捡到一边，让后来的转山者行走方便。

"供石"的最高境界，抑或说是以"供石"的方式表达虔诚的极致行为，当属嘛呢石的纹刻和堆垒：在石头上纹刻上经文，将刻满经文的石头堆垒在一起，这便是石经墙。石经墙耸立在青藏高原的许多地方：在山麓，在水边，在一座古旧寺庙的一侧，宛若打开在天地之间的一本大书：石经墙都是仿照长条藏文经书的式样垒叠起来的，保持了纸质经书的风格；书的封面、封底均由大型彩绘石板做成，不同的内容之间又以彩绘的石板隔开，宛若书中精美的插图。

财神与战神

从嚓那卡朵出发，阿尼玛卿转山之行就真正开始了，下一个地点是一眼泉水，据说这里是药王佛的圣址。泉眼众多，汩汩的泉水四处喷涌，每一个泉眼处，都有一块石头，石头上纹刻着"利肝""明目"等字样，意指饮用了相对应的泉水，对这些病症具有疗效作用。转山至此的人们，争先恐后地饮用着这里的泉水，而一群僧人却没有加入这个行列，他们围坐在一起，高声地诵念着经文。贡拉恭敬地看着他们，他说，他们正在做道场，念的是《药王佛经》和一些祛邪除病的明咒，这是利益众生的善举。

转山者络绎不绝，像是一股无法停息的流水，盘绕在阿尼玛卿山间。

没走多远，他们来到了一处叫"卓玛本宗"的地方。"卓玛本宗"，意即供奉着十万度母女神的地方，这里独独长着一棵柏树，这棵柏树被称为"卓玛玉栋"，意思是度母女神的金玉神木。转山者到了这里，自然而然地诵念起了《度母颂》，在一处系挂经幡的地方，一些专门带着经幡而来的转山者，把印有《度母颂》的经幡系挂起来，一时间，劲风激荡，彩色的经幡随风飘摇，刚刚系挂的经幡显得鲜亮夺目。

嗡——尊者圣救度母我顶礼！

礼敬达热奋迅母，

都达热者除怖畏，

都热救度施诸利，

梭哈字乃躬礼尊，

……

看着猎猎经幡，贡拉神色凝重，双手合十，也默默诵念起《度母经》。

出发前，贡拉一行带了足够的吃食：糌粑、手抓羊肉，还有一种食物，叫"得柔"，意思是小石子，其实是一种用青稞面或麦子面制作、指头尖大小、状如石子的油炸食品，这种食品由于携带、食用方便，不容易腐坏，成为藏族农牧民出远门时的必备食品。他们离开圣址，在一片草地上坐下来——这是转山者必须遵循的一个规矩，吃饭或者夜宿，要离有圣址圣迹的地方稍远一些，以免人间的烟火之气熏染了神灵——很快就搭起了三石灶，煮熬起了浓酽的藏茶，就着茶水，吃起携带的各种食物。

吃完饭，走过卓玛本宗，一座山崖遥遥在望。贡拉说这里叫"达却纽卡"，骏马垭口之意，马头明王的圣址。转山者到了这里，就要祈愿护法神护佑众生，特别是一些骑马而来的转山者，更是虔诚有加。因为在果洛草原的传说中，马头明王，是格萨尔王的坐骑"赤兔神骏"的转世，是马匹的守护神。藏族，打马游牧于青藏高原上的草原旷野，对马的情感十分笃深。《格萨尔王传》是诞生在青藏高原上的一部英雄史诗，作为一部描述冷兵器时代高原游牧民族为了保卫自己的家园，讨伐强敌、追求和平的鸿篇巨制，这部恢宏的史诗其实也是一部关于马的传奇故事，一部关于骑手的颂歌。

这里还有一处用马头堆砌起来的拉则——原本是山顶路标，而被信奉万物有灵的藏族人视为神灵的居所，蒙古人谓之敖包。如今，拉则尚在，只是不见了那层层叠叠累加起来的马头。在拉则以东，一座雪山闪烁着寒光，据说它是阿尼玛卿山神的坐骑，曾带着阿尼玛卿周游世界，走遍南瞻部洲，威严地环视自己的疆域。五世达赖喇嘛洛桑嘉措曾专门撰写祈愿词，对这一雪山——阿尼玛卿的坐骑进行赞美和祭颂。转山者中骑马转山的人们到了这里，便弯腰下马，虔诚地走到拉则前，从自己坐骑的马鬃或者马尾处，拔下少许鬃毛尾毛，恭敬地系在拉则上，据说，这样可以赋予马灵敏、快捷的脚力，带来马匹的繁衍兴旺。

太阳偏西，贡拉一行跟随络绎不绝的转山者完成了一天的工作。

第二天，当贡拉他们伴随着日出起了床、走出帐篷时，就看见不少转山者已经开始了自己的神圣之旅。草草吃了早饭，他们也出发了，不大一会儿，他们就来到了一处圣址。

这一片秀美的所在，大大小小的湖泊，清澈明亮，形态各异，引来无数鸥鸟栖息，丹顶鹤、野天鹅这样的珍禽也随处可见。喧响的鸟鸣打破了山野的寂静，振动的翅羽遮盖了半边天空，好一派热闹景象。而更为壮观的是，湖泊里自由游弋的鱼群。它们成群结队，拉帮结派，因为没有人为捕捞，这些鱼儿几乎天生缺乏自我保护意识，显得胆大妄为。一条裸鲤肆无忌惮地跃出水面，炫耀一般将自己明晃晃的身子展示一番，继而跌入水中不见了踪

拉则　葛建中摄

影，引得鸥鸟穷追不舍。

据说，这里有三百六十泓湖泊，每一泓湖泊都是圣水。

贡拉告诉大家，这是阿尼玛卿山神祭拜神灵的圣水——阿尼玛卿虽然是高高在上的创世之神，但他也需要祭拜神灵。在藏民族的想象里，这座高峻的山峰就像是草原上一个富裕且有一定威望的牧户人家，不会因为他拥有财富和地位而不去敬畏神灵。在大小湖泊之间，有一种细腻的沙土，自然成了阿尼玛卿制作供奉神灵的献食"朵玛"的面粉。湖泊自然是龙的处所，藏族视鱼类为龙族，因此，转山者到了这里，就要点燃起桑烟，祭拜龙族，祈求风调雨顺，人寿年丰。

这片秀美之地，也有一个秀美的名字——昂维秀黛，意思是仙鹤的翅羽。作别了鸟飞鱼跃的昂维秀黛，来到一处叫毛哇多哇的地方，这里虽然没有什么奇特之处，却受到转山者的特别敬重，大家都有些疑惑。经贡拉解释，同行者才恍然大悟。原来这里便是藏族历史上赫赫有名的苦修大师夏嘎·措周仁卓曾经修行的地方，他曾写过一篇赞美阿尼玛卿的偈文，文中详细描述了阿尼玛卿外观的壮美和内部陈设的富丽堂皇——藏族传说中，阿尼玛卿是一座宫殿。贡拉说，这篇谒文还描述了一段奇特的经历：夏嘎·措周仁卓和雄狮大王英雄格萨尔穿越时空在阿尼玛卿山间相见，夏嘎·措周仁卓站在地上，格萨尔显现在云中，他们相互问安，相谈甚欢。

昂维秀黛是曲什安河的发源地，从这里开始，这条清澈的溪流就一直陪伴着转山者，走了很远。

"下一处，便是财神赞巴拉的圣址！"离开毛哇多哇，走在转山的路上，贡拉指着前方说了这么一句。大家一听是关乎自己钱包的财神的居所，不由加快了步伐。

这处地方叫突噶尔，有关这个地名，有两种解释。一种解释取其本意——突噶尔一词，有关注在心之意，这里的人们认为，造福一方、与人幸福是阿尼玛卿大神最为关心的事，所以，这片能为人们赐福施财的财神之地，自然受到了阿尼玛卿的关注，所以叫突噶尔。另一种解释，认为这里是苯教之神一千五百突噶尔之福地，因此才有了这个地名。

这里有五块巨石，据说就是传说中的五种财神石。转山者到了这里，纷纷从地上捡起石头，放在这五块巨石上，行"祭供石头"之礼，在这里"祭供石头"，又多了一层含义，那就是祈福求财。有人还从这里捡了许多小石子揣进怀里，这些小石子是要系在自家牛羊身上的，据说这样可以让牛羊兴旺。

祭拜了财神，又要祭拜战神了。生活在草原旷野的广大牧人，虽然生活贫瘠，但曾经征战四方的先祖把英雄主义的思想以遗传的方式留给了他们，因此在他们的生活中，财神和战神是他们经常要祭拜的神灵。转山的下一个目的地，叫"喜玛芝德"，意为细砂堆成的粮堆，这个地名，一半是现实，一半是想象，形象地传达出了游牧民族特有的思想情感。站在喜玛芝德举目远眺，那一堆堆的砂土，还真像是打麦场上刚刚打碾好了的麦子或者青稞堆放在那里，浅黄透明的光泽，闪烁着粮食的质感。贡拉说，在久远的传说中，这里还是一处伏藏和掘藏之地——一些高僧大德或有识之士，将一些神奇的宝物或文字伏藏起来，等待一些具德有幸之人在他的后世或者更久远的将来将此掘藏，并破译其中的密码，使得一种思想或者一种信念得以继续传承，这就是伏藏和掘藏的意义。在藏地，这也是宗教传承的一种方式。格萨尔王的故事，也以这种方式得到流传，许多格萨尔说唱艺人，被称作掘藏艺人，就是以这种方式传唱史诗的传承者。

如今的转山者，来到这里的主要目的，却是供奉战神，因为这里还是藏地十三战神之一"达突嘎布"战神的圣址，对他煨桑祭拜，可以拥有勇气和力量。

祭拜了战神达突嘎布，没走多远，便是多杰帕姆——金刚亥母的圣址。贡拉他们来到这里时，正有一群僧人做着道场，虔诚地诵念着《空行母颂》，这是这些红衣僧人献给金刚亥母的赞美诗。

阿尼玛卿的形象

又到了新的一天。

碧空如洗，风和日丽。温暖的天气令人惬意。远处的雪峰顶上，白云轻轻飘拂，不动声色地改变着形状。一只野百灵忽然鸣唱起来，歌声清丽明快，婉转动听，在这空旷之地，却也透出一种淡淡的孤寂来。野百灵就这样鸣唱着，看不到它的身影，只听到它的歌声。贡拉不由抬起头，目光循着百灵鸟的歌声搜寻着，却并没有看到什么，这让他想到了一个话题——转山的行动，也让山里的生态和野生动物得到了很好的保护。

的确，转山仪式中，包含着朴素的生态保护意识，蕴涵着敬畏自然、崇尚自然、尊崇造化、关爱生命、与大自然和谐相处等颇具人文关怀的生态观。比如，不准在神山周围采挖矿藏、捕猎野兽和采伐林木，甚至摘取几株花草。这些看似是宗教意义上的禁忌概念，却有着朴素的生态内涵。再说，转山原本就是一次肃穆的佛教仪式，作为提倡不杀生的佛教信仰者，在这样一种仪式中，自然而然恪守着不杀生的戒律，不但自己不杀，同时也让那些盗猎者远离了这里。如果那些盗猎分子胆敢到这里来，绝对无机可乘，因为捍卫野生动物的生存，就是在捍卫自己的信仰。在藏族朴素的认知中，但凡阿尼玛卿山区的野生动物，那都是阿尼玛卿神山的家畜，威严强大的创世之神，自有它的奴仆和佣人，时时看护和监视着它的家畜免受侵犯。

此刻，他们已经来到了"桂格钦冒"的所在。桂格钦冒，意即丝织大佛像，指的就是用来展佛的那种珍贵的大型唐卡。当贡拉说出这个地名时，同行的几人左顾右盼地说：桂格钦冒在哪里啊？贡拉笑着，指着一处宛若横切出来一样光滑的巨崖说，那就是桂格钦冒。其实，在藏民族的认知中，自然世界到处都是五彩斑斓绮丽无比的，即便是在人迹罕至的荒漠，即便是在万物萧条的冬季，只是我们没有用心去看、用心去感受而已。据贡拉讲，这座光滑的崖面，每逢下雨变湿后，就会显示出不同的色彩，有线条，有色块，自然、鲜艳，就像是用巨大的画笔晕染出来的一般。当地群众说，如果怀着一份虔诚之心仔细去看，那便是一幅高高悬挂着的"卓玛嘎毛"——白度母的巨型唐卡，"桂格钦冒"之名也由此而来。而传说还没有结束，在桂格钦冒的背后，隐藏着一个大门，这正是阿尼玛卿九层宫殿的宫门，也就是说，传说中那个金碧辉煌的阿尼玛卿王宫，就是从这里入口的！

一些转山者也走到了这里，他们却不急于去瞻仰桂格钦冒，而是先到一处山泉处，捧饮着泉水，洗涤着身体。这处清泉，据说是被白度母加持过的，饮用或者用这清澈的泉水洗涤伤痛之处，具有神奇的疗效。贡拉说，早先，这里有一块巨石，巨石之上有一个小小的眼，一股清泉从这石眼中喷涌而出，足足有五六米之高。如今可能转山者纷至沓来，加上气候变化水量减少等原因，这一神奇的现象已不复存在了。

与藏传佛教众多的神灵具有文静和忿怒两种形象一样，有着众多名号的创世之神阿尼玛卿同样也分文静和忿怒两种形象。在一处叫"卡擦巴奴"的地方，有一座小山，举目远眺，恰似一尊盘腿打坐的坐佛。当地传说，这是阿尼玛卿文静型的形象。众多转山者都在这里叩首行礼。方才那一队僧侣转山者也到了这里，他们一如既往围坐在一起，打起道场，齐声诵念着《大悲咒》。贡拉带着摄制组到了这里，朝着文静型阿尼玛卿行了礼，又朝着下一个目的地走去。

下一处圣址，名曰"格宁拉日"，意为众居士的神山。据说，

拉则　葛建中 摄

这里便是阿尼玛卿神山作为俗人心目中最为普遍的形象——王者的形象，它岿然站立在这里，迎候着众多尚未出家、只在家里诵经念佛的居士们的拜谒。再往前行，便是"夏日拉则"了。"夏日"，意为鹿角，早先，这里有一处用白唇鹿的头骨和鹿角堆砌起来的拉则，当地人认为，这处拉则是一个长着鹿头的护法神的居所。如今，这里的鹿头鹿角已经不知所向，只有拉则和拉则的名字还在。遇到拉则就要祭拜，这是转山者起码的行为，转山者到了这里，自然要煨桑、磕头、抛撒风马……

　　再往前，出现了一个岩洞，岩洞附近的石头上，还有一个貌似脚印的痕迹。那位与阿尼玛卿息息相关的苦修大师夏嘎巴·措周仁卓又出现了，据说，这岩洞是他修行的禅房，而这脚印就是他使用法术留在石头上的圣迹。不远处又是一座岩洞，据说是吐蕃历史上那位刺杀了赞普达磨的剑客拉隆·贝吉多吉和藏戏的创始人、在西藏修成第一座铁桥的唐东杰布曾经修行过的地方，岩壁上留下了他们年复一年日积月累修行后的成果——脊背和头部的圣迹。对这三位大师级的人物，人们自然崇敬有加，转山者到了这里，依然虔诚地捡拾起地上的石子，郑重地放在已经堆得很高的石堆上，行"祭供石头"之礼。一些富足的转山者，还把自己身上的珊瑚、玛瑙等珍贵饰物留下来，供奉给自己心目中的神灵。

柔软的石头

太阳偏西，天气也没有午时那么热了，一股微风刮来，从身上拂过时还有几分凉意。贡拉招呼大家离开转山之路，他们找了一处背风的地方搭建帐篷。

夜晚就是随着呼啸的风声到来的。

帐篷虽然紧挨着崖壁，但还是不能躲过寒风。随着夜色的降临，风声更显得肆无忌惮，似是要乘着黑夜，进行一场蓄谋已久的劫掠，不时拍打着帐篷的门帘"啪啪"作响。而围坐在帐篷里的人们，却对风的张狂视而不见。帐篷的正中，刚刚搭建的三石灶上，一团火苗燃烧着，似是一个妖冶的女子舞动着腰肢，这火苗就有了双重的作用：照明，取暖。火苗照亮了人们的脸膛，他们说笑着，把一只酒碗相互传递着，传递的方向依然是从左至右的顺时针——右绕的习俗，已经深深渗透到他们生活中的每一个细微的情景之中。酒酣耳热之际，有人忽然唱起酒歌：

蓝蓝的天上搭帐篷，

帐篷就是那五彩的虹，

……

歌声嘹亮，传出帐篷，传向远方。

次日清晨，吃过早饭，贡拉对同行者说，"今天去的圣址，你们要好好祭拜。""是什么圣址？"几位年轻人几乎异口同声地问道。"帕玛真朵。"贡拉回答。

"帕玛真朵"，意思是报恩父母石。这里有一座小小的佛塔，佛塔旁边有三块石头，一大两小。转山者走到这里，都要举行一个简单又神圣的仪式：将大石头背在背上，双手拿起两只小石头，绕着佛塔右转三圈，一边转一边默默颂念父母的名字。据说，经过这个简单又神圣的仪式，此生就可以报答父母的恩情。所以，转山者到了这里，特别是那些年轻人到了这里，就有点儿激动。不大一会儿，这里就聚集了很多人。似乎是这仪式中所包含的神圣的力量使然，人们并没有拥挤、抢占，而是有顺序有规矩地排起长队，依次进入到这貌似游戏却十分庄重的仪式之中。人们相互帮助，让每个人心怀这样一个朴素而又伟大的夙愿，去完成这个仪式。

年轻人都加入了这个仪式。贡拉站在一侧看着他们，心里忽然有了些哀伤：早逝的父母，他们从来没有埋怨过子女的不孝，但是哪一个父母，真正得到了子女对养育之恩的报答呢？仪式结束，贡拉告诉那些年轻人，并不是参加了这样一个仪式，就可以报答父母的恩情，而是这样一个仪式时时提醒你要报答父母的恩情。

离开帕玛真朵，心境却依然有一种激动和哀伤的情绪，似乎是应了这样的情绪，后面的几处圣址圣迹，也和父母亲缘有了些关系。一处小小的岩洞，叫"阿尼桑姆禅房"，据说是在印度负有盛名的瑜伽大师帕·丹巴之弟子、藏传佛教尼姑制的创始人玛久拉珍之转世阿尼桑姆曾经修行过的地方。玛久拉珍作为藏传佛教史上写入史册的为数不多的女性，她的修为和她提出的能断修炼法影响极大，甚至还传入了佛教发源地的印度。"玛久"，意为唯一的母亲或独尊的母亲，可见追随者对她的敬仰，也可以预见她作为女性，在传承中所赋予的母性的柔情和力量。

这里有很多有关阿尼桑姆的圣迹，人们口诵《空行母礼赞》，表达崇敬之情，自然，还要行"祭供石头"之礼，这是转山之旅中一个朴素又崇高的祭拜方式。

往下，就到了"岗突曲果"，是一片汩汩流淌的清泉，据说有一百零八个泉眼，水中的矿物质使得水下的鹅卵石上结下了色彩艳丽的红锈，看上去很美。这里被转山者视为是龙宫所在地，是不能带着荤食来到这里的，以免让水族龙族受到污浊之气的熏染。人们把吃食留在头晚夜宿的地方，等祭拜了这一圣址，再绕道去带在身上。这种恭敬之情，宛若孝顺的子女面对威严的父母，这礼数是不能少也不能违的。

不知不觉中，贡拉一行已走了三天。

这一天，他们来到扎直旺秀神山下时，这里的人忽然多了起来。原来这里是转阿尼玛卿神山的另一个起始点，从果洛以西来转山的人，大多是从这里开始的。藏族传说，扎直旺秀神山，是阿尼玛卿神山的一个胞弟。有关这座山以及它的功德，藏文古籍里有如此记载：圣地之主的弟弟扎直旺秀，是黑发人之尊，护善之地方神，佛教大师的寿神，凶神战神之王。他威德无比，喜欢远处助威的"格"声，聚集求福增长的"嗦"声，供奉时赐与成就，祈祷时袒护很大，赞扬时体面光荣，督促时功业速成，遣使时没有阻碍……

在扎直旺秀山下，立有一座仿古神殿，算不上富丽堂皇，但也雕梁画栋、红砖碧瓦，颇有几分庄严之势。这座神庙，被冠以"阿尼玛卿藏族文化中心"的称谓，是一位德高望重的活佛捐资修建的，神殿里供奉着三尊主像，正中的是大悲千手千眼佛，右面是玛卿神像，左面是格萨尔神像。虽然是一座新型建筑，但因为修建者的身份和所供奉的神像，也受到了转山者的拜谒。

作别了大神的胞弟，翻越直德垭口。眼前豁然开朗。蓝天白云下，一浪浪的波涛翻滚着，起伏着，一直涌向天边，那波涛却是静止的，把自己奋勇向前的激动凝固成了一种欲罢不能的姿态。在这千百波涛的簇拥下，还有一浪更高的波涛高高掀起，定格成一种鹤立鸡群的样子，昂首挺立在无数波涛之中——这是一座大冰川，藏语称为"日嘎东香"，意思是千顶白帐，这称呼形象、恰当、亲切。那座最高的冰峰被称作"玛英·扎尖玛"，是阿尼玛卿尊贵的母后。这是转山路上一个重要的圣址，几天前刚刚祭拜了帕玛真朵的转山者到了这里，纷纷开始煨桑、磕头、抛撒风马、系挂经幡，向这位创世之神的伟大母亲致敬，同时也祈祷自己的母亲安康幸福。在扎尖玛山下，有一片湖泊，与西藏的玛旁雍从同名，"玛旁"，是永不言败之意，暗喻这位母亲的勇敢坚强。这位母亲同时也是温柔慈爱的，她专门为祭拜她的人们准备了一种叫"云达拉"的东西，这是一种对皮肤灼伤等症极有疗效的物质，可以外敷也可以内服。

不远处有一座不大的佛塔，极不起眼，名为娘日佛塔，据说由历史上名声显赫的藏传佛教宁玛派掘藏大师娘日·尼玛沃赛所立。这位大师生活于公元12世纪，因发掘出完整的佛教经函《噶吉德协度巴》而闻名。右转佛塔，虔诚祈祷，转山者逶迤从山下走来，转山的尽头已经遥遥在望了。

贡拉他们从果洛州府大武镇出发，到今天已经是第六天了。再有一天，他们就可以完成转山之旅，回家休息了。

果洛，因地处黄河源头而被称为玛域草原，这里是传说中格萨尔王成长的地方，这里不仅有众多神奇的格萨尔艺人说唱着《格萨尔王传》这部世界上最长的史诗，而且还有不计其数的遗址遗迹与这部伟大的史诗息息相关。在阿尼玛卿脚下，离曲嘎纳不远的地方有一处叫"果村内果"——盔甲圣址的所在，据说这里伏藏着曾经跟随英雄格萨尔王征战四方、降妖除怪的岭国三十员大将的盔甲，这个圣址自然受到了崇尚英雄主义的藏族转山者的崇拜。这里生长着的一棵柏树，也被称作圣树受到了供奉和祭拜。与之不远，便是格萨尔的煨桑台，煨桑台由 13 座硕大的嘛呢堆围拢而成。转山者在这里煨桑、祭拜，在缭绕的桑烟和漫天飞舞的风马中，转山之旅结束了。

经过了七个昼夜，他们又回到了出发时的嚓那卡朵。贡拉回过头，深深地回望着来路，眼眸里有着恋恋不舍的神情。

如今，转山的人群中，加入了许多旅游人群和登山爱好者，当地官方也因势利导，在保护生态环境的前提下，大力发展以转山为主题的旅游事业，提供服务和便利，取得了较好效果。因此，转山除了宗教意义，更多地又具有了一种休闲旅游的意味，多了些游山玩水的情趣，少了些对神山的敬畏和崇拜。

二、水：柔软的坚韧

向青海湖供礼

这是草原初夏的一个清晨，滚圆的太阳像一张燃烧着的牛粪饼，点燃了漫天的云霞，浩渺的青海湖闪烁着金红色的波光。青海湖畔的纯牧业县——刚察县泉吉乡的牧民才本仁立在自家帐篷门前，目不转睛地遥望着不远处的青海湖，庄严虔诚的火苗在他的眼眸里闪动，他双手合十，匍匐在地。许久以后，他才慢慢地站起身来，口诵经文，目光滑过湖面。

才本家的帐篷前，平铺着一张大大的草席，草席上晾晒着粮食。这是他家正在准备做宝瓶的材料。粮食已经晾晒了三天了，今天他和儿子打算把它们送到附近的寺院去。

做宝瓶是祭湖前一个主要的工作。宝瓶，是献给海神的供品，既可向海神传递虔敬感谢之心，又可祈求海神保佑风调雨顺，平安健康。宝瓶内装有金银铜铁、五色粮食和草药。但是在装入宝

瓶的植物里和五谷中不能有豆类，不能有带麻醉作用以及药性猛烈的、有毒性的草药，同时也不能放肉类进去。群众是不可以自行做宝瓶的，可以把准备好的金银铜铁、五谷和草药清洗干净，交给寺院，由寺院经过诵经加持后才能作为宝瓶供海神歆享。

去放羊的儿子周太骑马回来了，一回来，就帮着阿爸把晾晒在帐篷前的粮食收拾起来，和准备好的其他物品一起，驮在了一头牦牛的背上。于是，他们赶着驮牛，向附近的沙陀寺走去。宝瓶是圣物，牧民们只能准备材料，制作的事，要交给寺院。

沙陀寺，这座气势恢宏的寺院，坐落在青海湖鸟岛的入口处，雄踞布哈河畔的半山腰间，从这里举目望去，视野开阔，草原、大湖以及蓝天白云交相辉映，一片大美风光。

沙陀寺最早建于公元1665年，是环湖最大的宁玛派寺院。藏语称"扎西群科林"，意为"吉祥法轮洲"。由于沙陀寺与五世达

青海湖　葛建中 摄

祭海仪式　葛建中 摄

赖喇嘛曾有一段不解之缘，加上藏传佛教宁玛派寺院对自然崇拜的看重，这座古老的寺院在环湖的各种佛事活动中，特别是在祭湖活动中，一直担当着重要的角色。

一批批制作宝瓶的粮食被群众送到了寺院，粮食在装入宝瓶时要诵经，封口时还要诵经，然后放在一起码齐，再诵经至少七天。诵经必须要在每月的月亮将盈时，也就是上半个月进行。宝瓶内放置的金银铜铁、五谷和草药虽然大致相同，却因所诵经文的内容不同而具备不同的功力，如有祈求财神保佑、财运亨通的；有祈求消病去灾、平安无忧的；有祈求身体安康、健康长寿的……而像求财、去灾的宝瓶是不能投放入海的，要请回家里供奉。

这如从天际而来的诵经声飘过寺院的金顶，飘过飞扬的经幡，飘过庄严的白塔，飘扬在茫茫草原上空，也飘进了牧民家的帐房和每个人的心里。伴随着那醍醐灌顶般的美妙和声，袅袅的桑烟升起来了，在晴空旭日下直上云霄，完成着与神灵的对话。俯瞰芸芸众生的神灵，也为之发出会心的微笑。才本和他的儿子周太将自家准备的材料放到寺院回来的时候，听着庄严凝重的诵经声，不由停下脚步，双眼湿润了。

一个月后，祭湖仪式开始，这些宝瓶就要祭献给青海湖，这是祭湖仪式中最为壮观的。

一支僧侣仪仗队分别拿着法杖、香炉、净水瓶、宝伞、幢幡等，吹奏着唢呐、法号向湖岸进祭；头戴鹿首、牛首面具的鹿神、牛神以及地方神紧跟其后；人们随着仪仗队拥向湖岸，僧侣口诵明咒向湖神献祭，拥向湖岸的僧俗群众，也纷纷将祭祀礼包用力投向湖中。这是祭湖仪式中最隆重的仪式。

经过寺院加持后的宝瓶已经运送到了祭湖的地点，僧侣们在湖边继续诵经，意即告知湖神祭海将要举行。投放宝瓶的地点事前经过严格查勘选定。

才本一家早早就来到了湖畔，原本是想等到祭献宝瓶的仪式开始时，能有一个较好的位置，谁知道来参加祭湖仪式的人越来越多，甚至还来了许多外国游客，不大一会儿就被淹没在了人群当中，等到祭献宝瓶的仪式开始，并没有抢到一个很好的位置，只好随着人流蜂拥到湖边，一边口诵经文，一边将几个宝瓶抛向湖水中。

其实，这一仪式体现了藏民族民间信仰中的天人合一思想和朴素的生态观念。与其说是向青海湖献宝，不如说是通过这样一个仪式，给青海湖畔的鸥鸟和湖中的鱼虫提供食物。从 2010 年起，刚察县改用豆腐、蛋卷等材料代替哈达、氆氇等材料，更是体现了这一生态理念。这一举措，受到了广大牧民的认可和欢迎。因为这样，既不会污染湖水，又便于鱼鸥觅食。

相传，祭品向湖中投得越远，下沉得越快，越能得到海神的庇佑。由此，参祭的僧俗群众踊跃投祭，以示对海神的尊敬，并祈求海神保佑人畜、地方吉祥平安。至此，祭湖仪式正式结束，而作为祭湖仪式的高潮，"跳神"仪式接着开始。

跳神仪式，在藏族和蒙古族的各种活动中都可以见到。有人说，这是自然崇拜文化的遗留。祭湖之日表演假面舞蹈以求祛祟迎新、消灾祈福、海神保佑，是祭湖民俗活动中新设的内容之一。至今，每当祭湖之日，环湖寺院的僧侣们便穿起锦绣长袍，戴上华丽的面具，在鼓乐声和诵经声中威严起舞。

如今，祭湖已经成为环湖文化不可或缺的重要组成部分，也成为当地政府开发和挖掘藏民族优秀的非物质文化遗产，发展和挖掘旅游资源的一个新契机。

祭湖历史及仪轨

祭湖，最初也是高原民族对山水自然崇拜和敬畏的朴素表达，慢慢地，有了面对神湖起誓盟约，解决部族间的纠纷与争战的习俗。统治者敏锐地捕捉到了这种习俗中可以利用的因素，于是主动介入，使得这一民间宗教仪式慢慢有了一些政治色彩。

青海湖有鲜海、咸海、卑禾羌海等古称，其中常见的一个称谓是西海。公元4年，西汉已经在全国设立了东海、南海、北海三郡，为了取"四海归一"之意，封青海湖为西海，在青海湖地区设立西海郡，青海湖也从此成为名副其实的西海了。

青海湖作为四海之一，自然要受到更为正式的、明显带有官方意志的祭拜，但由于路途遥远、交通不便，这种祭拜仪式虽然隆重——皇帝亲自参加，但只是遥祭，也就是在皇宫就近设立祭坛，朝着青海湖的方向祭拜。

天宝十年（公元751年）正月，唐玄宗封青海湖神（西王母）为广润王，这是皇家对青海湖的首度封号，并遣使礼祭。之后由于变乱，曾一度中断。直至庆历元年（公元1041年），青海神又被加封为通圣广润王。宝祐元年（公元1253年）蒙古用兵青海。宝祐二年（公元1254年）召集蒙古王公在日月山祭天，在青海湖祭湖。至元二十八年（公元1291年），封青海湖为"广润通灵王"。明袭元制，均在京城郊外对青海湖进行遥祭，尊青海湖为"西海之神"。

殷墟甲骨文卜辞中的"燎祭西王母"之说，据专家研究，是史籍中有关祭湖活动的最早记载。

清雍正元年（公元1723年），康熙皇帝驾崩，失去了先祖爵位封号的固始汗之孙罗卜藏丹津经过周密策划，举兵反清，清廷委派年羹尧进驻西宁，统一指挥平叛大军，岳钟琪为奋威将军。

岳钟琪在追击罗卜藏丹津的过程中，为取悦雍正皇帝，作了青海湖显灵的奏闻，奏闻称："兵到哈达河，袭守地贼，追奔一昼夜，士马俱渴，塞外严冻，忽涌泉成溪，人马欢饮，遂追入崇山，歼敌二千。"雍正皇帝接到奏章，大喜过望，刚刚坐上皇帝宝座的他正需要借助这样的"灵异"和"祥瑞"来提高和巩固自己的地位，于是第二年，也就是公元 1724 年，封青海湖为"正恒"，并在雍正四年，即公元 1726 年 3 月，诏封青海湖为"青海灵显大渎之尊神"，9 月，在青海湖畔立"灵显青海之神"石碑，碑用汉、蒙古、藏三种文字，并修建了碑亭，同时派官员至青海湖畔祭拜青海湖。

从雍正元年开始，有关祭拜青海湖的记载见诸各类史料，之后乾隆、嘉庆、道光、光绪、宣统等，均对青海湖进行祭拜。

辛亥革命爆发后，祭湖典礼一度中断。民国二十九年（公元 1940 年）秋天，兰州第八战区司令长官朱绍良受蒋介石指派，前往西宁主持祭湖仪式，这是民国时期规模最大的一次祭湖活动。当时的环海八族各王公及刚察千户、汪什代海千户、达玉千户、千卜录千户、昂索等参加了祭湖仪式，并向朱绍良献上了骏马、牛羊、贵重的土特产等，这位国民党长官也向与会者赠送礼物，其中还有自己的照片。

祭湖仪式，在清代以来的 200 年中，随着政治、社会、文化等的变化而变动，但也慢慢有了一个大致不变的规程，每年祭湖，都要严格按照这个规程进行。

规程大致是这样的：祭湖的时间一般在农历七八月间，届时，清廷派一位钦差大臣到西宁，或者由当时的青海办事大臣代理，由这位官员主祭，再由地方官员陪祭。祭祀开始后，向海神位祭献马、牛、羊三牲，以及酒、茶、果品、五谷等祭品，经过初献、亚献、终献三项程序，行三跪九叩之礼，在这期间，还诵读用汉、藏、蒙文写成的祭文。祭拜仪式结束。

祭拜仪式结束后的第二天，主持祭湖仪式的官方还要大摆宴席，大宴宾客。宴席上，有个活动叫抢宴，备两桌肉菜，放在大院之外，由群众抢夺食用，活动就此被推上高潮，各种民间和寺院的歌舞和跳神活动便开始亮相了。你方唱罢我登台，一派热闹景象。

正如祭湖仪式有着一定的规程一样，举行祭湖仪式的地点也少有变化，从清顺治十年一直到民国期间的几百年，历次的祭湖活动地点主要有三处：沙陀寺、克图垭豁和察罕城，其中克图垭豁遗址已经消失在历史的烟尘中了。

沙陀寺原来位于刚察县泉吉乡西南处的年乃索麻，这里离青海湖只有咫尺之遥。不远处，有一眼清泉在汩汩喷涌，圣泉一侧，还有一座装饰着许多马头的拉什则，这就是著名的马头拉什则。

清顺治十年（公元 1653 年），五世达赖喇嘛洛桑嘉措进京面见当时的皇上顺治，返回西藏途中，途经刚察草原，宿营在沙陀地区。由于长途跋涉，人乏马困，又缺饮水，大队人马精神不振，行走艰难。正束手无策之际，达赖喇嘛指示几个随从去寻找水源，随从几经寻找，在南坡丛草乱石之间寻得一处流泉，解决了人畜

饮水，人们痛饮这甘甜的泉水，一时间神清气爽，皆大欢喜。当时，

达赖一行视这一奇迹是青海湖的恩德，按照藏传佛教仪式绕湖传

经，向青海湖表达谢意。后来，这里有了一座拉什则，有识之士

在泉边还修成一座寺院，这就是沙陀寺。在沙陀寺举行祭湖仪式就是从那时候开始的，传承至今。

沙陀寺的祭湖活动在每年的藏历五月初四举行。沙陀寺一直保持着跳神表演的传统，并且建立了藏戏院，以演绎英雄史诗《格萨尔王传》故事为主。因此，每年的祭湖活动中也可以看到他们表演的藏戏《格萨尔王传》。

察罕城，当地群众叫白城子，省级文物保护单位。遗址在海南藏族自治州共和县倒淌河乡北约12公里的山根下，城墙高大厚实，城呈四方形，据《共和县志》记载：城东西长420米，南北宽365米，东西门各一处，残墙高3米，宽3米，西门外照壁高3米，顶宽0.3米。城外西北方100米处乃海神庙遗址，南北长47米，东西宽30米，地面建筑已荡然无存。该城是环湖诸城中规模较大、保护较好的古城遗址。

现在的海神亭是在原察罕城旧址上重建而成的。海神亭东临青海湖，内有祭湖石碑、佛殿和展厅。

20世纪80年代党的民族宗教政策恢复后，民间性质的祭湖活动逐渐恢复，成为信教群众的节日。民间的祭湖仪式一般由寺院主持，包括煨桑、祭敖包等。

煨桑、敖包祭：与神灵对话

"拉——加——洛——"，随着一声响彻天宇的高呼，众人的呼唤也随之响起，虽然参差不齐，却一声高过一声，接着，"隆达"被抛撒在空宇，彩色的"雪花"在空中飘飞——青海湖畔一个古老的藏族部落，正在举行煨桑仪式。

不论是转山转湖还是在一些特定的日子或者重大的事件开始之前，都要举行盛大的"煨桑"仪式。煨桑有两层含义，一是净化，二是献供。高原藏民族认为，只有用植物和五谷燃烧的芳香熏染天空和大地，才能净化空气，净化自己，有清洁的环境，才能让神灵接近自己，保佑自己。神灵只要闻到桑烟的芬芳便如赴宴享用。只不过这美食是用松柏枝、艾蒿、石南等香草的叶子燃起的霭霭烟雾，煨桑是通告天地诸神的神圣仪式。

煨桑台一侧，僧侣高声诵念经文，就在这抑扬顿挫的诵经声中，一位德高望重的长者登上煨桑台点燃松柏枝。随之，螺号声声，烈焰蒸腾，祭祀者或骑马或步行，围着煨桑台顺时针方向绕行，把哈达和装着五谷粮食的桑料、白酒、糖果等祭物投献到煨桑台，口中诵念着赞颂地方神、战神或者山水之神的祭文，向空中不断抛撒"隆达"，不时地大声呼喊着诸神的名字。

"隆达"，汉语谓之风马，是一种纸质或者其他材料的四方形图案，图案正中是一匹生着翅羽、翩然欲飞的骏马，四角绘有金翅大鹏鸟、青龙、雪狮、红虎，据说象征宇宙的结构。许多"隆达"的图案还有五行、八卦等表示祈福、还愿，祈求神灵保佑。"隆达"一词，在藏语中也有时来运转之意。

"拉加洛"，用汉语可以简单解释为"神胜利了"，从这简单的口号和煨桑者肃穆的表情中，我们似乎可以揣测，在远古时期，煨桑仪式也许是一次出征前的誓师大会，勇士们跨马持枪，整装待发，去迎接一次次部族间的征战。而如今，战争已经远去，和平的阳光照耀着华夏的每一寸山川大地，但那种民族气节和英雄主义气概却以遗传的方式，留驻在每一个高原牧民的身心之上，又以这样一种古老的仪式物化为一种集体行动，代代相传，生生不息。

"敖包"，是蒙古语，藏语谓之"拉什则"，意思是山头或者山尖。是青藏高原山口、山坡、主峰、边界等处用石、土等堆砌的堆子，其上插有长竹竿、长箭、长木棍、长矛，系有各种颜色的经幡。

有关拉什则的起源有多种说法，其中，近代藏族著名学者更敦群培认为，拉什则源于赞普时代。松赞干布时在红山上修建了红宫后，在宫顶插有箭镞作为装饰。后来百姓在赞普驻地插箭作为权威的象征，从此成为一种普遍的习俗。

还有一种说法依据的是史书记载："游牧交界之处，无山河以为识别者，以石志……"久而久之，拉什则的含义发生了很大的变化。拉什则已不仅仅是牧人行路的标志，而成了藏族牧人心目中神的象征，渐渐被尊为神物，以至后来成了藏族的习惯：出远门前要祭拜拉什则;行人经过拉什则时,都要下马参拜,祈祷平安,并往拉什则上添几块石头或几捧土再上马行路。

祭拜拉什则的活动在草原上显得十分重大,事先,各家各户要准备木箭、煨桑的香料、"隆达"、糌粑、哈达等祭品。祭拜之日,首先要煨桑,随着桑烟飘然升起,人们一边绕着煨桑台顺时针方向转行,一边把祭品抛撒在煨桑台上,同时吹响海螺、鸣响枪,高呼着"拉加洛",向空中抛掷"隆达",顿时,隆达纷飞,遮天盖地,接着,人们把木箭插入固定的拉什则上。插箭之时,特邀而来的僧侣们开始诵念经文,所有的人则围着"拉什则"按顺时针方向边走边施礼膜拜。

地处青海湖畔的刚察草原,有三座与众不同的拉什则,分别是马头、牛头和羊头。各自又有着牛羊肥壮、广产良驹的美好意义,所以受到了以游牧为生的藏族和蒙古族僧俗群众的虔诚膜拜。

"马头拉什则",藏语称为"达秀拉什则",位于五世达赖圣泉附近。刚察草原自古就是养马之地,声名远播的青海骢就诞生在青海湖畔。史书中专门记载了在青海湖地区以及在海心山上培育青海骢的历史:"青海周回千余里,海内有小山,每冬冰合后,以良马置此山,至来春收之,马皆有孕,所生得驹,号为龙种,必多骏异。"

"牛头拉什则",藏语称之为"诺秀拉什则",用牛头堆砌成圆锥形祭坛,上面挂五颜六色的经幡,猎猎风起,经幡翻飞,显得非常庄严和神圣。牛头拉什则位于沙柳河镇以南 12 公里处,此处灌木丛生，绿草如茵，溪水清澈，尤其到了9月份，赤麻鸭、黑颈鹤、大天鹅等鸟类聚集于此，构成一幅迷人的风景线，给人一种返璞归真的自然之美。

"羊头拉什则"，藏语为"朝木热拉则"，位于哈尔盖乡境内，这座拉什则全部由自然死亡的神羊头堆砌而成，一层一层、一只一只的羊头从地上垒起，高度在丈余左右。

拉什则上虽然木箭林立，但战争的烽火却已成为历史的记忆。只是凭着对先祖的怀念和记忆，高原牧民依然传承着这一古老的仪式，年复一年，从不间断。缭绕的香烟中虽然显现着马背上神勇威武的背影，但他们所祈告的，却是对生活的赞美和向往。

刚察草原上的这三座拉什则，当地人合称三牲拉什则。青海湖环湖草原，以畜牧业为主，游牧于草原上的蒙藏牧民，自然希望牛肥马壮，五畜兴旺。透过对拉什则的祭拜，也可以看到，神圣的宗教仪式中蕴含着的是人们的美好愿望。

青海湖与环湖赛

青海湖原本与黄河紧密相连，是黄河依依不舍地告别扎陵湖、鄂陵湖之后，在漫长的孤旅中欣喜相遇的又一个姐妹。而在13万年前，由于新构造运动，原本还是淡水湖的青海湖周围山地强烈上升，从上新世末，湖东部的日月山、野牛山迅速隆起，倒淌河被堵塞，迫使它由东向西流入青海湖，由于外泄通道堵塞，青海湖演变成了闭塞湖。加上气候变干，青海湖也由淡水湖逐渐变成咸水湖。

环湖赛　葛建中 摄

　　黄河与青海湖从此含恨诀别，天各一方，只留下思念的涛声在相隔千里的两地喧响、悲鸣……

　　青海湖是国家级风景名胜区和自然保护区，被联合国列入《国际重要湿地手册》等公约。湖中有海心山、三块石、鸟岛、海西山、沙岛五个形态各异的岛屿，每一个岛屿都是一片风景，景观独特，各具风采，尤其以鸟岛闻名遐迩。

　　青海湖畔，是水草丰美的广袤草原，自古以来，就是世居这里的游牧民族赖以生存的牧场。他们在这里打马驰骋，放牧牛羊，这里是他们美好的家园。他们心怀感恩和敬畏，虔诚膜拜着这片神奇的水域。

　　高原民族对青海湖的祭拜，主要有两种形式：一是祭湖，一是转湖。

　　转湖，和转山一样，起始于右绕佛像的佛教祭拜仪式，也是一种获取功德和力量的宗教修炼。藏族认为，湖水具有八种善德，同时也是龙族的居所，转湖祭拜，可以洗涤自身的污浊和痛苦，也可以得到龙族的护佑，特别是在藏历羊年转湖，可以获得平常年份数倍的造化和功德。因此每逢羊年，青海湖畔转湖祭拜的信众络绎不绝。

青海省官方将民间的"转湖"这一理念发扬光大，在这一理念的基础上，创造性地开辟出了一个具有国际地位和意义的体育赛事——环青海湖国际自行车赛。

不仅如此，对青海湖环湖地区以及整个青海来说，环湖赛的举办对地方经济的发展、旅游业的繁荣、城乡基础设施的改善等都起到了积极的推动作用，城镇市民和广大农牧民群众由此得到了更多的实惠。

三、神：人间的化身

水的启迪

水，是生命的象征。站在岸畔，看滚滚东流的黄河，就像一个肩负着神圣使命的跋涉者风雨无阻地行走着，没有过片刻的停留。她在行走中成长，穿越高山峡谷，走过险滩奇川，一路上与众多河流携手，壮大着自己，成就着自己，为生命不息这个抽象的词汇作着形象的诠释。

然而，我们更多地见识了水的行走，却没有在意过水的轮回——东归大海的河流是否在思念源头，她是以怎样的方式向着自己出发的地方表达思念的？她有没有想过回到源头？她为此做出过怎样的努力？

黄河之水天上来，古人这惊天的吟诵，看似夸张，却道出了水的秘密——回到了大海的河流一刻也没有停止过对源头的思念，为了能够再与源头相聚，去探望自己的故乡和母亲，去重温自己天真烂漫的童年，她向太阳求助，太阳看着她被思念折磨的样子，动了恻隐之心，于是，为她赋予了一种神奇的机缘。

水在阳光下开始蒸发，微小的水粒子进入大气，漂移、聚散、浮沉，成为云朵、雾霭，成为雨……水就这样回到了源头，完成了自己艰难而又神奇的轮回。

在自然的怀抱中成长壮大的藏民族，似乎就是从水的轮回中受到了启迪，于是也对生命有了质朴而又神秘的认识：和水一样，生命也是轮回的，于是便有了不死的实质，于是便有了活佛转世现象。

基于生命轮回观念的活佛转世现象在藏民族世俗和宗教生活中别具特色，透过这种现象，藏民族给人类生命赋予了永恒的意义。

藏族将世界叫作"阔日瓦"，这个词当名词讲是圆环的意思，当动词讲是转动的意思。由这个词汇，我们也可以窥视藏民族关于世界的看法和对生命所持的态度——生命以轮回的方式生生不息，世界是生命赖以轮回的圆环一端。这种乐观的世界观和生命态度，体现出了藏民族心胸的豁达与宽广。

活佛转世是在发展地运用了生命轮回这一观念的基础上，依照佛教三身学说理论而形成的。三身即报身、法身和化身，活佛便是"佛"以人的形象生存活动于人间的化身。活佛转世现象之所以在雪域出现，和藏民族的世界观和生命态度息息相关。

活佛转世现象的形成，自然也有它的历史背景。如果我们留意《西藏王臣记》等藏文史书，就会发现在藏族历史上，吐蕃政权的统治者都是"神"：如赞普拉脱脱日是普贤菩萨的化身；松赞干布是观音菩萨的化身；赤松德赞是文殊菩萨的化身；赤祖德赞是金刚手的化身……

不论这是为抬高身价而自封的，还是人们出于敬仰而付托上去的，都能说明活佛转世现象出现之前，雪域已有"化身"出现，这就给活佛转世现象的形成奠定了基础，而吐蕃长期的"政教合一"制度，更为这种现象的形成畅通了道路。

活佛传奇

在藏族古典文学中，有关活佛生平的传记作品数量甚多。在这类作品中，几乎都记录着活佛的各种趣闻轶事，这些趣闻轶事犹如一簇簇奇异芬芳的鲜花，点缀着活佛从转世到圆寂的整个过程，使活佛的一生成了梦与神话交织的现实。

藏族学士阿芒·班智达著有一部《贡唐丹白卓美传》。书中详细记录了第三世贡唐活佛丹白卓美的生平与功德，其中不乏这位活佛神话般奇异的经历与传闻。

据该书第一章"诞生"中记载，丹白卓美活佛出世前，有一位活佛曾带着他的随从路过甘肃迭部地方（丹白卓美诞生地），见路旁有一黑帐篷，便问随从："这是谁家？"答曰："是迭部·吉合加（丹白卓美之父）家。"活佛听了又说："奇怪，昨夜我梦见赛赤活佛一行头罩经幢、口吹佛笛走进了一家帐篷，似乎就是这家。"

该书还记载了贡唐三世降世前的几段奇异梦境：

梦一：（贡唐三世的祖父）明明有人说是阴历二十四日，但空中的月亮却又圆又亮。月光下，一位看手相者在为我看手相，他仔细端详了我的手纹后，惊讶地说："看你的手相，就知道你有写一本《甘珠尔》金经的福分。"

梦二：（贡唐三世的母亲布琼）天上有两轮皎月，相互争辉夺艳。我正对这番景致看得出奇时，有一人走到我身边，对我说："天上只有明月一轮，所以那另一轮月亮是属于你的。"那人的话音刚落，一轮新月就坠入了我的怀中。

——这种星月入怀或是祥云（彩虹）罩屋的记录，散见于许多活佛传记作品，作品中还对活佛的诞生地和骨系大有赞美之词。

梦三：（迭部地方一牧民）葱绿的林木围拢着迭部·吉合加家的帐篷，一个手持金瓶的僧人在林木间的一汪清池中洗浴；还有一个穿黑衣骑黑马的扬鞭打马，边跑边喊："我们的活佛在吉合加家，我们去拜见他……"

这种有关传闻和梦的记载，是否后人的附会，我们不必探讨，藏民族不受时空约束的想象力却由此表达了出来。

《贡唐丹白卓美传》还收录了贡唐三世幼年的一些趣闻：

藏历第十三饶迥水马年二月十八日日出时分，母亲布琼喜生贵子，这幼童果然与众不同，出生不几日，便能叫"阿妈"。十几日后，家里请一苯教巫师为其取名，取得名字之后，他却从此闭口不语，形同哑巴（预示具有天生的宗教感情）。此间，幼童的叔父格勒桑根做了一个梦：先佛（贡唐二世）来到格勒桑根面前，

对他说：“我不会骗你，你若不信，请看我这里。”说着抬起右边
的胳膊，格勒桑根清楚地看到他的腋窝里有一块胎记。第二天，
格勒桑根抬起孩童的右手，发现孩童的腋窝里果然也有胎记。格
勒桑根惊讶不已，便专程去甘肃拉卜楞寺，将此事呈告嘉木样活佛，
活佛听了格勒桑根的叙述，知道是圣人降世，便将一条护身绳结
交于格勒桑根，嘱说将此绳系于孩童的脖颈，并为其诵经，每日
为孩童洗浴，不得怠慢。还给孩童赐名公保才旦。

叔父格勒桑根回到家中，拿出护身绳结对孩童说：“这是嘉木
样活佛所赐，你要把它系在脖颈上。”孩童听得是活佛所赐，顿时
笑逐颜开，满口答应着让叔父将护身绳结系于脖颈。在场众人见状，
无不惊异称奇。

孩童长至两三岁时，却和其他孩童不一样，不好嬉耍，经常
盘腿直坐，或做诵经念佛之势，或仿摸顶礼拜之姿（在许多活佛
传记作品中都有同类记载）。一日，他边跑边说：“我是贡唐活佛，
我是贡唐活佛。”家人见了惊恐不已，问他是谁告诉他的，他指着
系在脖颈上的护身绳结说：“是它告诉我的！”

七岁时，小公保才旦作为贡唐活佛二世的转世灵童，被迎入
拉卜楞寺坐床。

坐床仪式上，面对潮水般涌来的教民信徒他不慌不乱，端坐
在法座上，逐一为信徒摸顶。在朝佛的人群中有一老者蹒跚走来，
小活佛见了此人，便大声喊道：“阿旺南杰，你认识我吗？”他连
呼两声，那老者均未动声色，他又大声喊道，“傻子，你不认识我

了！"那老者听得此话，顿感悲喜交加，泪水不禁涌出眼眶。原来，阿旺南杰老人曾是前世（二世）贡唐活佛的贴身佣人，前世活佛在世时，总爱戏称他是傻子。

有关活佛的典故轶事，在藏族民间流传甚广，有口皆碑。活佛传记作品中，也不乏这方面的描述。蒙古族知士阿旺伦珠达吉撰写的《仓央嘉措秘传》一书，记载了第六世达赖喇嘛仓央嘉措被押解进京途中远遁，在青海湖畔一带传经释教的几段趣闻，现摘译如下：

一天夜里，仓央嘉措在一位施主家用斋，忽然听到这家一位叫拉吉的女佣在帐篷外大叫："着火了！着火了！"家人闻声急忙跑出去一看，果然看见大火在熊熊燃烧，众人一时不知如何是好。这时活佛仓央嘉措走出帐篷，对大家说；"没有着火，大家不要惊慌！"说着从火堆里拿出一件袈裟，"刚才我把袈裟放到这儿了。"众人再看时，真的没有一点儿火星，只有活佛肩上的袈裟闪烁如火。

《仓央嘉措秘传》中还有一段记载：一次，仓央嘉措活佛将自己的坐骑交给一位马夫代管，这马夫出于好奇，便给活佛的坐骑备了鞍具，骑着它去寻几匹走失的马。马夫上路还没走几步，忽然飞来两只乌鸦，围着马夫左右盘旋，马夫惊恐不已只好下马将坐骑放行。第二天，活佛见了这位马夫，便对他说："昨日我看见你在骑我的马。你也真是的，你家主人有骏马三百余匹，却偏要骑我的马不可！"马夫听了谎称："活佛可能是听信了别人的谎言，我并没骑您的马。"活佛笑着说："你不要谎辩了，昨日你骑着我的马临近一片水草地时，我的护法神变成两只乌鸦，在你左右盘旋，想阻拦你，出于对你的慈悲，我才没让它们伤害你。"马夫听了大惊失色，急忙跪倒在地，双手合十请求活佛饶恕罪过……

活佛作为人间"真神"，他的所作所为理所当然有别于凡夫俗子，这是虔诚的佛教信徒坚不可摧的信念。作为一种别具一格的文化现象，我们应该去真诚地直面它。

从尾声开始的生命乐章

人的生命是有限的，从生到死是我们无法超越的人生弧线。那么，如何使生命得以永远延伸呢？这几乎属于生命科学的范畴，但藏传佛教却依照"生命轮回"等学说，从理论上使这一问题得到了解决——终结的生命通过"转世"在另外一个人身上再次延续，如此周而复始，生命便有了不死的实质。

生命终结，就活佛来说并不等于死亡，而是圆寂、涅槃。圆寂、涅槃的本意，是指超越痛苦，意即跌入尘世苦海的生命在挣扎中得以登陆上岸。藏传佛教认为，活佛圆寂只是芸芸众生眼前的一种幻象，其实生命本身并没有终止，活佛只是凭借这种幻象，警示人们尘世苍茫，生死无常，并以这种幻象督促人们一心向佛，以修得来世平安。

从活佛转世到圆寂，其间有许多近乎神话般的故事，几乎所有用藏文撰写的有关活佛一生的传记体文学作品，对这种故事都进行了收录，对活佛圆寂前出现的预兆和活佛圆寂时的奇异现象也都有详细的记述。这里就以章嘉·若白多吉所著的《七世达赖传》（又名《如意树之穗》）为例。

据该书记载，七世达赖噶桑嘉措被病魔缠身后，贵贱众生虽采取多种方式欲将他留于尘世，但在这期间，雪域各地出现了地震、日食、冬日鸣雷等奇异现象，在达赖本人及其贴身侍从的梦中，也出现了种种不祥之兆，预示他将不久于人世。

藏历第十三饶迥火牛年，这位学识渊博、功德圆满的活佛圆寂了，时年50岁。

《七世达赖传》记载：活佛圆寂时，天空如琉璃一般透明蔚蓝，没有一丝云影。微风停止了吹拂，变得柔软温馨，使芸芸众生感到心底透亮，安舒无比。活佛法体不见一丝皱纹，但有一道白光闪烁；脸颊和嘴唇红润慈祥，并略带微笑。法体右手托地，左手持一串白色檀木佛珠；盘腿打坐，右腿微微伸直，如大自在佛小憩之姿态。整个法体如年少之人。

活佛圆寂时，多以盘腿打坐之姿。据说，有的活佛圆寂后，端坐于法台上，双手合十，安详至极。如果把法体身底的坐垫抽去，法体会悬于空中而不坠落。

前文说过，活佛的圆寂，就藏传佛教来说，是一种带有警示寓意的幻象，那么，活佛是否可以决定自己圆寂的时间？在《蒙藏佛教史》一书中，有一段关于五世章嘉活佛索坡若巴圆寂时的记载：活佛圆寂时，宣渝四大佛教门徒等集合于祖师（先佛）的修法处。等四大门徒到齐，活佛向他们宣扬密宗教义后说："今拟弃此而去西方，诸众勿以我去……唯愿死后，早到西方，斯为极乐。"说完后，他的灵魂便伴随着低沉的诵经声升上天空，而肉体早已弃于地上。僧众见状，悲泣交集，咸乞求回世，顶礼哀恳而无已，活佛遂发慈悲之念，化为一鸟，向下飞来，谓大众曰："勿再悲哀，我已回来。"复又归于尘世，遂将灵魂复于肉体之内，迄次年甲寅之年，乃圆寂而去西方极乐世界……

示寂与再生

活佛圆寂后，要举行盛大的示寂回向法会，寺庙和民间的僧俗人也要举行转经、焚香、磕头，诵念《喇嘛曲巴》经以及在法体和佛龛面前供灯、供水、敬献供果（系用酥油和糌粑制成）、酸奶等多种法事，祈祷活佛之灵童早日转世，直至活佛再"返"人间。此间要择吉日良辰，举行活佛丧葬仪式，葬礼有塔葬、火葬等。

塔葬即为活佛修建肉身舍利塔：将活佛法体用藏红花、帕若玛粉、冰片、白檀香粉以及"六种良药粉"等进行防腐处理，再以沼盐等吸取体内水分，进行干燥处理，之后通过装金修饰对活佛肉身进行定型，存放于灵塔之中永久保存，供信徒顶礼膜拜。我国伟大的爱国主义者、著名的国务活动家、中国共产党的忠诚朋友、藏传佛教的杰出领袖第十世班禅大师圆寂后，党中央、国务院对他的后事安排极为重视，大师圆寂后的第三天，国务院作出了"保护大师法体，修建灵塔祀殿，寻访转世灵童"三项重大决定，并拨出专款 6000 多万元，以及大量黄金、白银等。由此，大师的法体便得到了上述方法的保存，并为大师修建了灵塔祀殿"释颂南捷"。

塔葬也有将活佛法体火化后修建骨灰舍利塔的。

除塔葬外，活佛的火葬仪式也很庄重、繁杂。火葬是仅次于塔葬的高级葬仪。火葬时将遗体捆成坐姿并固定于木架柴堆上，由喇嘛念经超度亡者灵魂，同时在柴堆上洒油点火。尸体焚烧完毕，将骨灰带到高山之巅顺风播撒，或撒在江河之中。

据说，法体火化后，法体的心、舌、眼三部分会完整无损地落入额骨之中，法体还会出现珍珠般透亮的舍利骨珠。

活佛圆寂后，祈祷活佛灵童早日转世的各种法事活动便会在寺庙和民间自然而然展开，有些寺庙还会向民众发放布施。在整个祈祷灵童早日转世的活动中，最玄妙、最神奇的要数到西藏曲科结的拉木拉措湖（圣母湖）和仁布江胜神湖进行朝湖、观察、显影等祷告活动。有关这项法事活动的文字记录和民间传闻也屡见不鲜。

祈祷灵童早日转世的各种法事活动就绪之后，寻访灵童候选人和认定灵童的事宜便宣告开始。为了能从众多的灵童候选人中确认真正的灵童，通常要采用宿通的方法。所谓"宿通"，就是灵童记忆起前世活佛所用的物件或共同生活过的人物以及诵出前世诵念过的一些经典等。据说，大凡真正的灵童都具有超凡的本领，尽管年岁很小，但都能认出或诵出上述人物、物件和经典。

对一些高级活佛的认定，要采用金瓶掣签制度。这是清王朝乾隆皇帝时期(公元 1792 年)正式设立的。金瓶掣签制度明确规定：凡寻找达赖、班禅等高级活佛转世灵童时，必须邀集四大护法王、各呼图克图和驻藏大臣在大昭寺释迦牟尼佛像前举行金瓶掣签认定仪式。仪式中，将所寻访到的数名灵童候选人的名字、出生年月用满、汉、藏三种文字写于象牙做的签牌上，呈给达赖（或班禅）、摄政、佛师、驻藏大臣等过目。然后由秘书用纸将牙签包好，投入金瓶内，由活佛达赖（或班禅）同全体喇嘛一同诵《金瓶经》。念经完毕，由驻藏大臣起立向东磕头，然后打开金箸，在瓶内搅三匝，用金箸箍出纸包，打开来看，牙签上的名字就可确定为转世灵童。

假如寻访到的灵童仅此一名，也须将这一儿童名字写在签牌上，和另一没有名字的签牌共同放入瓶内。假若抽出没有名字的签牌，就不能认定已寻到的儿童是大活佛的转生，而要另外寻找。

活佛转世灵童得以确认，并到一定年龄之后（一般三岁以下仍留其父母处养育），迎请灵童入寺的事宜也就开始了。笔者认为，灵童的迎请仪式在一定程度上借鉴了藏族婚嫁仪式的一些内容，如报喜、送礼，以及灵童的家人（婚嫁仪式中的娘家人，藏族谓之阿香）相送,等等。如果灵童的家人不愿将此孩童送入寺中，寺院便会采取"借身"的方法。所谓"借身"，在婚嫁仪式中便表现为抢亲了。

据民间传说，活佛灵童如果在某家出生后，这家不得以任何理由拒绝将其迎请入寺，否则灵童会自然夭折，以求再次在别的人家投生转世。因此，拒绝将灵童送入寺的事例在藏族历史上很少发生。

活佛转世中，还有一种特别的转世方法叫作"夺舍"。夺舍，意为附体转世，是藏传佛教密宗中的一种转生法。据《安多政教史》记载，三世东科尔活佛杰瓦嘉措亡于凉州，法体送往东科尔寺途中，碰到有人送殡，死者是一位 19 岁的汉族青年。三世东科尔活佛之灵魂便附于这位青年的遗体，青年死后复苏，自称"东科尔"，这样就成了四世东科尔活佛多居嘉措。

灵童被迎请入寺后，要举行一系列的仪式，如灵童拜接圣旨仪式、剪发礼等。还要将灵童的俗衣更换成僧衣，随后要给灵童取法名，并为此举行盛大的庆祝会。之后便是选择吉日良辰为灵童举行坐床盛典。灵童的坐床典礼，是蒙藏佛教中所特有的一种隆重的仪式。举行坐床仪式，标志着灵童将以前世活佛的地位公开与各界往来。灵童坐床后，活佛府将选派一位或数位娴熟经典、道行高尚的经师负责灵童的教育。至此，灵童将以呼毕勒罕的名义，继续其前世的僧侣生活，并从轮回转世的理论上继续活佛生命的无限延伸。

四、人：自然的儿女

带发修行：生活即信仰

转山、转湖、祭湖是高原民族向大自然表示亲近的一种方式，山的走向或者水中的波纹甚至会被他们看作是自然以神的名义给予他们的旨意和暗示，他们据此去寻访活佛转世灵童，让人神之间的使者受命于大自然的安排。

黄南因地处黄河南岸而得名，它静默地安卧在那个S形大转弯的右旋部，有一位民间英雄曾在这里隐姓埋名，度过自己辉煌之后安逸平静的余生。有关他的故事至今在藏地广为传播。

这位英雄名叫拉隆·贝吉多吉，他和从西藏逃往这里的藏饶赛、约格琼、玛尔释迦牟尼秘密弘法，这片土地便成为藏传佛教后弘期的发祥地。

由于藏传佛教最早进入了青海的这一地区，作为藏传佛教最为古老的流派——宁玛派在这里传播甚广，至今，这里仍是宁玛派盛传的地方。这个教派以专修密宗和咒术著称，据说他们传承和弘扬的是以吐蕃时期所译的旧密为主。

在传播佛法的过程中，他们经历了何等的艰辛，承担了何等的恐惧和压力，这一切，已经在历史的云烟里飘散得荡然无存，却留下了一个实据，至今记录着他们所有的智慧和努力，当然，更有他们的虔诚和执着。

在黄河岸畔赤红的土地上，一洼洼生长着麦子和绿青稞的土地郁郁葱葱，一个人从田埂上信步走来，黄河水的波光映照在他的脸上一闪一闪地跳跃着，宛若时间的踪迹，历史的影子。这个人一身褐红的衣袍，长长的发辫缠绕在头顶，一块与衣袍同一质地的褐红色头巾紧紧裹住了发辫——这是一个被当地称为"阿赫巴"的人。"阿赫巴"，意即密咒师，他们信仰藏传佛教宁玛派，虽然是宗教人士，但与信佛的僧侣完全不同的是，他们没有出家，娶妻生子，过着平素人家一样的日子，却从未间断过佛法的修行。

这就是带发修行——修行者蓄着长长的发辫，这种发辫被称作"阿赫拉"，意即密咒之发辫。

带发修行，娶妻生子，据说是他们为了掩去僧侣的身份，摆脱朗达玛余党的追杀，让自己混迹于庸常的人群中，秘密传播佛法的行为的遗留。也有人认为，带发修行，在佛祖释迦牟尼初转法轮时就已存在，藏族比较完整地传承了这一修行传统。佛经中有"两部僧伽"之说，指的就是出家僧人和密咒师。

人们惊异于他们的发饰，也就经常有人会问及他们关于修行的一些事情，他们便会耐心地解释：在藏语中有"身穿褐红袈裟之出家者"和"身披白色袈裟之蓄辫者"之说，以这样一句话证明他们的修行方式早已有之。

"阿赫巴"开始蓄发时，要经过活佛或上师诵咒加持灌顶。发辫对他们而言是非常神圣的，终生不得剪下或拆散，除非在特殊场合，如见自己的上师和活佛时可以拆下缠绕在头顶的发辫以示朝拜和尊敬。除了头缠发辫再裹头巾以外，"阿赫巴"平日的装束跟普通老百姓并无两样，在特定的宗教场所从事正规的宗教活动和仪轨时，与宁玛派僧人相同，也穿红色袈裟，不同的是外披白色的披风袈裟。

密咒师，安多地区的藏族除了叫"阿赫巴"外，也称其"宦"，据说这个称谓源自古时藏族部队中的每一个编队"日"，每一个"日"都会有一个"宦"，叫"日宦"，负责出征时选择日子、祭祀卜算等。后来这一习俗被保留下来，村庄或者搭建帐篷的地方仍然被称作"日"，那些负责婚丧择日、为小孩取名、防雹护苗等等佛事和世俗事务的，自然被称作"宦"。

但凡"阿赫巴"的家里，都会有比之一般家庭要"正式"很多的佛堂，供奉着佛祖、莲花生大师，燃着酥油灯、香火，还置放着羊皮鼓、铜钹等法器，因此，宗教的气氛也要比一般的农家浓郁很多。每天清早，当妻子走进厨房为一家人准备早餐的时候，"阿赫巴"的早读也就开始了。世俗的生活和精神的修炼就这样纠缠在一起，饭做好了，诵经声也停止了。吃完饭，一家老小便出去劳作，或放牧或种地，晚上回家，早晨的那一幕在日落时分又开始重复。就这样日复一日，年复一年，充实而又自得。

这种田园劳作和精神修炼两不误的方式，在这里很普遍——这正是因为世俗的生活和精神的信仰得到了完美的统一。

晒佛：给蓝天大地的献礼

广袤的黄河源区，海拔高峻，寂静辽阔，除了游牧于这里的藏族牧民，人迹罕至。这种地理的荒野，有人也想当然地认为是文化的荒野。其实不然，这片土地，氤氲在一片浓郁厚重的藏传佛教文化气息之中，这里的人们心怀信仰，他们的生活因此显得宁静安详。地处黄河源区的果洛草原，素有"大地吉祥园"之誉，大概就是因为这个，在这里，格鲁、宁玛、噶举、觉囊等不同教派的藏传佛教寺院星罗棋布，各具特色。与游牧于这里的牧民都居住在便于迁徙的帐篷一样，这些寺院初建时大多为帐篷寺院，在后续的发展中，经过不断增建、扩建、改建、重建，形成了一定规模，许多寺院发展成了在某一领域或者派系有一定影响力的寺院。一般来说，每个寺院只信奉一种教派，一寺一派，但也有合两派为一寺的。不论什么派系，修行方式和传承系统虽有所不同，最终的目的都是弘扬佛法，普度众生。

行走于黄河源区,常常会有这样的奇遇:在牧草稀疏的草原上,或是在牛毛帐篷一侧的草坡上,与一位面目平庸的牧人偶遇,闲聊了几句后,才发现他是一位隐居的大师:他知道许多的古今掌故,特别对自己所居住的这片土地，更是了熟于心。

或许，这就是这片土地的一个特征：一种貌似平庸的外在表象掩映着的却是丰富和伟大。也是因为这个，人们很难见识和觉察到这里浓郁厚重的文化气息。

但这种文化气息在某一时刻会集中地迸发出来，以一种近乎张扬的方式展示在大家面前。晒大佛，便是这样一种展示方式。

晒大佛，民间还有晾佛、亮佛等叫法，规范的称谓应该是"展佛"。

展佛的起源，据说是因为佛陀降生时，九龙吐水洗浴全身，因此后世僧俗众生齐集，瞻仰佛容，听经受法。信奉藏传佛教的人们认为，一睹佛容可以累积无上功德，所以青藏高原各大藏传佛教寺院会在各种节日及庆典时举行展佛活动。许多寺院都藏有巨幅丝制佛像，有的长达四五十米。

每年到了展佛时节，当黎明将东方的天空渲染成绛红色袈裟的颜色，鼓乐的铿锵和法号的齐鸣便宣告了一个吉祥日子的到来。太阳冉冉升起，鼓乐和法号的奏鸣变得更加激昂。此时，就看见几十个僧众扛着一条"长龙"在寺院前方的山腰间走来，早就在山坡上翘首期待的人们顿时沸腾起来，欢呼着，向着"长龙"拥去，许多人加入了扛"长龙"的队伍，更多的人则在"长龙"下穿梭——据说这样可以沾染上"佛气"，祛病消灾。鼓乐声和法号声继续着，悠扬的诵经声忽而高昂忽而低回，盘旋在这悦耳动听的佛乐之上。桑烟缭绕，点燃柏枝的异香弥漫在空气之中。佛乐前导、香烟开路，在活佛的主持下，众僧和围观的群众把"长龙"请到展佛台前悬挂起来，并且一层层地徐徐打开。原来，这是一幅制作精美的巨型佛像！随着佛像的不断展开，慈悲的佛陀也像是祥云围拢下万丈光芒的太阳，一点点地展露出佛容，僧俗群众沸腾起来，不断把自己手中洁白的哈达抛向佛像，许多人满含热泪，跪倒在地上，虔诚地磕起了等身长头。

仅仅十几分钟，展佛活动就结束了，而周边的僧俗群众，却为此惦念和企盼了整整一年。此时，他们感到了满足，每一个人的脸上都写着安详和喜悦。对他们来说，这神奇的展佛仪式，不啻是佛陀降世，能够瞻仰佛容，这是前世修来的福分。

"展佛"，除了是僧俗群众朝拜供养佛陀的一种特殊方式，另一方面，也是为了防霉变和虫咬。这种大型佛像，是极其稀少的珍品。

各个寺院展佛的时间不尽相同，在青藏高原，在黄河上游的各大藏传佛教寺院，从藏历新年开始至隆冬季节，几乎都有展佛活动。久负盛名的塔尔寺展佛活动，在每年藏历四月和六月两次法会期间举行，据说是为了纪念释迦牟尼诞生、成道、涅槃和弥勒出世及宗喀巴诞生、涅槃。塔尔寺有狮子吼、释迦牟尼、宗喀巴、金刚萨埵四种巨大的堆绣佛像，每次只展一种。

展佛仪式结束后，塔尔寺内的广场上就要举行跳神活动。这是人神联欢的盛会。

五、花：大地的供奉

芳香簇拥的佛堂

水，是上天对大地的赐予。

夏季来临，当太阳以神的慈悲普照大地，被赋予了某种魔力的水便在大地上奔涌，她以河水和雨水的方式拥吻大地，使大地激情膨胀，以色彩和芳香张扬着自己的感动和风骚——鲜花是大地爱情的旗帜。

在黄河流经的土地，在她的上游，大片的草原覆盖了这里的山川原野，各种各样色彩艳丽的野花盛开在草原上，使碧绿的草原显得丰满而绚烂。因此，如果说，水是上天对大地的赐予，那么，花，则是大地对上天的供奉。

人类敬畏上天，敬畏自然，自然就是人类心目中至高无上的神。自然而然地，人类便采摘大自然的花朵去供奉上天，供奉自然。

花作为佛教的供养物，在佛教于印度等地传播的最初，就已经有了这方面的仪规，佛教传入藏地后，这一仪规也随之传入，但在所供奉的品类上有了因地制宜的改变。

依据佛教仪规，供奉活动有五供或者十供之说，指的是做佛事时，奉献给神佛的五种或十种供品。五供为花、熏香、灯、净水和食品；十供

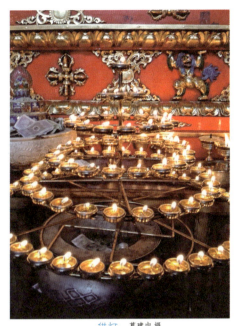

供灯　葛建中 摄

则包括花、灯、净水、熏香、涂香、扑香、衣、饰品、伞盖和幡。不论是五供还是十供，花在供奉之品中被列为首位。

除此之外，还有百供和千供，藏语称为"甲却"和"洞却"，指香、花、灯、水和神馐各满一百或一千份的供品。这种供奉，一般在大法会时，或者为超度亡魂而做法事时方能去做。献百供和千供，要依施主的经济能力而行。

心髓里的净土意识

在青藏高原，在黄河源区，每逢藏历四月至六月，绿草如茵，姹紫嫣红，蜂蝶飞舞，鸟雀鸣唱，一派短暂而又美好的盛夏景象。而就在这个季节里，在这片山水中星罗棋布的大小寺院里，身着

绛红色袈裟的喇嘛们却正在进行苦修——雅乃。

"雅乃"，藏语意为夏天的禅修，由于夏季天气变暖，百虫惊蛰，万物复苏，在此期间僧人外出活动难免踩杀生命，损毁花木，有违"不杀生"之戒律。因此，藏传佛教格鲁派的戒律中规定，藏历四月至六月期间，僧人只能在寺庙念经修行直到六月底开禁。这期间，寺庙众僧潜心禅修，不允许妇女踏入寺院禁地，以免扰乱了他们的心境。如此，他们把一个大美的夏天留给了草木，留给了鸟雀，留给了天地万物。

其实，这里蕴含着朴素的生态保护理念，这种与自然和谐相处的理念，几乎存在于藏族生活的方方面面。藏族笃信佛教，藏族民间的生态保护理念与藏传佛教有着密切联系，生活中处处接受着佛教的监督和规范，传达出对生命、对自然环境的尊重与爱护，这里包含了不杀生、素食、放生等行为，并通过对自然的神化，从而达到保护环境的目的。

或许，正因为如此，当藏羚羊绒纺织品"沙图什"在西方走俏，可可西里藏羚羊惨遭猎杀的时候，治多，这个地处玉树藏族自治州中西部的偏远小县，即刻成立了"西部工作委员会"，时任该县县委副书记的杰桑·索南达杰带着简单的装备和几名队员，毅然决然地走进了可可西里腹地，并为此献出了生命。正因为如此，一个被称为"野牦牛队"的近乎民间组织的野生动物保护团队，承担着藏羚羊的保护工作，直至这个组织被撤销，他们共破获盗猎案件数十起，查缴藏羚羊皮近万张。正因为如此，可可西

索南达杰塑像　葛建中 摄

里自然保护区野生动物保护管理局成立至今，一直坚持在海拔近
4000 米的荒野中工作，经常冒着凛冽的寒风和纷飞的大雪，在零
下三四十摄氏度的严寒中坚持开展保护行动。

　　如今，可可西里已经听不到猎杀野生动物的枪声，但保护这
里的生态环境的战斗一直持续着。

　　也是因为高原民族朴素的生态保护理念使然，当青藏铁路就
要穿越这片古老的高原厚土，向着圣地拉萨进发时，他们一方面
难掩自己喜悦的心情，一方面也为这里"原始、独特、高寒、脆弱"
的生态环境感到担忧。而为了保护青藏高原生态，青藏铁路工程
用于这方面的资金就达 15 亿之巨，对生态环境的评价，成了设计
和施工的首要元素，并实行了环保监理制度。随之，一系列环保

天路 葛建中 摄

措施在铁路沿线实施，使这条"天路"真正成为生态之路：环保列车实现"污物零排放"；在自然保护区内，铁路线路遵循"避绕"原则，避免破坏植被；建立野生动物通道，保障野生动物的正常生活、迁徙和繁殖；加强拉萨等西藏城镇基础设施建设力度，建设城市污水处理、垃圾填埋、公厕等设施⋯⋯

当漫步青藏铁路通过的茫茫高原，野生动物已经不像以前那样惊怕人类，列车呼啸而过时，它们也只是昂首眺望而并不逃窜，人与自然之间那种原本的和谐与亲近正在重新修复。迁徙季节，藏羚羊成群结队从铁路线下的通道飞奔而过的景象，已经成为这片高原上新的风景。

如今，一条神奇的"天路"宛若长虹一般飞架于世界屋脊之上，横亘在青藏高原上的两个最大城市之间。对这样一条大铁路的描述，那些诸如雄奇、壮美之类的词汇便会在脑际间接踵而来，甚至可以这么说:在汉语词汇中，但凡可以用来形容浩大之美的词汇，都可以用于对这条铁路的描述，即便这样，也不会让人产生夸张、鼓吹或者言过其实的感觉，因为这条铁路原本就是奇迹。

为黄河梳妆

当黄河走出源头，第一次经见大片葱绿的农业风景时，她不由睁大了惊异的眼睛，放慢了流淌的速度——贵德，这是黄河经过漫漫草原之旅之后，第一个经过的农业县。可以说，以黄河为底色的中华五千年农业文明就是从这片山清水秀的地方开始的。"天下黄河贵德清"，这里的黄河清澈无比，有着少女一样的纯真

贵德黄河　葛建中摄

和无邪。因此，也有人说，贵德段的黄河，是黄河的"少女时代"。

贵德素有"梨都"之誉，这里盛产一种俗称"长把梨"的水果，每逢阳春三月，这里"千树万树梨花开"，大地山川一片素白，更是为"黄河少女"增添了一种圣洁和高雅。梨花，便成了这片肥沃的土地对滋养了她的黄河的感恩和供奉。

借着梨花的芬芳，借着黄河的青绿，如今这里每年要举办梨花艺术节和"水与生命"主题音乐会，让人们在纷繁的梨花间玩赏、留恋，让人们惊叹于史书中频称"浊流宛转"的黄河却是那般清澈碧蓝。但又并不仅仅停留在这个层面上："水与生命"主题音乐会，总是在世界防治荒漠化和干旱日期间举办，充满了生态和环保的理念。在享用了大自然的视觉美餐之后，警示人们"美餐"的来之不易，或许更能够让人们刻骨铭心吧。

无独有偶，就在贵德大地梨花纷繁的时候，黄河之滨的民和土乡，也是一片桃花的世界，烂漫的桃花如云似霞，争奇斗艳，点缀着这里的山野乡村、田间地头，让人疑惑误入了陶渊明笔下的桃花源。正是田苗吐绿的季节，桃花深处，总是有穿红戴绿的人影在闪动，那是忙于锄禾的人们擦去脸上的汗滴正在小憩，一首山歌野曲便在那里响起：

桃花儿开（者）三月三，

马莲花开在（个）路边；

我给尕妹（们）唱半天，

我的（个）妹妹啊，

花丛里露出了笑脸，

……

民和桃花会便在这悠扬婉转的"花儿"歌声中开始了。

民和山川，历史悠久，在这里发现的新石器时代的大型聚落遗址——喇家遗址距今已有 4000 多年的历史，遗址内还分布着许多史前时期与青铜时代的古文化遗址，诸如从庙底沟时期、马家窑文化、齐家文化到辛店文化等多种类型，被认为青海汉族最早的寺院的能仁寺记载着青海汉族从南方西迁的艰辛历史。因此，这片古老的土地，也留存了许多非物质文化遗产——除了花儿会、土族纳顿节，被誉为中国古老戏剧的活化石，我国唯——部首尾保存完好的大型戏剧剧本《目莲宝卷》也在这里被发现。该剧目中"刀山会"的表演——赤脚登上由 120 把钢刀组成的刀山——在这里尚有遗存。民和官方便借桃花会赏花的时节，展示这里古老的非物质文化遗产，从文化生态保护的角度告诉人们，传承和发扬优秀的传统文化，对打造特色中国、创建和谐家园的重要性。

大通河听从了黄河的召唤，一路奔袭而来，先是与湟水河汇合，接着便与黄河相拥在一起。在她流经门源的时候，被称作浩门河。蔚蓝的浩门河，在门源大地上创造出了"门源油，满地流"的神话，让这偏远的一隅成为菜籽油的产地。每逢油菜花盛开的季节，这里便是一片金黄的天地，满目的金黄好似凝固的阳光，又似流金的河流。这耀眼的底色，衬托着这里的蓝天白云、青山绿水，令人目不暇接。一年一度的门源油菜花节便在这大美的季节举办。

正如贵德梨花节关注自然环境、民和桃花节倾心文化生态，门源油菜花节在一眼望不到边的油菜花的田野上，书写着同样的命题。生态、环保、和谐，越来越成为历届门源油菜花节的主题，为了彰显这一主题，门源人煞费苦心：油菜花田周边的小煤窑一个个被关闭，水源涵养和天然林保护项目相继实施。为这片花海，为门源，为高原净土构建生态屏障，就是他们的目的。

保护高原生态环境，是所有三江源儿女的目的。因为我们知道，我们今天对生态的保护，正是为了今后事业的继续。

上天为大地赐予了水，大地向上天供奉了多彩美丽的花。当花团锦簇的春季来临，一个感恩和供奉的神圣时刻就来到了。三江源儿女已经不再是以往的索取与享受，而是怀着感恩和供奉的神圣之心，用花的艳丽和芬芳为黄河母亲梳妆，于是，梨花如雪，桃花粉艳，盛装的黄河，就这样一路蜿蜒，滚滚向东。

大地斑斓

一 唐　涓 一

建筑是一个城市的灵魂和气质，更是大地上生长的精神植物。我国最早的建筑，萌芽于7000年前的河姆渡遗址。此后，漫长时光的磨洗和传统文化的滋养，使其以独特的建筑语汇和美学神韵，为世界建筑史册添加了璀璨的一页。

　　从蜿蜒万里的长城到金碧辉煌的紫禁城；从雄伟壮观的布达拉宫到清幽典雅的苏州园林；从陕北窑洞到福建土楼……中国传统建筑的斑斓多姿所组合出的东方意境，展示了中华民族建筑的千年巨构和文化精髓。

　　古朴神奇的青藏高原，雪山晶莹，草原苍茫。千百年来，雪域儿女用圣洁的心灵和聪明才智，创造出了风格独具的民族建筑。造型别致的藏式碉楼、土墙围拢的庄廓院、布局独特的玉皇阁、巧夺天工的清真寺，雕栏画栋，庭院深深，散落在72万平方公里的青海大地，恍若璀璨的群星在辽远的天幕上熠熠闪光。

一、民族：江河抒写的史诗

缔造中华文明的使者：汉族

对于每一个中国人而言，黄河的意义远远超越了河流本身。

摊开中国地图，黄河宛若一根细长的丝线，从密集的文字中静静穿过，悄然无声。但长达 5694 公里的黄河，在中国广袤的大地上一往无前，并不是一件轻松的事。尽管人类生存的地球上拥有的河流不计其数，尽管世界古老的文明都源自大河流域，黄河却与众不同。

就像一个智者，黄河深思熟虑地选择了自己的来路与归途，以及复杂曲折的生命轨迹。黄河生命的两端，是神圣庄严的雪山和宽阔丰富的大海。黄河翻山越岭，路途漫漫，却从不背叛自己的版图。所以，历史注定黄河成为孕育一个伟大民族出世的母体。

让我们把时光的指针拨向远古。公元前 22 世纪前后，黄河中游河岸的黄土地上，一个叫夏的民族点燃了日常生活的烟火。黄河岸边风调雨顺的气候加快了粮食和人口的生长，夏民族开始崛起。与此同时，在黄河另外的区域，商民族也在紧锣密鼓延续香火，黄河的支脉渭水，善养蚕的周部落也在渐渐壮大。

人类的起源从来都离不开河流。在另一条大河长江流域，楚越两族一跃而起。夏、商、周、楚、越诸民族先后的崛起，孕育了汉民族诞生的雏形。

在四处弥漫的战争烟尘中，商吞并了夏，周又推翻了商，一个强大的周王朝出现在中原大地上。人们在新统帅的注视下，将在与大自然长期抗衡中积蓄的农耕捕猎和思想学识相互渗透，各民族杂居并通婚，汉民族的形象在多元文化的滋润下日渐清晰。这是历史无法忽略的章节，可以说：中国传统文化中，夏、商、周三代，是中华文明的母源和主体，代表中国文化的核心。

历史的年轮进入了春秋战国。这是一个民族大融合的时代。其间300余年的诸侯争霸，最终组合成秦、齐、楚、燕、赵、魏、韩七国。

汉民族形成的脚步在秦国出现的这个驿站上加快了速度。

在春秋战国时期的中国版图上，秦位于边缘地带。但历史让嬴政横空出世，并以其雄才大略完成了统一六国的恢宏梦想，建立了中国历史上第一个大一统、多民族、中央集权的专制国家。

秦王朝的大一统就像一个巨大的磁铁，将分散的华夏民族吸附在了一起，拉开了改变中华文明进程的帷幕。公元前202年，经历了四年楚汉战争的刘邦，把刚刚建立的江山称之为汉，建立了中国第二个大统一王朝。这是中国历史上的黄金时期。经济繁荣、国力强盛、人民安乐、太平盛世的光芒笼罩四野。匈奴战败向西逃遁，著名的"丝绸之路"直通西域。大汉王朝以一个巨人的身姿站立在世界经济贸易的中心。汉族之名自此始称，并成为中国华夏民族永远的名字。从此，汉族就以世界人口最多的民族在世界民族之林中占据了夺目的位置。

如同一个刚刚从母体分娩出的婴儿，汉民族的成长历程可谓路途艰辛。东汉之后，祥和明丽的天空风云突变。中央集权的封建国家四分五裂，纷争战乱的呐喊声四处飘荡。聚拢在黄河、淮河流域的汉族在兵荒马乱中渐渐向长江、珠江及中国东南部大规模迁徙。南方人口迅速膨胀，至明清两代，南方汉族人口已经超过北方。统治者的民族政策继续引导着汉族迁徙的路线。在随后很长的一个时间刻度里，汉族迁徙的脚步踏上了东北的土地。

有人说在汉民族的体内，混合着多个民族的血液。事实确实如此，中国民族发展的主线是先有汉，后有匈奴、鲜卑、突厥、契丹、女真、蒙古、满族、回族、藏族、维吾尔族以及南方的少数民族。在中国历史巨大的底盘上曾出现过两次大裂变，即魏晋南北朝和宋辽夏金时期。在这期间，汉民族融合了入主中原的北方少数民族，又南移融合了南方部分少数民族。汉民族的血液在裂变中得到更新与补充，体魄更加强健，在无数次改朝换代的考验中，在无数次磨难困苦的历练中，中华文明缔造者的主导位置已无法替代。

关于汉民族如何进入遥远的青海，民间流传有多种说法。其实第一批汉人的面孔闪现在古老的高原，要比民间说法早出许多。那是汉代甚至是秦。特别是汉武帝时期大将霍去病出征河西走廊，西汉中后期赵充国的"罢兵屯田"，使大批汉人随之迁居河湟流域。到了明王朝，前往青海的迁徙人流地域更加扩大，他们从富庶的中原或温婉的江南千里迢迢抵达高原，很快在这片荒芜宽阔的土地上建起家园，并和当地少数民族融为一体。

如果把汉民族比作黄河，它的源头只是一股小溪，但它奋勇向前，海纳百川，最终波澜壮阔，洪流滚滚，汇合成一条伟大的河流。

在神性的大地上栖居：藏族

当我们的目光穿越千年时空，定格在青藏高原神性的大地，心中瞬间充满敬畏。很难想象，这片拥有无数圣洁雪山和清新草原的大地几亿年以前曾经是汪洋大海。青藏高原从自己强健的脊梁高高隆起、无际的海水悄然退去的那一刻起，它的山水，它的草木，已不同凡响。

这就是藏民族世代生息的家园。

几乎所有记载藏民族起源的文字都向我们出示了一个这样的传说。

普陀山上的观音菩萨，给一只神变来的猕猴授了戒律，命他从南海前往雪域高原修行。于是从命的猕猴来到雅隆河谷的山洞，潜修慈悲菩萨心。这时，来了一个魔女，施尽淫欲之计，见猕猴并不动心，便说："我们两个结合吧！"正在潜心修行的猕猴答道："我乃观音菩萨的徒弟，受命来此修行，如果与你结合，岂不破了我的戒行！"魔女听罢，黯然神伤。她说："如果你不同我结合，我只好去死了。我的前生注定要今生的我降为妖魔，而你我不能成为恩爱夫妻，我必定会成为妖魔的妻子，生下

玉树藏族　葛建中 摄

无数魔子魔孙。到那时，雪域高原将成为魔鬼的世界，万千生灵将遭到残害，所以，还是希望你答应我的要求。"

猕猴听了这话进退两难，他想如果与魔女结成夫妻，自己就会破戒。但不与其结合，又会造成更大的罪恶。无奈之下，猕猴只好返回普陀山，向观世音菩萨请示。观世音菩萨听后答道："这是上天之意，是吉祥之兆。如果你与她结为夫妻，留在雪域高原繁衍后代，将是一件功德无量的善事。作为菩萨，理当见善而勇为，

请速与魔女结成夫妻吧。"

猕猴按照观世音菩萨指点与魔女结成伴侣,生下6只小猴,性情喜好各不相同,猕猴把它们送到果林中,让其独自生活。几年之后,猕猴前往探视自己的子女,发现自己的后代已繁衍到500余只了,迅速增加的后代吃光了林中的果实,生存已面临危机。

猕猴又一次返回普陀山,向观世音菩萨求助,观世音菩萨于是命他从须弥山取出天生的五谷种子,带回去播撒大地。大地上迅速长满了各种谷物,得到充足食物的小猴子们尾巴慢慢变短了,并开始说话,它们逐渐变成了人,成为雪域高原上最早的先民。

这个充满想象力的传说被安放在青藏高原这绛红色的大地上,像一支古老的歌谣世代传唱。关于藏民族先祖的来路,它给予了最具深意的注解。

不能不提到吐蕃。在吐蕃之前,古老的青藏高原,广袤的大地星罗棋布,散落着大小不一的部落。而部落间为生存的争斗,从来都是兵刃相见。在混合着青草和血腥的气息中,吐谷浑、唐旄、吐蕃等国脱颖而出。

公元6世纪,吐蕃开始强盛,具有传奇色彩的松赞干布立马横刀,出现在高原炫目的阳光下。他用雄才大略和英勇果敢将零散的部落归纳到自己的名下,将一个强大的吐蕃政权矗立在了青藏高原。

生活在青藏高原的吐蕃离太阳最近,炽热的阳光和严酷的自然环境使吐蕃人拥有了健康的肤色和壮实的身躯。吐蕃的辉煌正逢大唐的昌盛。富庶的大唐，吸引了各个民族的目光，纷纷与其修好。公元 641 年春天，花团锦簇的长安城迎来了汉藏友好史上的一个重要时刻。为了唐朝西部边境长久安宁，唐太宗决定将文成公主嫁给吐蕃赞普松赞干布。松赞干布与文成公主的联姻，开启了唐蕃间相互交流的通道，吐蕃学习中原地区的先进技术与文化，从而使曾经封闭的雪域高原迅速发展。

吐蕃的强盛使"吐蕃"作为民族名称，在历史上沿用了一个漫长的阶段，直至民国，才统一改称"藏族"。

伴随着吐蕃军队清脆的马蹄声，松赞干布统治的版图不断扩大，一些陌生的面孔不断融入吐蕃的队伍中，他们是羌人的支系羊同人和白兰人、党项人或者吐谷浑人，甚至有少部分汉人。

山高路远，崎岖艰险的道路阻碍了藏族向四方流动，在吐蕃之后悠久的岁月里，藏族栖居的主要区域依然是西藏、青海、甘南的大部分地区，云南和川西的横断山脉。

千百年来，藏民族忠诚地守护着雪域高原，这片飘散着桑烟、青稞和酥油芬芳的土地是他们永远挚爱的家园。同时，从文成公主进藏的那个时刻起，他们就和汉民族血脉相连，亲密无间。

在马背上放飞梦想：蒙古族

额尔古纳，多么好听的名字。

额尔古纳是蒙古语。它是蜿蜒在呼伦贝尔大草原上一条著名的河流，蒙古人视它为母亲河。

在额尔古纳河宽广的岸边，传唱着这样一首民歌：

迁徙的队伍，向着水草丰美的地方，当为
了迁徙离开家乡的时候；

迁徙的队伍，向着有泉水的地方，开始迁
徙的时候，我的眼泪就夺眶而出。

从这首饱含忧伤的曲调中，我们似乎能够看见蒙古族先祖通
向远方的足迹。

传说 2000 多年前，蒙古先祖部落和突厥先祖部落兵戎相见，
战马嘶鸣，结果蒙古先祖部落尸横遍野，只有两对男女侥幸逃了
出去。那两个男人的名字分别是捏古思和乞颜。在一处四面环山、
森林茂密的峡谷，他们停下了逃亡的脚步，大自然勾勒出的隐秘
为他们提供了安全的屏障。400 多年过去，他们的后代已经布满
整个峡谷，这两个壮大的氏族被称为"蒙兀室韦"。"蒙兀"即蒙古，
意思是永恒的氏族，"室韦"则是地名。

狭窄的峡谷渐渐无法容纳与日俱增的人口，走出峡谷成为他们
唯一的选择。然而巨大的山体挡住了他们的出路，于是，他们披荆
斩棘，终于找到了一座铁山。人们聚集在铁山前面，堆积起高高的
木柴，又用 70 头牛马的皮加工成 70 个风箱。柴堆点燃了，男人们
一起拉动 70 个风箱，越燃越旺的木柴熔化了山壁，通红的铁水迅
速冲开山体，一条通向外界的道路呈现在了他们面前。"蒙兀室韦"

扶老携幼，艰难地走出封闭的峡谷。他们就是蒙古族的先祖。

在此后的岁月里，蒙古族先祖蒙兀室韦的生存方式几乎就没有离开过战争与迁徙。大约到了唐代后期，他们渐渐迁徙到鄂嫩河、克鲁伦河、不儿罕山东部地区。谁也不曾想到，许多年以后，一个名叫铁木真的男孩儿在这里出生。

公元 1206 年，铁木真被拥戴为蒙古大汗，号成吉思汗。他的军队叱咤风云，铁蹄横扫茫茫草原。终于，一个强大的蒙古汗国站立在辽阔无际的北方。从此，生活在这个国家统辖地区的居民，都被称作蒙古人。

公元 13 世纪前后，部分蒙古人进入青海境内。其实，早在吐谷浑时期，由于鲜卑人和后来的蒙古人同属东胡民族，语言相同，在现今的青海海西蒙古族藏族自治州一带，就留下了许多蒙古语地名。有学者认为：公元 1227 年，成吉思汗率领蒙古大军在灭夏的征程中，曾占领过西宁。1637 年以后，在首领固始汗的带领下，蒙古和硕特部部众远迁青海，成为今天散居于青海海西、海北、黄南等地的蒙古族先祖。数百年来，青海蒙古族与周边民族不断融合，和睦相处，人口数量增加至近十万。

额尔古纳河静静地流淌。公元 1689 年《中俄尼布楚条约》之后，它成了一条界河，被赋予了更多的意义并宣告了一个时代的终结。时光荏苒，数百年里，世界已被多次篡改了模样。但额尔古纳河依然丰沛，它的两岸水草依然丰美，牛羊依然肥壮。勇猛的蒙古人已遍布祖国四方，不管额尔古纳河距离他们有多远，这条蒙古人精神的河流，都会在他们心中清澈纯美，恒久流淌。

摇响丝绸之路上的驼铃：回族

在青海省会西宁的东关大街，有一座别致的建筑格外引人注目，这是一座拥有 600 余年历史的清真大寺，是省城规模最大、保存最完整的古建筑。

每逢礼拜或宗教节日，数以万计的穆斯林济济一堂，在此举行隆重的聚礼活动，站在高处放眼望去，整齐划一的礼拜者恍若天空密集的繁星，令我们感受到宗教强大而神圣的力量。

他们就是中国主要的少数民族之一——回族。

当我们试图从纵横交错的历史线条中梳理出"回族"的来路时，一束来自遥远朝代的光亮为我们指明了方向。这是中国历史上一个无法忽略的伟大朝代——唐朝。在大唐鼎盛时期灿烂阳光的照耀下，被张骞开通的商道上熙熙攘攘往来着贸易的车马以及扬帆的船舶。在长途奔袭的商队中，一些来自中亚、阿拉伯、波斯等地的商人，携带着香料、象牙、珠宝、药材踏上了大唐的土地。长安城里华丽的丝绸和精美的瓷器令他们大为惊叹，喜出望外。于是，丝绸、瓷器、茶叶这些集中了中国特色的物品装满了他们回返的箱笼。春来冬往，年复一年，渐渐地，大唐王朝的繁华盛世、兴旺贸易留住了他们西行的脚步。他们在当地建造清真寺，世代繁衍，成为回族早期的先民。

公元 13 世纪初，一代天骄成吉思汗建立了蒙古国之后，正在纵横欧亚的马蹄扬起的烟尘中实现着他的英雄梦想。随着他的版图渐渐向西延伸，大批中亚、西亚部落的回回人被迫东迁，进入中国的内地和边疆，继续着自己曾经从事的工匠、农民、军士或者商人、学者的角色。更多的回回人跟随蒙古军队转战各地，渐渐散居在长城内外和大江南北。

杂居在中国各地的回回人与众多当地民族朝夕相处，通婚成了一个必然的结果。

令人瞩目的陆地上的"丝绸之路"和大海上的"香料之路"在元朝政府的支持下变得更加宽阔，诱使大量西亚中亚的商人蜂拥而至。自此，回族人口迅速增长，一个有着异域风格的新型民族在中国广袤的大地上日臻成熟。

唐到元的数百年间，从不同时间段和不同路径向着中国走来的回回人，散落在这个强盛国家的四面八方，成为中国遍布最广的民族。无论相隔远近，生疏还是相识，共同信仰的伊斯兰教把他们连为整体。只是他们从远方带来的语言在时间的长河里不断被汉文化淘洗，化为了久远的记忆。而用汉语作为本民族的共同语言，是回族的鲜明标志。

从草原王国到彩虹之乡：土族

从西宁驱车一路向西，经过蓝宝石般的青海湖再西行约7公里，一座古城遗址便梦幻似的浮现在我们眼前。经过1600年岁月的剥蚀，古城留下的，唯有零星的断墙残砖。谁能想到，这就是历史上声名显赫的吐谷浑王国的都城——伏俟城。

吐谷浑先前是辽东鲜卑慕容氏部落首领之子，公元 3 世纪末，因部落内部爆发矛盾所致，吐谷浑率众离开了家乡富饶辽阔的黑土地，踏上了长达 30 年的西迁征途。

漫长的迁徙之路充满艰险与争斗，促使他们的脚步距离家乡愈来愈远。公元 312 年，他们抵达甘肃南部和青海东北一带，随后，在水草丰美的青海湖畔认定了自己繁衍生息的家园，建筑了都城。吐谷浑的孙子就用祖父的名字做了王族姓氏，立国号为"吐谷浑"。从此，一个叫"吐谷浑"的草原王国在青藏高原创造了 300 余年的传奇历史。

公元 663 年，吐谷浑国被渐渐强盛的吐蕃吞并，亡国了的吐谷浑部族一部分降服吐蕃，渐渐融合于藏族，而留下的部族则慢慢融合于当地诸民族。按照多数学者的观点，这些就是土族的先民。

很长时间里，土族按照居住不同的区域有各自的称谓。如"土昆""霍尔""土人""土民"等，直到中华人民共和国成立，政府才根据本民族意愿，统称为土族。

丰饶的河湟谷地和凉爽的黄河两岸为土族先民搭建了理想的生息家园，当世界在千年时空中无数次地动荡和改变时，土族却始终如一恪守着自己的文化，成为这个古老高原独有的民族。

土族先民的民族精粹经过时间之河的淘洗后至今依然熠熠生辉。在今天土族集中居住的彩虹之乡——互助土族自治县，我们仍可以品尝到从古老工艺结合现代先进技术中流淌出的甘醇青稞酒，可以欣赏到土族阿姑为自己的新郎准备的精美刺绣，它们每时每刻都在复活我们对土族先民的鲜活记忆。

积石山下的撒马尔罕：撒拉族

黄河从源头约古宗列汩汩淌出，一路前行，在青海东部与循化撒拉族自治县相遇。它在这里依然保持了初始的美丽，清澈平静，没有任何杂质。它赐予了这片土地充足的水分和悦目的景致，也赐予了定居在这里的撒拉族人民安康的生活。

每一个踏上这片土地的人都能听到那个古老的传说。

在中亚一个叫撒马尔罕的地方，生活着尕勒莽、阿合莽弟兄俩，他们在群众中享有的威望遭到了当地统治者的嫉恨和迫害，于是弟兄俩带领同族18人离开了故土。他们向着东方，跋山涉水，风餐露宿，寻找着心中的乐土。一路陪伴他们的是一匹美丽的骆驼、一袋故乡的水和泥土，还有一部手抄本的《古兰经》。某天，当一行人来到循化县境内的奥突斯时，夜色苍茫，驮经的白骆驼突然不见了踪影。人们四处寻找，直到第二天拂晓，才在一汪清泉边看见了早已化为白石头的骆驼。

仿佛得到了某种启示，弟兄俩急忙取出家乡的水土比照，竟然完全一致。他们终于明白，这片被蜿蜒的黄河冲击成的宽阔的平原正是自己要寻找的家园。于是，他们就在这里定居了下来。

由于没有文字记载，这个口头流传下来的故事显得有些虚幻迷离，但白骆驼驮来的那本珍贵的手抄本《古兰经》，却是撒拉族迁徙之路最好的明证。如今，这部世界上仅存三本手抄的《古兰经》之一，正安静地存放在循化撒拉族自治县街子清真大寺的深处，成为撒拉族信仰的精神象征。

黄河是久恒的，它悄然无声地记录下岸边的生命过程，当700多年的岁月伴随黄河流逝后，撒拉尔人的子孙已繁衍到了11万之多，一些外族由于通婚也渐渐融入了撒拉民族并信仰了伊斯兰教。

根据本民族意愿，1954年，在循化县第一届人民代表大会上，撒拉族得到了正式命名。

作为全国唯一的撒拉族自治县，循化这个景色宜人的地方总能为我们提供丰沛的想象和色彩。想起聪慧勤劳的撒拉族人民，一幅唯美的画卷就会飘然而至。那上面一定会有鲜红的辣椒，黄润的梨儿，撒拉族姑娘迷人的舞姿，撒拉族小伙俊美的面庞……

二、民居：栖息灵魂的家园

黄土地上的黄泥大印：庄廓

大地的辽远决定了房屋的距离与差异，民族的众多彰显了居所的民俗与个性。中国丰富多彩的民居式样可以组合成世界上最大的民居博物馆。即使是民居的研究者，也无法用脚步阅尽它们的全部面目。民居是飞扬在大地上的优美音符，更是收藏人类历史文化的丰厚宝典。

在寒风凛冽、空气稀薄的西北高原，只有依偎黄河的土地丰饶潮润，草木葱茏。在黄河宽展的两岸和河湟谷地，高大厚实的土墙围拢的院落随处可见。这便是青海河湟地区最典型的民居样式——庄廓。

庄廓一词，是青海方言，其实就是四合院。取之不尽的黄土是庄廓最主要的建筑材料。在建筑中使用土，大约可以追溯到远古的新石器时期。我们智慧的先祖在那时就已学会用泥土块砌筑墙体。时光的隧道延伸到今天，庄廓依然沿用黄土打筑或用土坯砌筑成结实的院墙。青海干燥缺氧，风大寒凉，墙体高出屋顶 50 厘米左右，既能隔风保暖，又能防御盗贼。黄土土质细腻，黏性较高，筑成墙体稳重不易倒塌。庄廓院大多呈正方形，站在高处向下俯视，恍若巨大的印章和微缩的城堡。

貌似朴拙的高大土墙遮掩了主人生活的秘密。可当你推开精致的大门，温馨有序的生活气息便扑面而来。青海庄廓以四合院、三合院居多，主要采用木构架为承重结构。这种技术早在秦汉就业已成熟，并逐步发展成为我国传统民居的主要形式。不同的是，青海庄廓屋顶用草泥涂抹，再用小碌碡压平，略向院内倾斜 2~5 度，使雨水不易蓄积。平坦的屋顶扩展了院里人的活动空间。晴朗的午后，屋顶是晾晒粮食的最佳平台。炎热的夏夜，屋顶又是纳凉消暑的惬意场地。于是平坦的屋顶就成为庄廓的显著特点。难怪有歌谣说：青海好，青海好，青海的屋顶可以赛跑。

和许多地区的民居相似，庄廓布局合理，经济实用。居室三间成组，堂屋居中，卧室两侧。庭院中央设有花坛，种植果树、花卉。四角暗房分别用作厨房、仓库、牲畜棚及草料棚等。幽雅、静谧，与黄河两岸的自然风光浑然一体。

门是最受重视的地方。在中国人的传统观念里，门被称为"门面""门脸"，象征主人的地位和身份。除此，民居的大门还与住宅风水紧密相连。这种意识同样辐射到了庄廓。被人们认为土得掉渣的庄廓不加任何粉饰，所有的精彩都集中在了大门上。向南为主并偏向一侧的大门有砖雕和木雕。在青海一些留存下来的老宅大门，设计精美的木雕不仅花样繁多，还蕴藏着丰富的民间寓意。

窗子是展示木雕艺术生动传神的另一个舞台。比起江南形式多样的窗子，庄廓的窗子主要采用北方四合院的花格窗。由长短不同的横竖木条组合出各种图案，最常见的叫步步锦，不仅图形优美，还暗含"步步高升，前途似锦"之意，深受当地人喜爱。

前檐也是庄廓装饰的重点。木雕风格端庄，敦厚质朴。造型有寿山福海、牡丹富贵、暗八仙等。它们体现了民俗文化的精致，也映照了洋溢在民间的生活情趣。

青海古建筑专家张君奇先生说："青海的庄廓院与北京四合院相比少了些华丽，与江南水乡民宅比，又显得朴拙。但它是在青海高原长期的历史条件下、漫长的高寒环境中磨砺出来的，是青海劳动人民长期赖以生存的居所，承载着青海的乡土文化。"

因而老庄廓里的建筑装饰既想传递艺术感染力，又想达到节约成本的目的，就主要突出在大门、窗户、家具这些引人瞩目的地方。那些遗留在老庄廓门楣、窗棂、照墙、家具上的木雕、砖雕、彩绘艺术，经过漫长岁月濡染后所留存下来的残影，依然令我们惊叹叫绝。遗憾的是，这些大多远离城市的老庄廓也愈来愈没有了立足之地。现代都市里高楼大厦的庞大身影蛮横地侵占了人们的思维观念，在乡间诗意的田野上，竖立起了越来越多的水泥小楼，模样呆板，毫无生气。

但愿黄土地上鲜活的庄廓不会全部被水泥和钢筋所篡改。

镌刻在石头上的宗教信仰：碉房

碉房是藏民族独具匠心的建筑。那些用青色石片建造出来的栖息空间，造型优美、气势雄浑，我们只有抵达牧区才能目睹它的英姿。

在果洛草原苍茫的山水间，有许多碉房组成的村落。它们依照地势高低错落有序地排列，恍若一幅飘溢着乡野气息的油画。当你的手指触摸到碉房粗粝的石块，就会惊奇地发现，那些由一块块青石片严丝合缝垒砌起来的墙壁，居然没有任何东西粘连，完全依靠天然造型相互咬合。据说藏族人在建造碉房的时候，没有图纸，也没有脚手架，这无疑更平添了碉房这种传统技艺的神秘与传奇。

藏族人大都生活在高寒地区，所以依山而筑、背风向阳是建造碉房的最佳选择。碉房以两三层居多，底层是牲畜圈和储藏室。

班玛碉楼　葛建中 摄

二层是主人的住房,有堂屋、卧室和厨房。三层为洁净敞亮的佛堂。顶层是晒台。在高原饱满的阳光下,这里除了用作晾晒粮食和衣物,还可以瞭望四野,有防御作用。

外观古拙粗犷的碉房并不影响藏族人对美的向往。他们在碉房四周的石墙上,涂上红色或粉白色,再嵌上梯形的黑框小窗。在楼层间隔的楣檐和伸出墙外的椽木上,涂上对比强烈的五颜六色,形成别具一格的审美效果。

碉房的内部,同样给我们呈现了一个色彩斑斓的世界。整个墙壁都布满了吉祥图案。蓝、红、绿是客厅的主要色调。分别象征蓝天、土地和大海。尽管青藏高原距离大海非常遥远,但大海依然漂浮在他们心中。就像八百万年以前,青藏高原就是一片汪洋大海一样。尤其是顶层的佛堂,墙壁上两种艳丽的色彩中间,用红、黄、蓝描画出一条美丽的彩带。墙的顶端画的是三色幔纹,用珠宝图案串接。柱子一律漆成红色,柱头与木梁用蓝色作底,上面也描绘有各种宗教图案。这些神秘的图案无不向我们传递出藏民族古老的文化信息。

在青海省某些边缘地带,我们还能发现留存不多的碉楼,它们的高度竟然达到20余米。它高高地矗立在大地上,俯瞰一切,浑身散射出的强悍美感令摄影家们震惊叫绝,情不自禁将身体匍匐下去。那用一根圆木砍成的木梯,更像是深藏在碉楼内部的一首小诗,暗自绽放。

当你来到高原,看见圣洁雪山和河流岸边排列的古朴碉房,看见在它不远处耸立的白色佛塔，看见四处随风飘动的五色经幡，你一定会为这天人合一的纯美画面深深陶醉，心动神摇。

游动在草原四方的家：帐篷

当我们离开城市密不透风的水泥森林，驱车来到草原，被城市污浊的空气挤压久了的心灵突然间变得舒展和安宁。进入我们视野中的，是纯净的天空和宽阔的大地。碧绿的草原上，白色的羊儿和黑色的牦牛在安详地吃草，薄雾似的炊烟在各式帐篷上空缓缓飘散。这就是草原牧民如诗如画的家园。

对于在无际的草原上逐水草而居的牧民来说，黑牛毛帐篷便是他们温馨的家园。它把牧人的身影诗意地定格在了草原上。当城市的高楼大厦日新月异地更新着现代的建筑材料，黑牛毛帐篷却依然恪守着来自先祖的制作。这个记载了久远历史的产物，源于早先牧民与牲畜的亲和关系。在茫茫的大草原上放牧的牧民，为了抵御高原夜晚肆虐的风寒，只好把自己的身体蜷缩在两头牦牛中间取暖。随着生产方式的渐渐进化，他们学会了用牦牛身上剪下来的毛纺成粗线，再织成长条形的褐料。起初只是遮盖身体，随后用木棍撑起空间，四周用石块压牢。黑帐篷的雏形就这样诞生在牧民的生活经验中。

人口的递增加大了对空间的需求，他们开始将约22厘米宽的褐料缝缀在一起，尺幅多少决定帐篷的大小。多数面积为$12m^2\sim20m^2$，呈方形或长方形。他们先用木棍支撑起高高的框架，上面覆盖牛毛褐料，四角及腰部用牛毛绳牵引牢牢固定在地上。帐篷正脊留有宽敞的缝隙，以利采光和通风。帐篷内部周围，用泥块或土坯垒成的矮墙上面，堆放着牧民赖以生存的青稞、酥油和晾干的牛粪。帐篷里的陈设不能再简单了。中间安置火灶，灶后供奉佛像。地上铺垫的羊皮，就是主人一家坐卧休憩的地方。帐篷外四周的拉绳上，挂满着五色的经幡。当需要迁移草场的时候，几头牦牛就能驮走他们的帐篷和全部家当，非常方便。所以，在藏族人的观念里，能否独立完成一顶帐篷的拆建，是考量一个男人能否担当起生活责任的试题。

牛毛帐篷严密厚实，具有热胀冷缩的特性。为曾经

草原上的藏族帐篷　葛建中摄

蒙古包　葛建中摄

黑牦牛帐篷　葛建中摄

风餐露宿的牧民遮风挡雨，提供了温暖的庇护。纺织技术的进步又使草原上出现了一种白棉布帐篷。炎热的夏季,白帐篷凉爽透气,方便缝制。大的可以容纳几十人，小的可以一人独享。

绚丽多彩的白帐篷，是厚重沉稳的黑帐篷生命的延续。白帐篷特别讲究外观装饰，白色的布料上，一律用彩色的布条压边。然后在白色的框内，剪贴上祥云、动物、花卉等美丽的图案。每年七八月是草原的黄金季节。一年一度的赛马节，是草原的盛会、牧民的节日，更是游客的幸运。此时，密集的五彩帐篷如天上的繁星，与藏族姑娘华丽的服饰和牧民纯朴的笑脸交相辉映。对在城市水泥盒子蜗居的我们来说，这是浪漫的诗篇，醉人的歌谣和洁净心灵的炽热阳光。

帐篷让草原散发出古老的神韵,草原又赋予了帐篷绵延的生命。

和帐篷相似的是，蒙古包同样是游牧民族在草原上四处安放的家。数百年来，一部分蒙古族从额尔古纳河流域迁入青海境内，逐渐成为这片广袤土地上的主要民族。

蒙古包是极具民族特色的民居建筑艺术形式。它以最简洁的手法和最省料的工艺完成了既美观又实用的创造，集中表现了蒙古人抵御大自然的全部经验与智慧。从结构原理透视，蒙古包就像一只巨大的伞。圆形的蒙古包主要由骨架和毛毡两部分组成。它的四周侧壁分成数块，用条木编成网状，安装时将几块连接围成圆形，上盖伞骨状圆顶，再与侧壁连接。用毛毡遮盖严实后，用绳索固定。蒙古包一般朝南开门，四壁没有窗子。主要靠顶部的圆形天窗采光、通风和排放炊烟。天窗上覆有天布，夜间或风雪雨天用天布遮盖天窗，可以保暖和保证安全。

多数蒙古包里几乎没有什么装饰，裸露的木质骨架使其显得别具韵味。由于蒙古包是一个近似半球形的穹顶，最符合结构力学的原理，因而它的骨架承重力大，更便于携带和拆装，也更能最大限度地扩展空间。在蒙古汗国时代，可汗及诸王的帐幕最多时可容纳2000人。中间威武的梁柱和四周华贵的壁挂装点得蒙古包富丽堂皇，恍若皇室的宫殿。

绿色无垠的大草原上，蒙古包仿佛一只只巨大的蘑菇，风姿绰约，诗意盎然。延续了2000多年的蒙古包，如今已成为草原旅游一道最鲜亮的风景和名片。

浸润多民族情感的建筑：篱笆楼

孟达是青海省循化撒拉族自治县的一个乡。因为拥有孟达天池，成为众多游客慕名前来的旅游热点。碧波荡漾的天池滋养得一方水土草木茂盛，鸟语花香。数百年来，瑰丽的自然景致和温润的气候始终庇护着撒拉族子孙在此安详地生活。

孟达乡的大庄村，热烈的阳光正照耀着撒拉族先祖400年前的建筑遗存。历经漫长岁月的风雨浸染，当年的风貌仍然依稀可见。这栋建于明清时代的木楼，从建筑用材来看，那时就已经被茂密的森林所覆盖。

木楼呈三合院式庭院布局，分上下两层。由东南北三面10间、

篱笆楼　马树民 摄

上下20间和大门组成，整个庭院占地200多平方米。楼上设有客房、卧室、伙房、沐浴室等，楼底为仓房和畜圈。高原云杉构成了木楼结实的骨架。墙体则用杂木的枝条编织，两面抹上草泥，因此被称作篱笆楼。完全取材于大自然的篱笆楼非常经济节省，空心的墙体不但减轻了楼体的重量，同时冬暖夏凉，透气舒适。

　　从外观来看，篱笆楼是集各民族文化元素于一身的民居建筑。它诞生的明清时期，正是中国传统民居建筑的成熟期，虽然各地民居千姿百态，但都没有摆脱木结构这一传统。坐北朝南的正房融入了汉民族的文化观念，夯土打的院墙保留了撒拉族故土中亚西亚的风格。所以这栋记载着不同时代建筑特征和积淀了多民族文化现象的篱笆楼，是高原上难得一见、最具特色的民居建筑。

如果稍加留意，你还会发现篱笆楼一个精彩的细节。那就是大门内配置的木锁木钥匙，制作精美，操作便捷。它古香古色的造型，闪烁出旧时代的光泽，化为民众生活里最鲜活的篇章。

篱笆楼是人类与自然唇齿相依的生动写照。篱笆楼所容纳的淳朴的民间理想不断绵延着它的生命。尽管曾经100多座的篱笆楼，在蹉跎岁月中只余下了10多座，但作为孟达大地上的标记，篱笆楼早已满载着一个民族鲜明的记忆，生生不息，历久不衰。

末代千户最后的记忆：昂拉千户庄园

千户最早是个官名，起始于金朝，创建于成吉思汗即位之后。千户顾名思义就是管辖一千户人家的地方官。明朝开始，在藏族地区授封的千户官职准予世袭。

昂拉千户原本是吐蕃时期赤热巴巾赞普的后代，因为需要守卫边界和征税，公元9世纪中叶，赤热巴巾派贡叶西达杰来到青海的尖扎地区定居，成为黄河两岸的头人。公元1657年，清朝顺治皇帝封他的后代祖多杰为昂拉千户。项谦是第七代世袭千户，他继位时已经到了1930年，终止于1953年，是中国历史上的末代千户。

昂拉千户庄园是项谦继位后新建的，是迄今遍布青海的千户庄园中规模最大、保存最完好的一座。走进青海尖扎县昂拉乡尖巴昂村，那座气度非凡的宅院立刻近在眼前。尽管半个多世纪的沧桑岁月洗尽了它曾经的铅华，但其仍不失当年贵族私邸的威严。

昂拉庄园完全是木质结构，分前后两院，共有 200 多间房屋。庄园坐西向东，第一进院四面皆为面宽七间进深两间的丁顶土木结构二层楼。第二进院正面为单层山顶砖木结构正房，面宽五间，进深三间，正面为大经堂，两侧各有一座小角院，为佛堂，是专供千户和活佛念经的场所。东西厢房均为二层角楼，共 16 间住房，是千户及内眷的起居住所。前后院之间均设有重门和楼梯连通，正房与厢房均设有木梯或横架相通。正门门楼前后开门，门外有晾台高筑，居高临下，田野风光尽收视野。另外也可对子民训示，检阅百姓集会。昂拉千户当时管辖 8 个小部落，庶民 1200 多户，达 6000 余人，是尖扎地区最大的千户长。

昂拉千户庄园是藏式私邸，但建筑装饰融入了诸多中国传统文化元素。在中国传统民居中，建筑装饰是艺术表现的重要手段，它根据不同材料的特点进行技术与艺术的加工，灵活搭配，从而达到建筑风格与美感的协调统一。昂拉千户庄园最精彩的一笔恰是木雕和彩画，其图案之生动、工艺之精湛，令观者无不惊叹。同时，具有浓郁宗教色彩的壁画也是这座藏式建筑的鲜明特色，遗憾的是，这些精美的艺术在那个特殊年代严重受损，让后人无法欣赏到它绝妙的全貌。

昂拉庄园全部选用优质木材，仅前后两院回廊粗壮笔直的立柱就达百根，几十年中历经风霜雨雪剥蚀，依然完好如初。如今像这等品级的北国佳木，怕是踏遍茫茫林海也再难寻觅。

在青海历史上，昂拉千户有过不同寻常的一个段落。1949 年

9月5日，青海省会西宁获得解放，宣告了马步芳独裁统治在青海的覆灭。但残余势力并不甘心失败，他们流窜到尖扎昂拉地区后，策动昂拉千户项谦组织叛乱。在马步芳残孽的煽动挑唆下，项谦一直抗拒人民政府领导，甚至凭借手中的千余武装力量负隅顽抗，袭击进剿的人民解放军。针对此种形势，青海省政府在长达数月的时间里，聘请宗教、民主人士对项谦做了17次工作。同时，我进剿部队纪律严明，救济百姓，全力保护寺院和宗教人士的财产生命安全，还给项谦卧病在床的母亲治好了病。大量活生生的事实彻底戳穿了马步芳匪徒的造谣欺骗。终于，在人民政府反复争取和民族政策的感召下，项谦放弃抵抗，回归人民政府。回到尖扎后，他先后受到青海省人民政府主席赵寿山和西北军政委员会副主席习仲勋的接见和宴请，人民政府委任项谦继续担任昂拉千

尖扎昂拉庄园　蔡征 摄

户。1953 年尖扎成立人民政府，项谦当选第一任县长，彻底终结了昂拉千户的历史。后来，项谦又被选为黄南州副州长、青海省政协常委。

项谦回到人民政府怀抱后，怀着一颗赎罪和感恩之心努力工作，为当地百姓做了很多有益的事，1959 年在尖扎病逝。

昂拉千户庄园构思精巧，工艺细腻，堪称汉藏建筑融合的精粹。同时，昂拉千户庄园也是时代变迁的一个缩影。置身其中，抚今追昔，一切都是那样耐人寻味。

三、古建筑：砖木凝固的历史

雕栏玉砌：贵德玉皇阁

　　青海苍茫的大地，宽厚、辽远，更多的是大片的戈壁和荒漠，人迹罕至，寸草不生。所以，地处青海东部的贵德气候温和、草木葱茏就显得弥足珍贵，被誉为青海的"小江南"。在她含情的目光注视下，黄河流经她的身边时碧波荡漾，清澈见底。每年四月中旬，黄河岸边梨花怒放，香气袭人。铺天盖地雪片似的梨花与碧绿的河水相互映衬，恍若仙境。"天下黄河贵德清"，更是唤醒了贵德芬芳的土地，盛夏时节，大批的游客蜂拥而至，黄河岸边人头攒动，热闹非凡。

　　玉皇阁古建筑群是贵德梦幻般大自然里人文景观的精粹，坐落于贵德县河阴镇。它始建于明万历年间，至今已有600余年历史。中国古建筑是木结构建筑，完全不同于西方以石为主的古建筑。比较而言，应各有千秋。木结构建筑省时省料，方便建造。

能工巧匠们可以对建筑物进行精雕细琢，附加种类繁多的装饰，使其具有一种惊艳的东方之美。但木头的生命力却没有石头长久，火是它的最大杀手。尽管历代帝王大兴土木，建造了无数富丽堂皇的宫殿，却很难让后人目睹到它华丽的容颜。玉皇阁在清道光十一年复修后，同治六年毁于战火。如今呈现在我们眼前的是光绪年间重建的建筑遗存。

古建筑群坐北朝南，三院建筑呈"品"字形排列，前端为文庙，左右并列的分别是玉皇阁和关岳庙。其独特的布局充分体现了中国"中庸平和"的传统文化观念。

贵德玉皇阁　蔡征 摄

　　文庙是一座阔三间的硬山式建筑，南侧建有乡贤祠和名宦祠。正对庙门的是大成殿院。院内青砖铺地，清雅洁净；东西厢房排列两边，画窗上镶嵌有山水、人物画及孔子语录，展示孔子主要生平和言行。十二间厢房内还供奉了孔子七十二弟子牌位。正殿大成殿坐北朝南，内供孔子画像和牌位。画像中的孔子长髯飘逸，儒雅生动。几百年来，历代文人祭祀孔子的香火从未断过。文庙规模不大，但布局有序，自成风格。

　　文庙的后院，便是道家的万寿观。山门两边"山门无锁白云封，道院不闭清风吹"的对联折射了道家超凡脱俗、清静无为的思想。左右两边彩绘坐狮，好像以威武的形态守护着这份清净。山门内侧存有两块石碑，分别成碑于明万历二十年和清道光十七年，记述了创建玉皇阁的始末和复修玉皇阁的概况，碑文今天依然清晰可见。主体建筑玉皇阁高达三十米，外包青砖的土筑台基朴实庄重，上建歇山顶三层阁楼。阁内螺旋楼梯扶摇直上，直抵顶阁玉皇大帝神位。阁楼斗拱造型别致，是整个建筑最华丽的乐章。另外，高高翘起的屋檐好似飞鸟展翅，特别是飞檐下悬挂的风铃，微风徐来，金声玉振，诗情画意真是令人心旷神怡。假若登顶俯视全城，清澈的黄河与葱茏的山峦尽收眼底，你一定会激动地吟诗作赋，不能自已。

　　当我们的指尖常常触摸冰冷的水泥，木制的古建筑会让我们感到温暖。作为中国古建筑独特的语言，精巧的斗拱和优美的飞檐无疑开启了我们对古建筑的审美，那是中国古建筑的风格和精神。

神贤竞秀：湟源城隍庙

丹噶尔古城位于西宁向西 50 公里的湟源县。600 年前，这里的地理位置十分重要，被称为"海藏咽喉"。地理位置的优势使它在清中晚期发展成为当时西北地区最大的贸易集散地，"茶马商都"名扬四方。那是丹噶尔最繁华的一段岁月，商贾云集，贸易兴盛。每当夕阳西下，千米长的主街上灯火辉煌，人流如织。乾隆年间，主街上又出现了一座雄伟壮观的建筑——城隍庙。

斗转星移，当岁月消失在历史的深处，湟源城隍庙也历经兴衰。它在不同的时代被多次修缮，渐渐复原了自己的容貌，成为西北地区保存最完整的城隍庙之一。

城隍庙占地 6000 平方米，为三进两院布局。山门坐北朝南，立于六层台阶之上，巍峨宏丽。进入山门，头顶上方便是戏楼。东西两侧为钟鼓楼。旧时钟鼓是僧侣报时的工具，晚上打鼓，早晨敲钟，平日我们喜欢说的"暮鼓晨钟"恰好可以在这里找到源头。必须从戏楼下穿过的路径突出了戏楼的地位，让我们无法忽略。站在院子的中央，抬头仰视精巧绮丽的戏台，曼妙的乐曲声似在耳际萦绕。想到这戏台搭起的年代正逢中国传统戏曲的巅峰，不知那令人心醉的《牡丹亭》里杜丽娘和柳梦梅生死离合的一幕可曾在这戏台上演绎？

院落的中间是鉴心殿，殿前的木柱上写有"庙枕丹山千祈百祷万家乐业，宇连湟水万代千秋八方安宁"的楹联，明示了城隍爷的美好心愿。鉴心殿面阔三间，屋顶为芜殿顶，大殿正中间的三级净台上，塑有城隍神的坐像，身穿红色的蟒袍，头戴黑色宰相帽子，面貌慈祥，庄严文静，两手按膝端坐中间，两侍男分立两旁，清秀和蔼，捧奉茶具。台下左右站立判官，头戴红彩乌纱帽，身穿绿色官服，面目狰狞，姿态生动，表现出了他们所具有的神圣威力，给人一种敬而生畏的感觉。

鉴心殿东西设有廊房各九间，外面用格子门窗及门顶装饰得极精美，上面画有民间传奇故事，美观大方。屋内是大型的壁画即冥司十八司，俗称十八层地狱，以十八幅壁画反映种种历史传说中的冥间故事。每幅壁画上半部分绘有十八冥司审判善恶案件图，下半部分绘有惩治恶鬼、受种种酷刑的传说。穿插有岳飞父子在阴间受到礼遇、秦桧夫妻受到惩处、唐王游地狱、刘全进瓜、孙悟空大闹阴曹地府等情节。东西屋廊两侧山墙绘

丹噶尔城隍庙全景　唐涓 供图

有冥府文牍书办官吏、促死鬼卒差役立像各四尊。

城隍庙后院为寝宫，是城隍夫妇休息的地方。院内设有花园假山和花草树木。每逢春夏，清香四溢。寝宫中间是城隍夫妇身着便装的木雕坐像，慈眉善目，悠闲自得。西边为卧室，宫灯字画、绣金被褥、鸳鸯枕头、梳洗用品、餐具器皿样样精美。东边供奉着城隍出巡时乘坐的轿子。

在中国历史上，城隍曾退出过人们的视野。那个特殊年代结束后，民间信仰重新回到百姓中间。当然，城隍的复活并不重要，他只是古代神话传说中的守护城池之神。重要的是从城隍庙里所传递出来的敬仰英雄、崇善惩恶的精神得到了延续。现在，每年农历正月初一、十五或者城隍诞辰，遍布各地的城隍庙香客络绎不绝，缭绕的烟雾四处弥漫。那一刻，城隍庙看上去深幽神秘，但也更加真实。

古木清风：洪水泉清真寺

没有想到，一个无论从年代和风格上都独占鳌头的建筑奇葩，竟然深藏在大山的怀抱中。如果丈量大地的距离，洪水泉村与西宁市只有30余公里，对一个大都市里的上班族来说，不过是每日奔波的路程。但因为大山的阻隔，洪水泉村和公路两边的村落有了明显差别。老旧的庄廓和朴实的村民验证了这片土地与时代节奏的脱节。也许，正是因为大山这个天然屏障的护佑，古寺才享有了远离尘嚣的清宁。600多年前，一些回族先祖远涉千山万水，当他们来到洪水泉村这个被绿树和群山环绕的安详之地，疲惫的身心顿生惊喜。他们留了下来，并决定在这里建造一座完美的清真寺。

明末清初，洪水泉清真寺始建。此后的岁月里，又多次扩建，逐渐形成现在的规模。整个寺院占地4500余平方米，由照壁、山门、唤醒楼、礼拜殿及学房组成。据说，在建寺前后的13年间，这个寂静的山谷云集了八方工匠，最多时达300余人。他们带来了自己精湛的技艺，彼此争奇斗艳，各显风采。而洪水泉村的女人们似乎也不甘落后，同时在锅灶上尽显厨艺。山门前一面宽大的青砖照壁高10米、宽11米，在它的中央井然有序地雕刻着255朵姿态各异的花卉。牡丹、月季、蜡梅、芍药……有的含苞欲放，有的竞相怒放，还有的更像是回族餐桌上精致的面点。这便是工匠们为了感谢洪水泉村女人们每日三餐的热情款待，将吃过的菜肴和面食雕刻成花朵的形状，永远地留在了照壁上。这些六角形的花瓣，聚集一堂，恍若百花齐放。在阳光的照射下，美丽的花瓣组合成条条柔和的波纹，令人赏心悦目。如今漫长的岁月流逝后，站在这精美的石雕前，好像仍能听见工匠们那悦耳的锤击声。

绕过照壁，单檐歇山式的山门向南而立。其精巧在于山门无大梁，顶棚全用短横木交错搭成，支撑起山门顶的巨大负荷。这仿佛鬼斧神工的建筑工艺，被人们称之"二鬼挑担不架梁"的山门东西两侧，是砖砌的八扇屏，刻有"老鼠偷葡萄""奇兽伴老松"砖雕图案，而唤醒楼东门和西门两侧的墙壁上也均有大块砖雕，图案分别为"猫跃蝶舞""兔观白菜"和"菊竹""梅兰",栩栩如生,极具特色。砖雕是我国古代特有的建筑装饰,最早兴起于北宋,当时以人物故事和装饰性图案为主,具有浓郁的图像意味。明清建筑使用砖雕装饰已经蔚然成风,雕刻手法也有了更多花样,主要有平雕、浮雕、透雕等。今天,在江南和北方的一些民居的照壁和花墙上,我们仍能领略到砖雕艺术的遗韵。

穿过山门,一座三层阁楼式高塔格外醒目。此塔穆斯林称作穆纳楼,塔高 20 余米,塔基面积 20 平方米。共三层,一层为砖木结构,平面呈正方形,石条地基,墙壁用水磨青砖砌成,外围有 12 根巨柱。二三层为木质结构,层层缩进,最后由两根特别粗大的通天柱和底层外围十二根巨柱共同撑起塔身及六角盔形攒尖顶,好似将信仰高高托起。又因楼内有"五福""八卦"等建筑形式和装饰,因此被人们誉为"二郎担三十二牛,五福捧寿八卦阵"。

木制的"穆纳埃"无疑是一件绝美的艺术品,在清真寺的后院,宫殿式的礼拜殿脊顶上镶嵌的彩色琉璃瓦熠熠闪光,这是穆斯林礼拜的地方,高大宽敞,雄伟壮观。大殿东西长 20 米,南北进深 15 米。殿柱有明柱 8 根,恰似八大金刚立于殿前,殿两侧有八字扇屏与雕刻,殿顶有黄、绿、蓝三色琉璃瓦花雕塑横贯殿脊,两头"凤凰展翅"高高翘起,与垂脊、戗脊上的"二龙戏珠"雕塑相互辉映。

正殿大门为扇屏式木制门,古香古色。殿内南、西、北三面墙壁全由木板装饰,上面刻着春、夏、秋、冬四季图案以及山水、亭阁、花草、树木等木雕图案。殿内东西面是一个方形二层阁楼,与大殿浑然一体，构思巧妙。

大殿顶棚建筑工艺为"三角踩空"，天棚镶嵌如伞状，用细木条镶嵌而成，四周嵌有多层次的各种木雕花卉，悬空下垂，犹如一把张开的花伞从天而落，人们形象地比喻为"天落伞"，真是巧夺天工。殿门楹联道出了此殿的特点："八大金刚抬伞寺，凤凰展翅明武间。"

寺内墙壁包括围墙都是用手工水磨砖砌成，墙面光滑如镜，瓦缝匀细似线，砖与砖之间由糯米、冰糖水等调剂黏合，砌法工艺高超，被当地群众美称为"一炷香"。200多年来，墙缝未出现过腐蚀和裂缝现象。

洪水泉清真寺以其建筑艺术的玄、妙、奇，砖雕艺术的细、真、美而著称，特别是砖雕装饰比比皆是，花样繁多，雕刻细腻，立体感强，造型生动，使人叹为观止。据传有人想仿造该寺的建筑艺术，但未能成功，可见它在建筑上的特别之处。1913年至1914年，甘边宁海镇守使马麟挑选能工巧匠，在西宁想仿造同样的一座清真寺，但因该寺设计特殊，建筑结构复杂，工艺高超，仿造者束手无策而罢休。

除了精美的石雕，木雕也是洪水泉清真寺难得的艺术珍品。中国古建筑以木制结构为主，木雕也因此成了最重要的装饰手段。明清两代，是建筑木雕大发展时期，并且做工更为精细，也更加注重木雕的寓意。像穆纳埃六角形网状窗棂，大殿的格门雕刻，后窑殿内墙壁所镶木板上雕刻的山水、屋亭、花草、树木等图案，雕工细致，清雅脱俗。

在遍布中国大地的众多清真寺中，密集着丰富多彩的建筑装饰。将伊斯兰装饰风格与中国传统建筑装饰手法完美融合，成为中国清真寺鲜明的特点。很多著名的清真寺，都以其精美的彩绘艺术见长。精美绝伦，富丽堂皇。但与汉族建筑不同的是，清真寺的彩画不用动物图文，全用花卉、几何图案或阿拉伯文字为饰。洪水泉清真寺却是个例外。整个建筑装饰保持了本色美，不使用一丝一毫的油彩，却露出淡黄褐色的木面，朴素淡雅，表现了伊斯兰教特有的纯净之美。

洪水泉清真寺大量融合了汉、回、藏等民族的建筑风格，应用了"二龙戏珠""吉祥八宝""凤麟呈祥""五福捧寿"等吉祥图案，这在我国伊斯兰教寺院中实属罕见。

洪水泉清真寺以沉稳和安静的美打动了我们，如果站在它身后的山顶上细细端详，你还会发现它与大自然的和谐是如此天衣无缝，就好像是大地上生长出的建筑。深藏不露，淡泊高雅，这正是洪水泉清真寺的本质。

神树含香：十世班禅故居

1938 年的农历正月初三，是一个吉祥的日子。据说这天从清晨开始，美丽的祥云就缭绕在麻日村的上空，古公才旦家门前那棵枝叶茂密的老杨树上，布谷鸟清脆的叫声不绝于耳。午后，明灿的太阳周围挂起了彩虹，浓重的松柏檀香味顿时弥漫了整个村庄。很快，一个健壮的男孩降生了，七天后取名贡保才旦，他就是后来杰出的藏传佛教领袖十世班禅额尔德尼。从此，这个位于青海省循化县文都乡的麻日村，变得不再寻常。

在这座藏式的四合院里，十世班禅度过了幼年时光。他 3 岁时被指认为班禅转世灵童。走出小院的他从此离家乡越来越远，开始了不平凡的人生。而其故居后来也成为无数旅游者敬仰和佛教徒朝拜之地。

远离省城和县城的麻日村气候宜人。一年里的多数日子草木葱茏，一条小河从村边蜿蜒流过伸向远方。十世班禅的祖先来自西藏萨迦，元代初年迁至循化。明代开始成为世袭百户，清末升为千户。所以在整个文都乡，这栋风格独特的院落非常醒目。

十世班禅故居建筑面积 2000 余平方米，内外两院呈"品"字形分布。和多数藏族千户的院落相似，十世班禅故居同样具备宗教祭祀和日常起居的全部结构。外院为停车场、杂物房、仓库等，内院的主体建筑是两层藏式楼房，有经堂、会客室和大师卧室，雕梁画栋，古朴庄重。北侧小院是家人居住的老宅，老宅的厨房不同寻常，一根红色圆柱上挂满的哈达，在光线迷离的小屋里熠熠生辉，照耀着当年降生班禅大师的老火炕。

十世班禅故居是典型的藏式建筑，虽然在结构上吸纳了汉族四合院形式，但其外部装饰彩绘，无不飘溢着藏民族宗教文化的意蕴，壮观华丽，气势非凡。作为一种特殊的民居建筑形式，"它不但反映了过去的历史文化，而且丰富和发展了藏族的建筑文化，表现了藏族建造民居的高超工艺，记录了藏族先民的建筑智慧"。和汉式建筑相比，它鲜明的色彩对比令人领略到一种动人心魄的美。

2010 年，循化县政府还投资 160 万元建成了一个占地 2500 多平方米的班禅大师故居广场。透过空旷的广场，远远就能望见守护着故居的参天古树，在青藏高原湛蓝的天空衬托下神秘超凡，宁静安详。

四、古文物：闪烁在岁月深处的幽光

时间的证词：新旧石器

1982 年夏天，一支由中外专家联合组成的盐湖与风成沉积科考队，在柴达木茫茫无际的戈壁滩上发现了旧石器遗址。在被放大了的青海省地图上，可以找到遗址的准确坐标，这里是——青海省海西州大柴旦镇东南小柴旦盆地内的小柴达木湖。在此之前的几十年里，一些零散的石器也曾在荒芜的大地上破土而出，考古人员却无法对这些裸露在风中的器物划定准确的年代。

遗址的发现清晰地显示了时间的线索。在经过科学考察和发掘后，考古人员采集到了人工石制品 700 余件。从它们的形状和大小，人们能够对石器的用途一目了然。其中有用来打制石核、加工石片的石锤，刮净兽皮的刮削器，加工骨锥、骨针和鱼叉的雕刻器，在兽皮和骨针上钻孔的石钻，还有用来砍伐树木和肢解动物的砍砸器等。花样繁多，制作工艺令人惊讶。

从遗址的原生地层测定，这里可能是一个距今 3 万年左右的古人类石器制造场，是青海省境内目前发现最早的旧石器时代晚期遗址。面对这些朴拙的石器，似乎触摸到了一点人类先祖生活脉搏的微弱跳动，而难以想象的是，青藏高原的山水和地貌在数万年间经历了怎样的动荡与漂移。

拉乙亥遗址的发现为远古人类在青藏高原活动再一次提供了证词。这些在青海省贵南县拉乙亥乡出土的石器，又添加了新的品种。比如砥石、研磨器和磨色板等，制造工艺的进步和细化表明人类正在向新石器时代迈进。拉乙亥遗址的很多细节也同时表明人类进化的脚步并不同步，地域的差异拉大了他们的距离，当中原地区已迈入新石器时代，遥远的青藏高原仍停滞在旧石器时代。

东方神韵：织锦

一位西方作家在自己的著作里曾这样描述：中国人制造的珍贵的彩色丝绸，它的美丽像野地里盛开的花朵，它的纤细可以和蛛丝网比美。落入这位叫奥利略亚尼的罗马人目光里的是唐代丝绸。

其实，自从嫘祖收获第一缕蚕丝，自从甲骨文上出现"桑""蚕""丝""帛"的字迹，人世间一件动人心魄的物品便飘然而至。它流光溢彩，轻柔华丽，像黄金一般昂贵，改变了人类生活的品质。这个中华民族的瑰宝的生产技术早在 3000 多年前的殷商时代就已初露端倪，当时还发明了"斜纹显花法"。延续到汉代更加日臻成熟，开始远销中亚、西亚、欧洲，并在异域人民一片惊呼和赞叹声中诞生了"丝国"的美誉。同时，一条横贯亚洲大陆贩运丝绸的商道也从此被称作"丝绸之路"。

地处青海柴达木盆地的都兰，好像一个武士，曾威风凛凛地站立在古丝绸之路的关键部位。这个重要的位置之所以占据漫长的岁月，完全由历史决定。都兰地广人稀，远古时期只有羌人在此繁衍生息，公元1世纪末，北方匈奴统治出现分裂，鲜卑乘势南下。公元3世纪末，慕容鲜卑的吐谷浑率部众向西远迁，最终在都兰定居下来，建立了举世闻名的吐谷浑王国。

翻开中国历史的册典，我们无法找到一个永不衰微的政权。强大的吐谷浑王国好似一匹勇猛无敌的骏马，在青海湖畔美丽的草原上驰骋了300余年后，行将就木，气息奄奄，倒在了吐蕃的铁蹄之下。此时，长安城里，大唐的旗帜已经随风舞动，华贵的丝绸闻名天下。丝绸之路的兴旺拉动了都兰的繁荣，大批的丝绸向这里汇集。其结果是，时光之箭飞行了1000余年后的今天，我们从都兰古墓出土的唐代织锦残片，依然能够触摸到那曾经的光华。

和朝代相符，盛唐时，织锦也达到了巅峰。不但技艺突飞猛进，图案也焕然一新。大诗人白居易曾赋诗赞道："天上取样人间织。"唐锦摒弃了汉代简约明朗的风格，开始崇尚繁复华丽。喜欢花鸟题材，讲究布局对称，这种韵味别致的团窠或连窠纹样，被后人称作"唐花"。

令人惊奇的是，都兰古墓好似一个唐代织锦博物馆，从这里出土的丝绸几乎囊括了目前所能搜集到的唐代丝绸的所有品种。

数量多达 350 余片，其中有 112 种为中原汉地制造，包括锦、绫、罗、绢、纱以及代表唐朝纺织技术最高水平的缂丝。一些品种当属国内最早实例，为研究唐代丝绸提供了珍贵的实物标本。另外 18 种为中亚、西亚制造，以一种非本土的含绶鸟的数量最多。这些丝绸不仅图案上流淌着异域的情调，织法上也吸纳了中原的精粹，新创了波斯和中亚粟特的艺术特点。它们鲜亮的色彩和新颖的技法同样受到地处高寒、阳光炽烈的古都兰人的喜爱。

还有一件印有神秘文字的丝绸，出土后立刻聚焦了世界的目光。经过德国哥廷根大学中亚文学专家马坎基教授的研究和鉴定，确认这是来自波斯的丝绸。上面的文字属于波斯萨珊王朝所使用的婆罗钵文字，其含义是伟大的光荣的王中之王。这是迄今世界上发现的唯一一件被实据证明产自于古波斯的丝绸。同时，我国首次发现的太阳神织锦，也出土于都兰古墓。

最让人感到遗憾的是，有种十分罕见的唐代丝绸衣物，同样出自都兰,保存得非常完整。色泽绚丽,图案清晰,内容有连珠纹饰、含绶鸟、花纹和狩猎场景，却收藏在美国大都会艺术博物馆和克里富兰艺术博物馆。没有人知道它们曾深藏于哪个墓穴，也没有人知道它们如何溜出了国境。

时光穿梭，在千余年的悠长岁月里，都兰古墓经过了盗墓者一次次疯狂的洗劫。但这些从时光深处走出的残片，依然能够向我们展示出它们的生命轨迹。色彩斑斓、飘逸华贵的丝绸从中原大地的摇篮出世，一点点地向西迈进，无论它们的终点是中亚、西亚还是罗马，都明证了都兰曾是青海丝绸之路要道上的一个重要驿站，曾有过歌舞升平的繁华。

传播文化的符号：古佛像和金银器皿

在中国古典名著《西游记》里，我们领略到了唐僧万里迢迢去天竺取经的艰难险阻。1900 年前的东汉时期，佛教第一次从印度传入中国，同样跋山涉水，经过了漫长的路途，落户到了京城洛阳。从此，那匹驮经的白马就永远站立在了存放经卷的寺院前，寺院因此取名"白马寺"，成为中国佛教的"祖庭"。后来，叫白马寺的佛寺逐渐遍及各地。

在青海互助县红崖子沟湟水河北岸，也有一个叫白马寺的佛教寺院。它背倚红褐色的山崖，面临日夜流淌的湟水河，古称金刚崖寺，藏语叫玛藏寺。白马寺西侧，立有一尊石雕佛像，古朴浑厚，线条粗犷，安详地注视着脚下川流不息的湟水河。有资料描述：该佛像雕于事先凿好的方形石龛中，整体形象浑圆丰满。头部经后期灰泥修饰，原来的鬓发形状不明，现为螺髻，颈形方圆，隆鼻、大眼、宽长耳、耳垂至肩，颈部较短，两肩平齐挺拔，颈部以下保持了原有的风貌。右肩披有袈裟，上有四道衣褶，手臂较为巨大，右手置于胸前施无畏印，左手置于腰际。从手形看，原手中应握有一宝珠，现内托一小钵。据观察，该钵应为后期所置。佛像端坐于靠背椅式的座上，其腿部以下均风化残损。石佛背后，石龛的内壁上，彩绘出背光和项光。从石佛采用莲花跏趺坐的腿姿判断，很可能是弥勒佛。

对后人来说，要搞清石佛的年代似乎有些困难，有专家从造像的题材、风格、技法等方面分析，断定这尊石佛具有中国佛像早期造像的特点，大致的时间是北魏。这正值佛教东传的初期，一些怀揣宗教理想的高僧，翻越千山万水，穿过浩瀚大漠，沿途开窟造寺，译经传教。而安坐在白马寺里的石佛，向前伸出的手指，悠然地拨开千年时光，最终成为佛教进入湟水谷地的一个鲜明印迹。

20世纪80年代初，青海考古研究所在青海海西都兰热水乡、夏日哈乡发掘了一批唐代吐蕃墓葬。在大量陪葬的日用品中，一些重见天日的金银器皿碎片在黑暗中熠熠闪光。它们几乎已经失去了完整的器型，但零散的动物纹样和花形，依然显示出了自身的时代风格。

包铁立凤与底座银条可以算作其中的典型。从复原的图形可以看出，它是用来装饰某种器物的饰条。出土时底座银条完整，从其位置判断，原器应有6只立凤，现存5只，另一只不知所踪。直立的凤凰形象昂首翘尾，姿态生动。身体的多个部位均镶有宝石并刻有忍冬花形。而凤凰立足的条形底座饰片为镀金银质，表面镂空，刻出环形的忍冬唐草纹饰。这些纹样，都带有浓郁的中亚地区粟特银器的特征。这是因为公元7世纪至9世纪，居住在丝绸之路要隘的粟特人始终承担着文化传播使者的身份，与青海都兰保持着密切往来。同时，青海互助县出土的带有莲花图案的银盘，是古代佛教图像在青海的首次发现，为古代佛教在湟水流域的传播也提供了具有珍贵价值的研究资料。

唐朝是中国金银器发展的繁荣鼎盛阶段，不仅数量成倍增长，品种也丰富多彩。丝绸之路的兴盛使唐代金银器充分汲取了外域文化的精粹，又融合了本民族文化的元素，其器型与纹饰的别具风格令人耳目一新，从而与秦汉漆器、明代家具一起在中国工艺史上声名远扬，独领风骚。

江河的灵魂：彩陶

江河奔流，伟大的江河在孕育一个民族文明的同时，也不断创造着人类史上的奇迹。黄河重要的支脉湟水河，流经青海的大片土地，湟水河的两岸，是芬芳的草原、如歌的田野，还有热情的村庄。1974 年一个阳光明媚的春日，地处湟水河中游的柳湾村，农民们

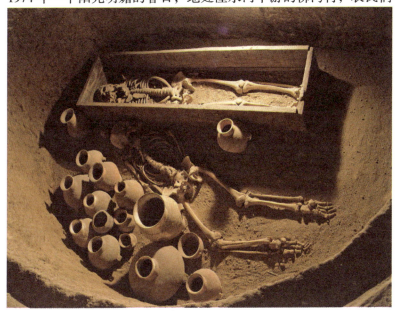

柳湾彩陶　葛建中 摄

平整土地时，无意间用铁锨叩开了一个令整个考古界为之震惊的神秘世界。一批涂有各种纹饰的陶器浮出大地，在陪伴了墓地主人近5000年的漫长岁月后，重新见到了明灿灿的太阳。

经过专家考证，柳湾墓群是迄今我国发现和发掘规模最大的一处氏族公共墓地。在此后

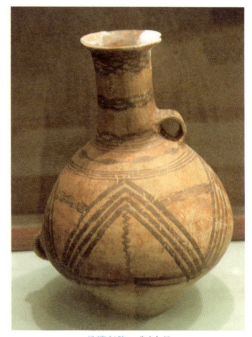

柳湾彩陶　葛建中 摄

的岁月里，考古人员对其中1700余座墓葬进行了发掘，出土了各类生产工具、生活用具、装饰品等3万余件，仅彩陶就达到了1500余件。依偎着奔流不息的湟水河，5000多年前，河湟谷地的先祖在此春种秋收，安居乐业。湟水岸边纯净的细泥为制作陶器提供了优质的材料。一个个凝聚了丰富生活经验的器皿在他们灵巧的手指间渐渐成形，然后，再把氏族共同崇尚的图案纹样描画和烧制在器皿上，就变成了千姿百态的彩陶。彩陶出世的时代被称为新石器时代，而新石器时代文化最精彩的一笔当属马家窑文化。

马家窑类型彩陶底色多为橙黄，陶体在彩绘前经过精心打磨，

喜用浓亮如漆的黑彩。纹饰或繁缛细腻、富丽堂皇，或柔美流畅、单纯明快。结构严谨均衡，动感强烈。在中国传统艺术中，彩陶是最早将图案与器物造型完美结合的原始艺术品。

由马家窑类型衍生出的半山类型拥有独立风格。彩陶造型饱满凝重，壶、瓮腹部近似球形，无论俯视或平视，完整和美丽的花纹都能尽收眼中。彩绘大多以红色线纹与黑色锯齿纹间隔并用，呈现出绚烂华丽的色调。

马厂类型也以更多的变化和创新自成一体。尽管留有半山彩陶花纹精致、色彩富丽的余韵，却逐渐摆脱繁缛柔和，走向疏朗简约，用笔刚健洒脱，表现方法更加多样，充满想象。

青海彩陶将彩陶艺术推向了巅峰，不但显示了远古陶工们在长期的艺术实践中久经锤炼的高超技艺和卓越才能，几件稀世珍宝的相继面世，更使青海彩陶名扬天下。1973年大通县上孙家寨出土的舞蹈纹彩陶盆，让我们第一次欣赏到5000年前远古先民踏歌而舞的欢快场景。

这件收藏在国家博物馆的泥质红陶，做工精美。内壁绘有三组集体舞蹈图，每组有舞蹈者五人，手拉着手，踏歌而舞，面向一致。他们头上发辫状的饰物与身下飘动的饰物，分别向左右两边飘起，增添了舞蹈强烈的动感。舞蹈者的形象以单色平涂的手法绘成，造型简练明快，三组舞者绕盆沿形成圆圈，下有四道平行带纹，代表地面。盆中盛水时，舞者身姿映于水上，恍若在湖边牵手舞蹈，气韵飘逸，令人心旷神怡。

无独有偶，1995 年青海同德县黄河北岸的宗日遗址，也出土了一件类似的舞蹈人物纹彩陶盆，盆内壁上部绘有两组手拉手的舞蹈人物纹，每组 13 人，舞蹈阵容更加庞大。宗日遗址出土的劳动纹彩陶盘，绘有 4 组双人抬物场面，人物弯腰弓背，将抬重物的情景表现得淋漓尽致。宗日遗址的发掘，丰富了青海史前文化的内容。此外，青海彩陶中的裸体人像壶、人头像彩陶壶、"万"字纹长颈壶等，也都是彩陶艺术中的珍品。

不计其数的彩陶像河流一样汇集在了湟水两岸，带着远古阳光的味道和泥土的芳香，带着远古先民的智慧和神秘的符号，在穿越了 5000 年的时空之后，向我们迤逦走来。在柳湾彩陶博物馆，近 2 万件彩陶备受呵护，它们以其造型之多样、制作之精美、数量之众多而使这个我国最大的专题性彩陶博物馆成为"彩陶的王国"。青海彩陶以其健康纯朴的风格、浓郁深厚的生活气息、精湛洗练的手法，真实地反映了新石器时代和青铜时代彩陶艺术的鼎盛辉煌，折射出了河湟谷地先祖生活的愿望和审美情趣。正像一位热爱中国彩陶的诗人所讴歌的：五千年后，有舞者端坐于你身边，静默而无声。

奔腾的湟水河流淌了 349 公里之后，在甘肃兰州西郊一个叫达家川的地方回到了黄河母亲的怀抱。江河滔滔，逝者如斯。纵观人类的发展史，我们发现，所有的文明都起源于江河。无论江河会不会萧条，最终，人类的文明都应该照亮江河，并延续江河的生命与自由。

雪域艺葩

一 王 道 一

"长天如画，大净如空"，三江源地区历来被视作苦寒之地。但高峻的海拔促信仰更坚，稀薄的空气令意念纯净。这里的每一片树叶、每一块石头都犹如神沐，时时散发着宗教的辉彩。这里的人们很多信教，个个虔敬，时时修为。如此浓郁的宗教氛围必然催生宗教艺术，璀璨耀丽的艺术精品层出不穷，像河流一样从远古流向未来……

　　今天，当我掀开青海宗教艺术的鸿篇巨制时，身心立马被其中泓含奥义、雄野宽博、古韵飞瀑、艺术流盈的远古气息和浓厚的民族气息所感染，让精神和灵魂迈不动步子，经历一次长时间的沐浴。而在沐浴中你会惊奇地发现，覆盖在高原文化躯体上的唐卡、壁画、雕塑、堆绣以及民族歌舞等等所形成的神秘的宗教文化，则是整个高原文化的"绿色植被"！

一、挂在墙上、流在心里的雪域艺术瑰宝

如果把宗教艺术比作一棵参天大树，那么神秘的唐卡则是这棵大树开出的最耀眼的花朵，它熔宗教艺术的神圣肃穆、民间艺术的纯朴自然与地方特色为一炉，开放在青海高原，向世界尽情展示着独特的文化气质和内涵。

在青海，唐卡遍布各个寺院，热贡的唐卡最具代表性。全国每出产三幅唐卡，就有两幅来自热贡。

挤进历史，聆听唐卡成长的足音

唐卡即藏式卷轴画，是一种便于悬挂、易于收藏的画种，它是吸纳辐射藏文化之精华、美得让人睁不开眼的"高原艺术奇葩"。

作为藏族传统的绘画艺术，它在长期的发展过程中，已经形成了规范统一的绘画形式，统一的尺度、规范的人物造型、山水花鸟的处理、画面空间的布局、色彩线条的选择运用等都已经达

到了程式化的标准，不可随意改变。虽然如此，各地还是出现了不同的画风、技法乃至流派，而且各自保持着久以形成的艺术优势和风格特色。其中，以热贡艺术中的唐卡为其艺术顶峰。

唐卡画在三江之源的玉树流传广、年代久远，形成了"噶玛噶智"和"藏娘唐卡"两

唐卡艺人　葛建中 摄

大颇具影响的画派。其中，藏娘唐卡初创于公元 10 世纪中叶，是印度佛学大师班钦·弥底嘉纳在玉树藏娘等地弘法时传技授艺的文化成果。

藏娘唐卡度量规范严格，敷彩浓艳华丽，底色深厚凝重，行笔雄劲有力，线条稳健含蓄，构图严谨，取景庄严，身像丰盈，布局严密，画面饱满，饰物丰华，供品丰盛，天地山水缺一不可，花草鸟兽一应俱全，凸现出浓墨重彩构就的繁华缤纷、富丽堂皇、格调庄重、风格艳丽的画风。相传，藏娘唐卡是"热贡唐卡"的源头。如今两者的画风也可以说如出一辙，很难区分。

　　山同宗，水同源。在黄河支流的隆务河两岸，坐落着吾屯、年都乎、尕赛日、郭麻日、脱加等五个自然村，这里聚居着大批从事美术活动的僧俗，他们世代相传，以绘画、雕塑为业修身展艺、布道天下。

　　关于热贡艺术的起源，有很多说法，一说是佛派，二说是神授，三说是梦授。流传于民间的传说最为动人：热贡艺术的鼻祖布箫·尕儿玛秉承天命投胎凡间传播丹青技艺，他深为热贡地区人们宗教信仰之坚所打动，在一个吉祥的日子示以众人圣画。热贡人拜谢并跟着模仿。于是，尕儿玛画在衣袍上的画就成了唐卡，嵌在石头、树木上的就成了雕刻，绘在峭壁上的就成了壁画。最后以肉身化作红泥山，供人们取土塑像。这个传说反映了隆务河流域的宗教信仰，艺人们祖祖辈辈为藏传佛教艺术献身献心的精神，也为热贡艺术的发展道路之曲折作了最好的注解。

　　据吾屯下寺的记载，热贡艺术发源时间远早于元代。唐宋至元末（公元 10 世纪初至 14 世纪中叶）是唐卡形成期。随着后弘期的兴起，安多地区大兴寺院，唐卡艺人有了施展才艺的机会，促进了热贡艺术的发展。公元 10 世纪至 11 世纪，受灭佛运动的波及，西藏的绘画艺术处于消匿阶段，而吾屯一带的艺术恰巧趁此之机走向新兴。唐卡吸收尼泊尔、西藏和汉画的营养，开始形成独立的画种。但这个时期留下的作品极少，从仅存的少量作品来看，早期的作品手法粗放古朴、色彩单纯，绘画带有较典型的印度、尼泊尔风格。其笔调雄迈，人物、山水、花鸟、草虫生动传神，画面给人以雄浑、博大之感。如吾屯上寺至今保留着的唐宋时期的唐卡《阿弥陀佛》就朴实无华，是注重人物刻画的古雅之作。

经过不断地吸纳改进，明清之际，唐卡已发展成熟，形成了自己光彩夺目的独特风格。至公元17世纪中叶，热贡的匠师们技艺日趋精妙，线条简练流畅，刚劲有力，采用工笔重彩，庄重沉稳，着色清新浓郁，均匀协调。所画人物形神兼备，画风趋向华丽、精细，同时开始注重画面的装饰效果，成为热贡艺术承前启后的辉煌鼎盛时期。

这个时期的唐卡内容已开始突破宗教艺术框架，从佛事、佛像到天文地理、民俗民情都有所表现，真实地反映了当时藏族社会的生活。代表作品如《无量光佛》《释迦牟尼十二行传》《女护法神》等。在构图方面也打破了以往主画、副画的大方块，周围小方块的结构，摆脱了连环画式的表现手段，而是讲究在画面整体和局部的统一中求变化，多样而协调。用金技巧高超而广泛也是这一时期的又一特色。

19世纪以后为唐卡艺术的近期。清雍乾时期，奉行藏传佛教，把喇嘛教定为国教，到处修建、扩建寺庙，为热贡艺术的发展创造了良好的政治基础和充足的经济条件。随着喇嘛教地位的提高，热贡艺术的风格也起了变化，追求华丽、庄严，以绚丽体现自身的权贵，削弱了前期的清雅之风、苦行之规。为了适应这种政治地位的变化，唐卡艺人们不断吸取内地宫廷艺术之精华，唐卡绘画向色彩浓艳、灿烂耀目、装饰精美的极端迈进，大有争奇斗艳之势。这一时期的作品和艺人之多都是空前的。

这个时期的作品色彩鲜艳，笔法细腻，特别追求装饰趣味，同时大量用金，使画面呈现出金碧辉煌的效果和热烈的气氛。近期的代表人物有更藏、尖木措、夏吾才让，他们的作品构图疏密有致，人物造型严谨又不显刻板，色彩鲜丽和谐，富于装饰性，画面既有一种统一感，又显得生动活泼，极具艺术效果，特色鲜明。

20 世纪 60 年代，"文化大革命"开始，坐落在青海大地一角的热贡艺术也同样难以幸免。然而，许多痴心不改的艺人，他们用大地做布，用树枝做笔，向年逾古稀的老艺人继续讨教，因而使唐卡艺术在曲折的岁月里奋然前行。

历史最终会把一切纳入正轨。党的十一届三中全会后，还寺院以本来面目，唐卡艺术也迎来了灿烂的春天。老艺人的血液里重新注入丹青，纷纷重操画笔，把唐卡艺术推向高潮；唐卡及各类宗教艺术，成了信教群众的渴求和急需，并在寺院的重建或修葺中大放异彩。短短几十年，唐卡终于焕发青春，以更加美丽的姿态怒放在青海高原。

在短短三十年的灿烂春光里，数以万计的唐卡从艺人的指尖诞生，并且走向国内，走向世界。在老艺人的带动下，年轻的艺人如雨后春笋般在热贡大地上迅速成长，涌现出了一大批中青年画师，他们青出于蓝，潜心创作，硕果累累，撑起了现代唐卡的一片蓝天，作品构图大方、庄重华美、古今结合精妙，将唐卡艺术从整体上推进了一大步，唐卡的光华正由此照耀到更为广阔的天地。

飘落在画布上的魂

当你盯着一幅精美的唐卡看得如痴如醉的时候，最初的感觉是高深莫测，但看得越多，就会感到画布上的精美图案是漫天飞舞的智慧凝聚而成的，其中包罗了藏民族对神灵的亲近、对大自然的敬畏、对生命本身的追问、对未来幸福生活的追求……

因而，每一幅唐卡，都是飘落在画布上的魂。

唐卡题材极为广泛，常见的有释迦牟尼、无量寿、菩萨、文殊、观音、白度母、罗汉、护法神以及各时期有名的高僧等。按使用的颜料和背景分为彩唐、金唐、银唐、红唐、黑唐、珍珠唐。

在绘画技巧上，它相似于汉族的工笔重彩，一般采用单线平涂略加烘染和色块填勾的手法，构图都采用散点透视的手法。画面上的神佛、山水花草、楼台亭阁、各种鸟兽等都绘制得细致生动而又色彩艳丽，特别是一些被夸张变形的密宗造像，性格鲜明，形态各异，对不同身份的神给予不同身份的性格，有的静坐，有的狂舞，有的微笑，有的愤怒，有的和善慈祥，有的青面獠牙，真是千变万化，姿态各异，各尽其妙。

唐卡描绘人物形象笔精而有神，栩栩如生；写走兽花鸟，则精于勾勒，注意设色，姿态生动，配以奇石山景，峰峦叠嶂，气势雄伟；绘宫殿楼阁，格调稳重，布置壮丽。在取景布局上视野广阔，不受时间、空间的局限，把同一主题而发生在不同时间、不同地点的事物组合在一起，使一幅作品犹如一本连环画，使画面有咫尺千里之感，具有较强的感染力。热贡唐卡这种独到之处的技巧，使其在同类艺术中别具一格。

在唐卡的世界里驻足，藏族绘画的艺术之王让我们大开眼界、大饱眼福；在唐卡的艺术世界里穿行，各个时期的唐卡代表作，在历史的烟波中溯流而上，使我们的心灵得到净化。

艺术之乡吾屯，可谓"人人能作画，户户皆丹青"。推开距离吾屯下寺一箭之遥的卓玛本画师家的院门，和河湟地区任何一个农家无异，平顶的民居，原木的门窗，犁地的农具放在院角，拴在门口的狗看见有生人造访，自是狂吠不停。卓玛本挡狗引我们来到内院。亮堂堂的三间北房在果树的掩映下透着安静祥和，几个年轻人在房廊里一字排开，专心地在各自面前的布幔上描画着。

10岁习画、19岁出徒的卓玛本已经画了20多年唐卡了，应我们的要求，他从耳房里拿出几幅唐卡向我们介绍起要求十分严格的唐卡制作工序。

首先是制作画幔，把几块尺寸相同的白棉布缝合在一起，不但要平展，而且要缝得天衣无缝，用绳子紧绷到画框上。第二步是涂浆打磨。一般是把自制的牛皮胶水刷在画布上，再涂抹调制的石膏粉糊，待阴干后，喷一层水汽。他向我们指着廊檐下正在打磨的一个徒弟说，画唐卡的布幔要用光滑的石头上百遍地打磨，直到不见原有的布纹，胶浆和棉线经纬完全糅合为一体；还要用倒扣的瓷碗反复刮磨，直至布面绵软、光洁。打磨时力气要均匀，力气太大，画布会磨破；力气太小，则不能达到绘画的标准。所以，这两道工序对一个初学者来说，需要四五年时间才能达标。

接下来，用自制规矩进行校正，使画布方正无误，四边松紧均匀。之后，就可以勾草图了。唐卡是用木炭条起稿，勾图像轮廓，包括画骨架，画衣服、装饰、宝冠、山水、行云、花草、鸟兽、房屋、宫殿等背景，定稿后画墨线，擦去多余的线条。

上色是绘制唐卡的关键技术，用调配好的矿物颜料染云雾、主佛像头和背光、人物衣服、环境景物、人体肉色，最后上金。唐卡是细腻的工笔画，勾线十分重要，背光线条、衣服褶皱、面部和肢体轮廓、花草形状、山水行云等等都需要变化多端的勾线来完成，画师的技巧，往往以勾线水平来衡量。卓玛本指着正在作画的徒弟一一讲给我们制作的工序。其中，一个勾线的小伙子极为认真，用一支很细的笔在绘制画中人物的衣服褶皱，一板一眼，一笔一画。虽然画唐卡有规定的严格程式不得僭越，但祖祖辈辈的画匠用手中的画笔表达着心中的愿景。他们与佛进行着无声的对话，心灵因此收获着满足，在这方大地上普遍而神秘的绘塑技艺，负载着人们的寄托，他们在心里描画出一个神圣的境界。

在院子里，我们看到有几幅唐卡基本完工了，但是佛像还没有画出眉眼。问及原因，卓玛本说，开眉眼是他来做的，绘制唐卡中最为重要的就是开眉眼，也是最后的一道工序。一幅唐卡的成败，就取决于眉眼开得是否成功，这被视作艺人们一脉单传的看家绝技。

最后是缝裱，在绘好的唐卡四周缝裱丝绢，一般下幅（地边）高度约为画芯的二分之一；上幅（天边）高度为画芯的三分之一到四分之一；左右两边宽度占画面宽度的六分之一到七分之一。然后在背面衬棉布，正面盖透明丝绸遮幔，底边套一根圆木棒，两端为木质或银铜轴头，一幅完整的唐卡就算竣工了。

正说着话，一个小喇嘛走了进来，是卓玛本的小儿子，在寺院学习绘画。小家伙一袭猩红的僧服，羞涩地一笑就隐入房里，这里村村有寺院，家家有佛堂。寺院与村落一体，阿卡与村民一家，难怪民风如此淳朴，艺术氛围如此之浓。

从生命之泉中溢出的乳液

艺术是至高无上的，同时又是艰苦卓绝的。在时间幽暗的隧道里，一天天，一年年，艺术家们将生命安放在艺术中一点一点地切割……

弹指一挥间，唐卡在搀扶着时间赶路的同时，也从实践中积累了丰富的经验，其理论著作也在公元 15 世纪后期陆续出现，其中曼喇东主嘉措的《佛像标准如意宝》，堪称划时代的绘画论述。曼喇东主嘉措是公元 15 世纪初叶出生在山南曼唐地区的天才，不但创立了曼唐画派，而且挥臂用力一推，使唐卡艺术又"隆隆"地碾过了数年……

斗转星移，沧桑浮沉。在浩繁的唐卡艺术作品中，精美之作举不胜举。其中扎西加的《释迦牟尼十二行传》（85cm×55cm），在一幅如此小的画面上竟然绘出了释迦牟尼从诞生到涅槃新生的全过程。其中佛祖放牧的幼年，完全是一位普通藏家牧童形象，颇富田园情调。画面布局合理，穿插巧妙，每一幅画既是独立的场面，又是整体不可分割的部分。而且每一组人物、景致都十分传神，惟妙惟肖；《女护法神》在主题上很有创意。护法神一般都是凶猛男性，而这幅唐卡立意新颖脱俗，以不少寺院都不允许妇女进入经堂、佛殿为创作前题，赋予女护法神比男护法神更大的力量，强烈展现了人性的解放，委婉地唱出一曲妇女解放的颂歌，其艺术独创性至今有着强烈的艺术感染力；再如《宗喀巴》，画面上几个飞天女子一改以往突出仙女的主题，不像敦煌壁画的飞天女神那么灵动和飘逸，展现的是藏家姑娘劳动中的辛苦与欢欣，这让观者联想到宗喀巴的母亲是一位勤劳、朴实、善良的劳动妇女，并没有神佛色彩，极其耐人寻味，让人想到劳动不仅创造了人，而且还创造了神的唯物主题；还有博拉金巴绘制的《吉祥天母》（亦称骡子天王，69cm×51cm）是一幅黑色唐卡，用金线在黑底上勾描，只在人物、动物的五官着少许一点儿红色、白色。作品中骑骡护法神的形象和动态勾画得异常威猛、生动；周围一圈神祇的变体像分别骑着骡、驼、牛、鹿，笔势十分精彩……纵观这些作品，集信仰、艺术造诣、追求、感情投入、灵魂升华于一体，以物象表现空灵，用有限讲述无限；集藏、汉、土族等多民族智慧之大成；融神气、佛光、人性于一炉，让所有欣赏作品的人对未来的世界充满了至纯至美的想象。

在青海宗教艺术界，生于1922年、卒于2003年的夏吾才让，与更藏、久美、尖措并称为"当代热贡艺术四大名师"，他们的名字因其作品的精绝被罩上七彩光环。他们的杰作《四大天王》，至今陈列在热贡艺术馆内，被视为国宝。夏吾才让8岁学艺，18岁在塔尔寺作画，后被张大千所赏识，便聘他到敦煌临摹壁画，学到了中国古画精髓，从张大千大师那里学到了画风和骨力。他一生绘制唐卡800多幅，培养弟子20余人，曾先后率领艺徒到甘肃、内蒙古、四川、西藏等地以及印度等国为一些寺院作画，作品被珍藏。夏吾才让的唐卡构图完美，画工精细，线条传神，色调明快，人物造型生动准确，神态逼真，用色、涂胶技巧相当高明。代表作之一《释迦牟尼涅槃》，是集各家所长的完美之作。《无量光佛》也是他得意的丹青，1988年参加国际民间艺术作品博览会荣获金奖。文化部授予他"艺术大师"荣誉称号。他是将生命的全部血本放在唐卡艺术的长河中搏击了一生的人，有人说：他用生命铺垫了唐卡的未来，因而他被誉为"永生的艺术家"。

值得一提的是，藏族的《四部医典》起源于公元7世纪，是全世界第一部以绘画形式表达的一部医书。保存于热贡艺术馆的唐卡《四部医典挂图》全套共有80幅，是20世纪40年代热贡地区著名画师创作的。《挂图》反映了千余年前藏医药学形成的体系，通过艺术手法对人体骨骼、脏腑、血脉进行了细致的描述，介绍生理学方面、医学基础理论、诊脉以及近百种医疗器械的运用方面的知识。《挂图》是藏医学理论的精作，通过艺术手法表现出来更是难，对研究中国文化艺术和藏医学具有非常重要的意义。一幅幅《四部医典挂图》表现出的不仅是藏医学的博大精深，也反映了热贡唐卡绘画技艺的登峰造极。我们在惊异于藏医学中有全世界最早的手术刀——子宫刀，惊讶于藏医学最早提出很多医学理论的时候，同样深深折服于用绘画所表现的形式。

唐卡，它来自人心，又指向人心。它挂在墙上，却流动在心里。

瞧，一幅幅唐卡，冲开艺术家心灵的堤坝，倾泻在画布上，最后再挂到墙壁上供人们用心灵阅读，这个过程是用了多少时间和心血铺垫而成的呵！哦，一幅幅唐卡，支撑着时间和岁月的重量，支撑着宗教历史的重量，踏过风雨，走过黎明，终于让今天欣赏它的人突然明白，什么是真正的不朽！

二、披在宗教历史身上的异彩

在青海高原，身心在散发着清香的宗教艺术里徜徉，就会愈来愈强烈地感到来自唐卡和壁画的艺术冲撞，由此就会得出这样的结论：如果说唐卡是王子，那么壁画就是披在王子身上的异彩。

壁画是专指绘于寺院建筑内外墙壁上的大型绘画作品。它生发至清初的漫长时期，都是直接绘在墙面上的，藏语称"代热"；清康乾之际，才逐渐把画布绷在木框上作画，最后镶到墙壁上，藏语称为"音唐"。寺院内外门廊、门侧、经堂、佛殿四壁上比比皆是。壁画所表现的内容主要是佛传故事、佛本生故事，菩萨、金刚、罗汉、历代佛教大师及其本传，以及藏传佛教发展史中的重大事件等。绘制手法属工笔重彩。先用木炭条勾出轮廓，再填色渲染，后以线勾勒，也用一些皴点技法，沥粉贴金，收到金碧辉煌的效果。壁画与唐卡进程相似，不同时期有许多变化和发展，但又有自身鲜明的特色，即绚烂的色彩、精细入微的刻画、浓烈的装饰风格，在藏传佛教艺术中独树一帜，在信奉藏传佛教的地区广为流传。

从岁月的隧道里一路奔涌而来

塔尔寺佛一般安卧在八瓣莲花山的怀抱里，目视着山里山外来来往往的人群。山坡上，单薄如纸的野花红、黄、蓝、白、紫相间，如同僧衣的色彩，也如无处不在的壁画的颜色，把寂寞站成美丽的微笑。塔尔寺不仅是藏传佛教名寺，更是艺术的圣殿。

这里有保存完好的大小壁画千余幅，精湛古朴，线条细腻明快，整体流畅舒展，形象生动而略有夸张的壁画让我们洞见绘画技艺之润熟，给人以一种美的享受和信仰的依托。

寺内壁画有三种制作类型：一种是布面画，将画在经过加工处理的白布上绘好，根据所放置的墙面大小做木框镶嵌在墙壁上，这种画称为间堂壁画。一种是壁面画。在经过处理的洁白墙面上，打某种底色，直接绘出各种题材的画面，然后上清漆，壁画即成。另一种是在墙面上嵌上木板，进行干燥刨光处理，用胶和石膏粉合成的白浆打底，再绘各式图案，洋溢着浓郁的印藏风情。壁画的内容大多取材于佛经故事及密乘经典，画面构思奇巧，色调和润，千姿百态，栩栩如生。在佛的世界中行走，就连壁画都绚丽得有些不真实。无论是在高大殿堂的墙壁上还是僧侣的佛堂前，这些壁画都以其独有的形式默默地向经过这里的人讲述着佛的故事。塔尔寺大小金瓦殿、大经堂、弥勒佛殿、文殊菩萨殿、祈寿殿等处皆布置有大幅精美绝伦的壁画。它既是形象化的崇拜对象，又与寺院的建筑水乳交融。

许是佛的威力，看过塔尔寺壁画的人都会反观自己的因果。壁画中浓厚的宗教意识像一根丝线，贯穿着每幅画的主题，反映着善恶宿命论观点。画的本身是寓言形式，很多是佛教经典的插图，从人物的表情里也可以看出其善恶、凶暴、欢乐、忧愁、愤怒、优美和丑恶的性格特点。再加上那些山水、花草、禽兽等多种形式的壁画和雕刻，烘托出一幅幅奇妙的"仙境"。真是大壁画、小教化，用佛界的故事启迪人们从善弃恶，感染人们追求身之平和、心之宁静。

塔尔寺壁画装饰性加宗教性，用色鲜艳大胆、对比强烈是其独到之处。基本色是红、黄、蓝，兼用绿、白多色，色彩丰富、艳丽。用冷、暖色表现人物的性格，冷、暖色交替使用，层次分明。姿态和善安详的用暖色调，性格凶狠狰狞的用冷色调，这就强烈地突出了主题，获得一种明艳醒目、富丽堂皇的效果，给观众极为深刻的印象，不愧为塔尔寺艺术的"一绝"。

塔尔寺壁画万态千姿，各呈风貌，长者可达数十米，经堂佛殿内随处可见，点缀其间，使殿宇辉煌壮观，富丽神奇。

讲经院里的壁画更是奇特，而且名扬海内外。正堂上悬挂的九幅画，中间一幅是身着大红镶金袈裟、头戴桃形尖顶黄帽端坐"宝位"的宗喀巴，他极目远眺，目光如炬，十分威严，仿佛告诫人们要多寻善事，最终才能获得幸福；左右八幅是密宗佛像，画面上的人有的三头六臂，有的多头多臂，意为神通广大，有九天揽月、五洋捉鳖之神功。外围还有许多身披袈裟虔诚诵经的佛像，个个稳坐莲花台，手捻佛珠串，身边祥云缭绕，龙凤呈祥，营造出一派神仙境界，让人冥冥中感到大千世界里有一只无形的巨手主宰着一切。

弥勒佛殿内所绘的十六尊者围绕佛陀释迦牟尼图、宗喀巴大师像、塔尔寺创建者仁钦宗哲像、塔尔寺第一任大法台俄赛嘉措像、吉祥天女像以及外墙上的人物及图案画，均是明代壁画。这些都是塔尔寺最早的壁画，塔尔寺早期壁画使用的颜料由矿物质和植物研磨而成，并配以金粉等贵重金属，用这些矿物颜料绘制的壁画经岁月洗礼和风雨侵蚀，依然历久弥新。

热贡壁画画功精致，造型生动传神，色彩鲜艳，装饰性很强。

隆务寺大经堂门边的壁画《四大天王》栩栩如生，仰望中似有飘然欲落之感。据介绍，作为隆务寺在"文革"期间唯一保存下来的建筑，这间占地3333平方米的经堂因为做了农机仓库而被保全，人们在《四大天王》的壁画上加层，写上革命标语才算是让这珍贵的壁画得以保存。

在门廊的墙壁上，有一幅壁画不似现时之风骨，仔细看来，画面中的人物高鼻宽额，似是印度人，他手牵白象走来，远处的白塔昭示出他就是传道的阿迪峡。整个壁画用色清新明丽，线条简约，应属早期的壁画作品。而另一侧的墙面上，缚虎的人头戴花翎脚穿高地靴，一副清朝官员的打扮，应是清代之作品。

　　只要是在母亲河的怀抱，任何一条水流都是平静而安乐的。瞿昙河静静地环抱着始建于公元 1392 年的瞿昙寺，因按北京故宫仿造，这座历史上曾是明王朝的皇家寺院被称为青藏高原上的"小故宫"。

　　"隋唐壁画看敦煌，明清壁画看瞿昙。"瞿昙寺的壁画因为正好弥补了敦煌壁画明清两代的空缺，所以备受业界的推崇。事实上，瞿昙寺的壁画使得我国西部壁画艺术有了一个完整的阶梯。

　　从寺内最高大壮丽的隆国殿两侧环绕中后院一周的"七十二间走水厅"因下面布设有排水暗道而得名，也是瞿昙寺壁画的走廊，欣赏明清壁画的殿堂。

　　壁画廊的巨幅彩色壁画，面积约 400 平方米，堪称瞿昙寺最为珍贵的艺术品。内容为释迦牟尼从出世到圆寂的佛传故事，诸如"善明菩萨在无忧树下降生""净饭王新城七宝衣履太子体""佛授记一千年后佛法东流华夏"等，虽历经 600 年光阴，色彩仍鲜艳夺目。画面景物中，日月星辰、亭台楼阁、云雾山水、树木花卉、人物禽兽、陈设用具、仪仗兵器、殿宇车舆，应有尽有。构思奇巧、层次分明，令人沉浸其中，久久驻足。

　　细腻优美、线条流畅、人物形象丰满的壁画为我们打开了一扇历史的窗，让我们得以窥见 600 年前的烟尘往事。

　　隆国殿内，出自明代佛传绘画高手之笔、高 5 米、宽 6.6 米的沥粉贴金壁画，绘制精美、色彩艳丽，堪称该寺艺术之最；一面墙壁就是一幅巨型壁画，壁画沥粉贴金，这样的精品壁画不知道用了多少两黄金，也不知道费尽了多少画师的心血，凝结了多少人的智慧。我们只知道岁月的沧桑没能掩盖其风华，它们依然色彩艳丽，以大美之态尽显光彩。

年代久远，壁画所附着的墙体承受不了历史的重量，出现了裂缝甚至歪斜，人们用粗大的木椽顶住墙体起到保护壁画的作用，而艺术的感染力没有损减：远山如黛，近处的地上小草依依，好似今春刚刚发出的嫩芽，那耕作的春牛似是刚从寺外的田地里赶来。画中人物安详恬静，极乐世界的安宁使我们这些凡夫俗子不由放轻了脚步，生怕惊动了墙上壁画中林间的小鸟，烦扰了附着于墙壁之上那些环佩叮咚、璎珞夺目的仙界神佛。

尽管墙体斑驳，可壁画颜色依旧艳丽，画面上的人物顾盼生辉，扬善者之善，恶恶者之恶，使人对祥和景明的佛界心生向往，对阴暗诡异的世界顿感惶恐。当时的画匠因为画幅巨大，必是爬高摸低，其艰辛可料。他们会不会想到 600 年后，甚至在更久远的以后，人们对着他们的作品咂舌赞叹，望尘莫及。这些技艺高超的明代工匠一笔一画描绘着岁月，也刻画下自己的人生。

历史的流云涌自天边，滚滚洪流淹没了多少东西？

人生永远追求幸福、美满，在理想与现实、爱与恨、生与死、有限与无限的矛盾对立中，通过宗教艺术介质沟通尘世与天国、人与神。没有信仰者的倚重、敬畏，神灵福佑的喜悦、神灵万能的敬畏只会变成自身渺小的悲悯。

壁画辉映新天地

在青海，各大佛教寺院既是壁画的诞生地，也是壁画精品的荟萃之地。

高悬在年都乎寺弥勒佛殿的《十六罗汉本传》震慑人的灵魂。壁画围绕佛堂左、中、右三面墙壁展现，约 200 平方米之巨，是热贡地区现存最大的明清特大型壁画。著名画家华旦以夸张、写实相结合的笔法，赋予各个罗汉鲜明的个性，笔笔传神。宾头罗波罗堕尊者寿眉下垂，和蔼可亲；阿秘特尊者则清癯聪慧，端庄持重……然而众多的个性都统一在"济度众生"这一主题思想之中。朝拜和拥戴众罗汉的数百僧众姿态各异，个个活灵活现，既动静如仪，又富有生活情趣。每个场面用青绿的山石、树木自然间隔，整体画面和谐、浑然。画底鲜黄与红色袈裟对比点缀，衬托出一派高贵典雅又热情洒脱的大美氛围。

1962 年，在吾屯下寺僧舍墙上发现的《草原风情画》，生动逼真，栩栩如生，图中有行商的驼队，一座座驼峰如排行的大雁，展翅飞向远方；商队的后面跟着一只藏狗，极力向着陌生的商人狂吠；路边的帐篷里走出主人，似乎要和商人进行交易；近旁的阁楼上，牧主衣着华贵，头人正在饮酒作乐，女奴提着奶壶迈上楼梯，要去侍奉主人；碧绿的草原上有破败的羊圈，两只饿狼欲跳进圈里叼羊……这真是一幅当时游牧民族在贵族的压迫下被逼无奈、艰难生存，并与大自然及野兽作斗争的风情画，撼人心魄。可惜历史已经忘记了作者的名字。

伴随着日出日落，一代又一代画家将心血洒在画布上，留下了不朽的杰作，也留下了令后辈敬仰的献身精神。如被视作清代名师香曲热赛转世的尕撒日画师桑杰太，虽然自幼双腿残疾，但他天资聪颖，无师自通，硬是凭着惊人的毅力自学成才，并成大家，他的笔法遒劲老辣，尤其善于刻画人物，步入画坛后，一直保持着清新自然的画风。他倾其一生耕耘壁画艺术，对他而言，每前进一步都是翻越高山峡谷；由于残疾，作画时，他只能将画布平摊在地上，围绕着来回爬行，绘制得何其艰辛悲壮！他给后人留下的不仅是一幅幅精品，更是他追求艺术的万里长征中的艰辛与坎坷。

天道酬勤。正是像这样忘我的追求和献身艺术的精神，使众多画师的壁画作品至今珍藏于各大寺院，有的还成为寺院的镇寺之宝。如华桑的《香巴拉出征图》、杜台的《马头明王》、桑杰本朗嘎的《南海观世音菩萨》、夏吾才让的《财神比沙门天》、佚名的《草原风情画》，一一保存在年都乎、尕撒日、吾屯上下寺里；近代著名画家尕藏、夏吾、卡先加三位大师的竞技之作《香巴拉国王桑旦》《四大天王》《十二护法神》，至今还挂在吾屯下寺小经堂的前廊，让观光者叹为观止；先巴大师为塔尔寺绘制的壁画《普贤菩萨》《绿度母》《八臂观音》，手法绝妙，内涵丰富，仿佛温暖的手臂轻轻抚摸人的灵魂。

将藏族历史压缩成千尺长卷的不朽

1999 年的盛夏，带着时间的体温，巨幅壁画《中国藏族文化艺术彩绘大观》从热贡昂首走出，并一下子轰动整个文化界，很快被收入《吉尼斯世界纪录大全》。这幅画卷长 618 米，宽 2.5 米，重达 1000 多公斤。

这部浩大的工程，在高级工艺美术师宗者拉杰的主持下，以热贡艺人为主体，聘请了四川、云南、西藏、甘肃四省区的能工巧匠共 334 人组成一支庞大的艺人队伍，从 1995 年开始，用去五年时间，紧握日月绘制而成。这是青藏川滇藏族百家心智的凝结，具有承前启后、划时代的意义。据说，宗者拉杰等人自 20 世纪 80 年代就开始深入广大藏族地区，寻根查源进行考察，数次跑遍整个青、川、藏高原，行程数万公里，搜集了许多珍贵资料。这部不朽之作竟用时达 15 年之久。

天哪，15 年，我无法计算这幅作品对艺术家心灵的损耗程度，但就其作品的表现而言，概括起来就是"用一分秒的时间将藏族历史压缩成知千尺长卷的不朽"，是藏族地域、山川、宗教、文化、艺术、科学、民俗、风情以及苯教、藏传佛教各派系融为一卷的百科全书。在世界艺术的高地上，《中国藏族文化艺术彩绘大观》，无疑有"一览众山小"之概！

三、倾听泥土和石头的陈述

有谁说过，一个没有文化的地区，犹如一具行将就木的躯壳；同样，一个有文化的地区，若没有雕塑做映衬，也同样显得苍白，如同长满羽毛的幼鸟。

在青海高原见到的不论是泥塑、油塑(酥油花)、石刻、木雕还是砖雕，都达到了传神的地步。在所有泥塑中，每一尊雕塑都朝我微笑，总感觉它们在为历史代言，向大地陈述。

泥土承载的使命

泥塑，就是泥土在艺人的刀刻下站立在大地上，和南来北往的人以沉默的姿态对话。

雕塑艺术与寺院的修建、宗教的发展同步，与绘画、唐卡相似，也经历了几个发展进程，才达到今天的繁华景象。泥塑艺术的成熟期约在公元 17 世纪中叶至 19 世纪初期，这个时期的塑像造型完美生动，神态刻画惟妙惟肖，服饰衣褶既简练流畅，又富于质感，既玲珑剔透又雅致大方，色彩对比强烈又鲜艳协调，使单色泥塑和彩塑统为一体。

热贡泥塑力求表现其广泛的内容。日月星辰、山川草木、鸟兽鱼虫，生趣盎然。奇谲多样、光怪陆离的护法神，青面金刚、马头红发的天神，有的骑狮坐象，舞枪弄棒，有的颈挂人头盖骨做的项链，狂怒舞蹈……神态各异，使人敬畏。

吾屯下寺的千手千眼观音高 13.5 米，通体着以金箔，高贵华美。金光四射的神祇菩萨，表情丰富，慈和温善，将幸福感融入各自内心，激起无限美好的情怀。无论从哪个角度看，好像都被笼罩在佛意的爱抚中。一尊佛像，几种表情，充分显示了高超的艺术造诣。

和它截然相反的是隆务寺创寺原址萨迦派的小寺里供奉的拇指大的泥佛，面部轮廓清晰，制作精细得连手指甲都清晰逼真，令人咋舌。

一大一小，都是热贡艺术家的极大成功。热贡的泥塑用料均取自当地塔山的红土，做出的作品光滑细腻，不会裂缝。当地民间流传："塔山的红土用不完，热贡的泥塑做不完。"有游客问这些佛像造价多少时，僧人只说一句话：这是个人的因果呀。是啊，尕儿玛肉身化作泥山供人们取土塑佛像的传说还在耳际回响，热贡艺人献身献心的精髓是其成功的精妙之处。寺庙是百姓希望的灯，凡是寺院有做功德之事，人们无不亲力而为，有力的出力，有艺的献艺。

只有给泥土以生命，才能让佛像显出神采。

在三江源的雪山上、圣湖畔、寺院里和小路边，人们常能看到一些用泥制的小佛像，这就是擦擦。绝大部分擦擦由信仰藏传佛教的民众自发制作，主要用于祈福、消灾、祛病。成千的擦擦组成浩大的佛像群。擦擦虽小，却庄严优雅、内涵博大、朴实自然，是藏传佛教艺术的典型代表之一，是震惊世界的微缩神佛珍品。

擦擦很神秘，也很神奇，小小的东西充满了艺术感。

人们从田野取来最好的黄土、红土、黑土和白土，分别堆放，精心过筛、浸泡滤碱、拂去杂草、淘净沙粒，一遍遍地醒泥、捶泥、炼泥，然后加入藏药石粉、矿物质粉，甚至还要加入黄金粉和白银粉，然后把药泥用擦模中、夯实，再将其轻轻拨出，用小泥刀精心修饰着那些擦擦，晾干后，用洁白的羊绒逐一包好，装入袋中，毕恭毕敬地送到寺院，装藏在佛像或白塔中，那种吉祥美好的文化氛围，久久萦绕在每一个人心中。

历史上，凡四品以上官员常把装着擦擦的微型金匣佩戴在发髻上，作为官职的象征。民间至今还有将擦擦放于随身佩戴的护身盒内，以利于随时礼佛。

擦擦作为一种圣物，体积大的可以环抱，小的仅如一粒蚕豆，相比供奉在寺院的大佛，擦擦表现得微巧精致，便于携带，用途广泛，让人爱不释手。擦擦不仅是一种泥土情结，更是一种高原情结、文化情绪……

另外，木雕、砖雕、石雕也颇具规模，木刻主要是印刷用品的经书版，门楣、柱头上的装饰雕刻，也有相当数量的木雕佛像。砖雕主要见于建筑物，如屋脊上的花、龙凤、对狮，飞檐上的兽吻，墙壁上的浮雕等。在吾屯上寺有一尊高一米多的弥勒佛木雕，是 800 多年前用整块檀香木刻成的，至今还散发着淡淡的幽香。

欣赏泥塑，光凭观看是领略不到其艺术真谛的，要用心领悟。要想到它为什么由质朴的泥土变成华贵的雕塑？那其中一定代表着一代一代的艺术家对所处时代的赞美、揭示以及对后来人灵魂的提醒，特别是让人感到他们对后来人充满的无限信赖。

他们深信：只有泥土才会不朽。

精美的石头会说话

石雕，从某种程度上说就是以执着的心态表达虔诚的极致行为。

地处三江源头的新寨，因为拥有世界上最大的嘛呢堆而昂首走进世人的记忆。

嘉纳嘛呢　葛建中 摄

　　跨越600多年的时间长河，这里积累起了25亿块嘛呢石，如以其壮观程度衡量，应该叫嘛呢山，而那亭亭十丈屹立的嘛呢塔则是它的山峰。新寨又名震青藏，震动的、威震的震，青藏高原的藏，奇怪吧？每逢新寨佛事节，吸引数万信众来"转嘛呢"。

　　"嗡、嘛、呢、叭、咪、哞"。信徒们一边绕着嘛呢一圈圈地转，一边手也不停地转经轮，口中念念有词，一遍又一遍。念"嗡"，身要应于佛身，口要应于佛口，意要应于佛意；"嘛呢"，表示"宝部心"，修得此宝，入海无珍不聚，上山无宝不得；"叭咪"梵文意为莲花，喻示性如莲花般纯洁无瑕；"哞"意为依靠佛力，能得正觉，成就一切，普度众生，达成佛愿。嗡，嘛，呢，叭，咪，哞，我闭上双眼，试图进入这样的境界，和我一样，很多人想要知道的是，这六字真言从何而来？

　　传说新寨嘛呢堆的创始人嘉拉朱左，曾先后在峨眉山、五台山修行20年。下山前一个夜晚，梦见文殊菩萨指点他："你的故乡通天河畔有一眼神泉，泉中有一块嘛呢圣石，你要找出来，建成嘛呢堆，如种下万世福田……"嘉拉遵照文殊意旨，回到结古，果然在新寨一眼泉水中找出那块梦中的石头，上面天然显现着"六字真言"的纹路。嘉拉把这块圣石放在村前，任人瞻仰，信教群众纷纷效仿雕制嘛呢石，放在圣石周围，就这样日复一日、年复一年、积年累月，堆成了一座世所罕见的嘛呢山和塔。也于是六字真言，成了僧、俗影随一生的必修课。

　　然而一遍遍吟诵，究其一生，能念多少遍？于是便以手摇嘛

山嘛呢　葛建中 摄

呢，推转嘛呢以大增念祷次数。有人称手摇经轮为"念经机"；又
将真言刻石垒堆，围着嘛呢石走一圈，有多少块经石，就等于念
了多少次真经。新寨有 20 多亿嘛呢石，只要转过一圈，如同念过
20 多亿次经了。

水嘛呢　葛建中 摄

　　然而，到底要念多少遍才能修好今生？到底要刻多少嘛呢石才能转生来世？没有人能说清楚，只有虔诚地念诵下去，认真地雕刻下来，向着远得连灵魂都难以感知的未来，默默念诵，静静雕刻，嗡，嘛，呢，叭，咪，吽……

　　在石头上纹刻佛像、佛经，将这些石头摆放在一起，然后围着这些石头右绕而行，这些行为，除了表达对佛法的虔诚和坚韧，同时也是一种通过修炼获取公德的途径，一种民间简易的礼佛活动。藏族僧俗坚信，将佛经刻在石头上，经过加持后，让人们去朝拜，众生会获得佛法所带来的利益。

　　这种表达虔诚和获取功德的信佛途径，也曾达到登峰造极的时候——整座山丘、崖壁刻满了经文或佛像，一座山丘、一面崖壁就是一个巨型嘛呢堆，当地人称之为"山嘛呢"；而大量嘛呢石沿河散置，绵延数公里，许多巨大的嘛呢石中流砥柱般兀立河中，这是"水嘛呢"。由此也可以管窥，在嘛呢石信仰中也包含着水崇拜的朴素理念。可以这么说，嘛呢石是佛教传入雪域后，与本土的原始宗教相融合，逐渐形成独具特色的藏传佛教的一个实物见证——自然崇拜和宗教信仰如此完美地结合在一起，以艺术品的形式呈现在了世人面前，张扬着执着，彰显着虔诚。

玉树，是离唐朝最近的地方。

溯欢腾不息的巴塘河而上，在风景绮丽多姿的勒巴沟有一座幽静雅致的古老寺庙，像一幅精美的浮雕，依山就势地镶嵌在沟口的悬崖峭壁下，这便是文成公主庙。

庙堂正上方的岩壁上，有九尊巨幅佛像浮雕。整组浮雕依山就势，安排巧妙，布局合理，构图新颖；人物造型大方，体态丰满，容貌秀美，形神兼备，立体感很强。加之堂内光线暗淡，香烟袅袅，猛看上去，给人一种飘然欲落之感。佛像两边，从上至下雕有三尺宽的藏式花边图案，与佛像群混为一体，整个浮雕充分显示了古代高超的雕刻艺术水平。

这是文成公主进藏时沿途留下的规模最为宏伟壮观而弥足珍贵的历史文化遗存，这比四川的乐山大佛还早 100 多年的千年古佛距今 1300 多年，是青海境内最早出现的庙宇和佛教摩崖大型浮雕群像。

勒巴沟是文成公主远嫁吐蕃途中停留时间最长的地方，她曾亲率工匠、艺人在沟内的悬崖峭壁上凿刻了各种佛像、大小佛塔和重要经文等数十处。庙宇内的九尊佛像就是当时遗留下来的古迹。

在当地藏族人心目中，文成公主是天上的菩萨娘娘。公主走后，远近僧侣和善男信女，纷纷来到勒巴沟观看膜拜，很多人还仿照公主的做法，在岩崖上凿刻佛像和经文，久而久之，这里的大部分岩石和石头都被人们刻上了佛像和经文。

所以，无处不在的石刻遍布玉树全境，各有特色。勒巴沟和文成公主庙的石刻，以其珍贵的历史文化价值、久远的年代和漫山遍野的凿刻布局形成了独特的景观。

在江源地区，几乎每个大一点儿的村子，每座寺院，每个路口，都有嘛呢堆。嘛呢堆有大有小，大的如结古镇新寨村的"嘉那嘛呢"，至1955年嘛呢石已达25亿块之巨，有"世间第一大嘛呢堆"之称。堆积的全部大小石头、石块、石板都刻有"六字真言"。这种在8世纪中后期就已出现的石刻类型，成了江源的风景，江源的传说。到底是石头成全了心声，还是留存久远的祈愿完美了石头？

有人说勒巴沟的每一块石头上都显有六字真言。传说历史上曾有三位高僧到勒巴沟朝圣，吃饭歇息时，竟然没有找到一块无字的石头来垒灶——这给勒巴沟涂上了玄迷和神圣的色彩。还有传说勒巴沟有阴刻的108座塔，有修行的108间禅洞，有喷涌的108眼山泉，有飘香的108种藏药材，吐翠的108种灌木，它们吸引了众多含情的目光，成为菩萨眼中的香格里拉。而于人，这里又是世外桃源，精神以石刻的方式永存。

　　山嘛呢、水嘛呢，放下的是名利，托举的是信仰。燃烧的石头点燃的是梦想，不灭的是信念，刻刀下的人生是最完美的轮回。置身这悠远而宁静的地方，这里的山水、植物、动物皆有灵性。而且，我等凡夫俗子也能用凡胎肉眼看到成千上万的嘛呢石：峭壁上振翅欲飞的嘛呢，草地上花一样绽放的嘛呢，水里的石头上都有流动的嘛呢。使人忍不住坐下来，对着它们出神：面对各式各样的嘛呢，面对六字真言的昭示，感受到的是博大之美、圣洁之美，真的是让人洗眼净心。

　　圣洁的流水滋润着人们干涸的心田，在洗涤尘世的心灵中得到神灵的护佑。

　　大美无言。虽然我读不懂藏文，却和镌刻者一样有一份祈祷吉祥的心愿，祈福天下一切生灵。

　　沟口的岩壁上，还有赞普松赞干布和文成公主供奉佛祖的《礼佛图》和《转法轮图》等阴线石刻，古朴的线条讲述着迷人的传说，刻画出历史的一幕。

　　赋予石头睿智，慰藉佛心人心。生命和精神在这里以雕刻的方式留存，又在人们的声声祈祷中得到新生。谁能想到，这江源的石头能够激发如此丰富的情感，能够张扬如此旺盛的生命力。

在燃烧的石头中穿行

　　石头不像泥塑主要分布在寺院，不论高山、草原、山川、沟壑、乡野，都有其身影，它们以各种姿态伏卧在地上，如待跃的猛虎，沉默得让人胆寒，仿佛数年来就以这种姿势等待着我的造访。

黄河携着波涛的呼啸一路传播着钢铁一样的执着和虔诚。当黄河离开源区，一路流淌到黄南大草原的时候，发源于泽多日山区的泽曲河听凭了呼唤，向着黄河奔涌而去，绕过一座山峰，一座寺院的金顶赫然出现在眼前，在阳光下闪烁着耀眼的光芒，寺院的一侧，一片由石经堆砌而成的硕大石经墙高高耸立着。

这就是和日寺，石经墙自然就叫日石经墙。石经墙由三万多块 20cm~70cm 米大小的千枚岩和板岩石片镌刻的经文按顺序排列砌成。经墙长 165 米，宽 2 米，高 1.10 米，上刻世界佛教名典《丹珠尔》(意为佛语部,包括密宗经律) 两遍，约 3966 万字；主墙东面，一座长宽各 9 米、高 10 米的大石墩上,刻有《丹珠尔》(意为佛论部,包括经律阐明和注释，密宗议规和五明杂著等)，约 3870 万字 ；经墩东面 40 米处，又矗立一道石经墙，刻有《塔哆》(即《解脱经》) 108 篇；主经墙西面 120 米，又见一堵石墙，长 15 米，宽 1.5 米，高 1.2 米，刻经文 17 种；此外，石质的封盖板上还镌刻有佛像、佛教故事画、吉祥图案等 2000 多种。包罗了释迦牟尼的全部著作，从内容到刻工，都是尽善尽美的巨作，是藏传佛教界最大的石经图书馆。

藏民族总是以一种超拔的想象力与天地对话，广阔的天空和平坦的大地有时会幻化成一座具象微缩的佛堂。此刻，泽曲河畔的这片草原，便是佛堂里的一张供桌，而石经墙就成了供桌上掀开了几页的一部经书——石经都是仿照长条藏文经书的式样垒叠起来的，保持了纸质经书风格；书的封面、封底均由大型彩绘石板做成，不同的内容之间又以彩绘的石板隔开，有条不紊，美观大方。整个石经墙都建有保护性廊房，顶铺石板，甚是好看。经墙规模如此之大，字数如此之多，工艺如此之细，装帧如此之精，堪称一绝，这是和日四大部落的僧侣和藏族群众奉献给世界文化殿堂的特异珍宝。据说刻制了 28 年，花人工 50 多万，用石板 3 万多块，刻制出了这两亿多字的经文。

这奇迹始创于清朝末年。清光绪年间，和日寺第三世德尔敦久美俄合丹增活佛为弘扬佛法，给草原带来吉祥，发下一个美好的誓愿，用自己毕生精力和积蓄，要为藏族人民刻制千年不朽、万年不坏、与世长存的经书。他从果洛草原请来著名石刻艺术大师阿乃亥多造，给寺僧和藏族民众传授刻石技术，利用当地盛产的优质石材凿石刻经，经几年努力，刻成《普化经》《噶藏经》《当僧经》三部。石经摆放完成，举行开光典礼不久，德尔敦活佛就圆寂了。他的转世活佛晋美叶西娘吾继承上师遗愿，聘请当地艺术家，雇佣大批僧侣百姓，继续大规模开展刻经活动，从 20 世纪 30 年代至 50 年代初期，已将大藏经（共 4569 种经书，包括佛教经律论部及文法、诗歌、美术、逻辑、天文、历算、医药、工艺、建筑等）刻制完成。留下一部石质"中国藏族大百科全书"，几万群众和两代活佛倾注心血信仰建立的宗教文化丰碑，永矗在世界屋脊上。

石经墙的建造历经几百年，建造经墙的同时，也发展了石刻艺术，原本逐水草而居、随牛羊迁徙的牧人，成了石刻艺术的传人，代代相传，延续至今。石刻艺术虽经历"文革"毁损，而今又兴盛起来。走近和日寺，清脆有力的敲凿声就会从寺院周边散落而居的牧人家传来；帐篷的门首，堆放着片状的板岩青石板，牧人蹲坐在石板前，一部长条的藏文经书打开着，牧人读一句书上的经文，便在石板上敲凿起来，动作娴熟、轻盈，全然看不出他在拿起铁锤和凿子之前，刚刚把自家牛羊赶到草滩上，方才握在手中的乌尔恰（放牧用的抛石器）就放在长条藏文经书的一侧。

让"六字真言"引领着通天河西岸的勒巴沟，领略石刻艺术的风采，身心仿佛化入天际。

数以亿万计的片岩、板岩、变质岩片上镌刻着六字真言，每个字都涂以不同颜色，五彩斑斓地展示着宗教文化的丰富与瑰丽。距沟口不过半里，是一座嘛呢砌成的宝塔。微风吹过，猎猎经幡，低语轻诉，像千百佛徒在轻轻祷祝，又似灵魂的低语，融入一个肃穆而圣洁的境界。沟中两面巨壁，刻着大佛、菩萨雕像以及象、马、虎、鹿等瑞兽。

坐落在天峻县的夏日哈石经院占地 0.2 公顷，内有石刻经文108 部，诸多石刻佛像、佛龛，雕刻石经板垒筑的鎏金时轮佛塔，塔前置巨锅形长明酥油灯。站在经院内，云朵在移动，空旷的四野罡风时刻在拂动，仿佛推动时间在匍匐前行，让人不由地遥想当年，信徒们从几十里外的石山上用牦牛驮来石板，由 80 多名工匠耗时 5 年刻就了 108 部《甘珠尔》《丹珠尔》藏文大藏经。

着重一提的是，制作石雕艺术，是难以想象的辛苦，令人惊叹的是，有不少刻凿高手，刻制时无需打草稿，全靠目测手凿，或文或图，一次成形。在青南藏地竟然还有一些女刻手，一双素手，两只皓腕，刻凿技艺丝毫不亚于男高手，令人称奇。在青海，石雕也许不仅仅是艺术，它是人们普遍的需要，就像歌里唱的：

　　　　雪峰嘛呢连绵着闪银光

　　　　雄鹰们展的是翅膀

　　　　几千年不烂的石经墙

　　　　给百姓

　　　　日夜儿闪的是祥光

　　　　……

在石刻的阵容中穿行，经常有一种被无形的东西揪住不放的感觉，即瞬间与永恒、短暂与不朽、过程与目的，但无论如何，石雕艺术中，无疑潜伏着藏民族的精神追求，这种精神战无不胜，一往无前，并随着岁月的更迭而愈加闪烁着其耀眼的光华。

四、手指尖上诞生历史重量

一切艺术的诞生过程最先是从内心滋生，然后疯长，最后由手指打捆而成。

冰水里开出的花朵

"此花只应天上有"。如果你在塔尔寺看到堪称艺术之绝唱的酥油花，你一定会发出这样的慨叹。在凉意阵阵的酥油花馆，即便隔着玻璃也依然可以清晰地看到各种人物花木鸟兽造型大至一两米、小至几十毫米，色泽艳丽，形态逼真，神韵独出，呼之欲动，美轮美奂，令观者无不为之目眩神迷。

而这盛开在高原寒冬中的美丽花朵与藏传佛教格鲁派的创始人宗喀巴有关。相传酥油花起源于西藏。文成公主奉唐太宗之命，进藏和赞普松赞干布完婚时，从长安带去释迦牟尼佛像一尊，松赞干布在拉萨专门建立大昭寺供奉。这尊佛像原来没有冠冕，藏传佛教格鲁派创始人宗喀巴学佛成功以后，为了表达崇仰佛祖的心愿，就在这尊佛像头上献上莲花形的"护法牌子"，身上献上"披肩"，还供奉了一束"酥油花"，这就是酥油花的来历。《宗喀巴传》中记载，出生于湟水之滨的宗喀巴梦见佛祖释迦牟尼向善男信女们普撒花雨，于是便产生了在祈愿大法会期间，每天为释迦牟尼佛像敬献鲜花的愿望。但是，大法会值正月时节，青藏高原，天寒地冻，哪里有盛开的鲜花？宗喀巴自幼便是制作各种小佛像和擦擦(浮雕佛像)的能手，看见面前食用的新鲜酥油，萌生了灵感，便自己动手，用洁净的酥油调色制作了一束花朵，并在正月初一的一天，供奉在释迦牟尼佛像前。之后，宗喀巴的诞生之地——塔尔寺也就成了酥油花盛开的名寺。

酥油是江源牧民每天必食之物。它是将牛奶经过反复搅拌后提出的黄白色油脂，柔软细洁，可塑性极强。酥油花就是用酥油作原料，塑造出的各种佛像、人物、山水、亭台楼阁、飞禽走兽、花卉树木等艺术精品。可以称之为是集面塑、泥塑、雕塑之长的艺术珍品。

酥油花的制作分扎骨架、制胎、敷塑、描金束形、上盘、开光六道工序。寺院里的大型酥油花以宗教题材为主，另外还有一些别致的小型酥油花。一架酥油花，从整体来看，亭台楼阁数十座，人物、走兽动辄以百计，大至一两米的菩萨金刚、小至十数毫米的花鸟鱼虫无所不备，浮雕与圆雕结合，人物与景物结合，佛界与凡间结合，动态与静态结合，时空分而不断，物象繁而不乱，色彩缤纷，浑然一体，令人叹为观止。

据青海地方史记载，酥油花的制作，大约始于明代，至今已有几百年的历史，经过几百年的漫长岁月，在艺僧们的不断钻研、改进下，酥油花的艺术性不断发展、提高。人物的容貌神态，禽兽的飞姿走势，栩栩如生；花瓣的纹理，树叶的脉络，山岭的褶皱，惟妙惟肖。内容也越来越丰富。除了取材于宗教故事的"目连救母""顿珠顿月""智美更登""天女散花""唐僧取经"等传统酥油花外，又陆续创作了"天仙配""嫦娥奔月""孙悟空三打白骨精""文成公主进藏"等为广大群众喜闻乐见的多种题材的酥油花。

有一幅很简单的酥油花作品——《小喇嘛吹法号》。画面上两个身披猩红袈裟的喇嘛头戴僧帽，手拿法号。年长的喇嘛目光炯炯、动作娴熟，年轻的喇嘛略显生涩，鼓着腮帮子吹着法号……作品布局虽然很简单，但人物活灵活现，极富生活情趣。是不是做酥油花的喇嘛曾经的经历和感受，我们不得而知，但可以肯定的是，艺术源自生活而高于生活，酥油花也是如此。

在众多的酥油花精品之作中，尤其令人惊叹的是20世纪80年代制作的大型酥油花名作《文成公主进藏》，主题油塑把三千里路程压于一幅，以唐朝长安城太和殿和拉萨大昭寺为背景，布局了"五难婚使""许婚赠礼""辞别长安""越日月山""柏海远迎""拉萨完婚"等场面，场景中的200多个人物，个性鲜明，造型生动，各具情态。再现了1300多年前文成公主进藏的历史画面，歌颂了汉藏民族团结的共同愿望。酥油花制作精巧、细致，造像完美。

主人公文成公主的刻画生动传神，体态婀娜，神情端庄，仿佛在祈愿汉藏人民永世和睦相处，吉祥如意。

这些造型精巧、细腻隽永的艺术珍品，使人百看不厌，流连忘返。由于不受时空限制，酥油花彩塑尤其擅长以大场面来表现复杂情节，继承佛教壁画中"异时同地"的处理方法，在有限空间里可将几十个故事情节在一个画面上以连环画的形式纵横交错穿插进行，看上去繁而不乱，浑然一体。

谁会料想，美丽背后的艰辛又有几何？除了要经历艺术创作之苦，艺僧们还要饱受制作之苦累。酥油花的制作，并不容易。气温一高，酥油花就会融化，因此塑造酥油花只能在滴水成冰的数九寒冬。做花时，屋内不能生火，调酥油、和颜料，都用冷水。做花的艺僧双手的温度略有上升，就必须在冷水里浸泡一下，使其降低下来。工作环境的艰苦，加之油酥艺术极其细致、复杂，担任这种工艺的一般是青壮年。他们边做边向老师傅学习。尽管制作过程是"苦其心志、劳其筋骨"的，但艺僧们的内心是喜悦的，因为他们从冰水中托出一个鲜花的世界，其意志之坚、手之灵巧，令人钦佩，这种修行境界是高妙的，也是圆满的。

塔尔寺设有上、下两个花院，这是专门塑造酥油花的地方。工作期间，两院的人互不来往，严守秘密，以便进行艺术竞赛，出奇制胜。

每逢正月十五元宵佳节，塔尔寺的酥油花作品就在久负盛名的塔尔寺灯市展出。来自周边省市和青海各地的善男信女、各族群众，成千上万，不远千里而来，观赏风采多姿的酥油花。展出时，由民族管乐器为主组成的花架乐队演奏着节奏缓稳、庄严肃穆的花架音乐乐曲来烘托宗教气氛，并随着灯光的闪动，在含蓄典雅的音乐中展示出酥油花雕塑的千姿百态。它们的工艺精巧，形象逼真，色彩绚丽，栩栩如生。在火树银花的元宵夜，中外游客，争相观看这一艺术奇观，无不交口称赞。正如《西宁府志》记载的西宁诗人基生兰对酥油花的描绘："月当空，耳边箫鼓叮咚，彩架间，安排油酥，年年花样不同。放光彩，庄严灿烂，有人物，楼阁玲珑，怪怪奇奇，形形色色，神匠巧夺天工。"

自然美以它纯粹的自然属性表现出来，艺术美也必须以某种物质媒介作为载体。美总是以一种具体可感的方式存在。

酥油花的制作是冰冷的，尽管艺僧们都有一颗供奉给佛的火热之心；酥油花的展出是火热的，尽管艺僧们历尽艰辛后都会冷眼观看，冷静总结。这一冷一热两个极端不正是暗合佛教的出世和入世，有出世之喧嚣，有入世之淡定。而供奉于佛前的酥油花把人生所有的坎坷都化作美好，用以消灾祈福，对神佛表达敬仰之情。

驻足闭目，呼吸着高原的风，风里夹带着酥油独有的香味。宗教无异于艺术之灵魂，在塔尔寺这个宗教极盛之地，艺术也达到了巅峰。

巧夺天工的堆绣

堆绣其实就是用布做的画。它博采"四大名绣"之长，结合藏传佛教艺术特点，发展成一门独特的艺术门类，已有 300 年历史。

和唐卡壁画一样，堆绣也以表现宗教人物和配以装饰图案为主要内容，简单明了，有释迦牟尼、宗喀巴、度母、金刚等，配置佛光、祥云、海浪、山峰、八宝、海水、莲花等图案。其特点是主题集中、表现力强，富于立体感、层次感，装饰性强，色彩鲜艳，既均匀又明丽，纯净大气的风格十分突出。多以卷轴、帷幔的形式挂在寺院的佛殿里，与五彩缤纷的佛幢、经幡相映生辉，呈现出一派富丽堂皇的气势。但随着人们认识的提高，堆绣已走出寺院，进入寻常百姓家，悬挂在欣赏者的厅堂。

制作堆绣，先按规范的佛画绘成画稿，将各种绸缎按底画上的图形、大小、颜色，一一配置剪裁，粘上底板，然后整块贴到绸子上。如果做几十平方米以上的大堆绣，则用缝纫机扎线固牢。制作的工艺形式有两种，一是软浮雕充填式，即在图像内垫上棉花或羊毛，使图形凸起；二是粘贴组合式，即不需用填充物，将图形组合拼接，粘贴出平整的浮雕效果。

说起来似乎简单，实际制作堆绣的工艺十分精细，难度很大，可谓做大大难，做小更难。巨幅堆绣从几百平方米到几千平方米，画面除突出一尊主佛像外，周围要绘制数尊乃至数十尊佛、菩萨、护法神等，还要配飞禽、走兽、水波、云纹等图案。这种巨堆专供寺院举行法会"展佛"（俗称晒大佛）所用。制作起来，首先难在要经过精确无误的构图计算，把一幅几百或几千平方米的大画分画为几十张或成百张草图，如有丝毫差错，就会前功尽弃；其次又难在艺人的制作、拼贴，必须做到天衣无缝；三难在佛像的肤色、服饰、装饰物的选料与色彩搭配，它们都关系到作品最后的整体效果。小幅堆绣（一至几平方米）难在过细、过小。佛像的表情、肤色的明暗、眼睛的神态、衣服的褶纹，以及花瓣的染色、云彩的浓淡都要用绸缎来表现，选色料不用说，光是那些细微的搭配和粘贴就够费劲伤神了。例如一片半厘米的花瓣竟要以四五种绸缎堆贴出它的晕色，本来绸片就很小了，还要窝边贴平，不能有丝毫变形失真。其他如眼神（除眉毛、睫毛用工笔画）、衣褶、云雾都要用绸缎平堆出来，其难度可想而知。没有巧夺天工的技艺，是做不好的。堆绣艺人从不马虎凑合，和做壁画、唐卡的人一样，画佛像都是献心、敬神的功德，必须全力以赴，满意为止。就是个人订货，也不应付交差，同样精心竭力。他们说："私人买去，不是欣赏，就是膜拜，甚至烧香磕头，怎么能以次品出手，做玷污神圣和践踏信仰的事哩！"

塔尔寺的堆绣以立堆为主，具有强烈的立体感。小幅堆绣用来装点经堂，画面多由一尊主佛与下方两尊小佛像组成。大的一幅堆绣的制作，少则半月，多则半年甚至一年。塔尔寺每年农历四月和六月的两次大法会上所晒的"大佛"，长十余丈，宽六七丈，从山顶一直伸展到山腰，像这样的巨幅堆绣佛像，则需要几十人几年的时间才能完成。

看艺人制作堆绣时灵活地飞针走线，还不忘和我们谈笑风生，只觉得那针仿佛是他身体的一部分，是手指的延长部分，每一次下针，都是将胸中千壑"移植"在布上。

如果说塔尔寺的堆绣以立堆为主，那么热贡的堆绣就是平堆的体现。

在年都乎村，我随意走进路边一个堆绣之家。几幅刚完工的作品，挂在院房廊柱上，我被《阿尼玛卿雪山》耀亮了眼，我被通天河滋润了心灵，神山、圣水、白雪、蓝天，通过这种奇特的艺术品，令我耳目一新。猛看像一幅清雅、高邈的水彩画，走近一摸，才感觉到是凸起的堆绣。看似平常的农家，因了堆绣而突然富丽堂皇起来。

静水流深，岁月更替，太阳每天都是新的。曾以佛像为内容、近于程式化的堆绣，也可以拓展出更广阔的表现空间，无疑，面对纷繁复杂现实生活的变化和现代社会人们的新需求，堆绣正以它两个半世纪积蓄的艺术潜力，向更广博的生活层面绽放！

在佛教寺院，在土族农家，堆绣艺术绚丽如一道彩虹，给高寒、高远的大地增添了一抹暖色。

灵魂的颗粒堆砌的沙花

无疑，沙花由无数的普通沙粒堆砌而成，然后装裱成美丽的画。可以说是花中有画，画中有花，浑然一体。

坛城，通俗地说就是神佛修炼和生活的殿宇。有绘制于佛殿顶部的坛城，也有砖雕刻的坛城，最精妙的是着色沙粒绘制的坛城，故称为沙画。在同仁县热贡艺术馆，有一幅《时轮金刚》坛城，直径3米，由两个艺人耗时3个月完成，是全国最大的坛城沙画。

坛城沙画是藏传佛教中一种最独特也最精致的宗教艺术。每逢大型法事活动，寺院中的喇嘛们会以数百万计的沙粒描绘出奇异的佛国世界，这个过程可能持续数日乃至数月。但是，喇嘛们呕心沥血、极尽辛苦之能事创作出的美丽立体画卷在做过法事之后，会被毫不犹豫地装入瓶中，倾倒入河流中放生，并不会拿去向他人炫耀。

沙画，藏语"彩粉之曼陀罗"之意。繁华世界，不过一掬细沙。从2500多年前，佛陀亲自教导弟子制作沙坛城开始，这门精致绝伦的宗教艺术就历代相承，毫无间断。

从艺术的角度看，沙画结构严谨，色彩丰富，借助沙粒这种富有层次感和厚重感的媒介，将宗教的意义表现得十分到位。无论是端坐正中的佛，围绕在佛周围神态各异的生灵，还是围绕在世界周围那一圈缥缈的气，都恰到好处地拥有了各自的神采，又和谐地构成了圆满的世界。更令人叹服的是，这种独特的创作手法限制了太大的改动的可能，因此整个图画必须一气呵成，就像僧侣们将自己脑中烂熟的世界观默写出来一般。

作画时，因为不做黏着剂的处理，所以艺人要戴口罩，要从后往前做，比如做鸟，是先做尾巴后做头，其难度可想而知，不胸有成竹，何以流沙作画？

在坛城沙画里，佛是万物的起源，是世界的中心。围绕在佛周围的芸芸众生，每一种生命都跃然沙上。人们还都意识不到这繁华背后的脆弱，逐步显现的最后的圣堂令人叹为观止！简直难以相信，是亿万沙粒成就了这瑰丽的画卷。完美的画面、繁华的世界、精致得难以置信的细节，让人恍然如梦。清空作品、付诸流水，以此象征生命的瞬间。整个作品是为了展现生命的短暂易逝，而最后的结果也证明了这一点，引起了我们的思考。而实际上，它的意义远大于此。

每一幅沙画，都是艺人们在用另一种姿态展现大千世界的美，以及未来的至美境界，由此谁又能不承认，每一粒沙子，就是他们灵魂的颗粒呢？

五、紧随日月旋转的舞蹈

歌舞是人类最早的社会文化现象之一。

从某种意义上讲，歌舞是一个民族文化的灵魂。

一位著名诗人说：舞蹈是灵魂为挣脱肉体的束缚所进行的温柔斗争，能唤醒树木被风吹拂的记忆。在一场全身心投入的狂歌劲舞中，人的躯体就是树枝，服饰就是树叶，风则是音乐。舞蹈也是他们生命里的一棵树，这棵树是古老的，无论世事如何变迁，它仍然保持着千百年的基因；它的年轮在世世代代的更迭中忠实地延展下去。这棵树又是年轻的，在阳光里闪耀，年轻而柔软的枝丫蜿蜒在每一个充满活力的生命中。

瞧，藏族歌舞的欢快和江河的激情澎湃是多么相似啊！江河从岁月深处一路呼啸而来，而藏族歌舞尾随江河一路舞来……不仅舞向你的视野，更重要的是日夜在你心灵的广场上狂舞……

江河舞动的身姿

歌是心灵的呐喊，舞是肉体的狂欢。

而被江河母亲哺育并滋润了的民族歌舞，便是江河的影子，是江河的化身，是江河母亲汩汩奔涌的血魂啊！

在青海高原，玉树歌舞实在是太"吸睛"了。

会说话就会唱歌，会走路就会跳舞。这可以看作是玉树藏民族向整个人类以歌喉和肢体舞动的方式进行的至纯至美的宣言。

这里是名山汇聚的神域，这里是大河发端的源头，格萨尔王的神马蹄印讲述着英雄的神勇，文成公主的车辇留下一路芬芳。

这里是格桑花盛开的地方，这里是歌舞放飞的故乡。热情的玉树人，用善舞的长袖托起幸福吉祥的太阳……

如果把藏地比作歌舞的海洋，玉树则堪称海洋的最深处。

玉树歌舞内容之丰富、形式之多，久已闻名遐迩。舞蹈动作丰富多彩，舞姿洒脱，情绪热烈，气势粗犷，表现出藏族豪放、刚强、坚毅的性格。据青海省舞蹈集成办公室编纂的舞蹈集成玉树分册记载，已经掌握的玉树舞蹈就有400余种，其中比例最高的是"依"舞。

"依"是一种集体舞蹈形式，通常男女老少都可以参加，动作轻快、活泼、浪漫，不像"卓"那样庄重、高雅。男子舞蹈动作粗犷奔放，女子舞蹈颔首鞠腰，起伏适度。"依"舞的舞袖十分讲究，男袖由外白袖和内红袖组成，女袖则相反，男女袖的内袖均长出外袖50厘米。众人挥舞长袖踏歌而舞，超脱飘逸的神态，潇洒豪放的舞姿，令你也有舞蹈的欲望。它的舞蹈动作很多是直接模仿收割、打场、骑马、打猎、剪羊毛等生产劳动的动作，经过提炼和艺术加工，融合了一些带有情绪性的舞蹈动作，形成"卓"舞的不同风格。表现了劳动人民的智慧，抒发了人民的情感、愿望和信念。

玉树"依"曲种非常多，流传至今的有 100 多种。"依"的产生比"卓"更早。自旧石器晚期、新石器时代，藏族先民就在这片高天厚地上繁衍生息。在澜沧江、通天河两岸人口相对集中的农业区，人们模仿远古时期人们手挽手围猎的动作，或农业区打场时，将牲畜赶到场中央，手挽手来回踩场。这种众人合围并又喊又叫的劳作形式可能是玉树最初的原始歌舞，继而发展成了现在的"依"。

"依"的队形丰富多彩，有交叉金刚形、雍忠号形、日月相辉形等古老队形，这些与宗教图腾有关的队形，使人产生遐想。这既是当今舞蹈线条艺术中不可多得的瑰宝之一，又是藏族人民在艺术中表现自我精神的一种手法，由此可以看出一个乐观向上的民族的风采。

跳"依"时，男子往往脚系串铃，琅琅作响。小小的铃铛不仅起到渲染气氛的作用，而且统一舞蹈节奏，这是藏族人民因地制宜创造出来的一种独特的伴奏形式。

其中，"热依"不像"依"那么载歌载舞，它完全模仿背水、挤奶、打酥油等劳动中的典型动作，表现了藏族人民热爱劳动的优良品质和情趣，其中，曾经看到过模仿像公鸡跳进热灰时那种蹦跳的动作，形象逼真，十分幽默风趣，可以说是一种只表演无歌唱的"哑舞"。

"卓"，在藏语中就是舞的意思。这是一种古老的舞蹈，动作庄重大方、舒展豪放。速度有快有慢，慢时如鸿毛落地，无声无息；快时则威风烈烈，气势澎湃。曲调时而深沉，时而高昂，节奏多变。舞蹈往往是先从优美雅静的抒情性慢板开始，随着歌段的不断反复和情绪的上升而逐渐加快，直到最后在飞快而热烈的气氛中结束。所以，"卓"的舞姿显得异常刚健豪放、气势磅礴，展示了造型艺术的阳刚之美和庄重美。

"头顶红绸穗子，肩挂丝绸缎子，耳系珠宝环子，脚穿牛皮靴子，有了装饰的小伙，卓舞跳得潇洒。"玉树地区习惯以村寨的名字为"卓"的流派和称谓，有"白龙卓舞""新寨求卓"和"囊谦卓根玛"三种风格迥异的"卓"舞，其中，以"白龙卓舞"最为古老，有学者认为早于传说中的格萨尔王时代，至少有 900 多年的历史。被学者誉为"日月恩赐的奇世珍宝"的"白龙卓舞"是藏地卓舞中的经典和极品，是由剽悍刚健的男子来舞的一种动静结合的舞蹈。动则为舞，静则为歌：静时歌声沉稳，如飞龙绕耳，祥云升腾，令人肃然起敬；动时舞姿矫健明朗，给人不动胜动、不舞胜大舞的感觉，是所有舞蹈中最高妙的境界。

"热巴"，原来是职业艺人表演的舞蹈，后来逐渐成为一种刚健、豪迈、具有较高艺术技巧的"情绪舞"。舞蹈一开始，男子纵情挥铃，

玉树卓舞　葛建中 摄

女子辗转飞舞。舞姿雄健灵活，情绪热烈激昂，充分表现了藏族人民豪迈奔放的性格。"热巴"实际上是无歌唱、无伴奏的"铃鼓舞"，动作除包括"俯首""仰转""侧身下""摇铃下腰"等难度较大的群舞外，中间还穿插着以"旋子""狐跳""腾翻""抡背""单腿转"等纯技巧性动作组成的独舞。

"锅哇"，意即武装者，是表现藏族古代武士操练比武的"弓箭舞"。是玉树古老的礼仪性舞蹈，舞者是清一色的男子。他们左手张弓，右手持剑，头戴圆形红顶丝坠帽，身佩彩带，完全一副具有民族色彩的戎装打扮。上场后分为两队，对峙交锋。在过去，每队规定80

人，不能多也不能少。场面壮观，舞姿威武缓慢，似古代出征沙场的将士。从它的艺术特点和产生的年代来推断，可能与《格萨尔》中的征战事迹有关。过去只能在举行隆重迎宾仪式或庙会时才演出。"锅哇"舞姿徐缓庄重，气氛肃穆，场面宏伟，风格古朴，被称为"藏族仪仗舞"。

与民间歌舞争芳斗艳的是藏传佛教寺院中的宗教舞蹈。萨迦派、噶举派、宁玛派、格鲁派等各种教派的舞蹈都有严格的表演程序、固定不变的动作、道具、伴奏乐器和表演时间。尽管这样，我们也能感受到其寓意深奥、气势辉煌的宗教艺术的魅力。

"会走路就会跳舞，会说话就会唱歌。"在这个名副其实的歌舞之乡，家家有歌声，人人能舞蹈。这彩虹般绚烂的长袖，马蹄般激越的舞步；这雄鹰般旋转的羯鼓，羚羊般飘逸的舞姿，让我们的心久久陶醉其中，不愿醒来。是因为流动的江水给了他们长袖善舞的灵性，还是哈达的圣洁造就了这方大地的艺术气息？

三江源的神山圣水，勾勒出大美的自然景象；康巴人的长袖飞舞，感受着人类永远的激情与梦幻、欢乐和感恩。

呵，用脚使劲地踏地，那是对土地、对草原的感谢；将手臂高高地扬起，那是对天的敬意；和旁边的人拉手，那是人间最真诚的情怀。

豪放的歌舞和激扬的旋律中，所有的忧郁与悲伤、汗水与辛劳全部凝结成一种纯粹的、简单的快乐，灵魂和神经得到了温暖的抚慰，熨帖的按摩。歌是心灵的呐喊，舞是肉体的狂欢，正是有了这歌、这舞，生命的意义得到了伸张与舒展……

彩虹转出好日子

"安召！我们的舞步伴春风，土族的大地百花红；

安召！我们的'道拉'攀青云，土族的天空挂彩虹；

安召！我们的口弦传佳音，土族人的心里浪花涌……"

葱郁的树木，静穆的田园，潺潺的溪流……温和的气候，美好的景致滋润着土乡人的心灵，使他们随时随地想跟大自然和声，情不自禁地唱出纯朴的山歌，跳出欢乐的歌舞。

闻一多先生曾在《说舞》一文中说歌舞是"生命情调最直接、最实质、最强烈、最尖锐、最单纯而又最充足的表现"，也是"一切艺术中最大综合性的艺术"。由此说，歌舞，从不同侧面和角度反映和表现了这个民族一定时期的历史、政治、经济、文化、宗教、风俗习惯以及心理状态等。可以说，每一段歌舞都有一个神奇的历史故事或传说，它的产生和长期传承必然有一定原因和价值。

遥想 1700 年前，在彩虹飞落的故乡，曾有过一个历时 350 多年之久的地方政权——吐谷浑国。它东与隋、唐两代王朝会盟联姻，又与西域文化相交流；在千百年的繁衍进程中，融合了阴山鞑旦、蒙古、藏、汉等民族成分，自称"察哈蒙古儿"，在今天互助、大通、乐都、民和、同仁等地，建立了自己幸福的家园，成为中华民族 56 朵花中耀眼的一枝。

"安召"舞是土族最古老、最具代表性的一种舞蹈。土族"安召"意为"圆圈舞",是土族人民歌颂人畜两旺、五谷丰登,祝愿吉祥如意的无伴奏歌舞,也是集诗、歌、舞为一体的娱乐形式。

在长期的游牧劳作、迁徙征战中,土族先民创造了许多富于民族特色的歌舞,"安召"舞就是其中最典型的代表。无论是胜利、丰收还是婚礼等庆典,土族先民们都要围着部落的毡帐或夜幕下猩红的篝火,把酒起舞……就这样歌啊、舞啊,从远古舞到了今天,渐渐形成了以圆舞曲和圆形队伍为基本特征的"安召"舞蹈形式。

关于"安召"舞的起源,民间说法颇多,最流行的是:远古时代,土族金子一般的莽原上,名叫王蟒的妖怪们作恶多端,生物尽遭厄运,官家也束手无策,多亏一位聪明的阿姑想出了一条妙计,她带领众姐妹身着五颜六色的花袖袖彩衣,手抡寒光闪闪的铁环,跳着转,转着唱,舞向王蟒。这时,凶恶的妖怪们都陶醉在歌舞里,个个扬起脑袋,直愣愣地一动不动,勇敢、机智的阿姑,说声"快套",千万支寒光闪闪的铁环就已紧紧箍在王蟒的脖子上了。就这样消灭了王蟒,百姓们获得了安居乐业的幸福生活。

从此,土族人都争学"安召",一代比一代盛行,流行于今天青海省互助土族自治县城关、东沟,哈拉直沟、红崖子沟一带。

安召舞曲调有十几种之多,舞蹈乐曲为413拍,也有412拍。一般上句为正词,下句为衬词。曲调高亢、嘹亮,速度平稳,并随着歌词内容的变化而变化,反映了土族歌舞音乐独树一帜的特点。《安召》伴唱有领唱、合唱,亦有问答形式,其曲目如《安召

索罗罗》《尖尖玛什则》《拉热拉毛》《召因格阿热什则》《强强什则》
等，洋溢着浓郁的民族特色，歌词淳朴、生动。如：

> 天上圆来什么圆？
>
> 天上圆来月亮圆。
>
> 梭罗罗树儿当中显，
>
> 满天的星星扎一圈。
>
> 地上圆来什么圆？
>
> 地上圆来场院圆。
>
> "轮子秋"儿当中旋，
>
> 土族儿女扎一圈。

土族先民驰骋在天苍苍、野茫茫的草原上，天为被，地当床，
心胸开阔，感情质朴。长期的牧放与狩猎生活，练就了它们强悍、
矫健的体魄和桀骜不驯、勇往直前的性格。安召舞蹈中，洋溢着
来自大自然的勃勃生机。

圆圆的"安召"，蕴涵着丰富的艺术情趣。俯首向地，是对大
地的膜拜；舒袖朝天，是对苍天的敬仰；双手平托，是对朋友的坦诚；
脚步稳健，是对生活的挚爱。

"安召"舞，动作简单，基本上是"跳着转"。起舞时，为首
二人载歌载舞，领唱歌词，随后众人合舞。"安召"舞蹈时先向下
弯腰，两臂左右摆动数次，然后跳高一步向右转一圈。转圈时两

臂举上，通过双翼般的手臂，表现飞翔的意境，使舞蹈柔美、轻盈，舞姿造型中，不论双臂在头上、在身侧或一前一后的哪一种姿态，手腕都在静止的同时向下折腕。尤其那些身穿花袖长衫的土族阿姑们翩翩起舞时，恰似仙女伴随彩虹降临人间；而男性宛如追日的夸父，充沛着血性与健壮的激越形态，表现出一种内在的精神活力，表达着这个民族积极进取的性格。

祭祀、节庆、婚娶，土族人总是跳起安召舞，用歌舞表情达意，用歌舞诉说情怀。

从土族的许多传说故事中发现，早期的安召舞属于祭神歌舞，表现土族先民对山川神祇所赐予的种种恩泽的深情礼赞和祈求。如今，它已走下神坛、走进民间，成为土族群众性集会活动中不可缺少的"保留项目"。

其实，在青海，不光是互助土族人跳安召，散居在民和、同仁等地的土族也跳安召。民和还有节日叫"纳顿"。在一年一度的纳顿节上，土族也会有不同形式的舞蹈演出。"庄稼其"、《五官舞》、《杀虎将》，舞蹈动作原始质朴，鲜活生动地反映出土族人与大自然抗争的大无畏精神。尤其可贵的是，纳顿节期间，平时有摩擦、不和睦的左邻右舍、亲戚朋友会借节日的气氛，相互登门致歉，互敬美酒，重归于好。舞蹈，在这里还起到了化干戈为玉帛的作用。

由此我想，安召舞，是坚韧乐观的土族人生活中一枚美丽的蝴蝶结，它别在一个个繁忙琐碎的日子的发际，绚丽而又动人……

选择最明媚的阳光驱散心头的阴霾

六月的青海南部，四野吐金，河流唱凯，莺歌燕舞，生命葳蕤。

好年景离不开众神的保佑、庇护！这是当地人早已形成的观念。于是，他们带着原始苯教崇拜山水神灵的浓郁信仰，利用收割前的空闲，广泛开展娱神、敬神、酬神活动，渐渐形成各族人民共同联欢的盛大节庆。藏族人叫"周贝勒柔"，意为"六月神舞"；土族人称"拉顿"，含有娱乐之意；汉族人叫六月歌舞，其实是有舞无歌，仅在舞蹈节庆的间隙插入男欢女爱的拉伊对唱。称得上藏族、土族主演，汉族、蒙古族参与的望果节、感恩节。

波涛汹涌的隆务河一路高歌东去。

河两岸二十多个村庄，从农历六月十六至二十五日掀起狂欢浪潮，那全民舞蹈的气势，隆重周到的礼仪，愉快又虔诚的神态，不惜以鲜血奉献的激情——喷射出民族的灿烂意志，成为世界民俗文化中的奇珍绝宝。此时，如果站在高处俯视，热贡谷地从东到西尽是彩色的人流涌动，此起彼伏的锣声鼓点敲落日月星辰，村村寨寨无不沉浸在欢快愉悦的气氛里。

你想趁节日之机尽力观赏其盛况，把热贡各村都欣赏一遍，至少需要七八年。

六月会的组织者，当然是村民推选出的最有威望的长者和干练的成年人，不仅负责 10 天的祭神事务，平时也参与田间管理，调节民事纠纷，协助村政府维护本村的正常生产。至于节日费用，全由村民自筹，无须发通知，也无须动员，更无须摊派、催促，各家各户都会争先恐后将茶叶、柏枝、糌粑、馍馍、酒、酥油、哈达、粮食、水果、现金交到指定的地方，不知不觉中也加强了民族团结，培养了民族情感，营造了和谐文明的乡风。

哦，愿他们同心浇铸的团结之花，永远开放；愿头顶的阳光，永远照亮他们的未来。

……

历史是一条无始无终的河流，浪涛汹涌，奔腾向前。

无疑，三条大河催生了远古文明。

数万年来，江河的身子紧贴大地，风雨无阻地认真流淌。

而居住在江河源头的各族人民，亲眼看到了江河的潇洒气质，亲耳聆听了江河的咆哮与呐喊，用心灵真实地感知了江河内心的精神与理想，又经过数年的用心雕琢，终于形成了独具特色的民族宗教文化，在 5000 年的华夏文明里闪烁着绚烂的光芒。我坚信，不管岁月如何更迭，经历无数坎坷的宗教艺术，依然会迈着铿锵有力的脚步，劈峡穿谷，一往无前，走向更加美好的明天。

呵，明天，一轮新的宗教艺术的朝阳，正在升起！

生命摇篮

一 葛建中 一

三江源地处青藏高原腹地，是世界著名大河长江、黄河与澜沧江的源头所在，三条大河从这里出发，奔流入海。三江源位于青藏高原腹地的青海南部地区，被誉为"中华水塔"，是我国重要的生态安全屏障，是亚洲乃至全球气候变化的启动区和敏感区，是全球高海拔地区生物多样性最富集中、面积最大的地区。作为一个区域概念，三江源包括了玉树、果洛、海南、黄南、海西5个民族自治州的16个县（市）以及格尔木市代管的唐古拉山镇，总面积达39.5万平方公里，约占青海省总面积的55%。也正因如此，人们习惯上把三江源和青海省等同。在这片平均海拔4000米以上的广袤区域里、群山雄峙、河流如织、湖泊密布、草原如海⋯⋯这片奇绝壮阔的土地在中国地理、经济和文化中具有不可替代的重要意义，堪称生命的摇篮。亿万年的地质演变赋予三江源地区高拔险峻、神秘雄奇的壮丽风景和独特性格，在中国西部的茫茫大荒中演绎着"山宗水源"的孤绝传奇。

2016年，中办、国办正式印发《三江源国家公园体制试点方案》，三江源国家公园体制试点作为全国第一个国家公园体制试点在青海启动。目前，三江源国家公园体制试点31项任务已全面完成，形成了"借鉴国际经验、符合中国国情、具有三江源特色"的可复制可推广经验。

在2021年10月12日中国昆明举行的《生物多样性公约》第十五次缔约方大会（COP15）第一阶段领导人峰会上，习近平主席宣布中国正式设立三江源等第一批国家公园。三江源国家公园位列中国首批，成为青海省第一个国家公园。公园总面积12.31万平方公里，约占青海省总面积的1/6，三江源国家公园划分为长江源、黄河源以及澜沧江源三个园区。分别是长江源园区内的可可西里国家级自然保护区、索加—曲麻河保护分区；黄河源园区内的扎陵湖—鄂陵湖和星星海两个保护分区；以及澜沧江源园区内的果宗木查和昂赛两个保护分区。

三江源国家公园的正式设立，对青海省乃至中国加快构建以国家公园为主体的自然保护地体系具有里程碑式的意义。

一、昆仑山大家族

望昆仑：祭献祖山的咏叹

一条巨龙从帕米尔高原穿云破雾，腾跃而来！在地理学家的眼中，它恰如一条长龙横空出世！逶迤 5000 里撑开霄汉，挤窄天庭，活脱脱尽显雄姿伟体，匈奴语称它为"横山"。

这就是矗立在地球屋脊上的千峰之父、万水之祖——昆仑山！

本以为它伟岸高峻地雄踞于地球之巅。空中俯瞰，却不见峭拔、突兀，只有起伏的山丘，大海般广阔。

岭与岭很少裂谷，沟与沟不见陷痕，千山万岭仿佛携手高高崛起，形成浑然天成的巉岩巨壁。

云天近在咫尺，星辰如在眼前。高峻若是，却令人敬慕而不生畏惧；广袤若是，却不因养育江河而稍稍自矜。

平地就是五千米！如此雄貌，是世上多少险峰无法企及的高度。

不亲历不知世上真山面目，山愈高却愈不显其高，伟岸的真

义往往寓于平凡。

　　昆仑——它雄踞于亚洲中央,如同一道屏障,慷慨无私地付出,保护、养育着它的华夏子女;它充满青春的激情,亿万年仍不见衰老,厚重的脊梁每一秒钟都不会停止隆起,哪怕这脊梁经受着亿万年的剥蚀、切割,地火的冲腾、煎熬……把宇宙间永恒的坚韧精神带给人间,赋予子孙同样的精神基因,在他们的血脉里永远镌刻上这巨龙的图腾,并护佑着他们到千秋万代。

　　格拉丹东宛如龙角般高高挑起,那么突兀、锋锐,闪射着凛凛气势。

　　裸岩冰川、雪坡犹如灼灼鳞甲,一片片、一排排鲜亮耀目,又像万面铜镜,上映天,下澈地,迷幻着时空的醉眼;

　　巴颜喀拉青龙苍苍,忽而蜿蜒伸曲,忽而悸动腾挪,驾着繁花野草的七彩祥云,百态毕现;

　　阿尔金山张开龙爪,捺压着戈壁黄沙;祁连山团结峰,如巨龙将一颗宝珠托举头顶之上;

　　城镇、村寨、古堡、寺院、帐房、牛羊,不就是阳光照在她鳞甲上的点点光芒?

青海湖如一只玉兔伏在她的脚下，西海瑶池是天赐的一觚美酒，奉献在她的面前；

南秦岭、北贺兰不正像两条幼龙，缠绕依偎在她的身前？

……

品不尽昆仑的魅力，"龙的传人"，这定义何等贴切？昆仑，华夏儿女怎么也割舍不去的祖脉，它是圣洁的生命火种，中华民族的力量之源，生发各民族儿女性情的根源所在！

搜尽诗歌之林，竟找不出恰当的诗句来形容它，诗歌如此无力，文墨更显多余。古今能有几个诗家骚客，真正投入到它的怀抱里感悟过那横绝的气势？想来参山面圣也不过徒留喟叹：昆仑唯一昆仑，祖山就是祖山！

众山捧圣：昆仑的子胤

昆仑山横亘在世界屋脊之上，雄踞于地球之巅，被称为"亚洲脊柱"，有"万山之宗""国山之母"的美誉。她东西绵延 2500 公里，平均海拔 5500 米。其山可分西、中、东三段，在长达 1300 公里的东段，有昆仑山系的多条著名山脉横亘于青海天域，由北向南依次为阿尔金山——祁连山脉，东昆仑山脉及其支脉可可西里山、巴颜喀拉山、阿尼玛卿山，南端为唐古拉山脉。这些伟大的山脉铸造了青海的骨骼框架，共同组成了三江源区的昆仑山大家族。

格拉丹东，藏语意为"高高尖尖的山峰"。

格拉丹东雪山群南北长 50 公里，东西宽 20 公里，海拔高峻，除主峰格拉丹东峰外，海拔 6000 米以上的山峰尚有 20 座，冰雪覆盖面积达到 662 平方公里，有冰川 85 条。格拉丹东西南侧，南北两支巨大的冰川构成了著名的姜根迪如冰川，这里是长江正源沱沱河的发源地。南支冰川冰舌长 7.9 公里，宽 1.7 公里；北支冰川冰舌长 6 公里，宽 1.4 公里。两支冰川尾部都有长达数公里的冰塔林，冰桥、冰草、冰针、冰蘑菇、冰湖、冰钟乳等构成了千姿百态的冰雪世界。

巴颜喀拉山，平均海拔 5000 米，起伏连绵，一派恢宏之气，其主峰年保玉则顶天立地，海拔 5369 米。仰望冰连玉结的峰顶，顿然使人想起大诗人李白的诗篇："若非群玉山头见，会向瑶台月下逢。"年保玉则峰怀金袖玉，将著名的西姆措——仙女湖揽入怀中。群峰如父兄般默默守护着西姆措，仙女西姆措幽幽的"妙目"映照着群山，肃穆的场景仿佛天堂一般。

作为长江、黄河的分水岭，巴颜喀拉山海拔虽高，却寓雄浑于开阔，不露峥嵘。来到这里，映入眼帘的是终年积雪的大山，到处可见冰河垂悬的奇景。每至春来，日光灿烂，冰雪消融，一条条冰雪融水汇合而成的溪流，便滋润了高原干燥的土地，为长江与黄河输送水源。

阿尼玛卿山，又叫玛积雪山、大积石山，是黄河源头最大的雪山。主峰玛卿岗日海拔6282米，山体周围冰雪覆盖，终年不化，山体由砂岩、花岗岩和石灰岩构成。13座山峰呈锯齿状重叠在一起，阿尼玛卿雪山平均海拔在5900米以上。57条银须般飘洒的冰川哺育了初出大山的黄河，总面积达125.7平方公里。哈龙冰川是黄河流域最大最长的冰川，长7.7公里，面积达23.5平方公里，垂直高差达1800米。在阿尼玛卿雪山的怀抱里，黄河有了春天的膂力，有了润泽千里的水源。藏族同胞还赋予她各种美好神圣的形象和传说，年年转山，时时膜拜顶礼。藏传佛教信徒奉阿尼玛卿为神山，因为她既是果洛开天辟地的造化神，又是雪域安宁的守护金刚。

人们对阿尼玛卿的神姿仙态有各种说法：早晨白里透红，那是她给雄狮大王格萨尔戴上缨盔，送其出征上马；中午笑意盈盈，伸开巨臂，为黄河指路。作为藏传佛教"四大神山"之一的她月下也不休息，夜风中和另外三座神山——西藏自治区的冈仁波齐、青海省玉树藏族自治州的尕朵觉悟、云南省的梅里雪山谈经论佛……阿尼玛卿是神，是佛，是上、中、下三果洛藏族心中的唯一。

西倾山在藏语中意为"西面的大鹏山"，位于青海东南部，主峰4539米，虽不如巴颜喀拉山雄浑，不如格拉丹东山高峻，却是昆仑山系中极重要的一员。西倾山是昆仑山伸开的千里巨臂，经拉脊山东握秦岭迭山，抚触黄土高原，北挽河南的山坡、农田、草原，西南与阿尼玛卿山隔河相望，与洮河相依。

西倾山因其向西部倾斜的姿态而成为一座独特的名山，《山海经》《水经注》都记载着它的名号。

明月出天山：祁连山传奇

"明月出天山，苍茫云海间。"李白的诗句传诵千年，吟唱出祁连山的气势。"祁连"乃古匈奴语，意为天山，它自西向东从柴达木盆地北缘沿青海东北伸到河西走廊，绵延800多公里，是昆仑山系中一座十分独特的山。

祁连山造化神工，浑然天成，故有"回归自然看祁连""一列

祁连山脉 焦生福 摄

大山美山南"之说。"天上江南"道出了她的几分神韵。戈壁的粗犷、森林的壮美、冰川的奇幻、河流的激越、农田的丰盈、油菜花的洒金、草原的悠远、峡谷的百态……悉数在她怀里。

祁连山拥有丰富的矿产和物产资源，因而被誉为"八宝山"：金、银、铜、铁、煤、石棉、玉石、石油为"大八宝"；鹿茸、麝香、蘑菇、大黄、湟鱼、油菜、蜂蜜、奶酪为"小八宝"。祁连山下的祁连县，因其丰富的矿藏，更有"中国的乌拉尔"之称。

祁连山的历史悠长而深厚，赵充国屯田、王莽建郡、吐谷浑立国、隋炀帝巡狩以及红军西征等历史事件，都曾在这一带发生。这天成之山，古老却不闭塞，自古以来开放而繁华。祁连山南麓和北麓并列着两条丝绸之路，隋唐以后，丝绸之路北道河西走廊常年被兵乱阻隔，祁连山南麓的西宁—门源—峨堡—张掖和西宁—青海湖—柴达木—当金山—敦煌两支南道，便成为东西方文化、贸易交流的必经之途。

阿尔金山曾是丰饶的原野，茂密的森林环绕碧湖，三趾马在草地上奔跑，天空有始祖鸟振翅翱翔。然而在一次次的地质、气候剧变中，温热气候孕育的花树、森林、恐龙逐渐消亡，高山上升，荒沙漫延，旱风肆虐。阿尔金山化腐朽为神奇，将林木变成煤炭，将动物遗体碳化为石油。于是才有今天冷湖、花土沟的原油，锡铁山的铅锌；才有察尔汗、台吉乃尔几十个盐湖……阿尔金山拥有全国 13.5% 的矿藏财富，堪称"聚宝盆"。

日月山原名"赤岭"，因其山体均为红褐色的砂岩而得名。此山位于祁连山支脉拉脊山西端，是青海内陆河与外流河的分水岭，是农业区和牧业区的分界线，也曾是吐蕃和汉地的分界岭。山北麦田青青，油菜花金黄，南坡则是望不到边际的茫茫草山，当地民谚说："过了日月山，又是一重天。"

日月山海拔仅 3520 米，却闻名遐迩。从某种意义上说她充当着昆仑山的使者，矗立于唐蕃古道和丝绸之路南道上，迎送过无数商客、使臣和旅人。公元 641 年，唐太宗李世民将宗室女文成公主远嫁吐蕃首领松赞干布。公主从长安出发，途经西宁、湟源峡，登上赤岭。传说文成公主驻辇山上，环顾四野，前面荒野茫茫，雪山绵亘，寒风凛冽；身后春色渐远，归路已断。她掏出日月宝镜，以期望见故土长安，终究只有失望。悲戚中，文成公主摔碎日月宝镜，心也随之碎落山中。为此，后人将赤岭更名为日月山，以示对公主的怀念与尊崇。

在昆仑山这个庞大的山系中，每一座山峰都各司其职，发挥着自己独有的功能，终使昆仑山养育出三条世界知名的伟大江河。

二、三江源的诞生

天上银河：大冰川

在三江源高峻的山峰上，随处都有银色、纯净、冰冷、蕴藏了巨大水量的冰川，如悬挂于天地之间的银河。

仰望青海高原，一座座山脉横空出世，如玉龙盘伏，似素练起舞。历经了千万年雨雪冰霜的雕琢、洗礼，她们升华为水的另一种形态——冻土和冰川。于是，冰钟乳上融化的第一滴水和江、河、湖、海的诞生紧密相连，冻土层下的冷热交换与地球上所有的生命息息相关。

格拉丹东（藏语意为高高尖尖的山峰）像一个银盔雪甲的巨人，握着长剑，刺破寒空，在6621米的高空，裁割天河，斩凿出80多条冰川，异彩纷呈，蔚为壮观。有的如摩天水晶楼，有的似白玉宝塔耸立……唯有这般凝重、博大的冰山雪岭，才滋养得出中华民族的万里长川！

姜根迪如雪峰南北两条冰川是长江的襁褓，她像两条银龙扑下雪岭，衍展出气势磅礴的冰塔林。

一滴滴晶莹的融水在被称为地球"第三极"和"世界屋脊"的青藏高原上悄然滴落，汇成涓涓细流，最终形成了气势磅礴的世界级大江河——长江、黄河、澜沧江，她们孕育了中华民族五千年的辉煌文明，哺育了湄公河次区域、南亚次大陆的丰饶土地和众多生灵。因此，人们亲切而形象地称三江源为"亚洲水塔"。

如果说三江源地上是一道道晶莹的冰铸长城，那么，三江源的地下也是一座座神奇的宝库，已发现煤、铁、铜、钼、黄铁矿、水晶、石膏以及丰富的地热资源。除此之外，冻土也是丰富的水资源储藏器。高原多年冻土层中蕴含着丰富的地下冰，是三江源无比丰富的水资源涵养地。

水是生命之源。在我们生活的这个地球上，万物生灵都离不开水的滋养和润泽。波澜起伏的大江、大河、大湖、大海由一滴滴水珠汇聚而成；远古神话的起源、草原故事的诞生、农耕文化的延续、城市文明的进步、人类历史的发展也同样离不开水。

三江出世：第一滴水的故事

在史前一个偶然的时间，第一滴晶莹的水在青藏高原上悄然滴落、渗出，这水珠注定将汇成涓涓细流，形成气势磅礴的三大江河；她们的韵律和精神将孕育一个伟大民族几千年的辉煌文明，为华夏文明的崛起和壮大输入无尽的动力。

从各姿各雅草坡上，冒出五眼泉水，这里就是九曲黄河的发源地。五眼泉水汇成一湾细流，形成黄河母亲的"初乳"，藏族同胞叫她"卡日曲"，她与北源的"约古宗列渠"汇合，始称"玛曲"。这是个富有美感、内涵的名字，藏语意为"孔雀河"。

孔雀河这个名字，出自牧人的幻想，还是古老的传说，不得而知。巴颜喀拉山常年风雪飞舞，何曾有孔雀这种亚热带的"百鸟之王"？也许是涓涓泉水，像羽翼垂挂草坡，汇聚成了星宿海，闪闪烁烁，犹如孔雀的彩斑。也可能是河源地区的藏家姑娘，在篝火旁载歌载舞，彩裙翩翩，恰似一群开屏的孔雀，使人产生了这许多美妙的遐想吧。

面对黄河，世居源头的藏族人这样唱着：

孔雀河上有孔雀，

羽毛插在宝瓶里……

当我从飞机上看到黄河源头如星河般璀璨夺目，如孔雀开屏般耀眼，不由惊叹以"玛曲"命名源头地区实在是恰如其分！聪慧的藏族同胞把黄河源头的样子，生动而优美地唱出来了。黄河源的姿容，确实是一群吉祥的孔雀，而圣洁的巴颜喀拉山，则是一尊巨大的宝瓶。

从玛曲而下，黄河一路接纳众多支流，穿行900多公里，在即将跨出青海高原之际忽然回首，在甘肃转了个"S"形大弯，又回到青海高原，仿佛眷恋，又仿佛在积蓄力量，然后以冲破一切的伟力，冲腾、切割、撞击、撕扯、回环、腾越，把平坝切成深谷，从山隙中推出坦途，一泻千里。

黄河从寺沟峡告别青藏高原，走过金城盆地，推开黄土高原，向大海奔涌而去。

一系列雄奇的大峡谷：拉加峡、野狐峡、龙羊峡、拉西瓦、左拉峡、松巴峡、李家峡、公伯峡、寺沟峡……不仅是黄河对高原母体的报答，也见证了黄河坚韧不移的精神力量，留下了一笔巨大的财富。不屈不挠的黄河，使得天地为之低昂，神鬼为之啜泣。辛劳的黄河母亲在坎布拉凿山为楼，凿出丹霞圣境。她温柔地抚摸着贵德绿洲，慈祥的笑脸化成漫山遍野的梨花，温热的汗水化作扎仓温泉，滋沃红砂地为良田，浇灌荒土坡为森林，溉育僻野为草原，到处留下丰盛的五谷和花果，让她的子孙享用不尽。

相较于黄河，长江的诞生更富于传奇。她不像黄河之水，能够让人们寻出第一滴水诞生的地方。长江之水的诞生更像是冰川下的交响曲，冷峻的雪山威严地矗立在长江源头，在这看似平静的外表下，冰川上、冰层下、冰缝里一滴滴、一点点，正是水珠们演奏的微弱的交响曲。"幽咽流泉冰下难"，这诗句可不是长江源头的写照？待到银瓶乍破、铁骑突出之际，从冰下挣扎而出的水珠从岩缝、草丛一露出头来就已经是一股汹涌的急流了。

长江在冰川雪谷的怀抱里长大，其正源沱沱河携带着尕尔曲、布曲、当曲、楚玛尔河等诸多支流，奔过玉树大草原，向横断山冲腾而去……

如果说长江是英武的兄长，雄性十足，那么黄河俨然雍容大度的母亲，澜沧江则是一个志在四方的不羁少年。

澜沧江古名"兰苍水"。她从玉树州杂多县吉富山的风雪和岩石中发源，当地人把她称作"山岩中流出的河"。不只是庇护着华夏民族，她还为缅甸、老挝、泰国、柬埔寨、越南等沿河国家的人民造福。澜沧江养育了下游湄公河三角洲的香稻、玉桂树和老挝的棕树，化成安息香的芬芳，丰腴了柬埔寨的橡胶园和原始丛林，将缅甸的琥珀和红宝石洗濯得熠熠生辉，让泰国普潘山飘起四溢的酒香，浸润了佛教之国的诵经声……

自古以来，人们为了探求长江、黄河、澜沧江的源头筚路蓝缕，艰苦寻觅。

关于长江的源头，古书《尚书·禹贡》中有"岷山导江""江源于岷"的记载，把嘉陵江、岷江当作长江源头；明代的著名旅行家徐霞客于公元641年溯金沙江而上，考察了川、滇等地，认为金沙江是长江正源；清康熙帝派专人对长江上游山系实地勘查，于地图中绘出了通天河等河流，但依然无法确定长江正源，只得以"江源如寻，分布甚阔"描述了事。

中华人民共和国成立后，曾在1956年和1976年两次派员考察长江源头，终于确定发源于格拉丹东的沱沱河是万里长江的正源。从而确定长江全长不是5800公里，而是6300公里。

　　黄河河源的所在一直为我国历代政府所重视，从唐贞观九年
（公元 635 年）开始，各朝代就不断派员察勘河源。《禹贡》《穆天
子传》《尔雅》《山海经》《史记·禹本纪》中都有"导河积石""河
出昆仑"等记载。元世祖至元十七年（公元 1280 年）荣禄公都实
奉元世祖忽必烈之命，以招讨使的身份，历时四个多月探察河源，
翰林侍读潘昂霄后据都实之弟翰林学士阔阔出的讲述撰写了《河
源志》，记载虽较为详细，但也没有弄清楚河源之所在。

　　明代高僧宗泐奉太祖之命，于明洪武十一年（公元 1378 年）
率徒前往西域求佛经。师徒一行经河湟，历青藏高原，"涉流沙，
度葱岭，遍游西天，通诚佛域"，并于洪武十五年（公元 1382 年）
返朝，在经过黄河源区时进行了考察，并赋诗《望河源》：

> 积雪覆崇冈，冬夏常一色。
>
> 群峰让独雄，神君所栖宅。
>
> 传闻巁谷篁，造律谐金石。
>
> 草木尚不生，竹产疑非的。
>
> 汉使穷河源，要领殊未得。
>
> 遂令西戎子，千古笑中国。
>
> 老客此经过，望之长太息。
>
> 立马北风寒，回首孤云白。

　　宗泐在诗序中指出，"河源出自抹必力赤巴山，番人呼黄河

为抹处牦牛河。为必力处赤巴者，分界也。其山西南所出之水则流入牦牛河，东北之水是为河源，其源东抵昆仑可七八百里，今所涉处尚三百余里，下与昆仑之水合流。中国相传以为源自昆仑，非也。昆仑名麻瑲剌，其山最高大，四时常雪，有神居之。番书载其境内祭祀之山有九，此其一也"。"抹必力赤巴山"即巴颜喀拉山；"牦牛河"即通天河。指出巴颜喀拉山是黄河和长江的分水岭，河源在此山的东北处。宗泐同时写到了他对昆仑山的了解和认识。

康熙四十三年（公元 1704 年）派以拉锡、舒兰为首的考察团实地踏勘河源，舒兰在考察后进呈的报告是《河源记》和《星宿海河源图》。乾隆四十七年（公元 1782 年），又派出以当朝侍卫阿弥达为首的考察团"穷河源，告祭河神"，勘察了河源和扎陵湖、鄂陵湖两湖地区。这两次实地考察获得了丰富的第一手资料，在此基础上，出现了《一统志青海图》《大清一统图》《水道提纲》《钦定河源纪略》等一批重要的著作和图录。

1937 年，四川陆地测量局在川、青、甘、康四省交界处进行测量，并写出了《黄河源勘察报告》一文。迄至抗日战争时期，国民政府也派遣学者赴河源地区考察，但都未能到达过黄河源头。

1952 年 8 月，中央有关部门组织了黄河河源查勘队。历时一个月的考察，才确定了黄河发源于巴颜喀拉山支脉各姿各雅山，正源是卡日曲。

由于支流众多，长期以来，澜沧江源头的历史记载一直属于空白。中国科学院遥感应用研究所利用遥感技术勘定了澜沧江源头。经过对扎西气娃湖、拉赛贡玛和吉富山三个"候选"源头的比对，最终确认澜沧江（湄公河）发源于青海省玉树藏族自治州杂多县吉富山，高程为 5200 米，全长 4909 公里，澜沧江（湄公河）从此跻身世界十大长河之列。

由此，三条大河的源头才以真实、准确的面貌呈现在世人面前。

总揽万水：百谷之王的胸怀

三条母亲河在青藏高原吸纳了无数河流，汹涌着、蓄积着，一朝从高原泻下，便形成了一个个庞大的水系。

沱沱河、楚玛尔河、通天河纷纷扑入长江的怀抱；而卡日曲、玛曲、大通河、隆务河、湟水河也争先恐后地流入黄河，形成了黄河的精髓；澜沧江汇集了扎那曲、扎阿曲、布当曲、宁曲等，奔流向东南，把昆仑山的白雪、清风化为南亚风物，将高原之水融入异域风情。

黑河是一条独特的河流，她虽没有汇入这三条母亲河，却以独有的性格，一路向北，为河西走廊干旱的土地输送生命的乳汁。

三江之源虽然河流众多，分布如帚，但是有几条重要的支流，是每一个华夏子孙都应该了解的。

沱沱河，曾名"托克托乃乌兰木伦"，系蒙古语音译，意为"滔滔的红水河"，她发源于唐古拉山脉的格拉丹东雪山群中……奇幻、凝重、肃穆、博大。在姜根迪如雪峰南北两侧冰川下，两股冰川的融水顺着砾石滩汇成一股，接着她又汇合了格拉丹东山西面的另一股水流，穿过雪山谷地向北流泻，在穿过祖尔肯乌拉山的时候，形成一段 30 公里长的峡谷，峡谷前后浅滩罗列，水流散乱，时合时分，成为典型的辫状水系，河谷两岸形成大片沼泽和小湖泊。沱沱河流至囊极巴陇（青藏公路以东 58 公里）时，当曲自右岸汇入，当曲的长度虽不如沱沱河，可水量远比沱沱河大，是长江另一重要源流。经过 370 多公里流程的沱沱河和当曲汇成了通天河，始现滔滔江流之势。

通天河古称"牦牛河"，是长江上游一段干流，她因在古典小说《西游记》中出现而闻名天下。她上与囊极巴陇和长江正源沱沱河相接，在玉树境内蜿蜒流淌 813 公里，于直门达峡流出青海省境，进入四川与西藏分界处名为金沙江。

玛柯河是大渡河干流在青海省河段的名称，是大渡河的正源，源出青海省果洛藏族自治州久治县哇尔依乡查七沟顶。玛柯河在风景秀丽的森林峡谷中急速流淌，沿途植被茂密，是高原森林风景区之一。

格尔木河是青海省第二大内陆河，发源于昆仑山脉博卡雷克塔格山刚久查鲁马的冰川，源头海拔 5692 米。"格尔木"系蒙古语，是"河流密集"的意思。其干流（源头至格尔木市）长 378.5 公里。在柴达木盆地，格尔木河将昆仑山的宝藏源源不断地输送给了东方大盐湖——察尔汗盐湖。盐湖表面像一片赤褐色荒野，又如犁铧翻过的土浪，其实这是晶莹的卤盐长期受黄沙侵袭、搅拌结成的沙盖，她的下面便是几十米厚的盐晶和卤水层。格尔木河向北注入达布逊湖，这里烟波浩渺，一望无际。由于格尔木河的不断注入，察尔汗盐湖成了人们取之不尽的盐资源宝库。

黑河，古称"弱水"，中国第二大内流河，发源于祁连山支脉走廊南山南坡的"八一冰川"，它从青海一路激荡流向河西走廊和内蒙古额济纳旗的居延海，3400米巨大的落差蕴藏了丰富的能源。在奇绝的风光、广阔的牧场、葱郁的森林中，黑河奔腾着一路向北，为戈壁滩上的人们送去了生命之水，滋润着内蒙古西部的干旱土地，浇灌出了一片生机盎然的绿洲。

湟水发源于青海省海北藏族自治州海晏县包呼图河北部的洪呼日尼哈，是黄河上游的最大支流。在她的哺育下，湟水谷地富庶而安宁，在占全省面积2%的土地上养育了青海省60%的人口，耕种着全省大半的农田，是青海省名副其实的粮仓。湟水孕育出了灿烂的马家窑文化、齐家文化与宗日文化，也被誉为"青海的母亲河"。

洮河发源于青海省河南蒙古族自治县西倾山脉，源头隐藏在其支脉李恰如山与莫尔藏阿米山间代富桑沟的果多山中，她从毛龙峡中跳出，于甘肃省永靖县注入刘家峡水库，直扑黄河的怀抱。当地民谚云："单不投唐，洮不离黄。"单雄信宁死不投降唐朝，而洮河也永远离不开黄河，二水交融东流。

……

在青海苍茫雄伟的雪山上，诞生了长江、黄河、澜沧江等众多江河，她们有的似哈达，飘荡于云雾雪岭之间；有的如藏家姑娘的发辫，一丝丝、一条条在草原荒漠间飞扬；有的如巨龙，以势不可当的姿态，挣脱大山的阻挡奔向大海。大大小小180多条河流密织如网，共同演绎着江河故事，谱写了三江源的历史，描绘出一幅幅壮丽的画卷。

长江总水量的25%、黄河总水量的49%和澜沧江总水量的15%都来自三江源地区，因此三江源素有"江河源""中华水塔""亚洲水塔"的美称。三条闻名于世的大河竟发源于同一个区域，且源头相距不远，这是地球上极为罕有的奇观。这三条江河在高原大地奔腾，一路又接纳、融汇了众多支流。

像一棵黄金巨树，在这三大江河通天立地的枝杈上，湖泊像树叶，多如海中之沙，涓流像巨网，密如毛发掌纹。成千个枝干、百万条细梢织就庞大的源头水系，由高原奔泻而出，成为滋养中华民族世世代代赖以生存的命脉！

三、大地之肾

生灵的乐园：江源湿地

湿地是地球上具有多种独特功能的生态系统，她蕴含着大自然赐予人类以及万物生灵的生命原动力。她不仅为人类提供滋养生命的大量食物、原料和水，而且在维持生态平衡、保持生物多样性等方面的作用也无可替代。湿地虽然只覆盖了地球表面 6% 的面积，却为地球上 20% 的已知生物物种提供了生存环境。

有人说：湿地是地球之肾。

三江源区内有各类湿地 733 多万公顷，其中 100 公顷以上的湿地面积为 412 万公顷，居全国第四位；三江源国家公园湿地资源总面积为 215 万公顷，约占总面积的 17%。

湿地滋养江河，江河又滋养生命与文明。

三江源湿地共有维管束植物 181 种；有湿地脊椎动物 123 种，其中湿地水涉禽鸟类 48 种，鱼类 55 种，两栖类 9 种，兽类 11 种。

属国家和省级重点保护的湿地动物 39 种；哺乳类动物 103 种。

三江源湿地是众多动物和植物共同的乐园。

青海湖、扎陵湖、鄂陵湖、当曲沼泽、约古宗列、星宿海、年保玉则、果宗木查、阿尼玛卿雪山、格拉丹东雪山以及哈拉湖、托素湖、可鲁克湖……一个个流光溢彩的名字，一个个让世界瞩目的奇美之地，一个个动植物的水上伊甸园，一个个蕴藏着充沛精血的生命之肾。

孔雀屏翼上的蓝宝石：星宿海

星宿海，这个名字本身就如此美丽，充满诗意。真实的星宿海比她的名字更加美丽，更加充满诗意。

星宿海，藏语称为"错岔"，意思是"花海子"，是一个狭长的盆地，位于黄河源头的果洛藏族自治州，东与扎陵湖相邻，西与黄河源流玛曲相接，东西长 30 多公里，南北宽 10 多公里。

黄河源头的玛曲，河宽水浅，流速缓慢，形成大片沼泽草滩和众多水泊。玛曲两岸牧草肥茂，野花盛开，景色迷人，犹如孔雀开屏之势，故当地藏族群众称之为"孔雀河"。孔雀河向东前行 16 公里后，注入星宿海盆地，因地势平缓，河水四散涌流，主河道无从分辨，如无数条细带长缨，飘散于绿茵野花之中，最终在地势低洼处形成无数大小不一、形状各异的海子和水泊，大者数百平方米，小的仅有三四平方米。

海子中，湟鱼成群游弋；海子上，斑头雁拨水嬉戏；海子边，野牦牛、白唇鹿、藏野驴、藏羚羊四处游荡。

星宿海的"海"宛如无数蓝色宝石，在阳光的照耀下熠熠闪光。这样的"海"是变化多端的"海"，"海"的数量、大小、形状、位置随着玛曲河水的涨落不停变幻。然而无论如何变化，"海"永远星星点点，难以计数。这一切仿佛神灵的游戏，他不停拨弄自己喜爱的宝石，想要摆放出一个最完美也最有意义的图形，让人们欣赏、猜测和领悟。

距离星宿海不远处的西南部，草甸之上也有无数水泊，名为星星海，但她们小很多，少很多，色彩也黯淡了很多，仿佛星宿海中泼溅或者溢出的点点碧珠。

然而如今，星宿海千湖荡漾、万水竞波的大美之象已经名不副实。很多湖泊已经干涸，湖底裸露于天光之下，无数块湿地已经变成荒芜的戈壁，仙境般的星宿海正面临着消失的危险。

双姝并彩：扎陵湖和鄂陵湖湿地

黄河源头两个最大的高原淡水湖——扎陵湖和鄂陵湖，素有"黄河源头姊妹湖"之称。这两大湖泊犹如一对明珠，镶嵌在黄河源区，熠熠闪光。

黄河经星宿海和玛曲，首先注入扎陵湖。扎陵湖东西长、南北窄，酷似一只美丽的贝壳，镶嵌在黄河上。扎陵湖水色碧澄发亮，湖心偏南是黄河的主流道，仿佛一条宽宽的乳黄色带子，将湖面分成两半，其中一半清澈碧绿，另一半微微发白，所以叫"白色长湖"。

黄河在扎陵湖经过回旋之后，在巴颜喀拉山南面进入一条300多米宽的河谷，河水在这里分成九股道，散乱地穿过峡谷，流入鄂陵湖。

鄂陵湖位于扎陵湖之东，形状与其相反，鄂陵湖东西窄、南北长，犹如一个巨大的宝葫芦，面积比扎陵湖大约100平方公里。鄂陵湖水色极为清澈，呈深绿色，天晴日丽时，天上的云彩、周围的山岭，倒映水中清晰可见，因此叫"青色长湖"。

十分有趣的是，扎陵湖中有供鸟类栖息的岛屿，而鄂陵湖有一个专供鸟儿们会餐的天然场所，人称"小西湖"，又称"鱼餐厅"。原来，每年春天，黄河源头冰消雪融，河水上涨，鄂陵湖的水漫过一道堤岸流入"小西湖"，湖中的鱼儿也跟着游进来。待到冰雪化尽、水源枯竭时，湖水断流并开始大量蒸发，水位迅速下降，鱼儿开始死亡，而且被风浪推到岸边的沙滩上。鸟儿们不需要花费力气去捕鱼，只要到小西湖随便"入座"，就可以饱餐一顿。鸟儿最多的时候，遮天蔽日，几里外都能听到鸣叫声。

鄂陵湖烟波浩渺，波澜壮阔。上午，湖面风平浪静，纤萝不动；下午常常变天，大风骤起，平静的湖面波涛汹涌，浪花拍岸。有时天昏地暗，像连片的黑色藏帐，一会儿又变成点点白色的风帆，由远及近，景象极为壮观。

扎陵湖和鄂陵湖海拔4300多米，比中国最大的内陆湖泊青海湖高出1000米，是名副其实的高原湖泊。2005年，鄂陵湖、扎陵湖湿地被联合国正式批准为国际重要湿地，这也标志着中国面积最大、海拔最高和世界高海拔地区生物多样性最集中的三江源自然保护区，乃是全球最重要的高原湿地之一。

黑颈鹤的故乡：隆宝湖湿地

隆宝湖黑颈鹤自然保护区位于玉树藏族自治州玉树市隆宝镇境内，海拔4000米以上，是世界上海拔最高的自然保护区之一。地势呈南北走向的峡谷形状，四周被高山环抱。沼泽洼地西北端有三条较大的水流流出，注入通天河。

表面上看，隆宝湖湿地水域辽阔，波光浩渺，与高原其他的湿地并无太多不同，实则暗藏玄机。如同被鲜花伪装的陷阱，隆宝湖的多处湖水之下潜藏着大片沼泽草丘，往往令不知底细的闯入者陷入危机。

湖水之滨，神话与传说俯拾皆是。

格萨尔王的王妃珠姆出生在玉树，隆宝湖是她的生命湖。

隆宝湖南北两面被仓宗查依山和宁盖仁其崩巴山及亚钦亚琼、肖好拉加等高山相拥，其中仓宗查依山海拔4760米，宁盖仁其崩巴山海拔5182米，两山常年披雪，一南一北，犹如两个白色巨人耸立。据说，这两座圣山是格萨尔王派来保护珠姆和她的家乡的卫士。

隆宝湖是神鸟之国。这里有鸟类30多种，斑头雁、赤麻鸭、潜鸭、百灵、云雀等，或在湖中觅食，或在湖边繁衍生息，或在天空中自由飞翔。

这里如同一个世外桃源般的国度，鸟类是自由和幸福的人民，而黑颈鹤就是这个国的王。

称黑颈鹤为鸟国之王，是因为全世界仅有 1300 多只，可谓珍禽中的珍禽。除了不丹有少量分布外，大部分生活在三江源头，隆宝湖是她们最好的繁殖地和生活区。也是因为地处偏僻，路途艰险，鲜有人至，所以隆宝湖有着未受破坏的天然美景和生态环境，黑颈鹤可以安然惬意地在此繁衍生息。

黑颈鹤还是当地藏族人心中的神鸟，被藏族称为"格萨尔达孜"，意思是格萨尔王的牧马官。

传说，每当格萨尔王打了胜仗、珠姆高兴的时候，雪山的雪就会变得很厚，隆宝湖的水也会上涨，又蓝又清；若是格萨尔王

黑颈鹤　焦生福 摄

打了败仗,妖魔恶敌横行高原,蹂躏人民,珠姆心中感到痛苦时,雪山的雪就会减少,隆宝湖就会萎缩,湖水也变得浑浊。这时,珠姆一定会生病,她会连续好多天跪在湖岸,向观世音菩萨祈祷,求菩萨以神力帮助正义之师。观世音菩萨听到虔诚的祈祷,就赶去帮助格萨尔王,并带来黑脖子仙鹤(黑颈鹤)给珠姆……从此以后,黑颈鹤就成了格萨尔王宝马的守护神。所以当地藏族同胞历来将隆宝湖看作圣湖敬奉,把黑颈鹤看成吉祥灵异的神鹤悉心保护,黑颈鹤因此得以在隆宝湖畔美丽自由地生存。

人对神与佛的敬畏和热爱,其实就是人对自然的敬畏和热爱;反之,神与佛对人的庇护和慈悲,其实就是自然对人的庇护和慈悲。这是真正的天人合一。

黄河遗珠：贵德与循化

贵德与循化是黄河最为青睐的两块土地,她流连徘徊,依依不舍,留下无数馈赠,赐予富饶、宁静、美丽。

贵德县属青海海南藏族自治州,意为"以和为贵,重在养德"。

所谓"天下黄河贵德清",河水之"清"既缘于上游草原良好的植被,她们有效地拦截了泥沙,也缘于龙羊峡的沉淀,于贵德的地形地貌——水势平稳,对两岸的冲刷很是轻微,因而融进河中的泥沙极少。

黄河自多隆沟入境,由西向东呈"弓"形穿过贵德,至松巴峡出境。黄河对这个河谷盆地非常慷慨,除了无数湿地,还馈赠了森林以及壮观的溶蚀地貌和丹霞地貌。

贵德黄河清湿地公园依托黄河森林公园和湿地而建，总面积约 55 平方公里，其中黄河夹滩及两岸滩涂湿地面积约 26 平方公里，湖泊湿地面积 1.6 平方公里，沼泽湿地面积 6 平方公里。整个湿地公园以千姿湖为中心，清清黄河、片片湿地、叠翠山岭珠联璧合，宛如江南画卷，且有无数植物蓬勃生长和众多动物自由栖息，实为生命天堂。

循化县是撒拉族居住之地，是中国唯一的撒拉族自治县。县境四面环山，林谷相间，平均海拔 2200 米。河谷地区平均海拔 1850 米，因为黄河的滋养润泽，成为青海省最为温馨润泽的地区之一。

黄河在循化县非常清澈，而且同样慷慨，遗留的片片湿地植被茂密，风光秀美，资源丰富，使得这片撒拉族世代繁衍生息的绿色家园愈加美丽富饶。

四、圣湖海子

千湖之国：可可西里

青藏高原是中国湖泊分布最为密集的区域，大于 10 平方公里的湖泊有 351 个，总面积 36900 平方公里，占全国湖泊总面积的 52%。青海湖、鄂陵湖、扎陵湖、纳木措、色林措、扎日南木措、当惹雍措、羊卓雍措、昂拉仁措以及班公湖等著名大湖在青藏高原上星罗棋布。而在青藏高原，湖泊最为密集的区域当数可可西里。同样，在三江源国家公园中，名气最响亮的区域也是可可西里；2017 年 7 月 7 日，在波兰克拉科夫举行的第 41 届联合国教科文组织世界遗产委员会会议上，青海可可西里获准列入《世界自然遗产名录》，成为中国第 51 处世界遗产和青海省的第一处世界遗产。

提起千湖之国，人们马上想起芬兰，8% 的湖泊覆盖率让它享誉全球。谁曾想，在地球海拔最高的地方也有这么一片土地，7.5%

的湖泊覆盖率比起芬兰也不遑多让，这就是可可西里。

长江源园区西部的可可西里是中国湖泊分布最为密集的地方，保护区内有大片的沼泽地和成百上千个湖泊，这里的湖水总面积达 3800 平方公里。区内面积 200 平方公里以上的湖泊有 7 个，其中两个湖泊面积超过 500 平方公里；1~200 平方公里的湖泊有 100 个；1 平方公里以下的湖泊有 7000 多个，因而被誉为"千湖之地"。在可可西里，著名的湖泊有库赛湖、卓乃湖、勒斜武担湖、可可西里湖、西金乌兰湖、乌兰乌拉湖、太阳湖、月亮湖、多尔改措、格鲁措、明镜湖、库水浣、饮马湖、特拉什湖、海丁诺尔等等。

保护区内的太阳湖最大水深 65 米，是区内最深的湖，也是可可西里唯一的淡水湖；乌兰乌拉湖面积达 544 平方公里，是青海第四大湖，湖中的镇湖岭岛是中国最大的湖心岛；多尔改措湖中游弋着珍稀的小头裸裂尻鱼；西金乌兰湖矿化度最高，水深也最浅，最大水深仅 15 米；岗尕梅朵措（意为雪莲花湖）的湖畔常有雪莲生长；赤布张措（意为水桥湖）形似水桥的湖体孕育了无数生灵；可考湖藏语称"仲乃措"，意为野牦牛集中的湖；卓乃湖藏语意为藏羚羊集中的湖，每年从各个方向来湖边产仔的藏羚羊达 2 万 ~3 万只，因而被称为"藏羚羊大产房"。

水是生命之源，密集而瑰丽迷人的湖泊滋润着可可西里高寒荒凉的广阔荒原，造就了世界原初的优越自然生态……

神话的滥觞之地：西天瑶池

一提起瑶池，人们就会想到西王母举办的蟠桃盛宴、各路神仙们醉饮琼浆的憨态，也会想起她接待周穆王的盛大场面。在无数的神话传说中，昆仑山总是与西王母连在一起。昆仑山因西王母而充满深厚的文化底蕴，魅力无穷；西王母因昆仑山而完美多姿，光照世界；中华文化因昆仑山而灿烂丰富，因瑶池而神奇瑰丽。

西王母实有其人，她是远古时的部落酋长，居住在昆仑山。《山海经》描述："西王母其状如人，豹尾虎齿而善啸，蓬发戴胜，是司天之厉及五残。"这种人兽结合的形象，旨在突出她的威猛，或者说明她的部落以虎豹为图腾。

随着时间推移，在几千年来的各种记载中，西王母成了美女、天仙、神佛、王母娘娘，成了真、善、美的化身，音乐舞蹈的创造之神，消灾救难的度母……总之，深受儒、释、道三教信众推崇。

真正的瑶池，是在昆仑河源上、道教名山玉虚峰西北的一汪高山平湖。此湖东西长 12 公里，南北宽 5 公里，海拔 4580 米，湖水深达 107 米。水绿如翡翠，波光粼粼，早晚雾气蒸腾，云彩滑过湖面，颇有几分神秘。湖面上水鸟翻飞翱翔，湖畔水草丰美，有野牛、黄羊、野驴、藏羚羊、棕熊等几十种动物在此生活。

瑶池之水，冰冷沁骨。湖旁有一平台，一丈见方，就是传说中西王母摆蟠桃宴的石玉案。

天然化工厂：大、小柴旦湖

土尔根达坂山下，大、小柴旦湖像两颗灿烂的明珠镶嵌在柴达木盆地上。两湖景色优美，且富含硼、锂、芒硝、钠盐。1963 年，科学家在大柴旦湖滨发现了假六边形章氏硼镁石和尖棱面体的水碳硼石，这是中国首先发现的新矿物，丰富了世界矿物学的目录。

小柴旦湖景观独特，夏秋之际，湖边出现一圈耀眼的白霜，如同蓝宝石镶了一道银边。这是湖水渗透析出的芒硝，经风化脱水，变成芒硝粉末，此时用笤帚扫集，即可供工业使用。湖边芦苇丛生，岸草萋萋，招来成群的野鸭和天鹅。天鹅的居所十分讲究，有芦苇造就的"走廊""客厅""卧室"，干净又整齐，充分体现出她们爱美的秉性。

小柴旦湖硼含量高达 80%，因此曾是中国的硼砂基地。20 世纪 60 年代初，此地硼砂厂大干正酣，在"倾家荡产保硼砂"的口号下，6000 多人烧着千口铁锅，沿大、小柴旦一带上百公里，摆开阵势土法炼硼。一派火光烟雾，人声喧嚷，硼矿堆成了小山。每年从两湖炼出的硼砂达 6 万多吨，曾为国家作出了贡献。

柴达木人熬干了自己，大、小柴旦湖也几乎倾尽精华。现在硼砂储量所剩无几，已退化为 10% 品位的贫矿。

除硼砂外，小柴旦湖的又一功绩，是 1982 年曾在这里发现过旧石器时代的原生层位，并出土了 23000 年前古人类使用过的刮削器、雕刻器、砍砸器等石制品。

可鲁克湖　焦生福 摄

玉璧情人：可鲁克湖和托素湖

可鲁克湖和托素湖如同一双玉璧，镶嵌在怀头他拉草原上。传说中，他们是一对情人：少女温柔美丽，少年英俊强壮，他们深深相爱。他们的爱情是凄美的：少年死去，化为托素湖，少女殉情，化为可鲁克湖。少女临终前努力爬向情人并伸出玉臂，指尖碰触到情人的刹那死去。她的玉臂化为一条小河，与情人血脉相连。

"可鲁克"是蒙古语，意思是多草的芨芨滩，也有人说是水草茂美的地方。可鲁克湖是一个微咸性淡水湖，面积为 57 平方公里，平均水深为 7 米。水色清澈，湖面平静，水草丰茂，有阴柔之美。环湖浅水区盛产芦苇，夏天，远远望去，宽约 100 米、长约 30 公里的繁茂芦苇随风摇曳，仿佛少女脖颈上绿色的绸巾。

可鲁克湖是一个外泄湖，巴音郭勒河的水在湖中回旋之后，从南面的低洼处流入托素湖。

这条 7 公里长的小河就是少女的玉臂。

"托素"也是蒙古语，意为酥油。托素湖的面积比可鲁克湖大三倍多，是一个典型的高原内陆咸水湖，含盐量很高。湖中极少动植物，周围也是一望无际的戈壁滩，荒凉寂寥，寸草不生，但托素湖湖面辽阔，无遮无拦，晴天时，烟波浩渺，水天一色；大风起时，浪涛汹涌，拍岸有声，颇有阳刚之气。

托素湖　焦生福 摄

东方大盐湖：察尔汗湖和茶卡湖

中国的盐池多在青海，青海的盐池集中在柴达木盆地。柴达木在蒙古语中意为盐泽，就是盐水积聚的盆地。

晚期的喜马拉雅造山运动，使海水退出柴达木盆地，印度洋的暖流又被阻隔于喜马拉雅山之南，断裂、干旱、大于降水量上百倍的蒸发量，各种自然的因素共同作用，在柴达木造就出 30 多个盐湖，各种盐的总储量在 1000 亿吨以上。一个区域内积聚着这么多的盐湖群，蕴藏着如此多的稀有元素，举世罕有。按大类分，柴达木的盐湖中有钾盐、锂盐、钠盐、镁盐、硼盐；以色彩、形状分，有白盐、红盐、青盐、黑盐、雪花盐、粉条盐、珍珠盐、葡萄盐、玻璃盐、水晶盐……柴达木有 7 种矿产居全国之首，而 6 种就出自盐湖。

察尔汗盐湖距格尔木市 60 公里，其南北宽 20 公里，东西长 180 公里，面积达 5658 平方公里。察尔汗盐湖食盐储量达 600 亿吨，够目前世界人口足足吃上 2000 年。察尔汗湖是世界上最大的内陆干盐湖，食盐、钾、镁的储量超过了美国大盐湖，年产钾肥达国内总产量的五分之一。察尔汗盐湖的钾盐储量占全国的97%，是中国唯一的钾盐基地。通常钾盐只产生于深海的海底，察尔汗盐湖却打破了这个规律。1957年10月2日，中科院盐湖科学调查队来到察尔汗盐湖，已故著名化学家柳大纲和著名盐湖研究学者郑绵平院士，在这里发现了储量巨大的钾盐矿，从此结束了中国没有钾盐的历史。

实际上，察尔汗的盐是接近于"取之不尽"的，因为格尔木河带着昆仑山的盐矿物不停地补充进来，形成采了又生的矿床。

阳光下，盐田特别壮观，鹅黄、淡绿、翡翠、金红糅在一起，呈现出童话般的绚烂、神奇。虽说不见一棵草，但盐花在卤池边展现出永恒的风景，钾盐、钠盐、光卤石结晶体，如寒梅、秋菊、牡丹、迎春花……艳丽夺目地开在一起。

人们说："不溜盐桥，不算到过柴达木。"一座举世无双的盐桥，长达33公里，折合中国度量衡单位，正是一万丈。她横跨在察尔汗盐湖上，没有一个螺丝，没架一根钢梁，没建一个桥墩，没铺一块水泥板，而承载能力却超过了任何现代化桥梁，每平方米可承重达6000吨以上。

盐桥养护简单，省钱又省力。桥面出现坑洼时，道班工人只需从路边铲盐撒在里面，再从溶洞里舀几勺卤水浇上，盐粒很快溶化，太阳一晒，坑洼平复，真是比钢筋水泥桥还平整坚固。

青青之海：梦幻青海湖

如梦似幻的青海湖面积达 4625 平方公里，是中国最大的内陆湖泊，也是中国最大的咸水湖。

远古的青海湖本与黄河相连，在后来的造山运动中，她成了中国最大的湖泊，更成为环湖地区各族人民心目中的神圣之湖。蒙古人叫她"库库诺尔"，藏族人称为"措温布"，都道出了"青蓝色的湖"的特点。

青海湖最深处为 32.8 米，平均水深 21 米。无色的水只有深达 5 米以上，才会呈现浅蓝色。要想看到青的颜色，那么水要非常深才行。因为只有足够深的水才能把可见光中的长波光线如红、橙、黄等吸收，而只把偏于短波的紫、青、绿色反射出来。与青海湖相较，中国五大淡水湖的深度就差远了，以太湖为例，其最深处不过 5 米，平均水深不过 3 米。青海湖的水，既区别于大海的蔚蓝，又异于其他内陆名湖的碧绿，她是湖与海的完美结合，青得深沉，蓝得高洁。《湖沼学》的作者、瑞士日内瓦大学地质学教授高莱曾说过："青的颜色在湖泊中是相当少见的，绿的颜色则时常可见。"青海湖不但是湛湛的青色，而且如大海一般辽阔，这是中华民族的骄傲。

环湖景点颇丰，有因文成公主而驰名的日月山、倒淌河，吐谷浑都城伏俟城，青海湖的母亲布哈河草原，闻名遐迩的鸟岛奇观，王洛宾谱写《在那遥远的地方》时采风所到的金银滩，首次研制"两弹"的原子城，中国保存最完整的西汉古城三角城，以及沙岛、沙陀寺、石堡城、海心山、仙女湾、五世达赖圣泉等等。

海心山，青海湖中的宝岛之一。岛上建有庙宇，有僧人、佛堂、香火。以前每年冬季，僧人踏冰出湖，置办全年粮食及生活用品，再回到岛上，过着与世隔绝的生活。现在有船艇运输，随时都可补充给养。

海心山面积只有 0.5 平方公里，却自古有名，又称"龙驹岛"，是古代放养宝马之地。隋炀帝曾在此寻求号称"龙驹"的宝马无功而返。现在岛上已无龙驹，也不产名马，随着现代交通工具的发达，马的作用已越来越小，但"龙驹岛"名声犹存，静静地矗立湖水碧波之中，安守着美丽的传奇和久远的秘密。

鸟岛坐落于青海湖西北隅，位居中国八个鸟类保护区之首。

鸟岛主要由海西山（又名蛋岛）与鸬鹚岛组成。每年四五月份，海西山热闹异常，斑头雁、鸬鹚、凤头潜鸭、海鸥等，从中国江南、东南亚、印度、尼泊尔等地飞来产卵、孵雏。十万远客在岛上繁衍生息，挤挤挨挨，以致难以落脚。秋天，雏鸟长大，又南飞越冬。冬雪飘飘时，湖面冰封，又成了高蹈中的天鹅的领地，她们在岛上越冬，春天离去。

在鸟岛的东北端，一面峭壁矗立湖滨。春夏之季，有上万鸬鹚生息在礁崖上，形成鸬鹚部落，故名鸬鹚岛。

除了年年往来的候鸟，岛上还有过路鸟类暂驻栖息，最多时达 8 万只以上，鸟岛成了她们往返的食宿点。有些在湖滩歇息一宿，就匆匆赶路；有的在这里补充食物，恢复体力，流连一些日子，再飞往目的地。

在这万鸟竞翔的王国周围，藏族对这些生灵倍加呵护珍惜，形成了人、鸟、鱼和谐共存的生活环境，鸟岛终成为鸟的天堂。

青海湖闻名天下，可是青海湖的母亲布哈河，知道的人却不多。

布哈河从疏勒南山的冰川雪岭流出，蜿蜒曲折，把沿途230公里积攒的清泉、雪水、细流源源注入青海湖中。青海湖每年的水源补给量是40亿立方米，其中一半来自布哈河，布哈河保住了青海湖的青春，维持了湖中生物的繁衍。

布哈河是青海湖裸鲤——湟鱼的摇篮。青海湖裸鲤是淡水中产卵、咸水中生长的独特鱼种。每年春末，青海湖里的裸鲤成群结队，溯流而上，在温暖的布哈河淡水中产卵，一时间大小河道鱼群云集，等小鱼长成后，再游回青海湖。

布哈河也哺育了海西最大的天然牧场——天峻大草原，这里是40多万头牛羊的乐土，也是白唇鹿、黑颈鹤、赤麻鸭、松鸡、天鹅等几十种野生动物赖以生息繁衍的乐园。

在青海湖周围生活的人们心目中，环青海湖地区还曾是西王母居住、生活的地方，青海湖也是她沐浴过的西天瑶池，传说中的故事和昆仑山中的瑶池一样，形成了东、西两个瑶池的美丽传说。至今在一些人的观念中，青海湖还是众人向往的理想国——香格里拉的所在。

三江源，天设地造，山宗水祖，是孕育无数生命的摇篮。在长江、黄河、澜沧江这三条大江河伸展的枝蔓上，盛开过无数繁茂的文明之花，结出过无数丰硕的文明之果。三江源以其源源不竭的乳汁和心血浇灌着神州大地及东南亚诸国，为古老的东方倾尽所有。

长江、黄河、澜沧江是我们的母亲河，三江源地区对中华民族的恩德更胜过母亲。今天，每一个中华子孙面对这神山圣水担承着的高恩厚德，都应有感念之心，竭尽全力去保护她、呵护她，以世间最美好的词句礼赞她——三江源，我们共同的精神家园！

锦绣极地

一刘士忠一

三江源头，大美之地。

　　如果你只是在文字中阅读过，在摄影图册和电视风光片中浏览过，在歌曲中聆听过，在诗歌中吟咏过，你会怎样想象这片古老而又年轻的高原？

　　神奇，当然是神奇。

　　如果你曾亲身到达过、观赏过、赞叹过、抚摸过、朝圣过，你会怎样形容这片最靠近天空和太阳的土地？

　　神奇，当然是神奇。

　　可能你就生于此地，活在此地，你也将死于此地，你又会怎样描述这片拥有博大深沉生命的土地？

　　神奇，当然是神奇。

　　这片神圣之地，充满野性，深沉而辽远，充盈鼓荡着无穷的力量，但从不缺少诗性的温柔与灵动、慈悲和福佑。

一、神奇之地

高原崛起

美丽神秘的三江源是亿万年地质运动的结果，肇始于惊天动地的地球板块碰撞。

在以亿万年为计量单位的地质年代，青藏高原这个现代意义上的"第三极"仍是一片肆意汪洋。三个古海大洋"原特提斯""古特提斯"和"新特提斯"相继消亡。接着，在缓慢的不可逆转的地壳运动作用下，古海洋不断抬升、扩张，大部分转为陆地。距今7000万年左右，出现了地质时代的燕山造山运动，古海进一步抬升，出现青藏高原的雏形。

地球板块的漂移是一个缓慢而永恒的过程，印度板块对欧亚大陆板块的挤压碰撞始终不曾停止。初生的青藏高原被挤压，不断隆升，造就了喜马拉雅山、冈底斯山、昆仑山等一系列著名山脉。

这就是以世界最高峰的名字命名的"喜马拉雅造山运动"。

青藏高原的崛起，就像是一个孩子的孕育、出生和长大成人。这雄奇伟岸的巨神曾经是一个婴儿，出生在无边无际的汪洋大水之中；他慢慢长大，他是大地之子，健康强壮，有无与伦比的生命力；他有强壮的兄弟姐妹，他们用有力的手帮助他成长；他坐起来，站起来，他越来越高大雄壮。

巨神崛起。

于是形成了大奇大美包罗万象的三江源：大山横亘蜿蜒，冰川连绵不绝，河流密织如网，湖泊星罗棋布，峡谷纵横曲折，戈壁广阔奇美，草原千姿万彩，森林玉绿金耀，丹霞水碧山丹。

峡谷览胜

峡谷是冰川与河流联合开掘的伟大业绩。

冰川是一只柔软而有力的手，山峰或者岩石是一朵美丽而坚硬的花。手揉搓花朵，花朵破了，碎了，裂了。奇妙的是，花瓣的碎片以及它们排列堆积的模样比原先的花朵还要奇妙，还要美丽。

河流是另一只手，同样柔软有力，它拨开土石沙砾，雕刻岩石，重塑山峰，使雄伟奇丽的大地增添几分沧桑凝重的成熟之美。

长江在格拉丹东雪山的原动力推动下，走过蜿蜒的巴颜喀拉山，迈过玉树草原的宏大门庭，开掘出通天河大峡谷后，就不再有所动作，安详宁静地流过唐僧玄奘师徒晾晒经文的石台，流过文成公主夜宿的渡口，告别三江源大地，一路向东。直到中下游时，才又释放出惊人的伟力，开凿出一系列或雄奇或秀丽的峡谷。

而黄河，源出巴颜喀拉山北麓的各姿各雅山，在约古宗列盆地汇聚，以孔雀开屏之姿流出一条秀美之河——玛曲，接着沿阿尼玛卿山山麓由西流向东南，进入四川和甘肃两省交界处。在四川的若尔盖草原和甘肃的玛曲草原稍事休息后，毅然掉头向西，经拉加峡重新投入家乡的怀抱。

离乡路，归乡路，黄河走出一个巨大的"S"，这是黄河的青春之路。

梦想和使命使黄河再次东流，在青海甘肃交界的寺沟峡告别故乡，这一次她不再回头。

回到故乡后，黄河青春激荡，汹涌着无可比拟的力量，把平坝切割为深谷，从山岭沟涧间冲出坦途：拉加峡、野狐峡、龙羊峡、拉西瓦、左拉峡、松巴峡、李家峡、公伯峡、寺沟峡……30个峡谷，是黄河创造的第一大伟业。

黄河给家乡的报答如此丰厚：青海境内黄河上游段可以建设大型水电站6座、中型水电站7座，总装机约千万千瓦；已建成和正在修建的大中型水电站有12座，装机容量百万千瓦的就有龙羊峡、拉西瓦、李家峡、公伯峡、积石峡5座。

青春是激烈的，也是纯洁的，所以，在源头的1900多公里道路上，黄河清澈如许。

野狐峡位于青海省同德、贵南县境内，居拉加峡与拉干峡之间，是黄河上游最狭窄的峡谷河段，左岸为高四五十米的石梁，右岸为高达数百米的峭壁，河面最窄处仅十余米。其名因传说"野狐跳峡"而得：很久以前，猎人追赶一只狐狸来到黄河边上，眼看猎物走投无路，将成囊中之物，却只见狐狸纵身一跳，越过黄河，踪影全无。

野狐峡是黄河最独特的创造。在这里，黄河把自己变成了一把寒光凛凛的利刃，以惊天骇地之势，在大地上切割出深深的裂谷，从而将青青草原悬上半空，将嶙峋的阡陌沉入谷底。

龙羊峡位于青海共和县境内，是黄河流过草原、进入黄河峡谷区后经过的第一峡口。

龙羊峡两岸，一边是起伏险峻的茶纳山，一边是连绵不断的莽原，中间是一片宽阔平坦、肥沃丰腴的盆地。在这里，黄河如同不可阻挡的推土机，在山峰中推铲出长 40 公里、宽 9 公里的广阔道路。然而至峡口附近，突然花岗岩峭壁陡立，高近 200 米，两岸之间距离仅 30 米。

龙羊峡是黄河留给三江源大地最丰厚的一笔财富：河谷广阔，使整个峡谷成为一个巨大的天然库区；峡口狭窄，正好是建立大坝的宝地——黄河"龙头"电站，龙羊峡水电站应运而生。黄河把 13 万平方公里的年流量赠与龙羊峡，留下上游最大的一个人工水库，然后缓缓离去。

龙羊峡之名的由来，与野狐峡相似：黄羊跃峡，化龙飞升。让想象更大胆一点儿，诗意一点儿：黄羊飞跃化龙，但并未飞升远去，而是横亘于险峻山崖之间，造就了高峡平湖。

黑河大峡谷是黑河的杰作。

黑河大峡谷　焦生福 摄

　　黑河发源于青海省祁连县境内野牛沟乡的八一冰川，流经青海、甘肃和内蒙古三省区，全长860多公里，是全国第二大内陆河。黑河发源之后，根据地势，本应向更为平坦广阔的南面而去，但它却一路向北，在群山之中冲击、劈斩、撕扯出一个450公里长的大峡谷，然后奔向河西走廊，润泽滋育那里干旱贫瘠的土地。

　　海拔的巨大落差造就了它的雄伟、神奇和千形万状。黑河大峡谷内气候多变，忽而雾，忽而雨，忽而晴，一天之中，能观赏四季之变，品味四季之美。

　　此地有陡峭巍峨的群峰，姿态万千。峰顶白雪皑皑，万年不化。峰上树木茂盛，林中珍禽异兽不绝。山坡青草绵延，养育牛羊。山中蕴含丰富的矿藏，深藏珍奇的药材，历史文化遗迹星星点点，神话传说俯拾皆是。

黑河源　焦生福 摄

戈壁奇观

3亿6千万年前，柴达木盆地和青藏高原一样，汪洋一片。而后高原隆升并崛起，在这一巨变中，高原西北地带出现地层构造横向断裂，断裂地带作为最后的海底保留下来。有限的海水随着高原整体的抬升而升高，在此过程中，海水蒸发，飘向远方。

当最后一滴水消失，昔日的海底就彻底裸露于天光之下、寒风之中。

柴达木，风肆虐妄为的地方。万古的岁月，风磨砺、侵蚀山峦和土地，风沉积卵石和沙粒，把柴达木变成荒漠和戈壁。

柴达木是旱风的杰作，雅丹则是大地的风雕。雅丹是维吾尔语"雅尔当"的音译，意为陡峻的土丘，是荒漠独有的奇观，千姿百态，在旷野中沉默，在沉默中诉说。

柴达木拥有世界上最大的雅丹地貌群。7500万年前的湖泊沉积物，由于地质运动升起并脱离水体，裸露于天地之间，接受风

柴达木戈壁　葛建中摄

的侵蚀雕塑，从而形成如今规模庞大、千姿百态的自然雕塑群，数千平方公里，有如魔幻世界。

这里有现实中和神话中所有的城池宫殿和古堡庄园；有所有你能想象到和不能想象到的亭台楼阁；有世界上所有的怪兽，有世界上所有的奇木。魔幻世界里一定有幽灵。幽灵尖叫，唱歌，号哭，泣诉，呻吟；幽灵精通魔法，能迷人心魄，让罗盘和指南针失灵，引诱旅人迷路，甚至丧失心智。

幽灵当然是风，风是雅丹的主人。

柴达木表面上一无所有，实则富甲天下。东西长约 800 公里，南北宽约 300 公里，面积 25 万多平方公里。

这个天地间最大的聚宝盆里，有雪花一样的盐、乌金一般的煤炭和石油，还有珍贵的各类金属和稀缺的各种工农业原料。

最大最多最著名的宝物，当然是盐。盐来自盐湖。大的盐湖有 26 个。最大的盐湖是察尔汗盐湖，世界第二。茶卡盐湖则是最美丽的盐湖之一。

茶卡是藏语，意为盐池。150 平方公里，17 个杭州西湖的面积，蕴藏 4 亿 4 千万吨以上的盐。茶卡所产之盐，晶大质纯，盐味醇香，因其中含有矿物质，使盐晶呈青黑色，故称"青盐"。青盐是最理想的食用盐，它曾书写在李时珍的《本草纲目》中，被推为盐中之首。它曾融化于乾隆皇帝的南北大菜满汉全席里，被定为官采，以保证皇室之需。它甚至在《红楼梦》里清洁过林黛玉和薛宝钗美丽的牙齿。

与其他盐湖一样，茶卡盐湖也是大海的遗迹，它处于柴达木盆地边缘，与青海湖隔山相望，如一块巨大的白玉盘，镶嵌在戈壁雪山之中。

柴达木盆地还有许多自然奇观，尤以芦苇草船和贝壳梁最为奇妙。

芦苇草船的景观在都兰县诺木洪乡的霍鲁逊湖。霍鲁逊湖面积约 200 平方公里，湖深 8 米。此湖的东西部生长着大片临风摇曳的芦苇，茂密繁盛，蓬蓬勃勃。

枯水季节，芦苇将根扎于湖底的淤泥之中，吸收水分和养料，

茶卡盐湖　焦生福摄

但待到涨水季节，身轻根浅的芦苇便难以在湖底立足，只能漂浮于水面之上。芦苇缠绕扭结，在湖面上形成一片片大小不等、形状各异的芦苇草垫。这些草垫大如游轮，小似门板，时隐时现，如失去船夫断了缆绳的船般随风飘荡，因而得名"芦苇船"。湖盈水满之际，人可立于芦苇草船之上，飘荡于幽幽湖水之中，适于饮酒，适于吟唱，适于思乡，也适于怀古。

芦苇草船是一种比喻，贝壳梁则真正是贝壳堆积而成的山梁。

这是一道长约 2 公里、底宽约 70 米、顶宽约 30 米、高 5~10 米的小丘陵，位于霍鲁逊湖不远处的努尔河边。表面上看，它与普通的丘陵并无不同，但揭开表层薄薄的盐碱土盖，下面竟是厚达 20 多米的瓣鳃和腹足类贝壳堆积层。这些大约 15 万年前的贝壳数以亿万计，与含有盐碱的泥沙凝结在一起，层层叠叠，密密匝匝。

这些贝壳与如今在大海边见到的贝壳不同，它们呈灰白色，一般只有指甲盖大小，且纹理浅，说明经受过的波浪冲击比较小，是湖泊的沉积物。贝片与沙子因为盐碱而胶结，加上少量雨水的淋滤，局部造型坚硬而独特，奇美生动，如神佛，如山林，如花朵，如画屏，千姿百态。长途搬运也不破碎，即使是散贝碎壳，经水拌和，也可塑造为所需的各种形态。

贝壳梁不仅是大自然馈赠的一道珍奇景观，作为中国内陆盆地发现的最大规模古生物地层，它更是人类破解自然之谜的一项重要证据。贝壳梁是酒泉盆地、柴达木盆地等西部盆地的缩影，它见证着柴达木、三江源乃至世界的前世。

远古的柴达木是一片汪洋，在漫长的地质时期中，海洋逐渐缩小为湖。无法阻挡的造山运动在造就南昆仑、北祁连、西阿尔金山的过程中，也造就了众水向盆地中心汇聚。后经无数次地质变化以及阳光、干旱和风交替的影响，湖水逐渐枯竭。成群的贝类为了最后的生存，挣扎着涌向中心水洼，那挤挤挨挨、密密匝匝的惨景不难想象。贝类不断涌来，越积越多，越爬越高。然后是河水改道，旱象加剧，风沙愈发狂暴，贝类全部灭绝，只留下贝壳尸体的堤墙，阻挡不了死亡，更阻挡不了沧海桑田的历史变迁。

站在贝壳梁上，面对大漠，我们应该听到隐约的警醒之声：如果人类不爱护自己的家园，不做好准备应对大自然的巨变，是不是也会有那么一天，就像这亿万的贝壳一样，堆积凝塑为岁月的遗迹？

碧水丹山

丹霞地貌，火焰与水能够完美结合共存共荣的见证。漫天神火，凝固于平凡的岩石和泥土之中。或者，自然之血，沁润悲苦之山。

坎布拉，藏语意为"康巴人的家园"，是为了感念黄河的恩德而命名的，因为黄河母亲不仅润泽大地滋育万物，还营造了丹霞圣境。据说那些红色的山峰，就是上界的天神帮助母亲河开天拓地而上下的阶梯。

坎布拉位于李家峡旁、黄河南岸，头戴"国家森林公园"和"国家地质公园"两顶桂冠，大自然赋予它极其美妙独特的生态环境和地貌风光。概括而言，坎布拉有四大景观：上部森林，中间丹霞，下部秀美水库和奇幻地质特征，以及独特的宗教人文景观。

50多平方公里的范围内，丹霞山体有上百座，是黄河流域最大也最富有神韵的丹霞地貌区。

丹霞，简而言之，即异石奇峰主要由红色碎屑岩构成。坎布拉的丹霞发育之典型，类型之繁多，规模之宏大，造型之奇美，在国内实属罕见。

碧水丹山，火焰和水能够完美地共存共荣。

坎布拉丹霞的精华部分在十八峰——将军峰、大鹰峰、尼姑峰、骆驼峰、龟爬峰、人佛阳根峰、哇香峰、仙女峰……十八峰，峰峰奇妙，又融为一体，不可分割。十八峰的大多数峰峦因形得名：将军峰俨然是将军（格萨尔王）出征之态，大鹰峰如一只展翅高飞的雄鹰，骆驼峰如沙漠之舟昂首跋涉……每一座都是自然的杰作，都有一个口口相传的美妙故事或传奇。

仙女峰在云雾中时隐时现，宛如一群瑶池仙子在尽情嬉戏歌舞。传说仙子们下凡沐浴之际，被三个康巴青年发现，他们躲在密林之中，失魂落魄地偷窥仙容圣姿。仙子们乐而忘归，青年们浑然忘我，不觉黎明已至。仙子回不了天庭，索性留在坎布拉断了天缘，而青年们也化为石头，如痴如醉地凝望。时至今日，仙子们依旧在御风舞蹈，青年们仍然无怨无悔地凝望。

尼姑峰的传说，是现实与神话的交织：三百年之前，老尼益希卓玛在山腰的洞中修行。一日清晨，徒弟到山沟背水，回至山洞，师父不见了；她四处寻找，竟发现益希卓玛师父站在对面的峻峭峰尖之上，对自己温言相应。益希卓玛说，自己已修炼完成，要飞升仙界，并嘱咐徒儿认真修炼，早日悟道成佛，说罢，便消失于蓝天白云之中。

此后，尼姑峰声名远播，四方信女都来向益希卓玛的徒儿学经、求道、修行。因洞小难容，便在峰下建庵，而神尼修行之洞作为神迹，一直保留，至今仍有一架木梯，搭在洞口，让人参观凭吊。

龟爬峰，远远望去，是两只灵龟相背的姿态。一只爱水，伏卧于水库的千顷碧波里；一只乐山，正沿着陡峰向上攀爬。爱水者留恋世俗红尘，乐山者寻找灵禅空佛，但它们毕竟共存一处，因此，龟爬峰又名"殊途同归（龟）"。

德杰峰的形态，与拉萨的布达拉宫十分相似。

布达拉宫初建于松赞干布时代，后于公元 7 世纪毁于雷电和兵火。公元 1645 年，五世达赖喇嘛罗桑嘉措决定重建，据说征集了上百种图样，皆不如意。后来一位佛徒献上一幅图样，五世达赖喇嘛十分称心，他询问设计者为何思考得如此独特完美，佛徒回答：是天授，早把它显现在青海南宗黄河边的红底上了，我不过是请来奉献在你面前罢了。

佛徒所说的"红底"，就是坎布拉的丹霞，图样当然就是对德杰峰的描摹了。

此故事虽无史可考，但确有合理性。坎布拉所在是藏传佛教后弘期的发祥地，卫藏（习惯上，藏地按方言可以分成卫藏、康巴、安多三块，以拉萨为中心向西辐射的高原大部叫作卫藏）僧侣无人不晓，对南宗的神圣山川朝觐膜拜甚至描摹也就不足为奇了。

坎布拉的各处峰峦，形态会随着观看者所处角度、远近、高低的不同而变幻：龟爬峰，换位欣赏会变成一把裁切蓝天的巨剪，因而又被称为剪刀峰；骆驼峰，从东面看去是一峰昂首向天的骆驼，从南面望去又成了一只伸出苍穹的佛手；尼姑峰，侧看是一座古塔，正看是一根擎天之柱……

红色的奇美山峰，神秘的传说，悠远的人文历史，变幻莫测的想象空间，已是大美之境，再加上碧水和森林，坎布拉便是人间仙境。

坎布拉的另一个奇妙之处在于，它是一部地球演化的"通史"。自 25 亿年前"特提斯古海"入侵开始，历经地质史上的"阜平运动""五台运动""吕梁运动""燕山运动""喜马拉雅造山运动"……各个时期的造陆造山、海进海退、地层沉积、地表塑造都在这里留下了或多或少的痕迹。特别是第三纪以来青藏高原隆起、黄河发育形成，更是为坎布拉打上了深深的烙印。大自然好像对坎布拉格外垂青，她如同一个技艺高超的工匠，对自己那些宏大壮观的作品并不特别在意，却对一块最小的石头兴趣盎然，无比偏爱。她不断雕刻这块石头，又不断修改打磨，直到那小小的作品上布满她思想和激情的灵性火花。

二、青青之海

野花之国

青海因青海湖得名。在想象中把这个"海"置换为草原，也妥帖恰当，富有诗意，因为草原也青青如海，广阔如海。高的海拔带来严寒、缺氧和强紫外线照射，将农业和工业拒之门外，天高地阔的世界便由青草独享。5 亿 4700 万亩的莎草科牧草，根系发达，营养价值很高，虽只能长到十几厘米高，但有弹性、耐践踏。

在青海，见不到"风吹草低见牛羊"的苍茫，只有土地和山峦被仙绒神毯覆盖的景象。这样的草原大都以山间草场的形式组合而成，一山连一山，一坡接一坡，无穷无尽，富有变化。

丰美的草原养育强壮的牦牛和藏系绵羊。强壮的牛羊也在养育丰美的草原。一年中，由于牛羊的反复啃食，草的成熟期会被推迟，生长期会被延长，草的根须因此得到强化，草质便始终保持着肥美鲜嫩。

连绵不绝的野花是草原的臣民，更是草原的君王。

三江源草原的野花最能迷离双眼，喜悦人心。

野花总是作为一个整体出现，很少一朵一朵或是一簇一簇孤零零地摇曳，它们一片一片出现在草原上，同时开放，也同时凋谢。无数的野花，几乎囊括了所有的色彩，而随着季节、天气、温度和牧草生长期的变化，每一种色彩又呈现出不同的层次。以黄色为例，这种活泼的颜色可以分为浅黄、嫩黄、鹅黄、杏黄、米黄、奶黄、柠檬黄、深黄……

野花是草原灵魂中最积极最快乐的部分，就像牛羊是草原灵魂中最宁静安详的部分一样。

格桑梅朵、普蓉梅朵、邦锦梅朵、梅朵赛琼、然玛热却、杂玛孜多……

格桑花、野菊花、野兰花、翠雀花、紫云英、风铃花、马先蒿、瑞香狼毒……

无数的野花，无数令人遐想的名字。

格桑花和狼毒花是草原上最奇特的野花。

在藏语中，"格桑"意为"幸福"和"好时光"，"梅朵"意为"花"。格桑花枝干纤细，花瓣看上去弱不禁风，是草原上最普通的野花。

格桑花是生命力最顽强的野花，也是有毒的花，牛羊从来对它避而远之。格桑花的大面积出现是极美之境，但同时预示着草原的末日。

狼毒花又叫火柴花，因其花苞极像一个个红色的火柴头而得名。这种野花花蕾时节是红色，绽放之时却为雪白，一株上可抽茎几十到上百支，每茎开花数十朵，粉白相间团成一簇，单花五个花瓣，花朵小而娇艳。

然而与格桑花一样，狼毒花有毒，而且毒性更烈更强。狼毒花的根、茎、叶均含剧毒，尤以根为最。狼毒花根系大，吸水力极强，生命力旺盛，周围的其他草本植物很难与之抗争。如果放牧过度、草原荒漠化，狼毒花便以燎原之势占据草原。

每一种生命都有生存和美丽的权利，狼毒花也不例外。人类应该警醒起来，让草原永远是草原，而不要变成沙漠，让狼毒花永远在草原上开放，但只是草原美丽的点缀和装饰，而不是主人。

河南县，地处黄河河曲草原，青海省唯一的蒙古族自治县，旧称河南蒙旗，河曲马的故乡。这里的蒙古人是忽必烈部队的后裔，占据异乡草原的目的是为征战的部队驯养和提供战马，而后就不再迁徙，永居此地。

河南草原地处黄河河曲，是野花之国的典型代表。它生长在海拔 3600 米以上，广袤辽阔，博大富饶。

无边无际的绿色绒毯，绵延在大地之上。夏秋之际，流蜜时节，这绿色绒毯会不断地变换颜色，那是所有弱小而倔强的生命，为了不辜负短暂的良辰美景，在尽情展示自己的生命历程，浅绿、嫩绿、翠绿、深绿，直到染上淡淡的鹅黄色，如同世界上最小然而人数最多的一支军队，随着季节在不停地换装更衣。草色变化中，野花也渐次开放，草原上忽而一片浅粉，忽而一片淡白，忽而一

狼毒花　葛建中 摄

片金黄，忽而一片紫红——野花不是一朵一朵，而是一片一片地装点着草原，丰富着草原。

云端牧场

青南草原，牧草生长在云雾之中，牛羊放牧在云雾之中。人的极限之地，却是草的沃土福地和牛羊的天堂。

三江源自然保护区平均海拔 4000 米以上，自然条件极为严酷。构成其主体部分的黄南、果洛和玉树三个藏族自治州被人戏称为"黄果树"，这名词代表着风光壮丽秀美，让人心向往之，同时也暗指条件恶劣，生存艰难，令人心存畏惧。

但纤细、柔弱的草生存着，生机勃勃，永无尽头。

云端牧场，神灵的草地，这是对青南草原文学化的美称，科学术语称之为"高寒草甸类草原"。

为了适应寒冷、缺氧和强紫外线辐射，青南草原的牧草平均高度不过 20 厘米，但根系十分发达，纵横交错，密集成网。强大的根滋生优良的草，草质柔软，营养丰富；优良的草养育优良的牛羊，肉味鲜美，毛质上佳。关于这里的牛羊，有几句趣话笑谈："它们吃的是冬虫夏草，喝的是矿泉水，拉的是六味地黄丸。"此话虽然夸张，但也道出了青南牛羊的天然环保、营养丰富。

牧草低矮，造成了产草量低、载畜能力差、打草储存难，但是，青南草原的辽阔有效弥补了这几大缺陷。

巴颜喀拉山山间牧场是"黄果树"大地上最美丽壮观的草原，神灵最为宠爱的草原。以科学术语表述，这里是"高寒草甸类草原"的典型和代表。

巴颜喀拉山，万水之宗，昆仑龙脉，是昆仑山脉南支，西接可可西里山，东连岷山和邛崃山，是长江与黄河源流区的分水岭，平均海拔 5000 米左右。巴颜喀拉，蒙古语，意为"富饶的青（黑）山"。巴颜喀拉山虽矗立天地，气势雄浑，但由于地域辽阔，山峰并不显得险峻，而是相对平坦舒缓。整个北麓没有明显的主山脊线，数百公里山峰平缓齐整，浓密的绿草地毯一般严实整洁地铺满山间河谷，绝无寸土的遗漏。山有多高，草有多高；谷有多深，草有多深。

巴颜喀拉山山间牧场虽然高寒，气候复杂多变，但降水量相对丰沛，牧草因而繁密茂盛。这里牧草种类繁多，营养丰富，夏

巴颜喀拉山山间牧场　葛建中 摄

天多"花草"（杂类草，极能滋养牛羊长膘）；秋后多"穗草"（禾本科，莎草和头花蓼的果穗，用以保膘，保证牛羊肥美）；另外，此地"药草"（驱虫防病的草）很多，加上地高天寒病菌稀少，是三江源头重要而理想的放牧之所。

天空碧蓝，云朵温柔，伸手可触摸；雪峰如庙宇般永远屹立，抬头即可祈祷和诵经；草地缓缓涌动，仿佛青青之海；牛羊如同神佛挥洒的粉琼玉屑，卑微渺小，却尽享怜爱、护佑和祝福；不时有黄羊一掠而过，苍鹰云间翱翔，用最优美诗意的方式提醒你，这片草原最接近天堂。

祁连天境

"祁连"是匈奴语,意为天山。在地图上,它只是细细的一条线,而在大地上,却是逶迤绵延的千山万岭,长达 1000 多公里,宽达 300 多公里,因其白雪皑皑,终年不化,古书典籍上又称之为"白山"或"雪山"。

祁连山的地理景观垂直变化十分明显,随着海拔的攀升展现不同风貌,如同一座高塔,每一层都有不同的建筑风格,而且各藏不同的宝物。海拔 2800 米以下是河谷地区,气候温暖,土地肥沃,宜于农作物生长;海拔 2800~3200 米为森林地带;海拔 3200~3700 米,灌木郁郁葱葱;海拔 3700~4000 米为草原,是牧草丰美、牛强马壮的优质牧场。

草原之上是高塔的尖顶,布满晶莹的冰雪。

景观的垂直变化赋予祁连草原独特的审美价值,不能把它当成单一的个体加以欣赏,而要用全局的、整体的视野去发现或者凝视它的美丽。天空碧蓝高远,白云宁静飘逸,阳光热烈灿烂;地形复杂,地貌各分层次,错落有致。景观各具妙相,使得草原和雪山、森林、峡谷、河流、农田成为一幅神灵奇思妙想精心绘制的巨幅画卷,而每一季、每一月甚至每一天里,风霜雨雪、景观自身色彩的无穷转变和光影的无穷幻化,使得大画卷变化多端,奇趣无穷。

更有 20 多万亩的油菜花田,在牧场之下、河谷地带铺展得密密实实、严丝合缝,仿佛黄金织就的地毯。

因此，每年七八月间，祁连仙境便会铺上两块仙绒神毯，一块金黄，一块碧绿。

祁连草原，南坡最为富饶美丽，被誉为"牧区江南"。面积有 11700 多平方公里，牧草面积大、类型多、草质好、产草量高。这里是青海省白藏羊和藏牦牛的重要生产基地。羔羊肉曾是宫廷贡品，祁连牦牛则被誉为"肉牛之冠"。

天境祁连，无论如何赞美，都毫不过分。

滨湖绿野

三江源区 100 多个湖泊的湖滨，皆有绿野。

青海湖，最美的湖；环湖草原，水草最为丰美。

海子歌唱：青海湖上，我的孤独是天堂的马匹。

青海湖流域总面积为 29600 多平方公里，其中草地面积为 21300 多平方公里，包括草原、草甸和沙生植被的多种类型。此地冬季多雪，夏秋多雨，湖的补给河流众多，因而牧草繁茂，养分充足。

早在先秦时期，环湖草原就是马、牛、羊等牲畜的重要产地，特别是马，驰誉于世，称为"秦马"。北朝时，草原帝国吐谷浑在此地建立基地，培养骏马。据说每年冬天湖水结冰时，吐谷浑人就选择体壮膘肥的牝马，赶入海心山放牧。到次年春天，海龙与牝马交配后，生下"龙驹"，能日行千里，被称为"青海骢"。此事虽为传说，却也折射出环湖草原马的神骏。

　　我们无法考证传说，但无法不爱上这些传说，特别是站在撒满各色野花的草原之上，面对海一样的青海湖时。

　　如今，湖滨绿野上大片的牛羊依然在食草饮水，但很少能看到成群的马，更没有大的马群，除了牧人的坐骑。这些马虽非龙种，却仍然矫健神骏。

　　请闭上眼睛，想象自己是一根草，和无穷的伙伴一起迎风摇曳，然后用青草的眼睛去看祭海的僧侣、朝圣的佛徒、饮酒歌唱的牧人，用青草之心感受神佛的庇护与祝福，你会发现，生存于此的牛羊马匹，多么幸福，多么自由；生活于此的牧人，多么富足，多么自然纯朴，又是多么地靠近神灵和佛。你会发现，湖水南岸甲乙寺28米高的露天未来佛像站在天地之间，正慈悲安详地注视着你，无论你有多么渺小和卑微。

　　西部歌王王洛宾在这里创作了《在那遥远的地方》，他的灵感来自藏族牧女卓玛的鞭子，鞭子曾轻轻打在他的身上。他舍不得离开的地方名叫金银滩，一片开满了金露梅和银露梅的草原，碧绿于青海湖的东岸，以孕育了唯美的诗歌而美名远播。

　　这是一处极美、极为独特、极富悬念、极有内涵的草原。

　　这里一直保持着雪域高原最原始的纯净、辽远和美丽。

青海湖环湖草原　葛建中 摄

三、碧玉盾牌

极致之林

把三江源的森林称为"碧玉盾牌",首先当然是形容它们的稀少、珍贵和重要。青海森林覆盖率不足 3%,是全国森林覆盖率最低的省份,但这些森林都分布在三江源地区生态最为敏感和脆弱的地带,对大半个中国的水土保持都起到至关重要的作用。如果失去它们,弥漫于大西北的风沙将更加横行无忌,使三江上游变成沙漠戈壁和风的王国,从而直接影响"中华水塔"的盈亏;其次,是形容这些森林的脆弱:碧玉价值连城,美丽温润,却也易损易碎,破碎之后,难以弥补。

如同逆境是勇敢者的磨刀石或者炼钢炉,高寒干旱、环境严酷的三江源也像斧凿和刻刀一样磨砺着森林这些碧玉盾牌,雕塑着它们的生存能力和与众不同的容颜风骨。

三江源森林的特点可以总结为"四个极致":

高度极致。有乔木 80 多种，灌木 420 多种，垂直分布于海拔 2000~4800 米，形成世界最高的森林群落，同类森林的分布高度远远大于同纬度的其他地区，达到同一树种生长的高度极限。

温度极致。一般情况下，生长季内平均气温在 10℃以上的时间必须有四个月以上，才会有乔木林分布，而三江源即便是气温较高的东部，绝大多数地区都只有三个月左右的时间平均气温能达到 10℃以上，青南的班玛、同德等地只有两个月左右的时间能达到这一温度要求。然而，这些本不该生长乔木的地区却出现了很多茂盛的树林，大大突破了林生规律。

耐旱极致。青海省的大部分乔木、灌木都有惊人的耐旱能力，云杉、白桦、青杨等先锋树种到处扎根，蓬蓬勃勃。如柴达木盆地，年降水量不足 50 毫米，然而胡杨、红柳、梭梭、沙棘等四处成林，茂密长青。

风光极致。艰苦之境、高寒之地的森林不但珍贵，也美丽非常。三江源森林的美不仅在于自身的美，也映射着大水、大山、冰川、草原、麦地、油菜花田甚至野花的美。

按山系划分，青海省森林分别属于祁连山、西倾山、巴颜喀拉山、东昆仑山和唐古拉山五条山脉。祁连山有祁连、芒扎、北山、仙米等林区，西倾山有隆务河，黄河上段、黄河下段林区的河南部分，唐古拉山系有江西、娘拉、觉拉、东中等林区，巴颜喀拉山山系有玛可河、多可河林区，柴达木盆地东缘山地，主要分布着以祁连圆柏为优势的原始林。

按水系划分，三江源森林主要分布在黄河、通天河和澜沧江上游干支流两岸，以及黑河、巴音河、希里沟河、香日德河两岸。

江源之林

玛柯河是长江支流大渡河的干流，发源于巴颜喀拉山支脉果洛山南部，在青海省境内的流程为 210 公里。

玛柯河林区地处巴颜喀拉山南麓，与川西高原林区连成一片，面积有十余万公顷，是青海省保存最好的林区之一。它是长江源区分布最集中、面积最大的森林地带，实为长江源生态环境体系中的第一林。

林区主要由云杉、冷杉和圆柏等寒温性针叶林组成，大部分处于原始林状态，分布在海拔 3000 米以上（最高达 4300 米），各类树种均已达到它们的极限分布地段。山阴坡的绝大多数地带挺立着云杉和冷杉纯林，阳坡则以圆柏纯林为主。

林区内，466 种草木茂盛蓬勃，为 40 多种珍禽异兽营造出一个幸福乐园。猕猴、小熊猫在树枝上跳跃攀爬，白唇鹿、棕熊在林间怡然觅食，金钱豹、雪豹藏于密林深处，行踪飘忽不定，雉鹑、金雕飞翔于森林上空，俯视叠翠山岭。其中，珍中之珍、奇中最奇的当属川陕哲罗鲑 (又名"猫鱼")，它是目前仅存于玛柯河的第四纪冰川时期水生物活化石。

玛柯河林区是三江源的第一位守护神，守卫着雪山、冰川与河流，保护着青南地区乃至长江下游的生态安全。它是四个极致的最典型代表，用奇迹形容，毫不过分。它的生存环境最为严酷，超高的海拔，严寒、干旱、缺氧，但树木的生命力极其顽强坚韧，在最难生长树木的地方生根发芽，长大成材，在风雪中昂然挺立。

然而，三江源的第一面"玉盾"已经有了裂痕。此地林木生长缓慢，如果遭到破坏，自身恢复能力很差。自 1965 年开始采伐以来，几十年时间，这片森林元气大伤，多处变为灌丛，再由灌丛变为草地，"中华水塔"的安全受到了威胁。

所幸，人们已经发现了裂纹，并且努力弥补和修复，使之逐渐恢复了往日的风貌。

长河之神

长河之名，出自唐代诗人王维的诗句："大漠孤烟直，长河落日圆。"长河指古时的弱水，今天的黑河。

万古不化的雪山，难以计数的冰川，孕育了众多的河流，这些祁连山脉的孩子，仅年径流量大于 1 亿立方米的就有 8 条，流域面积超过 300 平方公里的有 16 条，其中最为强壮和成功的当属黑河，它曾因福泽一方而青史留名。

黑河曾经奔腾千里注入位于今内蒙古境内的居延海，成为居延海最大的补给河流，从而造就了那里的绿洲文化。根据卫星遥感图像和考古学资料，居延海湖面面积曾经是今天青海湖的一半以上，可以想见，当年的居延海是怎样地美丽和富饶。

然而人为因素使黑河的地表径流和地下水在中途被消耗殆尽，

祁连山森林　葛建中 摄

无法再到达终点。居延海彻底干涸，额济纳开始风沙弥漫，成为北京沙尘暴的最大沙源地。但值得庆幸的是，源头的黑河并未遭到太大的伤害，它波浪滔滔，凝绿如墨，风采依旧，因为那里的雪山依然巍峨耸立，冰川依然绵延纵横，森林依然苍郁蔽日。

森林如神祇，将黑河紧拥在怀。

挺立在西北干旱区域里的祁连山林区是青海省的主要林区，林木面积 11 万多公顷，有云杉、圆柏、杨树等林木以及鞭麻、黑刺、山柳等灌木。森林收纳蓄存冰川融水和天上雨雪，然后慢慢地补给江河，起到了调节径流、消减山洪、保障河流年径流流量相对稳定的作用。

祁连森林彰显自身之美的同时，也辉映反射着黑河浪涛、巍峨山峰、白雪王冠、晶莹冰川、广阔草原、金黄麦地的美，缺少其中的一样，祁连森林的美就会熄灭一焰，黯淡一色。

雪峰君临天下，山间云雾缭绕，坡上野花缤纷，牛羊如玉，山脚下大河滔滔，其间，古松云杉如绿色海洋，风过处，波浪起伏，涛声阵阵。

祁连山是高大沉默的父亲，雪峰冰川是恬静温婉的母亲，生育美丽的孩子。

儿子黑河，离家远行；可爱的森林女儿们，依偎在双亲膝下。

东峡、宝库、北山、仙米……都是美丽的少女。

最风姿绰约的女儿是仙米。仙米坐落于祁连山东段南麓，总面积达 6.73 万公顷，是青海省森林面积最大的林区。仙米林区雪岭、

冰川、雾山、奇峰、峡谷、古树、林莽、溶洞、飞瀑、清泉、神湖、大河、奇花、异草、珍兽，无一不有，富甲天下。

最神秘的女儿是互助北山林场，它依偎在祁连山东端达坂山南麓，东与民和回族土族自治县并肩，西与仙米林场相依，南与乐都县下北山林场接壤，北与甘肃省天祝县隔河相望，东西长约10公里，南北宽约40公里，是三江源面积最大的天然林区之一。它由元甫达坂、卡索峡、浪士当沟、扎龙沟、下河五大景区组成，均奇峰怪石、溪水潺潺、林海苍茫、野花灿烂。

浪士当沟海拔3700米的山顶，有碧水两池，统称为"湖勒天池"。两湖之间有一条小溪连接，不分四季，小天池的水源源不断

互助北山　焦生福 摄

地流入大天池。山顶森林线之上，并没有冰川雪山，湖水从何而来？从135年前的俄国科学家普热瓦斯基，到今天诸多的专家学者，都无法解释这一谜团。

或许神奇谜团只能用神奇的传说或神话解释，当地藏胞尊称两湖为"圣母天池"，圣母是神灵，当然可以无中生有，化天为水，化木为水，甚至融石为水。

另一处奇水，是扎龙沟的药水泉瀑布。泉水从一片桦树林中缓缓流出，漫过一片绿色苔藓，突遇险坡，形成瀑布。瀑布飞流直下,落差达 40 米,宽约 50 米。传说瀑布由 108 眼泉水汇集而成,能医治 108 种疾病。

以敬畏之心、虔诚之意掬一捧药泉之水,洗濯面庞,或者大口饮下,或许它真的能够医治你疲累的身躯和不安的心灵。

黄沙拥翠

森林是珍贵的,而沙漠戈壁中的森林,则只能用珍稀形容;森林也是脆弱的,沙漠戈壁中的森林则更加脆弱。

哈里哈图就是这样的森林,它位于青海省乌兰县东北部,被都兰河两岸的哈里哈图和铜普两座大山紧拥在怀。这片沙中绿林呈小片状分布在大山里,南北各一,北部位于哈里哈图山南坡,南部位于铜普山北坡。石峰、原始森林、潭溪泉湖、繁星云海融汇为哈里哈图的绝美景观。

总面积 5000 多公顷的林区,主要由古老苍劲的天然针叶混交林组成,是柴达木盆地保存最为完好、分布最为集中、面积最大的原始森林。乔木林高大苍翠,虽然历经磨难且年岁已高(有些树龄超过 800 年),但仍昂然挺立;灌木林生机勃勃,无惧无畏地等待着岁月的磨砺。

都兰为蒙古语,温暖之意,都兰河,温暖的河流,滋育着古老的哈里哈图森林。森林也以丰富的水资源回馈着都兰河,林间到处溪泉涌流,每到沟口便渗入戈壁草原,经地下漫流,最终以泉水形态涌出地面,汇入都兰河中。

这片古老珍贵的苍翠之林怎样侥幸逃过了荒漠的戕害？

柴达木盆地是昔日的海底，来自地球的痛苦断裂。在广袤干旱的荒漠形成之时，一些局部地带抬升，形成了许多山脉，山体沟谷独特的小气候环境孕育出大片的森林。然而随着盆地沙化的日趋加剧，森林不断减少，许多森林密布的山峰被侵蚀为荒山秃岭。作为不多的幸存者之一，哈里哈图森林逃过了灾难，它凭借的，是卫士一般的大山和堑壕一样的深沟。

"哈里哈图"，蒙古语是黑山岩的意思，这个名字本身就暗示着碧玉的由来，也隐藏着人们的忧惧，因为它代表着森林的一天天减少——随着干旱的加剧和人类的破坏，原本被绿色森林覆盖的山体上，土壤不断流失，最终只留下青黑的裸岩。

事实上，走进哈里哈图沟口时最先看到的，正是两公里长的黑山岩，这是自然最好的警示。

或许碧玉盾牌这个词已经不足以形容哈里哈图的美丽、珍贵和脆弱，它是碧玉中的碧玉，盾牌中的盾牌。

河湟之林

河湟之名，来自《唐书·吐蕃传》："世举谓西戎地曰河湟。"今日河湟，指青海省和甘肃省境内的黄河和湟水流域。

湟水，河湟谷地的母亲河，又名西宁河，是黄河上游最大的一条支流，曾经孕育了河湟谷地的史前文明和灿烂的河湟文化，如今仍然滋养、抚育着青海省近三分之二的人口。

湟水河穿过巴燕峡、湟源峡、小峡、大峡、老鸦峡等诸多峡谷，流过湟源、西宁、平安、乐都、民和等大小不一的盆地，形成冰糖葫芦状的河谷地貌。这条河流穿过一个峡谷，而后必漫过一个盆地，严格遵循一束一放这简单然而又富含韵律的规则。诸多的湟水河谷海拔较低，气候温和，土地肥沃，孕育了灿烂的农耕文化。

湟水河与其他发源于青海大地的河流——她的那些兄弟姐妹一样，周身涌动流淌着神灵的血液。然而不同于风韵动人的少女和雄壮强健的少年，她更像一个朴素贤惠的农妇，身体健壮，肤色健康，精力旺盛，默默无闻地养育着两岸的田地、山峦、农庄、城市，当然还有森林。

湟水流域森林密布，孟达、坎布拉、察汗河、老爷山、娘娘山，各自独秀一方，而最富神韵的是群加。

群加国家森林公园位于湟水河中游、河湟谷地西部的湟中区境内，地处西宁市、海东地区、海南藏族自治州与黄南藏族自治州的交界之处，总面积为112平方公里。公园属于祁连山余脉的拉脊山系，是典型的高山峡谷地貌，山势雄伟，景色壮观。主峰果石摘雪峰，海拔4480米。

群加河是公园内最大的河流，发源于拉脊山南坡，在林区流淌10.5公里后直接注入黄河。河流滋育森林，树有云杉、山杨、紫桦，灌木有蔷薇、金露梅、银露梅、忍冬等。

公园内生长着不少三江源罕见的亚热带植物，令人恍然间有置身江南之感；林中之地，生有无数珍奇药材，如冬虫夏草、柴胡、

群加林区　葛建中 摄

藏茵陈、大黄等。更有数百种动物栖息繁衍:岩羊攀行于峭壁之上,
鹿群徜徉于山林草地之间,狼豺独行于山崖密林之中。

夏季,此地景色秀美,不冷不热,是最好的避暑度假胜地,
空气清新湿润,氧气充足,是三江源为数不多的天然氧吧之一。

四、神灵之子

和谐众生

佛曰：一花一世界，一叶一如来。

三江源，众生之国。众生皆为神灵之子，神情体态中有神灵之魂熠熠生辉。众生平等，尽皆高贵，也尽皆平凡。

众生努力生存。众生争竞。众生和谐相存。

三江源，独特的生命繁衍区，珍贵物种的高原基因库。

三江源境内，仅陆栖脊椎动物就达 270 多种，其中经济兽类有 110 多种，各种鸟类 290 多种。国家重点保护野生动物，一级有云豹、金钱豹、雪豹、西藏野驴、蒙古野驴、野骆驼、野牦牛、白唇鹿、普氏原羚、藏羚羊、雉鹑、绿尾虹雉、黑颈鹤、中华秋沙鸭、金雕、玉带海雕、白肩雕、白尾海雕、胡兀鹫和黑鹳等 22 种；二级如猕猴、黑熊、马鹿等 52 种。野生植物 2000 多种，其中经济类植物 1000 余种，药用植物 680 余种，名贵药材 50 多种。受我国政府和国际贸易公约保护的珍稀濒危植物 40 多种。

三江源，脆弱的生物环境。这片广袤的高原上，野生动植物品种很多，然而种群很少。

越是珍稀，种群越少。这实在是一个很可怕的缺陷，稍有常识者便会明白，一旦一种物种消失，那么整个三江源的生态平衡就要遭到破坏，其他物种的生存也有可能出现危机。

约翰·唐恩说过，每个人都是广袤大陆的一部分。

他还说，丧钟为你而鸣。

同样，每一个物种都是三江源的一部分，它的消亡关乎三江源的未来，也关乎人类的未来。如果丧钟为一个物种而鸣，就是在为三江源大地而鸣，也是在为人类而鸣。

水中精灵

让我们先从水中精灵裸鲤说起。

三江源上，大大小小数百个湖泊之中，皆有裸鲤的身影。裸鲤是一种知天顺命的鱼，它无鳞无甲，喜欢毫无戒备地在浅塘湖边觅食。20年前，站在湖岸上，人可以轻易地用手捕捉到它们。同时，裸鲤是离不开家园的鱼，离不开湖泊母亲的鱼，一种脆弱的鱼，或者诗意地说，一种宁死也不愿受辱的鱼，出水不久即死，无法运输，更无法养殖。

失去了裸鲤，湖泊将只是一潭死水，一个躯壳。

裸鲤是拥有朴素生存智慧的鱼，以青海湖为例，它们不会在湖中生育孩子，因为鱼苗幼小的身体无法承受湖水中的盐和冷。

青海湖裸鲤　葛建中 摄

每年春夏，裸鲤由青海湖游入源流河中，在流速缓慢、水深一米以下的清澈河道中产卵繁殖。河道中的水纯、净，很温柔，适合鱼苗的生长发育。等到它们强壮到能够在更严酷但也更丰饶的环境生存时，会沿着河道返回青海湖。

裸鲤是一种生长极其缓慢的鱼，长到一斤的重量，需要十年的时间。裸鲤也是一种顽强的鱼，高海拔，苦寒，简单的食物，咸水或淡水，一视同仁，都无法阻挡它的生存。裸鲤以柔弱之躯，穿越千秋万载。

青海人把裸鲤称为湟鱼，或者花鱼、藏龙鱼、无鳞鱼，他们对湟鱼有着非同一般的情感，20 世纪 50 年代三年困难时期，湟鱼拯救了无数青海人的生命。

然而乱捕乱捞致使湟鱼的数量大减。自 20 世纪 60 年代开始，青海湖周围几十万亩草原被开垦为农田，流入青海湖的河流多数被人为拦河筑坝。许多河流干涸断流，湟鱼的繁殖通道被阻塞，无法到淡水中产卵，造成大量湟鱼在河口地带死亡。

湟鱼曾经无比繁盛，甚至到了"马过布哈河（青海湖源流河之一）都能踏死数百条湟鱼"的境地，如今，那景象随着国家生态保护力度的加大也在慢慢恢复。老人们讲述多年前湟鱼携带小鱼经过布哈河口返回青海湖的场景，那千金万银在河水中翻腾闪耀的美丽壮观，那无穷无尽的自由生命在流水中努力争竞的辉煌，必将再现。

牧人之伴

蓝天白云下，一个大圆，羊群在最中央，马环绕着羊群，牦牛环绕着马群，牧人在牦牛身边——这是草原上最常见的图景。

牛羊和马匹，是神灵恩赐予人的衣食，也是神灵恩赐予人的伙伴和亲人。天苍苍，野茫茫，高原极地，它们陪伴牧人度过千年万载。它们和牧人互相依赖，一损俱损，一荣俱荣。

牦牛是中国的主要牛种之一，仅次于黄牛、水牛而居第三位。在三江源地区，牦牛数量始终保持在 500 万头，占全国总数的 40%，占世界总数的三分之一。牦牛生长在海拔 3000~5000 米的极限之地，适应高寒缺氧等极端严酷的生存环境，善走陡坡险路、雪山沼泽，能游河渡江涉过激流，有"高原之舟"之称，且性情温和、驯顺、善良，具有极强的耐力和吃苦精神。

对于世代沿袭着游牧生活的藏民族来说，牦牛具有无可替代的重要作用，几乎涵盖和渗透了衣、食、住、行、用甚至宗教仪式。可以这样说，牦牛是藏民族繁衍生息、发展成长的力量之源和精神象征。古老的牦牛图腾崇拜，以及无数的神话传说，可以充分说明牦牛在藏民族心目中的至高地位。藏族创世纪神话《万物起源》中说："（牦）牛的头、眼、肠、毛、蹄、心脏等均变成了日月、星辰、江河、湖泊、森林和山川……"

一个常常发生在三江源草原上的故事：一只狼闯进羊群，咬死了几只羊。牦牛闻声赶来，与狼死战。狼不敌逃窜。牦牛愤怒难抑，拼命追击。奔过草原，趟过小河，奔上山岗。狼无路可走，

牦牛　葛建中摄

回头再战。牦牛悍勇异常，牛角洞穿狼腹。牦牛面对狼尸，仍然愤恨交加，怒气鼓荡于胸腹。牧人赶来。牧人并不担心战斗的胜负，他害怕心爱的牦牛气极而亡。牧人爱抚牛背，轻揉牛腹，柔声抚慰。很长时间过去，牦牛慢慢恢复平静。牦牛背驮狼尸，跟随牧人，走回羊群。

藏系绵羊　葛建中 摄

藏系绵羊，又称藏羊，是中国三大原始绵羊品种之一，它的祖先称为盘羊，俗称大头弯羊、大角羊，来源于三江源最初的居民——古羌人，他们驯化培育盘羊，使之成为三江源区的优势种家畜和当家畜种，并流传至今。三江源的藏系绵羊存栏量始终保持在 1200 万头左右。

与牦牛一样，藏系绵羊生命力顽强坚韧，对高海拔缺氧环境适应能力极强，不怕严寒，忍耐干旱，能抵抗强烈的紫外线辐射，且行动敏捷，善于登山。与牦牛一样，藏系绵羊为人奉献自己的一切，它们养活着世世代代的藏民族。

与牦牛一样，藏系绵羊与牧人情感深厚，相依相存，它们也是藏族历史的一部分。

藏系绵羊在三江源的不同地域形成了各具特点的自然类群，可粗略分为高原型、山谷型和欧拉型三种。高原型藏系绵羊占青海省藏系绵羊的 90% 以上，主要分布在高寒牧区；山谷型藏系绵羊数量不多，仅在班玛县、囊谦县部分山间谷地以及湟水谷地有少量分布；欧拉型藏系绵羊主要分布在河南县和久治县，占藏系绵羊的 5%。

欧拉羊是河南和久治牧人引以为傲的名种，仅从名字就可看

欧拉羊　葛建中摄

出它的宝贵：欧是银，拉是角。欧拉（银角）羊之名颇有意趣，原来牧主家每到一万只羊时就要给头羊的角上包银，以示羊群兴旺、家产富有。

欧拉羊的由来很有浪漫意味，它是岩羊与家羊的后代。岩羊发情期间，经常混入放牧的羊群之中，与绵羊一同吃草嬉戏，有的还随同羊群回圈，不知不觉中相亲相爱，孕育后代。所以欧拉羊既有父亲野羊的高大强健、毛粗皮厚，又有母亲绵羊鲜嫩不膻的肉质。

河曲马，中国三大名马之一，是当地高寒山地草原马，历经羌人、吐谷浑人、吐蕃人、蒙古人培育，并先后受藏马、蒙古马、陇右唐马、汗血马、伊犁马影响，形成抗逆性强、适应性广、挽乘驮载兼优、持久力大、驯顺易使的高原骏骥。它姿态俊逸，身

河曲马　葛建中摄

大腿长,善于长途驰骋,在海拔 4000 米上,身负两人也能长久奔跑。

河曲马贵而不娇,枯草季节,可食杂草和残剩草,特别是雪天,它能用嘴唇拱雪或以蹄刨开积雪采食。河曲马非常讲究饮水卫生,不喝被污染或有异味的水,是优秀的水质鉴定者。在河中饮水时,多是边走边喝,逆流而上,凡是它饮用过的河、湖、泉水,主人便可放心汲取饮用。

河曲马聪明,记忆力极强,能牢牢记住好的水源、草场,识途的本领远远超过其他同类。孩子骑河曲马出行游玩,不管走多远,家人也不担心。河曲马非常警醒机智,听觉灵敏,睡觉时也能探听到四周的异动,特别是公马,夜间很少卧地睡眠,仿佛哨兵,身负着保卫畜群和主人的使命。河曲马勇敢,一旦发现来犯之敌,便会迎头抗击。

野性生命

三江源是无数生命的福地——普氏原羚、藏羚羊、野牦牛、藏野驴……神灵以严酷之境考验和选择强韧者,使之灵动欢悦,生机勃勃。

普氏原羚形似黄羊,但比黄羊略小,所以俗名滩黄羊,专家则称其为"中华对角羚"。它们本是青海湖草原的主人,而今却成为流浪者,是动物中的吉卜赛人,在海拔 3400 米以下的半荒漠草原地带流浪,从不到达更高的山峦和更远的戈壁,更不涉足远方。

它们形体优美矫健,长约一米,肩高约 50 厘米,奔跑时像离弦之箭，每小时可达 60 公里，好比动物中的刘易斯或者博尔特。

它们很胆小，很警觉，行动迅敏，视觉和听觉非常发达，但嗅觉迟钝；它们有点儿愚笨——受惊后虽会逃至远处，但是感觉危险过后，它们又会回到原来的地点。

夏季集群活动时，十只左右，结成小群，不多也不少，很适合一幅精美油画；冬季，群体可达 30 只左右，荒凉和优美、寒冷与温暖、静默或跃动完美融合，很适合摄影机远远地拍摄。

它们坚忍顽强，活在半荒漠半草原地带，身边是同样生命力顽强的麻黄、芨芨草、苔草、沙生针茅、狼毒，以及悲凉寂寞的数十米高的沙丘。

普氏原羚是比黑颈鹤还要稀少的动物，总数量恐怕不过 200 多只。造成普氏原羚濒危的原因很多，如草场退化、人畜之争、种群过小、偷猎现象等等，几乎都与人类有关。

可可西里严酷恶劣的自然条件，使得人类无法长期居住，因而被称为"生命的禁区"，然而这里却是藏羚羊、藏野驴、野牦牛、藏原羚、喜马拉雅旱獭、棕熊、猞猁、狼、雪豹、豺、藏雪鸡、褐背拟地鸦、长嘴百灵、雪雀、大天鹅、兀鹫等野生动物的乐园。

可可西里是世界上原始生态环境保存最完美的地区之一，也是目前中国建成的面积最大、海拔最高、野生动物资源最为丰富的自然保护区之一。可可西里能够名扬天下，多多少少依靠了藏羚羊，它们美丽的生命被杀戮，却为可可西里换取了名声。

藏羚羊通常栖息于海拔 3000~6000 米之间的荒漠、高原草原和谷地。

它们生存的地区东西相跨 1600 公里，季节性迁徙是主要的生态特征。每年 4 月底，公母羚羊开始分群而居，未满一岁的公仔也会和母羚羊分开，到五六月，母羊与它的雌仔迁徙前往产羔地产仔，然后又率幼仔原路返回，完成一次迁徙过程。而年轻的雄性藏羚羊会离开群落，同其他年轻或成年的雄性藏羚羊聚到一起，直至母羊迁徙完成，最终形成一个混合的群落。

藏羚羊于 1996 年被国际自然保护联盟列为易危物种，2000 年被列为濒危物种，它们也是中国的一级重点保护物种。

20 世纪 90 年代初，藏羚羊的数量达到 100 万只，但到 1995 年下降到 75000 只。

藏羚羊不是大熊猫，它们是一种优势动物，这一点无需用数

藏羚羊　葛建中摄

据和科学理论证明。只要看到它们精灵一般的身材，美得像飞翔的奔跑姿态，就知道这不是一种适应能力差、因自身原因而濒临灭绝的动物。它们在可可西里生存了数千万年，它们还应该继续生存下去。

但是盗猎者来了，他们有枪、有刀，有现代化的各类工具，带来杀戮，只为了藏羚羊的绒毛。藏羚羊的绒毛被称为"柔软的黄金"，以这种"柔软的黄金"制成的披肩，被称为"沙图什"，又称戒指披肩，因为它可以从一只戒指中轻易地流泻而过。这是一种西方时尚界的极端奢侈品，高贵者的身份象征，每条都以三只藏羚羊的生命编制而成。

因为"沙图什"，可可西里每年至少有25000只藏羚羊遭到盗猎。

而今，随着以杰桑·索南达杰为代表的一代代可可西里巡山队员的努力，可可西里盗猎的枪声已经远去，藏羚羊的命运发生了转变，种群也在慢慢地恢复。

如果说藏羚羊是精灵，那么野牦牛就是天生的武士。

它们毛发黑褐，迎风飘飘，细长坠地，如同武士的一身玄衣；一对犄角，宛如尖刀；皮肤极厚（最厚处可达两寸），韧性极强，宛如厚盾，纵然钢刀利刃加之，也安然无恙。一旦受到伤害，不论雌雄，野牦牛都会拼命攻击敌害，直到力竭身亡。有人曾亲眼看见一头野牦牛腹部被枪击之后，一路沥血、肠子拖地直奔猎手的惨烈场景——野牦牛冲至猎人马前，将角尖戳入马腹，接着将肚肠拖拽而出……

野牦牛体形庞大，力大无比，模样与家养牦牛并无不同，但更魁伟壮实，体重可达 400 公斤左右，是家养牦牛的两倍以上，出类拔萃者甚至可达 600 公斤。如此体形重量，却能以时速 40 公里的速度飞奔。

外形虽然无比凶猛，但野牦牛实际上是性情温良的武士。它们食草为生，性情朴实憨厚，甚至有些羞涩，不主动攻击人和其他动物，只是在受到侵犯时才奋起自卫。

与野牦牛相比，藏野驴则显得可爱许多。

藏野驴别名"亚洲野驴"，体形酷似驴、马杂交而产的骡子，因大小外形与马相似，所以有人又称其为"野马"。它们可爱、单纯，有好奇心；强壮、灵动，有无穷的精力；它们不喜欢孤独，乐于集群生活；它们机警、敏感，对世界有胆怯之心；它们很倔，有点儿愚蠢的倔；它们有点儿古怪，古怪得让人啼笑皆非。

藏野驴经常混入牧人的马群，一同吃草饮水，因太过相似，牧人无法分辨。暮色将至，马群回圈，有的藏野驴玩性未尽，便随之而回。牧人清点数量时才能发现这个调皮莽撞的异类。

还有一个情节可以充分证明藏野驴的天真有趣之处：远远地，藏野驴发现一辆越野车驰过荒原；它们先是害怕，在感觉这个怪物没有威胁后，就凝神观看；车驶近，它们随车一起奔跑；这种奔跑很快就变成了一场比赛，当然，赢家是藏野驴，因为先减速并且停下的，总会是车；藏野驴回头观望，似乎在炫耀胜利，抑制不住的兴奋和得意让失败者忍俊不禁。

雪豹，地球上最美丽的高山动物。

它的名字很美，身体很美，皮毛很美，长长的尾巴很美，奔跑的姿态很美，卧在雪峰上的画面很美，传奇的身世很美，孤独很美，它在岩石间的出现和消失迅捷而优雅，很美。

看看国际动物学界给它的诸多头衔："促进山地生物多样性的旗舰""世界上最高海拔的显著象征""促进跨国界的国家公园或保护区建立的环境大使""健康的山地生态系统的指示器"……

雪豹全身灰白色，布满黑斑。头部黑斑小而密，背部、体侧及四肢外缘形成不规则的黑环，越往体后黑环越大。夏季，它们居住在海拔 5000~5600 米的高山上，冬季一般随主要食物岩羊下降到相对较低的山上。它的巢穴设在岩洞中。

雪豹性情凶猛异常，行动机警，四肢矫健，善于跳跃，十几米宽的山涧一跃而过，三四米高的山岩一跃而上。由于粗大的尾巴做掌握方向的"舵"，它跃起时可在空中转弯，捕食的能力很强。

它是雪山的王者。

天空之魂

鸟总是与梦想有关，因为它们在碧蓝高远的天空中飞翔；鸟总会与天堂、神灵联系起来，因为它们有凌风的翅膀，是天空的灵魂。

黑颈鹤是世界上唯一一种高原鹤类，也是世界上 15 种鹤中最晚被记录到的一种。

它们一身白衣，颈缠黑绸，双腿修长，双翅御风，体态婀娜，是天生的舞者。它们是一种迁徙性候鸟，每年要长途飞翔寻找温暖之地。

黑颈鹤情侣一生忠贞，相濡以沫，绝不会移情别恋。它们甚至同生共死。爱侣死去，黑颈鹤不会独活，它会离群孤行，郁郁而终；或者在天空中反复哀鸣盘旋，直到力竭身亡。

对于藏族同胞来说，黑颈鹤是神鸟，它们不仅可以入诗、入歌、入画、入梦，还可以入祭坛、入佛经、入祷颂。

斑头雁的样子很可爱，那种聪明中带点儿憨的可爱；它们游泳技术很好，飞行技术当然更棒，多数时间都生活在陆地上，善于行走，而且走得很快，虽然它们的行走很像企鹅，有些笨拙可笑；它们很机警，很勇敢，发现异样的情况就高声鸣叫，若不能阻止侵入者继续前进，则立即成群飞向湖中；它们是集群动物，有团队意识和集体观念；它们是候鸟，有两个相距很远的家园，长途飞行，终生迁徙。

它们一夫一妻一家，相亲相爱；它们共同营巢，雌鸟产卵孵化，雄鸟协助保护，守卫警戒，不离不弃……

棕头鸥的形象似乎不太光彩。它们的嘴巴很长，很红，有点儿怪，憨憨的模样中带着些许狡猾；叫声沙哑难听，有时像哭声；

在空中拉屎，让粪便落到人的头顶；捕食能力远不及鸬鹚和鱼鸥，所以经常追随鸬鹚、鱼鸥之后，以残羹剩饭果腹；懒惰，还有点儿卑鄙，经常偷取斑头雁的筑巢材料，并在母雁外出时偷食雁卵……当然，这是根据人类的好恶把棕头鸥拟人化了，其实它们也是很美丽可爱的鸟。

金雕是只能仰视的尊贵王者。

金雕是雕属中最大、最凶猛的一种，体长可达一米，腿爪上全部都有厚厚的羽毛覆盖，威风凛凛，仪表堂堂。它们栖息在高山草原、荒漠、河谷和森林地带。金雕飞行速度极快，常沿着直线或圈状滑翔于高空，营巢于难以攀登的悬崖。

金雕在高寒草原生态系统中具有十分重要的位置，它们处于食物链的最顶端。从某种意义上说，它们是长有强健翅膀的雪豹。

它们性格凶悍，力大无穷，可以轻易地捕食地面动物，也可以在飞行中猎获灵敏的飞禽。有人记述过它们从地面冲上天空，捕食飞翔而过的野鸡的全部过程：金雕冲天而起，飞到野鸡下方，

棕头鸥 葛建中 摄

突然翻转身体，肚腹朝天，同时用利爪猛击野鸡；野鸡受创，直线下落，金雕又翻身俯冲而下，将下落的野鸡凌空抓住。

藏雪鸡是优秀的攀登者和没有信心的飞行家。

在三江源区，藏雪鸡是一个庞大的种群，总数达 100 多万只，是高山动物的代表种类。它们栖息于海拔 3000~6000 米之间的高山裸岩带，与高山植物雪莲相伴。它们出没在终年积雪、人迹罕至的灌木丛和苔原草甸之中，从不进入森林和厚密的大片灌丛地区，对高寒极地有很强的适应性。

藏雪鸡好结群，一般三五只，性怯胆小，翅强，善飞，但遇到敌害时往往奔走逃避，不得已时才鼓翼起飞。夜幕降临时，藏雪鸡隐身岩石下的巢中过夜。由于其自身的保护色，遇有危险时，它们原地伏身不动，很难被侵入者发现。

胡兀鹫，耐心的食腐者，优秀的清道夫。

胡兀鹫是一种大型猛禽，身长 1~1.33 米。它们喜欢栖息于开阔地区，如草原、高地和石楠荒地，也喜欢落脚于山峰或悬崖之中。

它们是天才的飞行家——慢时，采用节省能量的翱翔方式，如果需要，可以在 7000 米以上的高空翱翔盘旋 10 个小时而不停歇；快时，可以急速俯冲，在离地面 3~5 米的高度，做快速的贴地面飞行。

它们是最优秀的观察者，视力超强，是人类的十倍，能把地面上的一切细微变化尽收眼底；它们有异乎寻常的感知能力，非常注意对乌鸦、鸢、豺、鬣狗等食尸动物的监视，例如每当渡鸦发现食物而高声鸣叫时，它们便闻机而动，飞翔而至，大快朵颐；而当渡鸦发现危险飞走时，它们也赶快溜之大吉。

虽是食腐者，但胡兀鹫的耐心、机警、讲求礼仪，令人惊奇。在非繁殖季节，它们大多与兀鹫结群活动，但要比兀鹫机警得多。

发现尸体后，先翱翔观察，然后落在 50 米以外窥测，确认没有危险后一齐拥上聚餐，在几十分钟内将一具庞大的动物尸体吃得只剩下头、胯骨和几根大腿骨。它们能整块吞下小的骨头，而对一些硬的大骨头，则带至 60 米左右的高空，将其从空中投向岩石，使之破碎，然后落下吞食。

它们一般不与其他猛禽争抢食物，而是等在一边，等其他猛禽吃完后，才去捡食剩下的残肉、内脏和骨头，将战场打扫得干干净净。

它们的觅食方式似乎低贱，但这是天赋的生存方式，放在大自然中，其实并无好坏优劣之分。况且，它们食腐为生，无意中充当了草原清道夫，将腐烂败坏的骨肉脏器清理干净，从而保持了草原的清洁美丽。

另外，它们并非完全依赖腐尸为生，也捕猎病残体弱的旱獭、牛、羊、鼠、鼠兔和小鸟等动物，从而保证其他种群优胜劣汰，使之强壮健康地繁衍下去。

大地宠儿

每一种生命都值得歌颂，无论是用长诗还是短章，三江源如是，中国如是，世界亦如是。

三江源环境严酷，生存更为艰难，因而这里的植物有更顽强的生命力，有更美丽的样貌，有更神奇的生存方式和性格，也有更令人唏嘘和惊叹的精神。

胡杨挺立着一种精神：生在干旱苦寒之境，长在贫瘠荒漠之界，立于狂风沙尘之地，蓬勃于艰难困苦之中。生存百年，死后也屹立不倒，成为壮美的风景。春夏碧绿如希望，秋天金黄如诗歌，冬天肃穆如哲人。

胡杨是荒漠地区特有的珍贵森林资源，对于稳定荒漠河流地带的生态平衡、防风固沙，调节绿洲气候和形成肥沃的森林土壤，十分重要。

胡杨是地球上最古老的树，是第三纪残存至今的古老树种，6000万年前就在地球上生存，在古地中海沿岸地区陆续出现，成为山地河谷小叶林的重要成分。在第四纪早、中期，胡杨逐渐演变成荒漠河岸林最主要的建群种。

胡杨又被称为"英雄树"，刚冒出幼芽就竭尽全力扎根，直到地下十米深处吸收水分。它的根部细胞还有特殊的功能，可以抵御碱水的伤害。胡杨在极其炎热干旱的环境中，能长到30多米高。当岁月侵袭，树龄老化，它会逐渐自行断脱树顶的枝杈和树干，最后降低到三四米高，但依然枝繁叶茂。胡杨直到老死枯干，仍旧站立不倒，成为悲壮的风景，因此荒漠戈壁的人们赞誉胡杨："长了不死一千年，死了不倒一千年，倒了不朽一千年！"

胡杨是一种会"走路"的树。它虽然生长于荒漠旱地，但骨子里却充满对水的渴望。然而，荒漠河流与地下水如见首不见尾的神龙，变化和迁徙相当频繁，因此，依靠着强大根系的保障，水流向哪里，胡杨就跟随到哪里，使得沙漠中处处都有它驻足的

胡杨　葛建中摄

痕迹。所以，在荒漠戈壁中只要看到成列的胡杨，无论它们是死是活，都能判断这里曾经有水的踪迹。因为有此本领，胡杨也被称为"不负责任的母亲"，它随处留下子孙，却不顾它们的死活，任其随着变幻无常的水流自生自灭。

冬虫夏草，前半生是动物，后半生是植物。

它来自神灵灵光一现的幽默思想吗？

它的生命历程虽然复杂，但并不神秘。

夏天，一只名叫虫草蝙蝠蛾的昆虫，选择了一株草或者一朵花，然后将自己的卵产于其上。一个月后，卵孵化变成幼虫。这只幼虫顺着茎秆爬下来，或者干脆自由落体跌落土壤，之后钻入潮湿松软的土壤里。土壤里有一种名为虫草真菌的子囊孢子，它们在黑暗中侵入那个以为找到了温床的幼虫。幼虫发觉危险，试图逃跑，但为时已晚。孢子在幼虫体内大吃大嚼，幼虫内脏慢慢消失。幼虫死去了，它变成了一个充满菌丝的躯壳，葬在土壤里。

第二年春天来临，菌丝开始生长壮大，夏天时节，长出地面，成为一根宝草。挖起这根草，草根仍然保持着幼虫的模样，甚至眼睛都不曾被土壤腐蚀。

那根"虫草"晾干后，和其他同伴一起，经过买卖、长途跋涉、再买卖，最终来到内地或海外一个虚弱的人或病人的手里。他或煨汤，或泡水，把它吃掉，因为它有抗癌、滋补、调节免疫力、抗菌的功效。

大黄，一种珍贵的多年生草本植物，高大，生长于高寒潮湿地带。果洛、玉树、黄南、海南各州均有野生大黄的分布，西宁等地则普遍进行田间和庭院栽培。国之四维，礼义廉耻；药之四维，人参、附子、生地、大黄。现代医学证明，大黄有广谱抗菌、抗病毒等特殊疗效，因而获得"排毒将军"的美誉。

"推陈出新，如勘定祸乱，以致太平，所以有将军之号。"

沙棘，干旱贫瘠地之绿，渺小的不起眼的绿，有同样渺小的艳红悬缀枝上，但艳红密密点点，如同珍贵的玛瑙。卑微的名字，卑微的样貌，卑微的身体，但有宝藏深藏其中：多种维生素、脂肪酸、微量元素……其中维生素 C 含量极高，是猕猴桃的 2~3 倍。

蕨麻，这个名字有点儿陌生，但说"人参果"，恐怕人人皆知。当然，它的模样和仙果天差地别，它渺小丑陋，是一种名为"鹅绒委陵菜"的根块，埋在土里。说它是人参果，在于吃了它虽不能长生不老，但味道和仙果一样甜美，而且营养丰富，经常食用，确有延年益寿之功效，得到如此美誉，倒也实至名归。

红景天，多么美丽的名字。这种珍贵药材，可刺激神经系统，增加工作效率，消除疲劳和预防高山症。还有麻黄、雪莲、发菜、锁阳、枸杞、贝母、当归、雪灵芝、藏茵陈……

它们都生长在高寒缺氧的极地，生命力异常顽强；它们外表平常，鲜有惊艳之姿，但身有神性，腹有珍宝。

单以环境而言，三江源并不是一个适合动植物生存的风水宝地，但就在这片高寒、干旱、缺氧的艰苦之境，奇花异草茂密繁盛，珍禽异兽蓬蓬勃勃，创造出难以想象的生命奇迹。

但以大自然与生命的本质而言，三江源这片极限之地能够成为欣欣向荣的生命乐园也并非奇迹。正如险恶绝望能够激发强者勇敢无畏的力量，三江源的严酷环境也最大限度地激发了各种动植物的生命力，使之无畏无惧地生长、壮大、成熟，从而塑造出生命的千般性格，闪耀出生命的万种色彩。

自然与生命，犹如母与子，自然神奇瑰丽，生命必然随之神奇瑰丽。

而人类，虽然贵为万物的灵长，却也是自然之子中的一个，绝不能凌驾于自然母亲之上。人类的使命，就是顺应自然，尊重、珍惜和爱护各种生命，不要因自身的利益而去破坏生态的健康、和谐与安宁。

与自然的和谐，就是人类自身的和谐。人类应该尽全力阻止丧钟为任何一种生命而鸣，因为那就是阻止丧钟为自己而鸣。

高原彩虹

一马光星一

"这是一个美丽的黄昏。一个藏家女穿着拖地的袍子，披着长长的发辫，弓身背一桶源头之水，缓缓走向山岗，脚边跟着一条牧犬。不远处，炊烟袅袅的牛毛大帐篷前，一群牛儿羊儿正在静静地啃食青草。当那牧女站在那山岗上时，夕阳最后的一抹余晖从她身上辉煌地泻落了。远远望去，那整个一座山内在的全部力量好像都凝聚到了她的背上。"

　　正如这段文字所描写的那样，栖居在三江源地区的各民族焕发着独特的风情，他们各具特色的服饰又是其中最为引人入胜之处。除了藏族，这里还栖居着蒙古族、回族、撒拉族、土族等众多民族，他们五彩斑斓的服饰织就着高原最美丽的彩虹。

一、藏族服饰

穿在身上的财富

若在六七月间，从青海省会西宁向北，翻过日月山后，满地的油菜花就会扑面而来，在阳光的照耀下，宛若灿灿黄金，绵延不尽。再往前走，视野一下开阔起来，辽阔起伏的草原就像铺上了一层厚厚的绿绒毯，数不尽的牛羊和膘肥体壮的牦牛，犹如五彩珍珠洒满原野。在这迷人的景色中，点缀着藏族牧人的帐篷。

藏族的服饰，就是他们财富的象征，这一点在藏族女人的身上体现得尤为明显。

一个穿戴齐整的藏族女人，往往头戴礼帽，帽檐上插束彩绸花；颈饰有珊瑚、玛瑙、松耳石等串起来的项链；耳朵上是银质的璎珞式的大耳坠；手腕上戴着银质手镯，马鞍式的戒指也是银质的；在颜色艳丽、领子层叠的内衣上面穿上羔子皮制作的藏袍，藏语叫"擦日"，是藏式皮袍里最精美的一种——它用羔皮做里缝制，外面以质量上好的紫青锦缎做挂面，羔皮的毛色呈白色，袖口、下摆、襟边再用花色氆氇做装饰，领沿修饰的皮张，斑点分布，酷似豹皮。

昆仑神话中的西王母形象，即以古羌人的女首领为原型。《山海经》中记载的西王母是半人半兽的形象，"其状如人，豹尾虎齿而善啸"。西王母以虎、豹这些动物形象装饰自己，并作为标志，显然是一种古老的图腾崇拜。藏族的族源中有古羌人的成分，藏族至今仍以某种动物的皮毛或者摹仿动物形体加以装饰，让人对他们民族历史文化的传承产生联想。

以前，藏袍上使用真正的豹皮做装

藏族服饰　马光星 供图

饰，现在，人们关注生态，保护野生动物，早已使用别的装饰物替代了。

藏族女人的腰带，藏语称"盖日"，也很讲究——浅绿色（腰带颜色并非一种）的绸缎，宽约1尺，长约1丈2尺，用腰带把藏袍系紧，除了束于腰间的部分，还将长出的两端一长一短垂于身后，其色彩和衣服颜色搭配在一起，既增色，又紧凑。有些藏族女人还珍藏有很少见的铜质腰带，由十多块长2寸、宽1寸的黄铜牌缀合而成，装饰意味极浓，也极珍贵。

腰带右侧，往往佩戴着呈"山"字形的银奶钩，形状宛如一只铁锚。当地藏语称其为"雪龙"，意思是坠挂奶桶的钩子。原为藏族妇女挤奶时挂奶桶用的，钩的上端用皮带系在腰间，以防奶牛受惊时将奶桶碰翻，后来逐渐演变成为一种藏族妇女特有的装饰，沿袭至今。

至于鞋子，多是做工精致的绣花藏靴，鞋尖高高翘起，凸显出藏族女人亭亭玉立的身姿。

然而，藏族女人服饰最令人惊讶的部分在她们身后。那些闪亮的饰物在藏语中叫"盾"，是一种缀在辫套上的银制品。藏族妇女会将发辫梳理得光滑如缎，然后小心地放入用方形的绣块和银盾交替排列装饰的精美辫套中。银盾呈碗形，用细细的线条绘刻着花鸟等吉祥图案，倒扣在绣块上。"盾"由三层组合，正中间由里向外用朱红、石绿、翠蓝色的珊瑚、玛瑙等宝石镶嵌，其中以镶嵌琥珀最为珍贵。琥珀，藏语称为"腊贝"，是一种树脂化石，拿在手里抚摩，湿润透明，属饰物中的珍品。

这样一套服饰，前后左右到处点缀着松耳石、珊瑚、玛瑙、琥珀等饰物，珠光宝气，再加上藏族女性脸上那种略带羞涩的"高原红"，显得整个人矜持和沉稳、富足和华贵。

一件高质量的女式藏袍的制作，至少需要羔皮40余张；一件套有团花缎面、袖口及四边装饰有五彩氆氇和价格不菲水獭皮的藏袍，价值上万元；再加上背饰所镶嵌的各种珠宝以及脖子、头上、手上的诸多饰物，一身行头总价值在数十万甚至上百万元，因此藏族牧区有"家产就在女人身上"之说。

爱美的藏家女人们把富足殷实穿在了身上，把快乐幸福写在了脸上。锦袍彩带，狐帽如火，芳步轻移，环珮作响，眉目含春，草原上的"卓玛"一路春风，一路芳香。

和女人们的服饰相比，藏族男子的服饰更注重实用性。

有俗语说："汉人的被子在床上，藏人的被子在身上。"藏族男人的服饰大多是宽袖、大襟、宽腰无兜的衣袍，既可当衣裳又可当被盖。腰间则束一条红绸带，既有实用性，又有装饰性——除了穿脱方便，生产劳作时可裸露右臂，上下马时收放自如，再加上舒适、厚重、保暖等特点，非常适合游牧生活。

这种衣服不用纽扣，一系上腰带，上部还可当兜用，宽松肥大的兜囊里，可以怀揣各种需用之物。

许多藏族男人胸前会佩戴一个银制佛龛，藏语称之为"嘎吾"。它的形状像鸡心，内供文殊菩萨神像，还有一道经文符咒。信佛

者认为，佩戴佛龛会得到神佛保佑，能镇恶祛邪，逢凶化吉。

随着时代的发展和物质生活的富足，牧人们的生活质量已得到极大改善，生活水平不断提高。他们的生活中虽然注入了新时代的诸多元

藏族服饰　马光星 供图

素，但仍然保持着原有的民族个性和行为方式，包括衣食住行、语言、信仰等等。

康巴汉子：雪山铸就血性与刀锋

早在公元前 1 世纪前后，西藏高原土著部落的服饰就已经具有今天藏族服饰肥腰、长袖、大襟、右衽长裙、束腰及毛皮制作的特征。作为一种文化模式，藏族服饰随着历史的发展演进，也

在不断变化。由于文化背景、地理环境、生产生活方式及传统习惯等诸多因素的影响，藏族服饰因地而异，各有特色。譬如三江源区玉树的藏族，其语言属于藏语康巴方言体系，他们的生活风俗就明显带有康巴文化特色。

一个标准的康巴男子，往往具备如下特征：身材高大结实；整个面部如同雕塑，轮廓分明，双目炯炯有神；头戴红穗帽，右耳戴一枚银质的耳环；腰带间斜插一把藏刀；脚蹬高腰藏靴，靴面上系一串小铜铃……这一身装扮给人以潇洒、剽悍之感。

平日，康巴男子蓄着辫子，辫梢垂几簇红色穗线。遇上喜庆佳节或跳舞时，用数条各色绸穗装束，穗垂腰后，在臀部飘曳。康巴歌舞，盛名远扬。舞蹈时，他们的红穗帽、腰刀，还有脚上的铃铛，都格外醒目。

在表演传统的武士舞时，清一色的康巴男儿，头戴圆形高帽，四周是密密匝匝的大红璎珞；身着华贵藏袍，右袖在后腰间长拖于地，右臂袒露；藏袍下的白衬衣上，前后左右交叉着七彩缎带；足蹬特制的红黑相间藏皮靴。他们右手握长剑大刀，左手执银弓，腰挎箭壶，随着长号苍凉古朴的伴奏和古钹羯鼓有节奏的敲击，缓缓起舞，时而挥弓挪轻步，时而挥剑显威风，随着明快的节奏和舞步，脚上的小铃铛发出悦耳清脆的声音。

玉树的男人和女人都佩戴藏刀，只是造型和大小有别。女式藏刀小巧玲珑，一般都挂在腰间，整个刀身从侧面看略呈弯形。斜插在康巴汉子腰间的藏刀，一尺来长，装饰、纹样、造型又是另一种规格。

接过康巴汉子递过来的藏刀，抽出刀鞘，眼前顿时闪起一道寒光；刀鞘用花草、法轮、宝瓶和几何形图案等加以装点，刀柄用白银、紫铜、黄铜三种不同色泽的金属材料交叉镶饰，相互衬托，既精细又美观；刀柄尾部的金属饰物中，嵌有一颗珊瑚珠，看起来异常醒目。

刀作为冷兵器时代的重要武器，早已退出人们的视线，但在三江源的高山牧场上，仍然发挥着重要作用。游牧民族的生活离不开藏刀，宰杀牛羊用刀，吃肉用刀，抵御野兽、护卫自身同样要用刀。他们爱刀如爱牛羊，一把好刀就是一笔财富。

在地广人稀的茫茫原野上，牧民的生存，常常会遇到各种预想不到的困难和挑战，有藏刀作为防身的利器，就能从容有效地应对各种挑战。严酷环境下的生存方式，塑造了康巴藏族不屈的血性，也锻造了藏刀的锋利。江河源头的主人，正是凭借这种顽强的生存精神，在草原上生息繁衍，守卫着他们的幸福与安宁。

玉树境内的尕朵觉悟神山，被视为玉树地区最大的保护神。当地人顶礼膜拜的这位山神，神通广大，无所不能，隐隐约约折射出康巴汉子的身影。他白盔白甲，骑一匹白色骏马，手持利刃，巡视各地，捍卫着美丽富饶的玉树，使人们安居乐业，人畜两旺。

玉树州囊谦县境内的澜沧江右岸，银塔似的群山丛中，有一座噶举派寺院——达那寺，人称"格萨尔王的寺院"。寺院里塑着格萨尔王的雕像，陈列着格萨尔王的铠甲、宝刀、神箭、长矛，格萨尔王妃珠姆的银腰带等。民间传说，这些宝刀、铠甲、银腰带等，都是安冲地区一位了不起的神匠特意打造献给英雄的。

安冲距玉树不远，那里聚集着许多打造藏刀的能工巧匠，他们以制造藏刀、首饰等民族用品为业，长期为玉树、果洛、昌都、甘孜、阿坝一带的藏族群众生产藏刀及其他金属用品，产品还远销尼泊尔、印度等国。安冲刀多次参加全国性的民族工艺品展览，以其精湛的工艺、独特的风格受到好评。

安冲腰刀，是英雄的刀，刀锋闪烁的寒光，显现着高原民族与生俱来的顽强和坚韧。

二、蒙古族服饰

那达慕开遍"其吉格"

青海蒙古族在数百年的历史进程中，除了保留本民族原有的生活习俗，还吸收了其他民族的文化成分，逐步形成了具有高原特色的蒙古族风情。

"那达慕"在蒙古语中含有"娱乐"或"游玩"之意；"其吉格"是鲜花的称谓。会场上，蒙古族牧民的穿戴打扮扬起色彩斑斓的浪花，到处都是花的海洋，到处飘散着花的芬芳。那达慕开遍其吉格。

蒙古族男女的日常着装，大都是用牛羊皮缝制的长袍，腰系丝绸腰带，足蹬牛皮或绒做的靴子。在那达慕会场上，他们更显风采，男子穿的礼服用绸缎、布料作为面罩，用水獭皮或者氆氇镶边，领子、袍襟、袖口和底边都有黑色平绒或黑毛皮做边饰，红色平绒或白色的羊羔皮做领子。妇女的装饰品尤其考究——珊瑚、松石、玛瑙串成的项链，银质的护身佛龛，大耳坠，金银玉

蒙古族服饰　马光星 供图

石质的手镯……她们常戴一顶羊羔毛做的帽子，形状有点儿像喇叭，里面以毡子做成，外面饰以红布，可以倒翻上去；上翻部分缝有白羔皮，形状前低后高。她们身上的夹袍，在马蹄袖、领边、领座、大襟、垂襟和开叉处均镶有多色织锦组成的边沿，色块之间镶有镂金彩条、金银曲线彩条或直线彩条，璀璨生辉。

乍看起来，蒙古族女袍与藏族妇女的长袍颇有几分相似，其实，只要稍加比较，就能发现它们的区别主要在衣领。蒙古族女袍衣领均为长方形，而且较短，藏式女袍则是长圆领。

蒙古族女性们夸耀说，她们头上戴的、身上穿的，都是效仿阿盖夫人的打扮，而阿盖夫人正是蒙古族英雄史诗《江格尔》中圣主江格尔的妻子。

美丽的红缨帽

蒙古族服饰中，有一种美丽的红缨帽。

帽顶所缀红缨，蒙古语叫"扎拉"。扎拉缀在"金斯"（顶子）上。"金斯"是帽顶上用绸缎包着的圆形宝物，有金、银、玉、玛瑙、翡翠等加以装饰。"金斯"四周朝下缀以红缨，即"扎拉"，以白布为面，红布做里。据说，这种帽子代表了穿戴者的身份和地位，以前，只有那些有钱的王爷们才能戴这样的红缨帽。

蒙古族英雄史诗《江格尔》中对江格尔的妻子，也是草原上最美丽的阿盖夫人，有一段令人心动的描绘：

阿盖夫人的两眼如泓秋水，

全身裹着锦缎，

披着珍贵的朝衣，

美丽的高帽上装饰着美丽的缨穗，

她端坐在那里，

好像灿烂的光海……

蒙古族服饰 马光星 供图

　　《江格尔》颂扬了圣主江格尔及其勇士们四处征战、降服顽敌、保家卫国的宏伟业绩。史诗描写江格尔的宫殿高达 7000 丈，用黄金装饰，国土辽远，百姓安居乐业。陪伴江格尔的是阿盖夫人，还有排列在他左侧的 17 名勇士，也是史诗中着力描绘的重要人物。

　　史诗对阿盖夫人的描述，铺排华丽，极尽夸饰：

　　"一两重的金耳环价值七百匹骏马，宝石的耳坠闪着耀眼的光环。""阿盖有整齐的四十个牙齿，白皙的手指像纤纤柔软的白玉；她的红嘴唇如同五月的樱桃，她的头如同美丽的孔雀。""她的光辉映照下，黑夜如同白昼。""她的品德是人间的表率，她的声音是动人的音乐。"阿盖的容颜绝世无双，阿盖是蒙古人心目中的偶像。

　　史诗《江格尔》至少在明代就开始在民间流传。据考证，阿盖夫人头上戴的这种备受推崇的红缨帽，其前身是卫拉特军人们常戴的头盔。由此看来，红缨帽是卫拉特部落传统帽式的一种，历史悠久。

　　公元 1640 年 9 月，在准噶尔首领巴图尔珲台吉的倡导下，蒙古各部在塔尔巴哈台（新疆塔城）会盟，共同制定了《蒙古·卫拉特法典》，其第 73 条规定："毁坏帽缨、发辫罚五十。"将服饰写进法典，并以法律的形式进行保护，在世界各民族的历史上实属罕见。

　　尊贵的服饰自然是等级高贵的标志，服饰作为被保护的对象，一方面体现了王公贵族等统治者享有的特殊身份及其等级制度，客观上也起到了保护传统服饰传承的作用。

三、回族服饰

洁白简约的标记

　　河湟是指黄河上游与湟水合流的地带。湟水是黄河上游的支流，源出青海东部，流经西宁，至甘肃兰州汇入黄河。河湟的地理范围包括日月山以东、祁连山以南，西宁、海东以及海南、黄南等部分沿黄河区域。

　　如果说，草原上世世代代聚居的藏族和蒙古族的传统文化以广袤的草原、雪山、大漠为背景，散发出浓郁的游牧生活气息。那么，河湟谷地的众多民族则以高原农业为主。他们和睦相处，休戚与共，共同创造了河湟谷地灿烂的文明。

　　青海的回族，主要分布在河湟谷地一带，包括西宁及其周边的化隆、民和、大通、门源等地。回族历来就有经商的传统，他们走南闯北，四海为家，足迹遍布各地。

　　回族的标志，就是头上戴的顶帽。

这种帽子用棉布做成，多为白色，小而无檐，当地人叫"顶帽"或"礼拜帽"。回族在礼拜叩头时，前额和鼻尖必须着地以示对真主的无限虔诚，无檐帽显然比较方便。从颜色上看，顶帽通常有白、青、灰、绿、棕等颜色，多是纯色。当然，有些顶帽上带有伊斯兰教风格的花边、图案或文字。中老年人寻常所戴的是白色或黑色素面的顶帽，青少年所戴顶帽，无论颜色还是花边、图案都要活泼生动许多。

回族老人戴的白顶帽，用的是白色棉布面料。有的回族男子戴黑色顶帽，多用平绒、棉质毛毡、华达呢等材料，也有用毛线钩织的。要是在过去，中老年人习惯戴无檐无耳的圆形羔皮或兔皮帽，受地域和蒙古族、藏族的影响，年轻人多喜欢戴狐皮缎面带有两条飘带的转包城皮帽。这其中不但有地域差异，更有材料变化和审美变迁的痕迹。

一袭长衫，也是回族服饰的重要特征。这种长衫叫"准拜"。"准拜"源于阿拉伯语音译，即袍子或长大衣之意，是回族男子的传统外衣，立领、长袖，且右衽，长及脚踝。现在，"准拜"多改为翻领、对襟，腰际留斜兜，是回族人在宗教场所和其他重要场所的正式礼服，深为阿訇、满拉和中老年人所喜爱。

除了白顶帽，回族的宗教人士和虔诚礼拜的中老年人也常用白、黄、淡花格的布料缠头。这种缠头叫作"泰斯达尔"，源于波斯语音译，指清真寺的阿訇或教长头上的缠巾。相传先知穆罕默德早期传播伊斯兰教时，曾头戴"泰斯达尔"进行礼拜，世代沿

回族服饰　马光星 供图

袭逐渐成为穆斯林男子所喜欢的头饰。"泰斯达尔"长度一般为9尺或12尺。缠头时有许多讲究，前面只能缠到前额发际处，不能把前额缠到里面，这样不利于叩头礼拜；缠巾的一端要留出一肘长吊在背心，另一端缠完后压至后脑勺部位缠头巾的里层。

对许多民族而言，哪怕是一个最普通的生活细节或者行为方式，也常常包含着不为人注意的标记和色彩，印染着历史深处的某种底色。譬如白顶帽，它突出了回族服饰中典型的民族文化特征，因而成为一个醒目的标志，一种简约的象征。

这种醒目和简约并非一开始便如此，它是文化融合的产物。

早在唐宋时期，不远万里来到中国经商的阿拉伯人、波斯人大多戴头巾，那便是现今回族头饰的源头了。从那时起，历经唐宋元明清几个朝代的变更，这种白色的缠头巾渐渐由原初单纯的中东地区的风格，变成了融合中国文化习俗的回族帽。

淡雅若兰，洁白如玉

回族女子的头饰十分讲究，女人一般都要戴盖头。盖头能盖住头发、耳朵、脖颈。回族认为这些部位为女人的羞体，应该加以遮盖。

盖头通常有绿、黑、白三种颜色，又有青年、中年、老年之分。一般少女和少妇戴绿色盖头，象征沙漠中的绿洲，寓意生命之源泉、青春之活力；中年妇女戴黑色盖头，显得端庄沉稳、质朴厚重；老年妇女戴白色盖头，象征圣洁皈依。

回族妇女的盖头考究精美，大都选用丝绸、乔其纱等中高档细料制作。中青年妇女的盖头多为同色的花栏面料，老年妇女的盖头一般为平面面料。在样式上，老年人的盖头较长，要披到背心处，中青年的盖头较短，前面遮住前颈即可。回族妇女还喜欢在盖头上镶嵌风格素雅的花边。过去，中老年妇女常在盖头底下缠上手帕，现在则是白布或丝线钩织的用于拢发的小圆帽。

从历史渊源来看，戴盖头的习俗很大程度上与其发源地的地理环境相关。在阿拉伯地区，风沙大而水源少，人们难以及时沐浴净身。为了防风沙、保洁净，妇女们便缝制了能遮面护发的头巾。再者阳光直射酷热难耐，戴盖头

回族服饰　马光星 供图

和面巾也有利于遮挡阳光。

时至今日，中国回族女性虽然不用面罩，但也以头巾把头发、耳朵、脖子都遮掩起来，戴盖头则成了日常生活中最普遍的习惯。这一盖，把眉清目秀的脸庞，包裹成了瓜子形，也使她们呈现出古朴典雅的风格。

回族对于服饰的审美标准，处处体现着伊斯兰教的宗教内涵。伊斯兰教的服装观念在于引导人们神志清明、性情和善，因此既反对袒露轻薄，也反对奢华铺张，追求的是一种周正雅致的美感。他们的服饰穿戴所蕴含的宗教内涵、洁净素雅的色彩，更多地保留在老一代人身上，而对于年轻人来说，免不了追求时尚。可是，这并不意味着年轻人对民族标志的淡化或者舍弃。随着国门的开放，中东式的披巾、巴基斯坦式的巴服、马来西亚式的椭圆形各色顶帽，在河湟一带的城镇乡村大量流行。特别是披巾和修改变通后的巴式夏装，既合乎传统礼仪，又能防晒、防紫外线，穿在少女少妇们婀娜的身段上，与以暴露为美者相比，犹如空谷之兰，自然流淌着一股清新淡雅之气。

相较于其他少数民族鲜艳热烈、形式各异的民族服装而言，回族服饰总的来说比较朴素、简洁、内敛，恰如一朵沉静的小花，素雅洁白如玉。

伊斯兰教所倡导的教义造就了回族的基本性格，规范了回族的经济、文化行为与生活习俗，同时，对回族服饰的样式、材料、颜色等方面的选择，也进行了种种阐释，从而形成了回族的服饰文化观。

四、撒拉族服饰

时代的印记

从西宁往东南方向行驶约两个半小时的光景，跨过雄伟壮观的黄河桥，便来到了撒拉族之乡——循化的街子。走进镇里，首先映入眼帘的是一座座黄绿相间的清真寺"米那楼"（唤醒楼），每天五次的礼拜召唤声响彻云霄，吸引着虔诚的信徒前去礼拜。大街上和村子的巷道里，头缠"泰斯达尔"（礼拜时的头巾）、身着白色或黑色长衫的撒拉族老人缓缓而行；头戴白顶帽、身穿黑夹夹的撒拉小伙子们骑着摩托呼啸而过。

有一支歌叫《新循化》，歌中唱道：

提起我的家呀，

我家在循化。

布的白汗褡呀，

青布的新夹夹。

能干巧手儿，

人称我美撒拉。

担来了黄河水呀，

沙罐里熬茯茶。

客人您请下马，

看一看撒拉的家。

曲调欢快明亮，歌词充满了撒拉族对自身生活的满足感，传递出对远方客人的热忱之情，在浓烈的抒情色彩中，撒拉人的形象呼之欲出。

撒拉族原名撒鲁尔，是突厥乌古斯部落的后裔。大约在13世纪前半叶，撒拉族祖先尕勒莽、阿合莽等一行从中亚撒马尔罕（今土库曼斯坦境内）辗转千里，迁徙至循化街子定居。

撒拉族信仰伊斯兰教。撒拉人的生活习俗，与民族的历史生活、时代变迁、宗教信仰以及周边民族生活习俗因素密切相关。

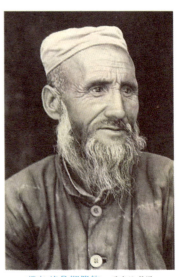

撒拉族早期服饰　马光星 供图

岁月的潮汐，可以抹去人类祖先活动的足迹。然而，人类总是将自身的生活印记通过集体记忆的方式，传承在他们口头的历史中，留给后人。

至今仍在撒拉族婚礼上表演的民间传统戏剧《对依奥依那》，以角色扮演和人物对话形式，表现其祖先那一段异常艰辛的迁徙历程时，保留着先民们服饰方面的一些特征。

演出时，有两个人反穿皮袄一前一后扮作骆驼，另有两个角色，一人身穿白色长袍，头缠泰斯达尔，脚穿短靴；另一人穿白色汗褂，系红腰带，外套青夹克，也头缠泰斯达尔，身披一件大红披风。可见最初的撒拉族服饰基本保留了中亚撒马尔罕人的服饰风格，同时带有撒拉族先民的游牧生活特点；其中阿拉伯式的头巾作为特定地域性的印记，表明他们信奉伊斯兰教。

撒拉族先民初居循化时，在服饰方面仍保留着中亚风格，男子戴卷檐羔皮帽，脚穿半腰皮靴，腰系红棱布。妇女头戴赤

撒拉族早期服饰　**马光星 供图**

撒拉族早期服饰　马光星 供图

青色的 襟丝头巾。明清以降，服饰趋于汉式化。这种变化,从《皇清职贡图》等有关撒拉族服饰的记载和描述中可以窥见："妇女身穿蓝色长裤，上套绿色长裙，长至脚踝，上衣则是粉红色的大襟衣服，上套黑色大领宽袖长衫，上衣没膝，外衣则为大领大襟长衫，两边不开衩，腰间以红布束之，系结之处在右胯，下身穿黑色裤子，脚穿黑布鞋，鞋尖上翘。"

撒拉族男子服饰受汉族生活习俗的影响，在一首名为《依秀儿玛秀儿》的歌中有着细致的描述：

依秀儿的玛秀儿罗吆，

大呀小儿罗吆。

买呀买一个官帽者，头儿戴吆；

买呀买一个衫子者，身儿里穿吆；

买呀买一个腰带者，腰儿里结吆；

买呀买一个鞋子者，脚儿里穿吆……

歌词中的"官帽"，指民国时期大官们的冠戴，"衫子"指用市布料子做成的士人服,"鞋子"指黑色高档布鞋,"腰带"指绸缎带。

撒拉族女性的穿着打扮,与回族基本相似。少妇戴绿色盖头,中年妇女戴黑色盖头,老年妇女戴白色盖头。坎肩有长短之分,一般老年妇女穿黑色坎肩,中年妇女穿蓝色或灰色坎肩,年轻人穿红色或几种颜色搭配的坎肩,尤其是花色坎肩,最亮人眼。她们穿的鞋,不同的款式有着不同的讲究。中老年妇女的鞋底是千层底,鞋面用黑色条绒或布料做成,是一种圆口缉鞋。年轻人则穿绣花鞋,其外形如船,鞋尖翘起,鞋面及鞋帮均有各种花卉图案的刺绣,做工精细,样式新颖美观,款式与清代宫廷里格格们穿的高底绣花鞋相似,走起路来颇具贵人风范。

撒拉族有一首传统"花儿",表达了对缠足陋习的不认同态度:

大力架崖壑里过来了,

撒拉的艳姑(哈)见了。

撒拉的艳姑是好艳姑,

脚大(么)手大(者)坏了。

脚大(么)手大(者)别嫌弃,

走两步路儿时干散(利索)。

撒拉族妇女以天足为荣,走路矫健,做活利索。辛辣嘲讽缠足陋习的"花儿",表达了撒拉人健康积极的审美情趣。

当今时代的撒拉人生活富裕,追求时尚,也喜爱流行色。女子穿流行时装，戴金银项链、宝石耳环、钻石手表。过去的皮袄棉袍早已被淘汰，取而代之的是皮夹克、羽绒服、西服、羊毛衫等。可是这些时尚服饰，并未能完全淡化撒拉族服饰的民族记忆。男子戴白顶帽、女子戴盖头的习俗依旧未变。虽然现今的绣花鞋，款式变成了平底。可是，女子们对它情有独钟。穿上绣花鞋，走起路来脚底绵软，潇洒轻巧。

　　亮闪闪的玉石手镯戴在撒拉族妇女手腕上，使她们深感自豪。手镯或许是丈夫赠送的信物，或许是自己从珠宝商店里精心挑选买来的。

撒拉族服饰　马光星 供图

撒拉族女子爱用海纳花染指甲。入夜后，年轻的"艳姑"来到花园，摘几枝鲜艳欲滴的海纳花，和明矾混合捣烂，敷在手指甲上，用塑料膜包住。第二天指甲全都变红了，纤巧的手指尖上泛着耀眼的红光。

树上鸟语，树下花香

夏日的循化，经常可以见到素雅美丽的水彩画：黄河边上，几个撒拉族姑娘坐在一棵核桃树下，她们头上蒙着盖头，身着不同颜色的汗褡儿，上面套一件黑色或者绿色的坎肩，下身穿绸缎料的裤子。薄似轻纱、光滑如水的衣饰紧贴着一个个曼妙的身躯，黑色的盖头衬托出一张张艳若桃花的面容。她们有的做着针线，有的手里捻弄着花草，有的口里含着一种小乐器，发出阵阵细微悦耳的音调。小乐器叫"口弦"，口弦声声，引来了天上的鸟儿，飞落在树上，盘旋在姑娘们的头顶。

撒拉族的姑娘们从小必须学会两件本领，一是茶饭，二是针线。姑娘出嫁时有摆针线的习俗。待嫁新娘将自己亲手制作的绣花鞋袜、手巾、枕头、床罩等全部摆于院中，让亲友来宾观览，以检验姑娘的手艺。女眷们不时地相互指点、品评，鞋垫上的莲花，围兜上的双蝶嬉戏，色彩鲜亮，构图完美，似乎真的要引来蜂蝶，绕着姑娘们飞舞。

河湟谷地的撒拉族女人们把心意绣制在衣领、衣袖、口袋、腰带、袜子、鞋、鞋垫、钱褡、荷包、针扎上，有人的地方就有一道灿烂的春色。她们把春色绣制在枕头、枕顶、门帘、被罩上，用温馨和谐的春意装点着四方庄廓院里的庄户人家。

撒拉族服饰品种丰富，不同的场合穿戴不同的服饰，不同的服饰具有不同的含义。撒拉族举行婚礼时，新娘的穿戴均为红色，红色代表喜庆、欢乐等。新娘所佩戴的荷包是其展示手工技能的象征。同时，也是表达爱情的信物。绣花鞋上的花鸟刺绣，象征绣花女子对大自然和美好生活的向往。妇女戴上金银首饰，象征富贵、阔气。

撒拉族讲卫生，爱干净，十分注重衣饰穿戴方面的良好习俗，提倡穿戴干净，忌讳不修边幅，穿戴破烂；忌讳女装男扮，男装女扮；忌讳女子袒臂露胸，穿透明、紧身服饰；忌讳女子披头散发，浓妆艳抹；忌讳穿鞋上炕；忌讳把帽子压在臀下或踩在脚下。

循化，山川秀美，风光旖旎，素有"瓜果之乡"的美称，又被人们称之为高原小江南。

现在，经商、开饭馆、打工的撒拉人遍布各地。在异国他乡，头戴白顶帽、说一口撒拉话的男子，见证着撒拉人敢于走南闯北、坚忍不拔的创业精神；撒拉艳姑们巧手绣制的刺绣品，撒拉艺人们以不同色彩和形状的石块拼接而成的"黄河石"，采撷着黄河岸边的迷人景观，展示着家园风情的无限魅力，倾注着撒拉人的智慧和情怀。

五、土族服饰

彩虹之乡

河湟谷地，虹霓升腾，彩云飞旋。彩虹升起的地方，是土族人的家乡。土族把彩虹作为民族的吉祥物,将自己的家园比喻为"彩虹之乡"。

也许是受到大自然的启示，抑或出于对黄河母亲的感恩，富有智慧的土族阿姑们将彩虹的标记镶嵌在自己的衣装上，将彩虹的意象融汇于精致的刺绣图案上，她们也因此被称为"穿彩虹花袖衫的人"。

花袖衫上搭配的颜色分为五种，再加上衣裳的本色及彩色镶边，通常有七种颜色，正如彩虹的色彩，用红、黄、蓝、绿、黑等多种彩布或绸缎缝制而成——红色象征带来光明的太阳，蓝色代表天空，黄色代表成熟的麦穗和丰收的五谷，绿色代表茂密的森林，黑色象征肥沃的土地。

土族服饰　马光星 供图

土族婚礼是土族服饰集中展演的舞台。

新娘出嫁前一天傍晚，男方要请两位能歌善舞的"纳信"（娶亲人），头戴白毡帽，身穿白色绣领衬衫、深色坎肩，腰勒紫色斜纹腰带，脚穿云纹图案的翘尖布鞋，外套宽大的白色褐衫，领着新郎，带着锟锅馍、青稞酒和新娘上马时穿戴的红色头巾、红头绳、上马长袍、上马裙、上马鞋等服饰，拉着一只白母羊，到女方家娶亲。

作为吉祥的使者，纳信身着白色，象征高贵和圣洁，避邪免灾。

新郎的穿戴很讲究，从头到脚，焕然一新。脱下"鹰嘴啄食"帽，换上"拉金锁"白毡帽，这种帽子用棕色的羊绒毡子制作，帽檐高高往上翻，外侧沿边用黑平绒、金色织锦缎花边，使人容光焕发。上身穿斜襟绣花小领白短褂，袖口镶有黑边，褂子外面套黑色坎肩，坎肩小襟上有一个四寸见方的花衣兜，腰系两头绣花的绿色腰带，下穿蓝色大裆裤，脚穿绣着云纹图案的布鞋，走起路来脚下生风。

新娘的装扮更为独特，身穿七色花袖长衫，套在长衫上的紫红色镶黑边的坎肩，衬托着新娘的妩媚。新娘的大包腰带格外醒目，腰带两头缀有三寸见方的绣花腰带头，构图采用"卍"字形为基础连续变化而成的花纹。佛教认为"卍"字是释迦牟尼胸部出现的"瑞相"，"卍"字层层伸延不断变化，被称为"富贵不断头"，以示吉祥如意。

新娘系于腰带间的前裾子，以三片绣品缝合而成，底色为白色，选用上好彩色丝线绣有牡丹、石榴、莲花、菊花等花卉图案，四面镶有织锦花边，彩色穗子垂于右前方。花团锦簇的新娘，彩虹环绕的新娘，环珮叮当的新娘，由两位伴娘簇拥而出时，犹如一只彩凤从天而降，靓丽无比，光艳夺目。

土族的盘绣被称为河湟绝艺。在妇女的腰带、前裾子等装饰中盘绣图案显得格外艳丽。盘绣的技法比较复杂：在盘架上先粘贴底稿，用两根针线，一根扎，一根盘；每盘两三下扎一针，图案富有层次感和立体感。

"扭达"的传奇故事

"扭达"是土族妇女的传统头饰。庄重典雅的"适格扭达"，形似簸箕，缀以珊瑚宝石，红穗摇曳。除此，土族还有"吐谷浑

加斯扭达　马光星 供图

郊仁扭达　马光星 供图

适格扭达　马光星 供图

吐谷浑扭达　马光星 供图

扭达""加斯扭达""雪古郎扭达"等十多种类型。以上这些头饰都是按照各自形状来命名的，如"加斯扭达"形如犁铧，边缘饰以线穗流苏；"适格扭达"戴在头上，形如簸箕；"雪古朗扭达"呈漏槽形；"那仁扭达"是在梳好的发辫上竖起一根铜制的三叉箭，民间亦称"三叉头"。

关于扭达，民间流传着一个惊心动魄的传说：

从前，有个叫王蟒的妖孽出现在龙王山下，兴风作浪，残害百姓，人们不得安宁。有个叫腊月花的土族姑娘为了除魔，假意与王蟒成婚，趁王蟒酒醉之际，腊月花一挥手，将事先藏在簸箕形"适格扭达"里的灰尘泼出去，迷住了王蟒的眼睛。另一个戴"加斯扭达"的姑娘应声而起，用马鞍形的犁铧接住了狂怒的王蟒吐出的毒液。戴"雪古郎扭达"的姑娘将藏在漏凹槽形扭达里的豌豆撒在地上，王蟒脚下一滑，立马摔倒在地。旁边的一个姑娘冲上来，迅速将圆盘形"吐谷浑扭达"内藏着的小磨扇取出来狠狠砸在王蟒头上；戴"那仁扭达"的姑娘从头饰中抽出两把尖刀刺瞎了妖魔的双眼；戴"加斯扭达"的姑娘取出犁铧刺入了王蟒的胸膛……勇敢的土族姑娘们巧用首饰做掩护降妖除魔，深得人们的尊敬。于是这些扭达代代流传，而新娘则戴"扭达"以示纪念。

每种"扭达"在制作时，首先都要扎一个坯子，所用材料是当地随处可见的芨芨草或胡麻草；然后在坯子上用金银箔纸、彩色布条、线穗、云母片、钢针等进行裱糊、装饰，依形而做，力求牢靠精致。

如今，有些古老的"扭达"消失了，像"吐谷浑扭达""加木扭达""绊绊切扭达""哈雪扭达""雪古朗扭达""洛典扭达"等，已经无法见到。更让人担忧的是，制作扭达的匠人也越来越少。好在互助县有关部门为抢救民族文化遗产，组织年轻人向老艺人学习"扭达"的制作技艺，有望使这种历史悠久的民间工艺传承下去。

唱不尽服饰美

土族的服饰说不尽，道不完。婚礼的每一个程序，都涉及他们的穿戴打扮，歌舞表演中，五彩斑斓的服饰也是主调。如此奇特的习俗，实属罕见。

姑娘们戏谑娶亲的纳信，《骂婚调》里故意将纳信从新郎家带来的扭达贬损为"像个老驴背上的鞍子"，将包头比作"擦桌子的抹布"。举行谢媒礼时，身穿深红色长衫、头戴礼帽、颈系彩色哈达的媒人显得有些滑稽，他的额头上被周围的人贴上了酥油，脸上抹了炒面。两位年轻小伙手擎酒杯放声高唱《谢媒歌》，歌词也从赞颂媒人的衣着开始：

> 头上戴着卷边帽，
>
> 织锦的帽边亮闪闪，
>
> 媒人的帽子真好看；
>
> 腰间勒着花腰带，
>
> 精美的图案亮闪闪，
>
> 媒人的腰带真好看；
>
> 脚上穿着花腰靴，
>
> 绣靴丝线亮闪闪，
>
> 媒人的靴子真好看……

在土族传说里，"木吉鸟"又叫"五色鸟"，是一只美丽的吉祥鸟！它在蓝天之下展翅高飞，无拘无束地唱着生命的自由之歌。土族姑娘身着七彩花袖衫，犹如色彩斑斓的五色鸟，这又是多么贴切的比喻，多么奇特而浪漫的想象！姑娘们边舞边唱《五色鸟》：

木吉鸟的羽毛多么黑呀，

姑娘的头发比它黑。

木吉鸟的红冠多么红呀，

姑娘的头绳比它红。

木吉鸟的双肩多么黄呀，

姑娘的短褂比它黄。

木吉鸟的翅膀多么美呀，

姑娘的裙子比它美。

木吉鸟的腰身多么绿呀，

姑娘的花袄比它绿。

木吉鸟的脖颈多么灵呀，

姑娘的脖颈比它灵。

木吉鸟的脚爪多么巧呀，

姑娘的双手比它巧。

《阿娜的模样》曲调悠扬动听，舞步轻盈舒缓。这支歌起初传唱于民和的三川土族地区，以后在土族各地流传开来。阿娜，是土族对母亲的尊称。

阿娜的模样怎么样？

阿娜的模样真漂亮！

阿娜的模样呀，

就像菩萨一样！

多么美呀多好看，

阿娜的模样就像菩萨一样！

歌词共分六段，以质朴的语言形容阿娜的发髻像鹁鸪鸟，阿娜的"首帕冠"（凤冠）像凤凰，阿娜的裙子像凤凰展翅，阿娜的胸襟像河水般宽广，阿娜的袖子像彩虹般灿烂，阿娜的心肠像星星般明亮。

"阿丽玛"，是土语对"果子"的称谓。在这首歌词很长的土族婚礼曲《阿丽玛》中，"阿丽玛"作为衬词出现，姑娘们边歌边舞，从翻地、开播、浇水、拔草到收割，再现种植青稞的整个过程。歌词还描述姑娘们栽培鲜花，花开后采花染布，缝制成的裙子更加漂亮。歌词中十分独特的部分，分别描述了土族、藏族、回族、汉族、撒拉族等各个民族女性的服饰穿戴，像藏族妇女头戴尖尖帽、身穿氆氇衫、脚穿牛皮鞋等。她们的表演和歌唱十分投入，对各个民族妇女的举止动作都有模仿，表演起来惟妙惟肖。当唱到本民族妇女的着装时，由衷地表达了对本民族服饰的赞赏心理和情感认同：

阿丽玛，

土人婆头上戴的，

珍珠帽呀哩斯。

阿丽玛，

土人婆身上穿的，

绿主袄呀哩斯……

《卡然卡吉盖》又称之为《登登玛秀》，歌曲名字源于一只捎
口信的喜鹊。姑娘们以悲切的音调唱道：

黑色的喜鹊，

请你替我捎个口信，

给我的爷爷说：

土族服饰　马光星 供图

我的那副扭达替我保存好，

我戴上扭达多么美呀，

如今头上只缠着破布巾。

我的亲爷爷多么疼爱我，

心肠就像棉线一般长。

婆家里的爷爷虐待我，

心肠像黑刺儿一样……

姑娘们的演唱，似乎是在哭诉，刚才又歌又舞的那种欢乐喜庆色彩消失了，场面被一种低沉而凄凉的气息笼罩着，听的人也感到心情沉重。歌词通过女子对娘家和婆家服饰的对比，表达了对少女岁月的无尽留恋。

吉祥留"阿扬"

檀香马鞍跨上了，

黄金马镫踩上了，

叫声绯红的包头留阿扬，

包头缝里的阿扬留下来……

在土族的观念中，"阿扬"是财运、富贵、发旺的总称。

阿扬在哪里？阿扬依附在新娘穿戴过的服饰上。新娘上马启程的时刻，纳信边舞边唱道别歌留阿扬，预示着他要娶走新娘，但是要给新娘家里留下财运，留下富贵，留下吉祥。

　　土族服饰因地域不同而异彩纷呈，各美其美。民和三川土族妇女头戴"素不都扭达"，因饰有用珊瑚、玛瑙等物串缀成的穗子和细银丝制成的凤凰，也称"凤凰三点头"，上身为绿色夹袄，胸前及两袖均镶有彩边，下身系红色百褶长裙，其中蕴含着土族对凤凰的崇尚心理。三川土族姑娘出嫁时的金花头饰，遍插各式绢花，以多而艳为贵，继承了先民吐谷浑妇女"首戴金花冠""金花为饰"的遗风。可见，留阿扬的习俗源远流长，传承已久。

　　同仁土族妇女的头饰称之为"跑斗"。妇女披发后梳，脑后佩戴的珊瑚板两侧绣着各种吉祥图案，披发从板子下继续延伸到腰部时，在发间别一枝银制的镶有玛瑙、松石的"尕特尔"（意为"射箭的弓"），其形别致；再往下至发梢处，佩戴梅花形银盾，上刻吉祥图案，镶有珊瑚；发梢用红色丝带系上后别入"尕特尔"底下，还要缀上两束红丝穗；头顶部连接银板的地方又挂上珊瑚串往前缀在发间，垂在额上，形成美丽的额饰。出嫁的新娘以名贵典雅的"跑斗"装饰自己，但作为一种古老的婚俗，依附在服饰上的阿扬必须留在娘家。

　　留阿扬，留下了新娘的精湛手艺，留下了新娘对娘家的情感和心愿。

　　新娘走远了，阿扬却被留下来了，神秘的仪式折射出某种原始宗教观念的遗留，同时包含着土族对生活和理想的美好希冀。

三江源区民族服饰文化蕴涵丰富，纹样线条多姿多彩，皆因在服饰文化上体现了本民族特殊的审美情感。当一个民族将历史、文化和精神融注在服饰习俗上，使之传达众多的文化信息时，服饰文化又成为凝聚民族情感的重要载体，在民间故事中讲述，在民歌中吟唱，在舞蹈中展示，为我们塑造了或风姿绰约或威武阳刚的人物形象，形成了一道道耀眼夺目的风景。

天地人生

一 樊 颖 一

天下万千山水，三江源的山水注定离太阳最近。光芒之下的大地，处处闪动着神的灵性。淙淙流水、潺潺融冰、涓涓细流在高原的胸膛上纵情奔流，汇聚向东。生活在高山大河之上的人必有大气度、大心胸。

　　在南昆仑、北祁连的高原大陆上，人们与自然和谐共处，相依相存，自古以来，这片土地就是多民族融合的舞台，他们的生产、生活方式像驰荡东去的河流，流淌出这一方大地的生命色彩。

一、云水间——牧耕高原

风雪放牧歌

有首歌深情地唱道："天边有一对双星，那是我梦中的眼睛。天边升起的明灯，照亮一生的旅途。"对于生活在高原上的人们来说，苍穹是天堂的草原，白云是天际的骏马，帐篷里流泻出的点点光亮是风雪的眼睛，它凝望着尘世中疲倦的孩子。或许我们在追求理想的时候，忽视了心灵的家园；或许我们在迷恋繁华的瞬间，遗失了灵魂的慰藉。

三江的魅力何在？唯有年年北回南飞的候鸟知道，鸟儿的翅膀带着记忆中的草香，在这里享受夏日的爱情时光，生活在不变的传统中循环往复，生命沿着既定的轨道繁衍不息。在众多迁徙的队伍里，还有逐水草而居的牧民们，他们在草原上放牧牛羊也放逐心灵，千百年来不曾改变。

青海是中国五大牧区之一，海拔高，气候恶劣，自然条件差，

游牧生活　葛建中 摄

　　但这并不影响牧人与牲畜休戚与共的生存关系。尽管他们的生产设备和生活设施相当简陋，尽管他们终年随水草的盛衰转移牧场，全部的生活物资都来源于牲畜和草原，但他们世世代代以此为生，以此为乐。

　　在这方大地上游牧的，主要是藏族和蒙古族。

　　游牧生活是一种粗犷而富于冒险的生活，"逐水草而居"是游牧文化的核心。草长花开的夏天，牧民们走马在高山草场；雪落草枯的冬天，牧民们牧羊在向阳山麓。风雪漫舞中，牛羊啃食着草根，悠然闲适；牧人们抗旱过冬，依然淡定。恶劣的自然条件培养了他们极强的适应能力和抗寒能力。

　　三江源春来迟，可只要春来到，就会绿满天涯。从黄河两岸的田野到扎陵湖畔、星宿海边，从通天河畔的牧场到唐古拉山脚下，远方雪山矗立，草原一望无垠，饱蘸雨露的花朵争芳斗艳。蓝天白云之下，起伏连绵的山峦和熠熠闪亮的碧波交相辉映，数不清的牛羊像颗颗珍珠在绿色的草原上散落。

牧人们挥舞着手中的鞭子放牧牛羊，这些牲畜是他们的财富和希冀。在这方自由的土地上，在如梦似幻的天光云影中，白云像哈达一样在身边缭绕，流水像丝绸一样在脚下舞动。草原上的河流和湖泊，使得这一片高寒的土地洋溢出广博秀雅的气息，崇山峻岭的环峙，像一双巨人的手，呵护着这方水土，让这美妙的梦境悠远漫长……

牧民通常把帐篷搭在湖畔河边，每天要做的第一件事便是到水边取水。在他们心目中，水是洁净神圣的，是神赐予他们的生命之源。

天还未亮，帐篷里就传出舂打酥油的声响，那是女主人一天劳作的号角。搅打着洁白的奶浆，一家人喝着醇香的酥油茶，满口茶香带来了满身活力，使他们得以世世代代在这高寒地区栖居。喝过茶，一家老小各自忙碌，开始了一天的营生。

牧人的脚步跟随牛羊走向草原深处，跟群放牧，慢赶散放，早出晚归……

放牧高原，孤独却不寂寞。牧人倚马而立，目光穿过旷野，人与动物这两种无法用语言沟通的生灵虽然终日默默无语，却在这广阔的天地间相濡以沫。守望草原、聆听天籁的和音，守护牛羊，鲜花作伴。枯燥的生活和广袤的草原并没有成为人们交流的障碍，反而促使他们对外部生活产生极强的好奇心，而艰难的生活又锻造出他们强健的体魄和敢斗勇搏、争强好胜的精神。

夜幕降临，帐篷上冒起了炊烟，牛羊归圈。全家人围坐在炉边，谈古论今，念经诵佛，聆听仓央嘉措的情歌，歌声将整个帐篷浸润在古老的传说中，孩子在妈妈的羊皮袄里甜甜睡去……奶茶冒出清香的热气，炉火映红了帐篷里每一张朴实的脸庞。

牧人的家庭，分工很明确。男人们接育羊羔，管护犊驹，沤制牛皮、羊皮；女人们剪毛、挤奶、捻毛线、操持家务，从事一些副业和采集业，比如挖药材、挖蕨麻、挖虫草。他们的生活基本是自给自足的，大多数人家都用古老的织布机来纺线制衣，帐篷和身上

游牧生活　葛建中摄

的皮袍都是自制的，家庭成员一般都会一些简单的手工技艺。

藏族人说，马牛羊都是有灵性的。他们对牦牛有着近乎崇拜的情感，尤其白牦牛更是以神的形象出现。春夏秋冬的转场，所有家当就驮在几头牦牛背上。牦牛走过的路，汽车和摩托车是走不过的，尤其在沼泽地里行走，牦牛知道踩在哪里安全。

青海的蒙古族大部分来自和硕特部，他们几百年前来到这里，在中国的第三大盆地——柴达木盆地中世代而居，终将沙漠变为丰美的牧场。蒙古族栖息地，地处柴达木盆地的海西蒙古族藏族自治州，是青海唯一产驼的地方。骆驼在荒漠草原中静静地守望着家园，一如它们的主人。

古今生产图

一个地方只要有流水就会神采奕奕。山的雄浑、水的绵长赋予三江源灵性。在这里，农耕文化和游牧文化相融合，山上是牧场，山下有耕田，一派人间胜境。

农耕技术传入玉树始于唐初。传说远嫁吐蕃的文成公主在玉树勒巴沟休整期间，帮助当地藏族的先民学会了驾牛开荒、耕耘播种；学会了垒石砌墙、伐木盖房；学会了纺纱织毯、凿石打磨。还据说，在勒巴沟对面的山坡上留有公主当年教人们开荒种地的田埂。河水日夜歌颂着阿姐甲萨（汉妃姐姐）的恩德。但实际上，据考古发现，早在4000多年前，藏族先民就在这片土地上栖息，他们也是先经过群居、采集、狩猎生活阶段，逐步学会了饲养和农耕。

在通天河、澜沧江两岸的河谷坡地，粗放地种植着青稞。由于传统的生产方式和牧民固有的习惯，这里的耕作技术并不先进，依旧使用着简单的农具，至今还能看见二牛抬杠的耕作方式，"石头堆里种庄稼，杂草窝里收青稞"。但能歌善舞的他们却把快乐灌注于枯燥的劳动之中，在炊烟飘荡的田间地头，藏族人民边唱歌边收歌，每割完一片地，大家都会齐声欢呼。丰收之夜，全村老少还会围坐于篝火边，尽情喝酒，纵情歌舞，庆祝一年的好收成。

青海东部的湟水是黄河上游重要的支流，它孕育了河湟地区的农耕文明。东汉大将赵充国屯田时的春犁滑过河湟谷地的胸膛；古羌人手里的秋镰割下河湟谷地饱满的穗粒，自古以来，这片地域宜耕宜牧，丰饶美丽，到处都是金灿灿的油菜、绿油油的麦田。

和任何一个农耕民族一样，高原各民族也沿袭着农耕文化中对土地的膜拜和虔诚。

开犁春耕　葛建中 摄

开犁春耕是很重要的生产活动。生活在互助、民和一带的土族村民,会择吉日举行"拍春"仪式:人们在耕牛的犄角上串上油饼,额头挂红,牵到地里驾犁耕一圆圈;再在其中犁个"十"字,一个"田"字便赫然出现了;然后撒一把麦种,在"田"字中心煨桑、化表、插香,磕头祷告,以求这一年风调雨顺、五谷丰登,虔敬之情表达出对土地的依赖和对丰收的期盼。

值得一提的是,在拔草的日子里,作为主要劳动力的妇女们齐刷刷地来到田间,手持小铲,一字排开,边拔草边往前挪动。她们有时说笑逗乐,有时高唱"花儿","不走大路走塄坎,专听个尕妹的'少年'",劳动并快乐着。

"青海油,遍地流。"青海是中国小油菜的原产地。有 2000 年栽培历史的青海小油菜,不仅以产量稳、品质好、出油率高位列中国小油菜之冠,而且,青海还是中国最大的连片油菜基地,吸引着大批游客前来观赏。百里花海,蜂飞蝶舞,千里飘香,给人们带来视觉的震撼和心灵的享受。油菜花海泛金的季节,来自大江南北的养蜂人汇集到这里放蜂酿蜜。田边路旁,排满了箱箱蜂巢,群群蜜蜂奔忙于花间,带来了勃勃生机。

正如从这片高大陆发源的江河时而奔涌时而静流一样,游牧文化与农耕文化各具特色,又相互包容,组成了一幅热闹、壮阔的三江生产图。

二、天地媒——高原婚俗

雪山情——藏族婚俗

大约1000年前，在长江和黄河的故乡，一个英雄的名字——格萨尔，响彻雪域。格萨尔王迎娶洛嘉珠姆的结婚庆典就在长江源头的洛嘉草原和黄河源头的玛域草原举行，江河携手铸就了传奇佳话，他们的婚礼古老新奇、浓郁热烈；他们的故事像江水一样亘古流传。神山圣水、雪域草原赋予了他们开放的胸襟和奔放的爱情。

缘牵今生草原

草原上的水，有着蜿蜒的曲线和温柔的和声，生活在草原上的人们有着精神上的纯粹和富足。"没有江水流淌，高山也会沉默；因为高山滋养，江水才会歌唱。"江河源头奇绝阔远的大地上，淙淙的流水和着悠缓高亢的牧歌与爱情一路奔流。

藏族婚礼　葛建中 摄

　　藏族青年男女恋爱完全自由，但婚嫁的时候必经媒妁之口。据说，这是从吐蕃赞普松赞干布托媒向唐朝求婚后遗留下来的风俗。只要青年男女情投意合，长辈大都会积极支持。即使是双方父母撮合的婚姻，也会征得儿女们的同意，并不强迫。父母、儿女在婚嫁这件重要的人生大事上相互尊重，在他们的观念中，爱情像雪山一样神圣，婚配像流水一样自然。

　　藏族实行严格的血缘外婚姻制度，不同于一些民族允许"亲上加亲"的通婚习俗。此外，藏族赘婿上门比较普遍。男子入赘，地位与其他家庭成员平等。

　　抢婚是古代婚俗的遗迹。一些地方的藏族传统观念认为，姑娘出嫁，若不经过一番抢夺，那便是讥讽她相貌不出众或没人要。

藏族婚礼　葛建中 摄

因此，要经过象征性的抢婚来显示姑娘身价不凡。当然，也有因
为女方父母不同意或男方为了减少彩礼而抢婚的个别例子。

居住在青海湖一带的藏族还有"偷亲"的习俗——如果女方
家里不同意，相爱的一对青年就约定好时间，趁夜深人静之时私
奔。男方和其同伴拿着女方的婚装，到女方家帐篷附近，以敲石
或击掌为号，叫出姑娘。心意已决的姑娘换上新衣，把换下的衣
服用哈达捆好，挂在自家帐房杆上，表示自己择婿远嫁，默默向
亲人告别。待第二天黎明，男方家人立刻请媒人去提亲。商议之后，
若女方家里同意，二人便举办正式的婚礼；若不同意，女方便和
男方远走高飞。

藏族的抢婚，一方愿"抢"，一方愿"跟"，姑娘是知情人和
配合者，回避的是姑娘的父母和亲戚。新娘的人虽可以偷抢了来，

但感情却不是能掠夺来的。面对这种先斩后奏的行为，女方家最终还是会尊重女儿的选择。他们认为，箭已离弦，追也是无济于事的。在黄南地区，抢亲成功后，如果婚后女方真的不愿意和男方继续生活，可以跑回娘家，藏族人称之为"追磨"，藏族社会并不歧视跑回娘家的女方，男方一般也不再追索。

江源之上，比之自然，人的生命是脆弱而短暂的。但是爱情却像这里的河水一样甘洌清纯，像翱翔蓝天的飞鸟一样自由自在，像欢腾在河谷的溪流一般明快豁达。

不管以什么方式，一旦婚约达成，隆重的婚礼便被提上日程。

情定神山圣水

迎娶新娘的凌晨，帐房里亮起点点灯火。在新娘隐隐的啜泣声中，身穿华丽盛装的婶娘们将姑娘乌黑的长发梳成 108 根小辫，随着发辫流泻出的《梳头歌》，诉说着娘家人对女儿的祝愿：

藏族婚礼　葛建中 摄

> 姑娘头上要抹水，要抹布谷口中水；
>
> 姑娘的头要梳好，梳头要由母辈梳；
>
> 姑娘头上要抹油，要抹金黄牛奶油；
>
> 分发要用金梳子，黄金梳子像百马；
>
> 母马子马要一百，百匹子马才能梳；
>
> ……

也是从《梳头歌》开始,展示藏族语言魅力的藏族"婚宴十八说"就会出现在婚礼的每一个环节当中。令人惊叹的是，说唱均为即兴表演，有"祭神说""梳子说""哭嫁歌""出路歌""马说""垫子说""土地颂""茶说""酒说""婚礼宴说""衣服说""吉祥说"等。历史悠久的"十八说"，传承着藏民族丰富的文化内涵。

送亲的队伍出发了，新娘舅舅是女方家的最高权威，另外还有一位在当地有威望而且能言善辩、幽默风趣的"尼宝"（婚使），也是十分重要的角色。盛装的新娘骑着雪白的骏马，在送亲队伍的簇拥下，走向夫家的草原。一路上，人们遇山唱山，遇水唱水，翻过一座座山，蹚过一条条河，这背水的姑娘就要远嫁他方了。

草原辽阔,路途遥远。迎亲马队早已设下三道"路席"隆重迎候。当新娘一行来到离新郎家一箭之遥时，恭候已久的迎亲人举行"穹却"，也就是敬酒献哈达的仪式。婚使以说唱问话，敬酒者也以说唱回答，一问一答间，双方以歌相见，以酒致意，以辞竞赛。

"穹却"仪式后迎亲马队迅速返回，送亲马队疾驰而追，一场别开生面、热烈非凡的赛马活动上演了。谁家跑在前面，并能绕对方马队一圈，谁家为赢。为表示诚意，男方迎亲马队的人数一批比一批多，每次都重复以上仪式，气氛越来越热烈，掀起了婚礼的喜庆高潮。送亲的男青年进帐房以前，也有意策马加鞭向四处奔驰，迎亲的小伙子又紧紧追赶……这是马技的比拼，也是开心的逗趣，更是婚礼的祝福。

婆家的大门上插着柏枝，煨桑台上煨起桑烟，地上铺着用青稞撒绘出的"雍忠"图案白毡。新娘下马时必须脚踏白毡，在众人的簇拥下按顺时针方向绕煨桑台转三圈,众人高喊"拉加洛"（藏语意为"神胜利了"）。新娘出娘家门时要向家神、祖先、父母叩拜,祈求保佑；新娘进婆家门后也要向佛像叩拜,以期得到男方家神的庇佑。新娘入帐后，喇嘛念《吉祥如意经》,新娘凝神谛听，心灵从此得到归属：从此刻起，如花的姑娘就成了这个家庭的一员，这片草原将成为她放牧人生的舞台。

煨桑是古老的敬神祭祀仪式，"雍忠"图案象征生生不息的光明,"拉加洛"是吉祥胜利的号令。在袅袅的桑烟中,新娘脚踩"雍忠"图案向神佛之灵和自然之力表达敬畏之心，祈祷美满和顺。

新娘除了得到神佛的认可，还要得到婆家的认同。在玉树藏族的婚礼中，新娘进门时，要和婆婆一起提回早已在门口准备好的盛满鲜奶的奶桶，或者提满满一口袋牛粪。在环青海湖地区，新娘下马入帐时，新郎的两个姐妹站在门外两侧把门边压低，要新娘躬身而入；婆婆则坐在灶旁，头戴礼帽，手拿饭勺，表示不交家庭权力。

生长在青藏高原独特生态环境中的青稞浓缩了江河源头的精灵之气。以它为原料酿制而成的青稞酒并不仅仅是一种简单的饮品。它清亮的酒液醇厚绵远，意味着吉祥和欢乐。气氛浓郁热烈的藏族婚宴上是不能缺少青稞酒的。男女老少围坐在摆满美酒佳肴的一排排桌子边尽情欢宴。藉着青稞酒的芬芳，善于辞令的"说家"开始说唱"宁西"（婚礼词）。古朴典雅、声韵优美的"宁西"以吉祥的祝福和夸张的言辞赞美新娘的家乡、双亲，以及新娘的贤惠勤劳和财富、人缘等。新郎一方也踊跃参与，互相尽情地赞美和祝福，有说有唱，诙谐幽默，妙趣横生。

圣洁的哈达寓意吉祥，浓酽的祝词、酒曲表达祝愿。能歌善舞的藏族不需舞台，也不施帷幕，用满腔的喜悦唱得尽兴，舞得热烈。男方唱家唱上三首悠扬的欢迎曲；女方唱家不甘落后，答以甜润的祝福曲和答谢曲。歌美酒香，人们尽情欢乐。婚礼以歌舞庆贺吉祥，在"扎西德勒"的祝福声中圆满结束。

草原恋——蒙古族婚俗

据说自从一代天骄成吉思汗引兵攻破西宁，蒙古族就开始栖息在这片高原上。今天，主要分布在海西蒙古族藏族自治州和黄南藏族自治州的河南蒙古族自治县。作为中国北方少数民族中一个分布辽阔的游牧民族，蒙古族的婚礼热闹有趣，异彩纷呈。浩瀚浑朴的古风透过一幕幕情节仪式润泽着他们的灵魂，也让这个民族的风骨浸染在诗情画意的华贵气质中。

锦心绣口里的日月

青海蒙古族普遍实行一夫一妻制。为了保证种族的兴旺昌盛，蒙古族奉行同姓不通婚的原则，姑表、姨表、兄妹之间不婚，通婚讲究年庚相当。按早年的习惯，一经婚聚，一般不得离异，否则要受到惩罚。

为了使婚礼隆重而热闹，男方家会把蒙古包搬到离女方家不远的地方，或者两家都往近处搬动。双方家长共同为新人准备生活用品。家庭的接近、融合为婚礼创造了展示魅力的机会，为和谐的姻亲关系提供了舞台。

婚礼的头一天是前奏和序曲，仪式周详。新郎家派"达玛勒"（婚礼的总管）、新郎等人去新娘家，献"夏嘎托"（新娘子骑乘之马）、奉"佐斯"礼和整羊肉，行"摇包"之礼，"系腰带"之仪。

剽悍飞驰的骏马是牧人心目中的美神，男方家最好的骏马才能做新娘的婚马——"夏嘎托"。蒙古人认为，胶能黏合天地，"佐斯"是一块绘有双鱼对嘴图案的方形骨胶，表达了希望两家关系天长地久，一对新人像金黄的"佐斯"一样永不分离，如胶似漆，白头偕老的心愿。男方送去的煮好的整羊体大形美，呈趴卧之状，而且五脏六腑必须俱全，不能少一点，取完整和圆满之意。如果羊体不全，女方家就会提出质问："我的姑娘哪一样不周全？为什么你们的整羊中少了一件？"婚礼作为人生的重要仪式，延续着蒙古族古老的印记，细节之中容不得任何缺憾，寄托了圆圆满满的婚姻追求。

"马背上的民族"自是崇尚勇武。新郎"摇包"就反映了这一点。新郎家派一人进蒙古包送礼，并解下围绕蒙古包的三道绳子中最上面的一道绳子，将绳子的一端递给蒙古包外的新郎。新郎边扯动边问："岳父大人的毡包摇晃了吗？"这表明女婿是孔武有力的。如果包内的岳父回答："晃动了，请过来吧！"就表明岳父承认女婿合格。如此反复三次后，新郎把绳头递给站在蒙古包里的新娘，重新系好。新郎新娘，一个在外，一个在内，通过一根绳子表达心意，也祈祷两个人互敬互爱、互帮互助，共同走过人生风雨路。

"摇包"之后，由新娘的母亲为新郎系腰带，以成就这桩美满的婚姻。

汇聚雪山清泉、草地细流，高原的河流源源不断地滋养着丰腴的牧草和世代繁衍生息在这里的人们。海西蒙古族藏族自治州境内有30多条内陆河纵横交错，40余个大湖泊星罗棋布。母亲河黄河流经河南蒙古族自治县。水流在瀚海戈壁汇集成湖，也在人们心中流淌出母亲般的柔肠和慈怀。

莫非是在"汗斡耳"中成长，

身份高贵的美丽姑娘。

回眸一笑，一轮朝阳染红了东方。

莫非是可汗的掌印大臣，多么漂亮的新郎！

英姿飒爽，身躯犹如巍峨的山冈。

但愿功臣的行列里有你的席位，

可汗的册封中见你的身影！

让我们高高举起金杯，

洒下洁白的奶浆，

为新郎新娘祝福，

白头偕老，幸福安康！

贯穿婚礼过程的《祝赞词》透露着蒙古人辉煌与沧桑的历史光华，让我们看到了一个温厚民族对婚姻的重视和礼赞。

牧草流烟中的婚媾

婚礼这天，太阳刚刚露出笑脸，马蹄就在新娘家的蒙古包外扬起了尘土。此刻，早早收拾停当的蒙古包里喜气洋洋，摆好宴席等候着男方家的人们。新娘的嫂子们收拾好嫁妆，用骆驼驮着送到新郎家，并且在新蒙古包里摆好。

和其他民族不同的是，蒙古族婚姻礼仪中，新郎的母亲不是坐在一个被仰视的位置迎接新娘，而是主动前往迎接儿媳，表达着一份仁爱宽厚之心。待送陪嫁礼的人们回来，新郎的母亲便在新娘的座位上放上礼物，拉起新娘的手说："回家吧，媳妇！"这表示新娘的床铺要移到婆家去了。

婆婆领着新娘出门，送亲的队伍准备出发。蒙古包内响起悠长的歌曲，歌声中新娘无比眷恋地走出来，按顺时针方向绕门口的"桑"三圈，迎亲和送亲的人们再骑上马按顺时针方向绕蒙古包三圈。蒙古包里歌声不断，透着些许的伤感；蒙古包外娶亲的歌曲唱了起来，充满祝福。出嫁的姑娘骑马走在众人中间，一块绣着龙凤吉祥图案的遮布挡住新娘，双方母亲并驾齐驱走在遮布前面。众人高唱《送新娘歌》，祝福平安与吉祥：

> 水把蓝天上的白云连结在一起，
> 颜色把世间的花朵连结在一起。
> 根子把大地上的草木连结在一起，
> 心把心连结在一起。
> 众多的河水源流相同，
> 人人的儿女都须成亲。
> 愿你俩的生活，
> 像珍宝神泉的露水福泽盈盈……

送亲队伍来到新郎家的蒙古包前，绕包转三圈，新郎和男方家的人们躬身相迎。

蒙古族崇尚白色，认为白色是事物的开端和源泉，并将其作为美好和吉祥的象征。两位新人跪在蒙古包前的白毡上，面前的桌子上摆着"须弥尔""格拉""德吉"等白色奶制品。在长者的祝赞词中，两位新人同握一根羊腓骨，新娘握长骨处，新郎握踝骨处，向金色的太阳叩拜许愿，向天神叩头。新郎的嫂子摘下两位新人的帽子往新包里扔去，新郎、新娘折断羊腓骨，争先入包。蒙古族认为，谁先到达新包，日后谁当家。虽然这只是传统的游戏，但人们自得其乐。

新人进新包，一个家庭诞生了，今后新娘将生活在夫家这片草原上。新郎在新包的火架中用火镰点火，众人高喊："新包有烟了！"一对新人从此成为真正的夫妻。此时，新人要把准备好的羊头从蒙古包的天窗抛出去，包外双方的亲友争着去抢羊头，如果女方家人得到羊头，男方家人要用哈达将羊头赎回。

青海蒙古族普遍信仰藏传佛教，但也仍保留着某些萨满教自然崇拜的痕迹。他们认为火神是女性，火是生育能力和生命力的源泉，燃烧不熄的炉火则是家庭的象征，新娘祭火神就代表她要成为婆家守护火神的人。众人到新包喝"新娘茶"则强调了婚礼的现实性，新娘从婆婆手中接过系着哈达的勺子并向客人一一敬献奶茶，这表示着婆婆已经把管理家务的责任交给了新娘，希望她主持好家务，招待好客人。客人们边喝"新娘茶"，边为新人送上祝福。

"揭幕"是婚礼的最后一个程序，虽然规模较小，但仪式也很隆重。婚后第三天，新娘征得公公的同意，把挂在毡包内的帐幕取下。这天，新娘新郎还要回娘家拜见父母和亲友，俗称"回门"。返回婆家时，新娘赶上自己在娘家应分得的牛羊马驼，到婆家后与新郎家的牲畜合成群。

蒙古人一生中有三个重大的礼仪，一是孩子出生后七天的洗礼；二是孩子三岁时的剪胎发礼；第三就是婚礼。举行剪胎发礼的时候，客人要赠送孩子两三岁的母羊、母骆驼、母牛、母马等。结婚时，一对新人在剪胎发礼上所获得的牲畜，经过十多年的放牧繁殖，有了一定的数量，这时将它们合二为一，作为新家庭的固定资产，这两个年轻人新组建的家庭就有了经济基础。长期以来，远离祖居的草原，受自给自足经济的影响，青海蒙古人的钱财观念非常淡薄，他们认为钱财不能当粮吃，不能当衣穿，有了牲畜就不缺吃不缺穿。不能不说，这个曾经征服过亚欧大陆的民族是富有远见的。

从蒙古高原征战八方，世界在马背上缩小；在青海高原四处游牧，古老文明在草原中放大。蒙古族是一个善于借鉴、善于学习、善于吸纳新东西的民族。他们和其他民族尤其是藏族通婚融合，学习他们的文字，吸纳他们的信仰，习俗有了一定的改变，但他们根深蒂固的传统文化，却依然执着地流淌在血液里。

湟水谣——土族婚俗

就像孩子依恋着母亲，游子眷恋着故土，作为黄河上游最大的一个支流，湟水涵养了这片土地的光华和神采，并且创造了灿烂的河湟文化。生活在湟水两岸的土族是中国西北地区独有的民族，他们的生活同样丰富多彩。土族的婚礼程序繁琐，礼节周详，被列入首批国家级非物质文化遗产名录。

美酒定姻缘

土族严格禁止同一家族之间通婚，只要确认婚姻双方拥有同一个祖先，哪怕二三十代后的子孙也不得通婚。但他们认为远亲的联姻是理想的，就像其"礼赞词"中说的："旧庄廓安上新大门，看去、走去都好；旧亲戚结上新亲戚，看去、听去都好。"

土族婚礼特别之处在于婚俗与酒文化的结合，美酒不仅是结亲两家人见面的"润滑剂"，还是双方家庭对婚礼进程认同的"生成剂"，更是婚礼仪式上表情达意的"催化剂"。酒像一个美丽的精灵，始终闪现在土族婚礼上。

婚礼一般举行两天。第一天是"麻择"，即女方家的嫁女宴；第二天是"呼仁木"，即男方家的宴席，此时婚礼达到了高潮。

"麻择"这天，媒人代表男方家送来"麻择礼"，女方家设宴招待众乡亲，摆嫁妆。冬日的阳光斜斜地照着，前来道喜的人们挤满了院落，陪嫁的衣物挂在院子中央的长绳上，其他的物品也一字摆开让人观赏。花绣衫上的七彩之虹诉说着动人的传说：土族之乡，是彩虹飞落的地方。枕头上的"喜鹊登梅"传达着母亲的期冀。精美的土族盘绣绣出了母亲的爱心慈怀，也串缀起土族阿姑的幸福未来。代代相传的精湛绣艺闪耀着土族儿女的智慧之光，凝聚了这块土地的创造力。无论时光怎样流逝，它的神采都会随着湟水奔流不息。

土族能歌善舞，善于歌唱的人必有一颗善感的心。庄廓里传出阵阵幽怨的《哭嫁歌》。

《哭嫁歌》的曲调是固定的，唱词却因人而异，无论是对姑母、婶母还是对父母姐妹，都有各自的唱词，谁家的姑娘唱得时间长、词句美，就说明谁家的姑娘聪明灵巧。在女方家摆嫁妆时，新娘的姐妹陪新娘哭唱；新娘上马前母女哭别；在男方家摆嫁妆时，新娘和伴娘一起哭嫁；喜客告别时，伴娘和新娘、婆母哭别。

我尊敬的父亲啊！

您在寒冬腊月买来了陪嫁。

我慈祥的母亲啊！

您燃青灯、穿丝线、缝嫁妆，

我没有孝敬您，

又要使您伤心。

七彩的衣袖在姑娘的《哭嫁歌》中散发出幽深、温润的气息，呈现出古老的质感，带给人们奇幻般的感受，延续着民族的记忆。

摆嫁妆的同时，婚礼现场举行抬送针线仪式。主人家把所摆嫁妆装回箱里，接受礼品的人都得往箱里投"响钱"（也就是箱钱）。可用红枣、焜锅馍代替，使箱子"叮当"作响，伴着人们朗朗的笑声，烘托出喜庆的气氛。

歌舞庆吉祥

土族是以吐谷浑为源、以蒙古人为重要补充，同时融合了一定的汉、藏成分而形成起来的一个民族。他们有着怎样的前世今生？千古苍茫，但口耳相传下来的礼俗穿越时空的浮尘，回眸之间，这个民族的精髓和气质逐渐清晰。

土族婚礼最大的特点就是在歌舞中拉开大幕，用歌舞推动婚礼的高潮，又用歌舞送走满院的宾客。土族的歌舞有20种之多，一场婚礼就是一场优美的歌舞盛典，而"纳信"就是幽默风趣的领舞。土语中，"纳信"是"玩耍的人"，指的是能歌善舞、能说会道的娶亲人。

傍晚时分，落日的余晖给河湟田畴披上了金色的外衣，身穿白色褐衣长衫的纳信牵着象征纯洁和财富的白母羊，脚步轻快地向女方家走来。一场斗智斗勇、妙趣横生的音乐剧即将拉开大幕。

当纳信和媒人快到女方家门口时，一群穿着盛装的阿姑们兴高采烈地排成两队，手挽手前后摆动犹如微风拂柳，踏歌而唱"婚礼曲"。娶亲人随着阿姑们的轻歌曼舞来到门口，男人们热情地迎上前来问候、敬酒、接风。这时，那些热情的阿姑们已退进家门，关上大门，门内响起《唐德格玛》，随着歌声飘落的还有从门头顶泼洒娶亲人的清水。土族人认为，水泼娶亲客，是为他们洗尘，为新人祝福。

纳信精神振奋，清清嗓音，与阿姑们对唱，直唱得阿姑们无歌以对，或娶亲人词穷歌尽时才肯开门。纳信终于进得家门，交付男方家托他转交的礼物。他刚刚上炕盘腿坐下，还没来得及享用新娘家奉上的包子茶，窗外就传来阿姑们嬉笑逗趣的《骂媒歌》。

连珠炮似的《骂媒歌》使娶亲人哭笑不得，观者个个捧腹大笑，纳信在嘲讽、戏谑中难以咽下一口菜肴。待阿姑们唱骂一阵，媒人便拿出一包针，按传统规矩献给阿姑们求饶。这时，女方长辈也不失时机地出面调停，终于"解围"。

嘲弄、逗趣娶亲人和媒人是土族婚礼中最有特色、最滑稽的一幕，不"骂"不显得亲热，"骂"得越欢越能体现出仪式的隆重，而善嘲善"骂"也就成为阿姑们聪明伶俐的表现。《骂媒歌》中有"你像个黑牛一样撞开我们的门，你抢人来了吗？"的语句，显然还遗留着抢婚的古老痕迹。况且，在女方家亲人依依惜别之时，纳信作为娶亲人被嘲弄，这种含蓄、诙谐的表达方式比直接接走新娘更容易让人接受。聪明的阿姑们也是用这个方式警告男方不能欺负新娘。

暮色四合，屋里的灯光、院里的篝火和天上的星星有呼有应，照亮了人们的笑脸，也照暖了人们的心田。阿姑们冲进屋里，不容分说拉起纳信就到庭院或麦场上跳"安召舞"。纳信领舞领唱，阿姑们跟在后面和声伴舞，还不停地拿扁担压低纳信的肩膀，使他喘不过气来，央告求饶不迭，嬉闹、舞蹈直到深夜。

婚礼在鸡叫头遍的良辰吉时举行。首先是"改发"仪式：新郎亲手解下新娘发辫上的红头绳，拴在自己的脚脖子上，用木梳先梳三下自己的头发，然后梳三下新娘的头发，意思是"千里姻缘一线牵，结发夫妻永相伴"。"坐经卷"仪式祈祷吉祥：堂屋前摆着铺有白毡的小桌子，新娘安坐其上举行祈祷仪式，由母亲或上辈妇人依次拿起经卷、柏树枝、佛灯、牛奶、红筷子、茯茶、粮食、羊毛等数种寓意吉祥的物品在新娘头上盘旋，并唱祝颂词。此时，纳信在堂屋门外使劲摆动白褐衣衣襟舞蹈，唱《伊姐歌》，催促新娘上马启程。

姑娘走了，家人依依不舍地跟着送别。而纳信退到村子的巷道口跳安召舞，唱《谢玛诺》，向姑娘家乡的山水、家人、乡亲道别。

> 前山后山请安详坐，姑娘走了莫难舍。
>
> 堂上三神请安详坐，姑娘走了莫难舍。
>
> 四邻房舍请安详坐，姑娘走了莫难舍。
>
> 阿爸阿妈请安详坐，姑娘走了莫难舍。
>
> 男女老少请安详坐，姑娘走了莫难舍。
>
> 安召索罗罗……

送新娘出门、上马启程之际，还要举行女方家最后一项仪式——留阿扬。新娘父亲在女儿头顶挥舞护佑神箭并叫女儿的名字，女儿答应，表示留下了吉祥。纳信也不停地唱婚礼歌，歌词内容从新娘衣饰到乘马及配饰，祝愿新娘在婆家万事如意，同时希望不要带走娘家的吉祥财气。

在送亲队伍的簇拥下，新娘踏着启明星向婆家走去。沿途经过的村庄，凡是和新娘同村的"红姑"（已婚女子）都手捧酒杯等候在路旁，向送亲人敬酒，送亲人则要回敬她们一尺红布。

到了婆家大门口，送亲伴娘和新郎左右搀扶，新娘款款挪步，两位妇女在前拉着红白毡，新郎新娘同步跨进门槛。据说，先跨进者日后当家。庭院四角麦草火正旺，中央的圆槽上柴堆点燃，满院红光中，新郎新娘并立在毡上。主婚人高擎酒杯，朗诵祝词，并向柴堆上浇酒，指挥一对新人向天地众神、帝王首领、父母尊长磕头。

随后，把新娘领入厨房举行"开口"仪式：由一位事先选定的妇女，手拿缠着红线的擀面杖，在新娘面前绕几下，说道："新娘新娘你开口，金口玉言，家里的话不要到外面去讲，外面的话也不要在家里乱说，守口如瓶，免惹是非……"要求她做一个不揽是非、勤俭持家、息事宁人的好媳妇。

"谢媒人"仪式则是婚礼欢快气氛的延续：人们围着媒人，一边唱"谢媒歌"《西也其瓦日哇》，一边给媒人不停地灌酒，往嘴里喂炒面，往脸上贴酥油，以示感激之情。热烈风趣的场面令众人捧腹大笑，也忍不住上前嬉闹一番。

热闹的宴席开始了。在院子中间，铺上草，搭上木板，招待"红仁切"（土语，相当于汉族的"喜客"）们。男方和女方家互相抬送哈达、衣物等。美酒正酣，歌曲正浓。随着酒宴进行到三道茶，唱酒曲也进入了高潮。这时，宾主互相对唱酒曲，一问一答，答中有问，从历史到现在，从天文到地理，从神仙到英雄人物……内容非常广泛，如《唐德格玛》：

问：

唐德格玛，唐德格玛，太阳和月亮是一对，是
太阳在前面走，还是月亮在前面走？

唐德格玛，唐德格玛，弓和箭是一对，是弓在
前面走，还是箭在前面走？

唐德格玛，唐德格玛，酒壶和酒杯是一对，是
酒壶在前面走，还是酒杯在前面走？

答：

唐德格玛，唐德格玛，能歌善舞的土族儿女呀，
唱一支土族的赞歌吧。

唐德格玛，唐德格玛，太阳前面走是给白天更
多的温暖，月亮后面走是让夜晚更明亮。

唐德格玛，唐德格玛，箭在前面走，是为了射
中敌人；弓在后面走，是为了撑好后劲。

唐德格玛，唐德格玛，酒杯在前面走是为了请
客人唱歌开口，酒壶在后面走是为了客人喝酒
更多……

祖辈留下的精神忆念在歌谣中得以抒发，心灵在且歌且舞的
喜庆日子里得以放逐。男方家的小伙子们手捧酒碗，口唱赞歌向
女方家人敬酒欢送，婚礼在欢笑和对歌声中结束，人们又期待着

下一场歌舞盛宴。

土族的形成经历了一个长期、复杂和不断融合的历史过程。吐谷浑这个草原王国在三江源区兴盛几百年后为吐蕃所灭，一小部分留居于河湟地区的吐谷浑人坚守着自己的家园，在历史和民族的夹缝中顽强地生存、发展。元朝时强大的蒙古人来了，同为北方游牧民族，相同的特质和顽强的性格使其在民族互相影响的过程里既水乳交融又保持着鲜明的特色。土族有着游牧民族的豪放和能歌善舞，也有着农耕文化的含蓄和谦让，两种文化不断碰撞、融合，造就了今日土族独特的性格。

江源的群山赋予了土族人民飒爽的风姿，河湟的流水滋养了土族源自远古的柔肠。庄廓里传来悠扬的歌声，手捧龙碗敬酒深情而豪放。

黄河吟——撒拉族婚俗

积石山下，黄河岸边，清清黄河水滋养着一个跟随骆驼从中亚走来的民族——撒拉族。他们的婚礼古朴中透着羞涩，喜气中尽显勤俭，呈现出浓烈的色彩和醇香，因为仪式程序的传承体系十分完备，被列入第一批国家级非物质文化遗产名录。

阿訇颂姻缘

按照伊斯兰教的教义，撒拉族婚礼需要按部就班地走完复杂的程序，分"说亲""定茶""行聘""娶亲"四个步骤。不许饮酒，婚礼上以茶表情达意。在茶文化中融入喜乐是其一大特色，而他们的婚礼也像茶一样散发着暖心的清香。

青年成婚，媒妁为言，父母做主。"天上无云不下雨，地上无媒不成亲。"不论男女都以做媒为荣，他们认为每成全一件婚事，就等于积了立一座"米那勒"（清真寺中的宣礼塔）的功德。

送聘礼是婚礼中一个重要的环节。送聘礼的都是清一色的男人，少则二三十人，多则八九十人。别看他们浩浩荡荡来到女方家，其实所带去的聘礼并不多，女方给新郎也只回敬鞋袜而已。形式的隆重和内容的简朴形成强烈对比。相传先知穆罕默德的女儿法蒂玛与阿里图库成婚时，阿里家一贫如洗，法蒂玛对父亲哭诉。先知对女儿耐心启迪，他告诉女儿，在世上，要知足，应该懂得感谢真主。撒拉族人民一直这个故事为榜样，忠实遵行先知的这个教诲。由此可见这个背着《古兰经》走来的民族对伊斯兰教的虔诚和坚定已经渗入了血脉。

迎亲有独特的日期和方式，通常选择在星期五（"主麻日"）进行。娶亲时，头戴圆帽、身穿白衫青夹、腰系彩肚兜的新郎备上好马，清清爽爽、精精神神地前往迎娶新娘。看着娶亲队伍到来，女方长辈热情地出门，分别说"色俩目"，给新郎戴上新帽，系上绣花腰带等以示祝贺，然后再由已婚的至亲陪伴，跨进堂屋吃席。席毕，在双方长辈的见证下，开始念《尼卡亥》（证婚词）。

请阿訇念《尼卡亥》是伊斯兰婚礼中的主要仪式和关键环节。阿訇念《尼卡亥》的先决条件是这桩婚姻必须要有两个神志清醒的证明人。还须征得男女双方的同意，并且要有聘礼保障女方的权益。在此前提下，当着众人的面，阿訇让女方家长大声宣布，将自己的女儿许配给新郎某某。与此同时，新郎同样也须当着众人的面表示，自己承领这个新娘。这意味着从此以后，监护和赡养新娘的责任就落到了新郎身上。在穆斯林看来，婚姻是神圣的，也是庄重的，因而，为了体现这个价值，他们非常看重念《尼卡亥》的仪式。所以，在阿訇念《尼卡亥》时，新郎一般都会跪在地上，或谦恭地坐在凳子上静听；同样，新娘也在另一间房子的炕角静听；所有参加婚礼的双方亲戚无一例外都会就地蹲下、跪着或站着静听。念毕，每一个倾听者都会举起双手为新人和这桩婚姻祈祷，此时，现场一片静穆。祈祷结束之后，为了增加一点喜庆气氛，新娘的家长就会拿起炕桌上早已备好的核桃、红枣、糖等物分别送给阿訇等长辈，并一次次抛撒到窗外的人群之中。这时，等待已久的人们就会在院子里争抢着、欢笑着，热闹的气氛在此刻达到了高潮。

古风寓真意

在过去，撒拉族的婚礼一般是在冬天举行，主要是因为这时候是农闲季节。尽管如此，每一个新娘看上去依旧婀娜多姿：头戴绿盖头，身穿羔皮缎面大襟长衣，再加上绣花围肚，绣花荷包，绣花的尖钩鞋，看上去简直是盛开在霞光里的花朵。非常赋予个性魅力的是：在出嫁前，每一位新娘都会在伴娘的搀扶下缓缓退出大门，并不时地把手里的麦子撒向自家的院里，希望娘家五谷丰登。比较讲究的，还要绕着庄廓院转三圈。需要说明的是，这与宗教规约无关。

就这样，娶亲队伍浩浩荡荡地出发了，而新娘心里却是愁肠百转，于是，在伴娘的陪伴下，她们就会如泣如诉地唱起《撒赫斯》（即《哭嫁歌》）：

> 撒伊撒伊干……
>
> 地里的青稞燕麦一块儿长高，
>
> 青稞熟时收回家了，
>
> 而燕麦却撒在地里了。
>
> 把儿子当成金子者留在家里，
>
> 而把自家的阿娜们赶出去了，
>
> 把别人家的阿娜当成金子抬进来。

《撒赫斯》从女方家一直唱到男方家门口，如怨似泣，呜呜咽咽。每一句断断续续的唱词中，无法控制的抽泣声成为结尾的韵脚，增添了强烈的感染力，难怪有那么多人专门来听。

婉约和含蓄是撒拉族婚礼的整体氛围，"挤门"仪式是这条平静水流里欢快的浪花。

娶亲的一路上，新娘脚不沾地，脸不外露。到了男方家门口时，礼炮鸣放，人群沸腾。送亲的男眷簇拥着新娘，坚持由长辈把新娘抱进门，他们认为这天是新娘一生中最宝贵的日子，应该让新娘不沾土为好，也是在警告男方家日后不得虐待新娘。而男方家则堵着门，坚持新娘不能过于娇贵，应步行而入，否则将有损于新郎的体面，这种行为意在新娘日后要规规矩矩，孝敬公婆，尊敬丈夫，不得逾礼。为此，双方你进我挡、互不相让，一时间喊声连天，笑声不断。最后，新娘的哥哥将新娘从马背上拉下来，搭在肩上，箭一样冲破人墙抱进洞房里。

入洞房后行"开面"仪式，由新郎舅舅的儿子或叔伯兄弟用筷子象征性地挑动一下新娘的面纱，同时说唱祝词：

> 你这个好阿娜，
>
> 嫁到这家里，
>
> 生五个尕娃，
>
> 养三个丫头，
>
> 往下像树根般地扎根，
>
> 往上像树枝般地撑住。

婚礼进行至此，人们依然不识新娘"庐山真面目"，而羞涩的阿娜却已经正式迈进了人生的又一扇大门。年方妙龄，柔弱的身躯可否承担得起人生的变迁……

婚礼第二天，男方家摆宴席招待女方家人，男方给女方父母送衣料和现金，叫"打发啦"，女方父母接受"打发啦"的现金以后不全拿走，一般退还三分之一，表示薄财重情。同时，新郎家要给新娘舅舅敬献一大块"羊背子"以示尊敬，其他人则分得大小不等的肉份子。抬"羊背子"不仅带有浓厚的宗教色彩，而且具有浓厚的民族性。据专家研究，"羊背子"习俗是一种图腾崇拜，与古突厥文化有关。这些习俗已经在突厥民族后裔的生活中绝迹，却在时间和空间上都远离突厥文化圈的撒拉族风俗中得以传承，透出古老而神秘的气息。

撒拉族婚礼有着完备的传承体系。婚礼当天表演的"骆驼戏"是撒拉族精神链索中重要的一环。骆驼驮来了撒拉族的祖先，循化成为全国唯一的撒拉族自治县；骆驼驮来了珍贵的千年手抄本《古兰经》，撒拉族的民族精神由此开端、发扬并传承下来。

内容丰富、词意深邃的祝婚词既是婚礼的高潮，又是婚礼的尾声；既有民歌的韵味，又有诗歌的特点；蕴含了撒拉族人的信仰、文化、历史和人生教导，传递出含蓄、婉约的美感。有一段亲家母之间的嘱托曲，是那么谦逊和耐人寻味：

飞鸟无方向，

投石没远近，

亲家之言出肺腑，

高低深浅少思忖。

拿斗盛不成，

用尺量不准，

把秤称不稳，

一星半点不如意，

一颗金心切莫往下沉。

青青循化，大美之地。这里记录了撒拉族沧桑变化的历史，也传颂着各民族和谐共处的故事。据说，当初撒拉族从遥远的地方走来，周围是其他强大于自己的民族，而七百年的历史烟尘没有阻挡这个具有超强适应力和顽强生命力的民族在黄河岸边落地生根，这是一个奇迹；这里曾经是藏族、蒙古族的世居之地，后来他们却退回到自然条件不及这里的青海湖周边驻牧，把生存空间留给后来者，这又是一个奇迹。历史的迷雾扑朔迷离，奇迹的诞生不可思议。无论历经怎样的沧桑，生生不息永远是这方大地的主旋律。

漫长的历史之河里，那遥远的驼铃声穿越时空，响彻在撒拉人的今天和明朝。

河源缘——回族婚俗

浩门河源高水清，是湟水的重要支流。它由西向东，流经门源回族自治县，仿佛接受检阅的军队，平稳缓行：进入仙米、珠固峡谷，忽然把脸一变，波涛汹涌；然后它折向南去，直伸至甘肃省的窑街；又依依不舍地折回青海省民和回族土族自治县的享堂，至此才与湟水会合，汇入黄河，东渐入海。

河湟回族的活动最早可以追溯到唐代。到了元代，大量伊斯兰教信仰者集体移居青海，经过长期同当地各民族的密切交往，逐步繁衍发展成今天的河湟回族。他们的婚礼充满着浓郁的乡土气息，像回首的浩门河一样奔放，极富民族特色。

真主庇佑和顺

作为穆斯林，宗教信仰是各类活动的先导和主体。回族一般不娶不嫁外族人，若要娶要嫁外族人，对方须随回族习俗。

回族婚俗包括请媒、提亲、送茶、行聘（送礼）、结婚等程序。

一般人家在婚礼前头一天先要念个"亥亭"，以求真主保佑。新郎新娘要行沐浴礼，也叫大净；男子修面，女子行开面礼；男女傧相向新人传授简单的婚后知识。

结婚一般选主麻日（礼拜五）举行。结婚时，早晨由男傧相（陪客）伴新郎到女方家，由阿訇念《尼卡亥》（证婚词），然后由娶亲人、送亲人陪新娘到男方家。

仪礼尽显真情

值得一提的是，回族婚礼是十分热闹的。婚礼前，双方家庭要请来帮忙料理喜事的人，称之为"跑窜"。院落天井搭起篷布，生起火炉，浓浓的宴席味道就渐渐地在寒冬飞雪中弥漫开来。一家有事，全村"不安"，只要喜事一开场，亲朋好友和左邻右舍就会纷纷前来道喜，门庭若市，宾客如云，一片喜气洋洋。

新娘在至亲们的拥抱或引领下来到婆家时，男方家鞭炮鸣放，喜迎宾客。新娘子在人们的呼唤簇拥下进入洞房。头盖红巾的新娘面壁炕角而坐，前来观望的人络绎不绝，窗纸被撕得一干二净。有些不同辈分的人也混杂其间，谓之"三天没大小"。

华灯初上，庄子里的唱家们被男女老少众星拱月般围坐在庭院或炕上，一面接受主人的盛情款待，一面为听众尽情演唱回族《宴席曲》，直至夜深人静。回族《宴席曲》不同于"花儿"，是适合于在家庭和村庄演唱的。有时候，人多院小，主人家就在庄廓外面的打麦场上点燃篝火，人们四面围坐，观赏唱家们载歌载舞。整个村庄，歌声接连不断，笑声此起彼伏，每一个人都沉浸在无限欢乐的气氛之中。

次日，女方家的女性亲戚在新娘母亲的带领下，到男方家认亲吃席，探望女儿，谓之"送饭"。在受到亲家的热情款待后，开始举行摆、抬针线仪式。在庭院里展示新娘的陪嫁和送给男方长辈的衣物、枕头、鞋袜等，分别抬送给各人，气氛隆重。前来观看"针线"的人们细细欣赏，无不表现出吃惊、羡慕的神情。主人家也会陪同欣赏，或者站在自家的某个角落里暗暗得意，嘴角浮出一丝满意的微笑。新娘的母亲把礼物逐一抬送给新郎家的亲戚朋友，体现女方家针线手艺的同时，也传达出一份浓浓的情意。

作为最后一个比较重要的程序，"送饭"标志着婚礼接近尾声。

回族婚俗程序严肃且不乏活泼，庄重且不乏幽默，环节内容复杂但不重复，待客丰盛时尚又讲究节俭，杜绝铺张浪费。千百年来，代代相传的信仰仪式延续着这个民族的精神传承，互帮互助的亲邻关系加强着这个民族内部的凝聚力，婚礼仪式洋溢着浓浓的人情味。

三、舍净身——高原葬仪

灵魂不死

日月流转，江河蜿蜒。铜号吹出千古法音，酥油灯点燃一生的瞩望，送走今生，留下永恒。

信仰藏传佛教的游牧民族在对待逝去的生命时，没有呼天抢地的号哭，没有捶胸顿足的悲怆，唯有虔心的诵经和默默的祝愿，为亲人，也为天下一切有生命者祷告。行走高原，随处可见白塔和猎猎经幡，一股神奇的力量涤荡心间；行走高原，随处可见人们磕着长头，虔诚的目光令观者心安，手中不停转动的佛珠预示着轮回的过程。江源民族能够很平静地对待葬礼，他们认为死只是今生的结束，亡灵自会去该去的地方。

江源民族的丧葬是神奇的。按照佛教教义，他们认为人体由土、水、火、风四种物质形成，人死后仍要分解回归为四种物质，所以葬式分为土葬、水葬、火葬、风葬四种，最普遍的是风葬，也就是人们常说的天葬。天葬的形成，与古代藏族的原始宗教和藏传佛教有着密切的关系。舍身饲鹰，达到天人合一的和谐，不留肉身的痕迹，只有精神的永存。对于笃信藏传佛教的人们而言，天葬是一种最彻底的施舍，同时也通过秃鹫的翅膀把死者的灵魂引向天界。

塔藏主要用于高僧大德。造焚尸窖，堆薪搭架，在尸身上浇淋酥油焚化叫火葬。过去，寺院里比较有影响的喇嘛死后火化的骨灰会被收起来，建塔阁保存。有的转世大活佛圆寂后，在进行防腐、干燥、装金修饰后，制成双手合十、盘膝静坐式的干尸，装进造型讲究的灵塔里保存供奉，作为永久纪念。

藏族人家有人亡故，亲人要到寺院布施，请喇嘛诵经，点燃酥油灯，超度亡灵。出殡日期由喇嘛占卜确定，大抵是七日之内的某个吉祥单日。祭奠仪式上煨桑绕桑，反复吟诵"六字真言"。

青海的蒙古族和藏族同过游牧生活，同信藏传佛教，葬俗上也很相像。

蒙古族认为，人过世后，他的灵魂在另外一个世界过着与他生前相似的生活，而且和活人保持着多种联系，甚至能给活人带来幸福或者灾难。这种原始的灵魂不死的观念是其丧葬习俗的核心，并且贯穿其全过程。所以，亲属要带上死者生前最好的衣物、最喜欢吃的食物和茯茶等到寺院报丧，之后，寺院会派喇嘛前往死者家中诵经，超度亡魂。前来吊唁的亲友会在两三天内赶来送葬。

其中丧礼火堆仪式是独具特色的。为死者出殡，把遗体安放在天葬地点后，送葬的人转身往回走，不向后看，并且要点燃两次火堆。第一次距离安葬地不远之处，点起两堆火，送葬的人和牲畜，都要从两堆火中间通过，表示净化身体，并且将亡者的灵魂留在天葬地，以免跟随亲人返回家园。第二次点燃火堆，则是送葬回来，在离家不远的地方点起两堆火，送葬的人和牲畜再次从两堆火中间通过，取意不把晦气带入家中。返回途中，把包裹死身的布、口袋、皮袍等烧掉。

在蒙古人的葬礼中，点酥油灯、服孝期和"开悲仪式"是最主要的仪式。

从人去世的第一天起，家中就要点上酥油灯，共点49天。服孝49天内，佛灯要长明，有条件的要请喇嘛念经为死者引魂指路。同时，邻舍亲友都要来吊唁，把简单的食品端到死者的亲属手中，表达对死者的怀念和哀思。人们认为，请喇嘛念经后，死者的灵魂就会直接走向彼岸或投生转世，不会走错路线，遭受灾难，也不会给活着的人们带来不幸。

在第49天的时候，要请一位长辈或有身份的主事人做"开悲仪式"，也叫"解悲痛"。请所有近亲到家里来，坐在一起喝酥油茶、吃"曲拉"。酥油灯熄灭后，让大家一起笑一笑，一起吃顿饭，并且打开一瓶酒，表示今后可以喝酒，可以唱歌，可以参加活动，可以恢复正常的生活。

土族葬仪

土族人讲究"清清白白来，干干净净走"。人将要临终之际，在其面前放一碗清水，上面搭一双红筷子，点上水灯……这一切颇有寓意：表示死者脱离了今生的苦海，此岸通向彼岸的道路是笔直明亮的。

土葬是土族普遍采用的一种葬式。挖坟时，先是孝子（亡者儿孙）在坟地用锨头画一个"田"字形，然后向本村土匠跪拜："有劳各位给我的祖先修一座好房子。"土匠们齐声应诺。破土前要烧一堆火；打坟的时候，土匠用酒祭奠土地爷，按照固定的穴位挖好深坑，再打个偏洞；灵柩下葬后推入偏洞内，棺材上点燃一盏大面灯，四面和中间放置由阴阳先生在石头和木牌上写的符咒；打好坟后，孝子进去用孝布仔细擦拭一番，同时查看有没有铁器一类的东西遗留在坟里；最后用土坯将洞口封闭；阴阳先生诵经后，孝子朝北向坟内铲三铁锹土，众人立即填土。埋葬完，人们一齐向坟墓跪拜，孝子跪谢众人，把铁锹等葬具拖在地上拉回去，不能扛着走。返回家时，入门先洗手，点燃一堆火方可进门。

生活在黄河两岸民和官亭一带的土族葬礼中，棺材极有特色。死者若是男性，棺材两侧画两条龙；若是女性，顶棺正面画金童玉女，一人执壶，一人掌盘，侍立于亡人两侧，棺上都有一副对联："金童送上西天路，玉女引进极乐界。"图案极为华美，颜色极为艳丽。

如果死者是 60 岁以上的老人，还要"闹丧"。本庄送丧的人们抓住女婿，往他脸上抹锅灰，女婿不能动怒。被抹了脸的女婿若会唱丧歌，就要背上个大背篼，跪在坟前一个劲地哭丧，人们会往他背篼里放"普作"（一种油炸的面食）。女婿哭得越伤心，得到的"普作"就越多。

土族是善歌的民族，葬礼也是其展示歌喉的舞台。土族把哭丧叫"冤家依拉"。亡者入殓时，姑娘、儿媳要哭丧；喇嘛到家念经时，儿孙媳妇们要哭迎喇嘛；阿姑奔丧也要哭唱，凡是结过婚的妇女哭丧时，都要用一种传统的调子寄托对亲人的哀思。

外家前来吊丧时，带一个女眷，叫"哭哭娘"。当外家人临近家门时，"哭哭娘"放声恸哭，守丧的孝子们手拿香炷在门前跪拜迎接。外家吊唁致悼词，追忆死者的一生经历和功绩，从呱呱坠地说到长大成人，还要叙述他一生中如何孝敬父母、养儿育女，如何关心亲戚朋友、左邻右舍，最后说到死者"升天"是因为"阎王爷来请，千佛难留；林中没有千年古树，人中没有百岁光阴；家中金银难买生死，灯光终究自灭"。

"哭丧歌"在不同场合有不同的词，分入殓哭丧词、迎喇嘛哭丧词、迎接阿姑哭丧词、迎接阿舅哭丧词、火化哭丧词。无论哪一种都情真意切，听后不禁悲从心生：

> 在平常的日子，
>
> 坐在父亲温暖的腋下膝旁，
>
> 倾诉我那狭窄的心情，

从今以后的日子里，

我坐在哪一个父辈的身边啊！

我那可亲的兄长们啊！

用那亲热的双手，

扶着父亲金子般的头颅，

安送父亲离开烦恼的阳世。

我大恩大德的父亲哟！

虽然你的遗体犹如黄沙，

沉入黑色的大地，

但是您美好的音容永留人世。

穆斯林的葬礼

撒拉族和回族的葬礼仪式完全按伊斯兰教的规定进行，主张速葬薄葬，通行单身土葬。回族一般是以村为单位实行公墓制，不信风水，也不择时日。

穆斯林的葬礼隆重、庄严而简朴，没有丝毫的浮华，它是穆斯林为亡人举行的一次共祈。葬礼和平常的礼拜不同，没有鞠躬和叩头，只有站立和祈祷。穆斯林的祈祷不需要任何音乐来伴奏，他们认为祈祷是对真主没有任何扰动的静默，以庄严的站立去感受真主的真实存在，去沉思他的伟大、光荣和慈爱。它是忠实的灵魂对真主的无限崇敬，是每个人内心情感的倾泻，是为了全体穆斯林包括亡故的人向真主发出的吁请。一片肃穆，一片寂静，除了"真主至大"的赞颂，没有任何声音。祷辞发自穆斯林的心中，他们相信，无所不知、无所不在的真主能够听到，他们的心和真主是相通的。

穆斯林老年人的墓穴较深，小孩的较浅。直坑西侧的"拉赫"（偏洞）是一个椭圆形的洞穴，底部平整，顶如穹庐，幽暗而阴冷。亡人头朝北，脚朝南，面朝西。把亡者放进墓穴，堵住洞口之际，阿訇念《古兰经》，以平复所有参加葬礼者的心情。此时，大多数人在静听，年轻人则快速填土，将坟坑填满，并使封土隆起，形成坟堆，这里将是亡者永远安息的地方。一旦"拉赫板"被堵上，亡人和亲人之间就永远被隔开了，今生今世，永无重逢之日。没有祭品，没有食物，只有《古兰经》在耳边悠扬。

葬礼后，家属视经济情况施散茶叶、青盐和现金，参加送葬的人无论老少都要散到。葬后第三天，丧家炒菜、煮"麦仁饭"，请亲友和同村老幼共餐，并给客人送油香、肉份子。来客则送给主人若干茯茶、现金等表示慰问，称"宽心"，请他们节哀。穆斯林认为生老病死乃人之必经之路，是"主命"之定然，谁也无法逃脱，只不过是迟早的问题，所以应该淡然处之。

回族和撒拉族崇尚节约，不重繁文缛节，多实行薄葬。丧葬的特点是清洁和节约，互助合作。穆斯林不管和亡人家中是否认识，只要得知谁家有人"无常"（去世）了，周围的群众就到亡人家去慰问，并为亡人做祈祷。

对死者殡殓简单，而对生者广为施舍，视天下穆斯林为一家，这反映出他们以团结利益为重的民族心理。婚俗的热烈和丧葬的节俭形成了鲜明的对照，体现了"厚养薄葬"的特殊民族品格。

生长在青海高原辽阔大地中，无论辛勤劳作、无论婚丧嫁娶、无论生老病死，都呈现出最纯粹的生命状态。

怀抱雪山祥瑞、倾注江河灵气的这方大地，是人间的秘境。如果说草地是这片高大陆的肌肤，那么，山就是它的骨骼，水就是它的血液。在这方高寒大地，少有灯红酒绿的繁华，少有钢筋水泥的冷漠。千百年过去了，雪山还是这座雪山，河流还是这些河流，生命依旧生生不息。

在山水草原之间，悲喜人生，从容豁达，感天动地，热烈醇厚，最终谱就一曲《天地人生》，宁静而悠远……